Erich Loest

Sommergewitter

Roman

Steidl

1. Auflage 2005

Umschlaggestaltung: Steidl Design/Claas Möller
Satz, Druck, Bindung:
Steidl, Düstere Straße 4, D-37073 Göttingen
www.steidl.de
Printed in Germany
ISBN 3-86521-177-1

Der Tod des weisen Führers

1

Der Teller, fast eine Platte, war bis über den Rand bepackt mit drei Scheiben Blutwurst, in ihnen rötliche Streifen von Zunge, zwei Stück Leberwurst, einer kleinen, scharf geräucherten Knackwurst, zwei Gürkchen, vier Quadraten Schnittkäse und einem Würfel Butter, den Mannschatz auf knapp fünfzig Gramm schätzte. Es war tatsächlich *Butter* und keine Margarine, das merkte er beim Streichen und dem ersten Bissen, den die Zunge drehte und wendete, gegen den Gaumen drückte, durchspeichelte, dem alle Geschmacksnerven überrascht beizukommen suchten und die ans Gehirn meldeten: Genuß, Hochgenuß, Mann, wann hast du zum letzten Mal derartig duftige Knacker zwischen die Kiemen gequetscht, zur Hälfte Speckbrocken, und dir bleiben noch dreißig, vierzig Bissen. Nun Leberwurst kosten, *Lebens*wurst hatte sie ein Kumpel in der Gefangenschaft gepriesen. In der Mitte des Tischs, an dem sie zu sechst saßen, waren Brotscheiben getürmt, pro Nase nicht weniger als acht; hoffentlich führte sich keiner unverschämt auf. Schüsseln mit Kartoffelsalat, für jeden eine Flasche Bier – der Genosse ihm gegenüber fand den treffenden Ausdruck: Total *friedensmäßig*! Mannschatz richtete schon die zweite Scheibe her, während er noch an der ersten kaute. Er überlegte, wann er sich zum letzten Mal ähnlich üppig hatte vollschlagen können, in Rußland organisierten sie zwei Schweine für dreißig Mann, hatten aber weder Brot noch Kartoffeln und mampften wochenlang Makkaroni – Völlerei und

Barbarei in einem. Jetzt paßte alles zueinander, höchstens Senf fehlte zur Blutwurst, aber schon dieser Gedanke grenzte an Meckerei. Behaglichkeit überkam ihn, er ließ Bier einlaufen und hatte vergessen, daß man dabei das Glas schief halten muß; gerade noch rechtzeitig schlürfte er Schaum ab. Als auf seinem Teller ein wenig Platz geworden war, hob er Kartoffelsalat in die Lücke und reichte die Schüssel weiter, schmeckte Zwiebel, Möhre auch und mahnte sich zur Vorsicht: Mayonnaise konnte steinern im Magen liegen. Rascher, peinigender Gedanke: Bloß nicht alles rauskotzen müssen. Ihm gegenüber saß einer mit Schlips und grobkariertem Jackett, hell die Augen über freundlichen Grübchen, und Mannschatz wunderte sich beim Aufblicken: Der Genosse belegte geruhsam eine Scheibe Brot mit Schnittkäse und bedeckte sie mit einer anderen. Kaute nicht, und sein Teller war fast leer.

Er komme aus Eisleben. Ein gebeugter Glatzkopf von sicherlich achtzig Jahren fragte: Und ihr? Aus Bitterfeld, antwortete Mannschatz und hörte: Leuna, Halle, Wolfen. Der Alte fragte: Alle bei der Märzaktion dabei gewesen?

Nö. Der Nette mit den hellen Augen packte die vierte Doppelschnitte neben den Teller. Dafür sei er zu jung. 1933 im KZ Colditz. Mannschatz überschlug die Zahl der Genossen im Saal auf fast hundert, meist Sechziger und Siebziger, wenige Dreißig- bis Vierzigjährige, das waren vermutlich Funktionäre der Bezirksleitung oder verschiedener Kreisleitungen, dazu drei Frauen, wahrscheinlich Sekretärinnen.

Genossen, rief ein sportlicher Blondschopf am Präsidiumstisch, breit waren die Revers seines Anzugs und bretteben von reichlichem Steifleinen. Er wünsche strammen proletarischen Appetit und wolle, ehe er Horst Sindermann das Wort erteile, noch einige organisatorische Bemerkungen loswerden: Die Genossen Fahrer seien im Erdgeschoß im Raum neun untergebracht, Reisekosten könnten in Raum elf abgerechnet werden. Wer eine Übernachtung brauche, solle sich im Orgbüro melden. Genosse Otto Gotsche, der allen bekannte berühmte Schriftsteller, habe von Berlin angerufen, er sei leider verhindert und wünsche der Tagung den besten Erfolg. Jetzt also ein Begrüßungswort des Genossen Horst Sindermann.

Jede Silbe klang gewichtig. Im Namen der Sozialistischen Einheitspartei Deutschlands des Bezirks Halle, als Chefredakteur der »Freiheit« und Leitungsmitglied der Vereinigung der Verfolgten des Naziregimes begrüße er verdiente und bewährte Kämpfer. Als vor Wochen diese Tagung anberaumt worden sei, habe niemand voraussehen können, welche Wolken unterdessen die Welt verdüsterten. Alle heißen Wünsche richteten sich nach Moskau. Trotz bohrenden Schmerzes müsse die Arbeit weitergehen, das sei gewiß auch im Sinne des Genius, für den alle hier im Saal baldige Genesung ersehnten. Bisweilen scheine es, als ob kein Wind wehen und kein Vogel singen dürfe. Bert Brecht habe gedichtet, wie kasachische Bauern Lenin ehrten, indem sie einen Kanal gruben für Wasser und Leben. In diesem Sinne begreife er alles heutige Tun. Er heiße folglich eine Reihe Kämpfer gegen den Faschismus von der Revolution 1918 an über die Abwehr des Kapp-Putsches und die Märzaktion 1921 bis zum Widerstand in den Konzentrationslagern herzlich willkommen. Beifall pladderte prompt.

Alfred Mannschatz hatte Sindermann auf Kundgebungen gehört, hoch oben und weit weg. Ein Bündel von Gesundheit und Energie, erstaunlich, wie er mit zehn Jahren KZ fertig geworden war; als Achtzehnjährigen hatten ihn die Nazis eingesperrt. Eine seiner berühmten Aktionen: Am 1. Mai 1933 hißte er auf einem Fabrikschornstein in Chemnitz die rote Fahne und brachte unten einen Zettel an: »Vorsicht, vermint!« Dunkel war die Stimme, beinahe dialektfrei, in Mitteldeutschland selten. Da sehe er den Genossen Bruno Pfefferkorn, 1921 Stoßtruppführer in der Arbeiterwehr von Mansfeld. Bruno mit der Zündschnur, der gelegentlich eine Fabrikantenvilla flach legte, weil die angreifenden Kämpfer einen Rauchvorhang brauchten. Alle Blicke richteten sich auf einen untersetzten Mann mit rundlichem Gesicht und braunen Knopfaugen, der nun lächelte, wobei sich sein Gesichtsausdruck von hart und verbissen zu verschmitzt wandelte. »Wenn wir nachts ruhig schlafen können, was durchaus nicht im Sinne von allerhand Spionage- und Diversantengesindel ist, dann danken wir das dem Genossen Pfefferkorn.«

Noch während des Beifalls bückte sich der Mann mit den fröhlichen Grübchen und verstaute seine Stullen in einer Brotbüchse, ungeniert tat er das, und barg die Beute in einer Aktentasche neben dem Stuhlbein. Er brachte seiner Familie etwas mit, begriff Mannschatz, das hätte er auch tun sollen. Eine kräftige Scheibe Blutwurst für seinen Schwiegersohn auf die Frühstücksstulle wäre ein hilfreicher solidarischer Akt gewesen. Zu spät. Da trugen Kellnerinnen Schüsseln mit Kartoffeln und Rotkraut herein, Platten mit Schweinebraten, Saucieren stellten sie dazwischen, und Mannschatz wußte, daß er ein Esel gewesen war, sich mit der Vorspeise vollzustopfen. Aber wie hätte er ahnen können, daß derlei Opulenz nur die Ouvertüre bildete! Der Grübchengenosse war schlauer, kannte wohl solchen Ablauf; nun lud er sich geruhsam den Teller voll. Fingerdick waren die Fleischscheiben, von Fettadern durchzogen und krustig. Haut rein, Leute! Kümmelduft stieg auf, mehliggelb schimmerten Kartoffelberge, aber Mannschatz fühlte sich satt bis oben hin, durfte gar nicht an Leberwurst *denken,* an die Speckbrocken darin, er war ein Idiot, und es war zum Heulen.

Ein Randstückchen Braten, ein paar Löffel Kraut, mehr schaffte er nicht und schalt sich abermals völlig bekloppt. Vom

Gefecht bei Beesenstedt war unterdessen die Rede, auf dem Marsch dorthin war gekocht worden, aus der Feldküche sollte gekellt werden. Plötzlich schleppte einer zehn Würste an. Aus dem Rittergut Nette. Tagelang hatten sie gehungert, nun entdeckten sie Regale voll Speck und Schinken und Gläsern mit Fett. »Seh ich noch vor mir.« Mannschatz nahm sich immerhin zwei Kartoffelstücke. »In der Feldküche schwappte eine Rüben- und Kartoffelplempe, und auf einmal diese Schwemme!« Nette, ja, so hieß das Dorf.

Noch ein Schluck Bier und Schluß. »Ich müßte mir die Gegend wieder mal angucken. Wir lagen hinter 'nem Damm, 'ne Feldbahn führte zu 'ner Ziegelei. Die Sipo deckte uns mit Artillerie ein. Ich hab versucht, hinzulangen, aber mein Richtgerät hatte Macken.« Nun war von Grabenkämpfen an der Westfront die Rede, die Minenwerfer der Engländer, ich kann dir sagen, bei Wyschede, wir in den flachen Trichtern, alle Gräben voll Wasser, der Tommy rasierte uns die Arschbacken ab, ich kann dir heute noch die Narbe...

»Guten Tag, Genosse.« Mannschatz fühlte eine Hand auf der Schulter; hinter ihm stand Pfefferkorn. »Erinnerst du dich an die Flucht über die Saale? Als die Fähre sank? Ich hab ein paar ausm Wasser gezogen.«

»Ich war an der Mulde.«

»Die Sipo schoß 'ne Fähre in Klump.«

Mulde, Saale – die Sicherheitspolizei hatte sie an den Flanken umgangen und wollte den Sack zuziehen; alle hatten gewußt: Wenn sie nicht in der nächsten halben Stunde über den Fluß kamen und sich am anderen Ufer zerstreuten, waren sie erledigt. Die Handgranaten am Koppel zogen ihn runter. Tiefer als zweieinhalb Meter war der Fluß nicht, seine Stiefel fanden Halt, er hakte das Koppel auf und stieß sich ab, schnappte nach Luft. »Mich hat wirklich einer rausgefischt. Du?«

»Geht es dir gut? Was machst du jetzt?«

»Invalidenrentner seit zwei Jahren.«

»Wir unterhalten uns noch. Ich muß erst mal ...« Pfefferkorn wies aufs Präsidium. »Also bis gleich.«

Alle am Tisch hatten zugehört. Einer fragte: »War das so?«

»Wenn er's sagt.«

Mannschatz trat ans Fenster zu einer Gruppe von Rauchern. Auf einem Tisch lagen Zigarettenschachteln, weiß und ohne Aufdruck, die Zigaretten oval. Mannschatz schnupperte: Orienttabak. Wodkaflaschen und Bierkästen, er dachte: Bloß gut, daß draußen niemand auch nur *ahnt,* wie hier gepraßt wird. In Bitterfeld konnten letztens die Buttermarken nicht beliefert werden, auf Fleischmarken gab's Eier und Quark; die Leute schimpften. Das wußten Sindermann und Pfefferkorn natürlich, aber sie hätten die Brauen hochgezogen, wenn sie auf diese Diskrepanz hingewiesen worden wären – keine Gleichmacherei, Genosse! Mannschatz sog den Rauch bis in die letzten Lungenwinkel, das Kraut war etwas anderes als das Zeug, das er in seinem Garten zog. Jetzt könnte er immerzu eine Zigarette an der anderen anzünden, zwei Stunden lang, könnte sich eine in jeden Mundwinkel klemmen, rauchen satt, quarzen bis zum Umfallen. Wurst und Butter und Brot im Magen und die Lungen voller Rauch. Ein Bier noch, phantastischer Tag. Glück gepreßt, das portioniert für ein halbes Jahr gereicht hätte.

Pfefferkorn trat mit zwei gefüllten Schnapsgläsern heran. Auf die Gesundheit! Und sonst? Rücken und Knie machten nicht mehr mit, Berufskrankheit. »Warst du mal zur Kur?« Pfefferkorn bot Hilfe an, Bad Elster, Bad Lausick. Die Veteranenkommission sollte sich kümmern, wozu war sie da? Prost Alfred, Prost Bruno. »Mensch, Alfred, wie ich mich freue!«

»Und du hast mich wiedererkannt nach all den Jahren?«

»Ach was. Wir haben Polizeiakten gefunden. Die sollten sicherlich in Prozessen gegen uns verwendet werden. Die beiden, die ich rausgezogen habe, hießen Mannschatz und Kleinefeld. Als diese Zusammenkunft vorbereitet wurde, stieß ich auf deinen Namen. So einfach ist das. Du hast getrieft wie 'ne Ratte, aber geschossen wie der Teufel. Wir sind zurückgerobbt, dabei krieg ich 'n Ding in den Oberschenkel. Du hast mich bis an diese Straße geschleppt.«

Der Wodka brannte, Mannschatz hatte sich noch nie was aus harten Sachen gemacht, aber vielleicht legte sich nun das Völlegefühl. Er auf dem Boden des Kahns, Wasser hatte er gurgelnd ausgespuckt, über ihm Pfefferkorns Lachen, Landserlachen, sie waren abgebrühte Grabenschweine wie die Sicherheitsbullen auf der anderen Seite auch.

»Wird Zeit, daß alles genau aufgeschrieben wird. Die meisten in unserem Abschnitt kamen aus Bitterfeld und Holzweißig, wir haben Gröbers bis zu diesem Gefecht um Beesenstedt verteidigt. Was warst du draußen, Alfred?«

»Gefreiter bei den Minenwerfern.« Jetzt ein drittes Bier, für ein Stück Fleisch und eine Kartoffel wäre mittlerweile im Magen leidlich Platz, aber die Tische waren schon abgeräumt. Wenn er zu Hause erzählte... Wäre Gift für Hartmut, den kriegte er dann noch schwerer in die Partei. Sindermann verabschiedete sich gerade, er müsse in die Redaktion, die morgige Ausgabe vorbereiten. Ihm sei das Herz schwer wie allen. Trotzdem, und so sei es ja immer gewesen: Trotz alledem finde er diese Zusammenkunft nützlich, um Verbindungen zu erneuern, nach verschollenen Genossen zu fragen, herauszufinden, wer auf welche Weise den Hitlerterror überstanden hatte. Die Vereinigung der Verfolgten des Naziregimes vervollständige ihre Listen, wer sich noch nicht eingetragen hatte, sollte das tun.

Keinen Schnaps mehr bitte. Jemand wollte wissen, das Bier hier sei stärker als üblich, Brauerei-Haustrunk. Wenn noch ein paar gegangen waren, wollte Mannschatz vielleicht fragen, ob er eine Flasche für seinen Schwiegersohn einsacken dürfe, der trank Bier viel lieber als er. Bruno fragen.

»In welcher Partei warst du damals, Alfred?«

»In der USPD, später wieder in der SPD.« Mannschatz registrierte knappes Nicken. Auf das kurzgeschnittene eisengraue Haar und die Stirnfalten schaute er hinab, auf strähnige Brauen und die Nase mit einer Narbe von der Wurzel bis zur Spitze. Dieses Nicken kannte er, feststellend, wertend. Genauer: abwertend. KP-Genossen reagierten so gegenüber dem kleinen, großmütig geduldeten Bruder.

»Schreib mir deine Adresse auf wegen der Kur. Ich hab manchmal in Bitterfeld zu tun, da besuch ich dich, Meiner.« Wenn Hallenser Freunde sich begegneten, rief der erste dieses Wort halb fragend, der zweite antwortete bestätigend ebenso eine Terz tiefer. »Wie steht's mit der Familie?«

Seine Frau arbeite in einer Betriebsküche, habe noch ein Jahr bis zur Rente. Die Tochter bei der Reichsbahn, der Schwiegersohn seit kurzem Meister. Zwei Enkel.

»Mit der Wohnung alles in Ordnung?«

»Siedlungshaus, reicht für uns.«

»Ich komm mal vorbei.«

Seit einundvierzig Jahren in der Partei, die Nazipause großzügig mitgerechnet, manchmal in einer minderen Funktion, beispielsweise für Schulungsmaterial zuständig, nie eingesperrt, nie verprügelt, immer das brav beitragzahlende Mitglied, ausgenommen die wilden zehn Tage während des Mitteldeutschen Aufstands im März 1921, über den immer noch diskutiert wurde – galt er nun als ruhmvoller revolutionärer Akt, oder war er ein von kurzsichtigen Revoluzzern angezetteltes, von vornherein zum Scheitern verurteiltes Abenteuer? Über den zeitweiligen militärischen Anführer Max Hoelz gingen die Meinungen genauso auseinander. Nun hier mit Sindermann und Pfefferkorn, er würde Herta haarklein davon erzählen. Noch ein lungenfüllender Zug, ein hübscher kleiner Wirbel im Hirn.

Jemand öffnete ein Fenster, kalte Luft stürzte herein, erst jetzt merkte Mannschatz, in welchem Qualm sie standen. In einer halben Stunde ging sein Zug. Wenn er schon keine Flasche Bier abstauben konnte, sollte er wenigstens eine Schachtel Zigaretten für Hartmut verhaften. Daheim würde er keine Frühstücksbüchse mit Wurststullen auf den Tisch stellen können wie dieser Schlaubengel – schön, er ließ sich nicht korrumpieren. Ziemlich dußliger Gedanke, vielleicht hatte er doch einen in der Krone. Nach irrsinnigen Umwegen war es endlich geschafft wie erträumt, als er als Lehrling in die Gewerkschaft eingetreten war: Du gehörst dazu, Brüder in eins nun, die Internationale erkämpft das Menschenrecht. Wurstsatt war er, fleischsatt, bier- und rauchvoll. Das sollte er Hartmut klar machen: Du erreichst nichts ohne die Partei, du kannst nur was ändern, wenn du drinne bist. Nimm dir noch 'ne Flasche, Junge, wir gehn rüber zu Pfefferkorn, wir sind die stärkste der Partein. Wir stecken uns 'ne Schachtel ein, wie wir heute rauchen, werden in drei Jahren alle rauchen.

»Genossen, ich bitte um Ruhe, um Ruhe. Genossen, der Genosse Josef Wissarionowitsch Stalin, so wird eben gemeldet, der geliebte Führer des Weltproletariats und aller friedliebenden Völker, der Vater des Fortschritts und der Freiheit, unser Genosse Stalin ist in Moskau gestorben.«

Mannschatz stellte das Glas ab und wischte sich über den Mund. Alle um ihn standen nun, das Gesicht dem Podium zugewendet. So würden sie eine Weile verharren, erstarrt. Vielleicht hielt jemand eine Rede. Flammender Appell oder so was. Unverbrüchlich. Mit einer Flasche Bier für Hartmut war es nun natürlich aus. Ziemlich kläglicher Einfall, wenn man die Umstände bedachte. Typisch für einen, der aus der SPD kam, würde Pfefferkorn urteilen. Nun mal ganz klar: Du hast keinen Grund, Alfred, einen so blöden Gedanken auszuspinnen, so besoffen bist du nicht, bist du überhaupt nicht.

2

Wann hatten sie das letzte Mal getanzt? Die Combo – Klavier, Schlagzeug und Saxophon – jazzte sanft vor sich hin mit einem Streifzug von »Blueberry Hill« über »Basin Street Blues« bis zu einer Andeutung von »Lili Marleen« und schloß mit »Mack the Knife«, was Clara Brücken lächeln ließ. Der Pianist ahmte den heiseren Louis nicht übel nach. Ihr schien, als spielten die drei vor allem zum eigenen Vergnügen, nicht immer zerhackten sie den Auftritt in tanzübliche drei Häppchen mit Trommeltusch am Schluß. Clara Brücken hätte so stundenlang tanzen mögen, sie betrachtete den vollbärtigen Fünfzigjährigen am Klavier, den hohlwangigen Saxophonisten und den Bubi am Schlagzeug, der sich vom Pianisten die Einsätze zunicken ließ. Sie hätte gern mitgesungen, konnte aber kein Englisch, und ein Irgendwie-Dabdudei wäre ihr und vor allem Hartmut albern vorgekommen; das riskierte sie allenfalls bei einem Schwips. Davon blieb sie an diesem Abend und in nächster Zukunft meilenweit entfernt, das stand fest.

Sie gingen zurück an den Tisch mit ihren Freunden Gitti und Heinz Gärtner. Inzwischen waren vier Portionen Eis nebst zwei Spezi serviert worden, ein landesüblicher brauner Schnaps. Der sei gefährlicher als weißer, erklärte Heinz Gärtner, den weißen sehe die Leber nämlich nicht, der fließe, ohne Schaden anzurichten, unbemerkt um sie herum. Trotzdem Prost! Neben den bunten Eiskugeln lag gekochter Rhabarber, denn die Kreation hieß »Eis mit Früchten«. Jetzt das Thema: Bier genehmigten sie hier in der Leipziger »Femina« nur zusammen mit Sekt als sogenanntes Herrengedeck, an der Tür machten sie Sperenzien, wenn einer ohne Krawatte kam. Vornehm nur einmal! Clara fragte dazwischen: »Was würdet ihr sagen, wenn wir im Sommer nach Mecklenburg ziehen?«

Da staunten Gärtners, und Hartmut Brücken erläuterte, die Gewerkschaft hätte ihn und zwanzig andere Metaller nach Halle beordert. »Großer Bahnhof: Facharbeiter aufs Land! Vorher vierteljähriger Lehrgang an Traktoren und Mähdreschern. Die Besten werden sofort als Leiter von Reparaturstationen eingesetzt, die andern steigen nach einem Jahr auf.«

Die liebsten Freunde zu verlieren wäre bitter, beteuerten Gärtners. Brücken schätzte, vermutlich müßte er die erste Zeit allein dort oben vegetieren, eine Wohnung wäre natürlich nicht im Handumdrehen zu ergattern. Später sollten neben den Reparaturstationen dreistöckige Wohnblocks mit städtischem Komfort hochgezogen werden. Darauf könne natürlich niemand warten, also bliebe erst einmal eine hoffentlich nicht zu baufällige Kate. Wenn es überhaupt zu all dem kommen sollte.

Vielleicht hauten noch mehr Großbauern nach dem Westen ab, vermutete Gärtner, und Brückens könnten sich ins warme Nest setzen? Und? Gärtner rieb Daumen und Zeigefinger gegeneinander. Ehe Brücken antworten konnte, setzte die Musik ein. Clara sprang sofort hoch. »Dauernd Damenwahl«, maulte Hartmut ergeben.

Auf der Tanzfläche fanden ihre Körper sofort zueinander, Arm paßte um Hüfte, Brust an Brust, Schenkel in Schoß. Sie spürte hochwachsenden Druck und lobte: »He, du Stehaufmännchen!« Er brummte geschmeichelt, nun begänne eine rasante Zeit ohne Vorsicht und Sorge, alle Kraft voraus: Jetzt kommen die lustigen Tage, Schätzel olé!

»Ham Se nich ein Hemd für Friedolin«, sang der Schlagzeuger. Bis Bitterfeld hatte sich herumgesprochen, daß im Süden Leipzigs ein Sexualtäter nachts durch offene Fenster stieg, schlafende Frauen erschreckte und Unterwäsche mitgehen ließ. Fetischist, kein Vergewaltiger, noch nicht. Clara legte den Arm um Hartmuts Hals und biß ihn ins Ohrläppchen. Ein wunderbarer Abend, wie er bestenfalls einmal im Monat zu organisieren war, denn beide arbeiteten im Schichtdienst, und Gärtners mußten jemanden finden, der auf die Kinder aufpaßte. Eintrittskarten waren schwer zu ergattern; wenigstens konnte Clara von ihrem Schreibtisch aus telefonieren. Letzte Woche hatte der Bahnhofsvorsteher Krach geschlagen: Der private Mißbrauch des Telefons nehme überhand, er werde durchgreifen. Hemsberger, ihr Schreibtischgegenüber, lästerte natürlich: Im Mittelpunkt die Sorge um den Menschen!

Am Tisch setzten sie das Thema fort: Brücken verdiene dort oben ein Drittel mehr als in Bitterfeld, dabei wäre noch nicht einmal mitgerechnet, was die jetzige Kampagne anrichten könnte: Mal war von völlig neu zu begründenden Normen die Rede, dann vom pauschalen Anheben um mindestens zehn Prozent. Jeden Tag neue Hektik.

»Ich weiß selber nicht, was ich will«, sagte Clara. »Manchmal denke ich: Um keinen Preis bringt mich jemand in diese Einöde. Dann wieder träume ich von sauberer Luft, ohne daß es ständig Ruß regnet.«

Gärtner war auf Rügen gewesen. Dort erzählten alle, die Insel solle zur Festung ausgebaut werden, Hotels würden enteignet. Der Jasminer Bodden werde als Liegeplatz für eine gewaltige Flotte aufgerüstet, ein rotes Scapa Flow. »Die Armee kriegt fünfzig Generäle und die Flotte sieben Admirale. Könnt ihr euch das vorstellen?« Jetzt müßte man dort oben sein, was da alles gebraucht würde: Verwaltungsdirektoren, Kulturleiter, Parteisekretäre – wer sofort mitmischte, schnitt sich die besten Stücke aus dem Kuchen.

Clara fragte fröhlich: »Und was würdest du am liebsten?«

Gärtner blickte ernst. Nach seinen Fähigkeiten vielleicht am besten in die Kaderleitung, Fachkräfte nachziehen, Schulungen organisieren, ja.

Da fingerte Hartmut Brücken eine weiße Schachtel aus der Tasche und klopfte Zigaretten heraus. »Hat mir mein Schwiegervater geschenkt.« Der Genosse Alfred habe das Edelkraut bei einer Parteiveranstaltung in Halle abgestaubt. In solch noblen Kreisen verkehre er für gewöhnlich nicht, sie hätten Stalins Tod gefeiert – na, das war nun keinesfalls der richtige Ausdruck. Brücken vermutete, die Lullen würden in Dresden hergestellt, die Russen hatten sich die dortigen Zigarettenfabriken unter den Nagel gerissen. Die deutschen Spitzengenossen kriegten hin und wieder ein paar Schachteln ab, oder?

»Mein Vater hat danach ziemlich rumgedruckst.« Clara war sich nicht sicher – wegen des Katers, oder weil ihm das ganze gestunken hatte? »Er maulte: Du mußt doch nicht denken, daß sich Pieck seine Papyrossi selber dreht.«

»Aug in Aug mit der Macht.« Brücken war bester Stimmung. »Der schlichte Genosse von der Basis schnuppert Höhenluft. Gut, daß mein Schwiegervater mal *ahnt,* wie Politik wirklich abläuft.«

»Ich laß nichts auf meinen Papa kommen.«

»Brauchst auch nicht.«

»Und dann«, Gärtner wollte gewichtig klingen, »Hartmut, mußte in die Partei.«

»Muß nicht.«

»Wenn du Leiter werden willst...«

»*Ob* ich eintrete, ist die Frage, ob ich *jemals da reinlatsche*. Aber als Koppelgeschäft – *nie*.«

Gärtner habe brutalsten Gruppendruck erlebt, als er und seine Kameraden im Wehrertüchtigungslager in die Waffen-SS gepreßt werden sollten. Nachdem die ersten drei unterschrieben...

»Ach, kein Thema für heute Abend.«

Clara schaute bewundernd auf ihren Mann – allerliebster Dickschädel, herrlicher Sturkopp, und nur sie wickelte ihn um den Finger, manchmal. Sie sah sich vor einem Bauernhaus, Windeln flatterten. »Opa und Oma kommen auf ein paar Wochen. Euch quartieren wir im Gasthof ein. Die Bäuerlein drängen Hartmut ihre Gänse und Schweinchen förmlich auf, denn er repariert ihnen am Abend ihren Schrott. Ihr fahrt zurück mit dem Koffer voll Räucheraal, denn nahebei ist ein See und der Fischer mein Verehrer. Die Hauptsache: Unsere drei Kinder wachsen in sauberer Luft zu Prachtkerlen heran.«

Gitta Gärtner begriff zuerst: »Drei?«

Clara strahlte, Hartmut warf sich in Siegerpose, tja, die Sache stünde fest, zum Thomas und dem Bienchen gesellte sich demnächst die Nummer drei. Oma und Opa, die Kindernarren, seien geradezu aus dem Häuschen.

»Sieben Tage lang wart ich schon auf dich« stand auf der RIAS-Hitparade weit oben. Der Schlagzeuger griff zur Klarinette, reckte sie steil, schwenkte sie über die Kante des Podiums. Der Pianist drosch aus Augenhöhe auf die Tasten, wildes Bekenntnis: Jetzt stürmen, stürzen alle Gedanken nach Westberlin, zum RIAS und seinem Tanzorchester, zu Bully Buhlan und Rita Paul in der Waldbühne. Wenn die Combo jetzt eins draufsetzte mit »Ich hab so Heimweh nach dem Kurfürstendamm«, verbannten die Verantwortlichen womöglich den Gaststättenleiter in eine Bruchbude der Preisstufe II ins Vogtland, und die Musikanten verloren ihre Auftrittsgenehmigung. Aber es blieb bei halber Provokation. Pause.

Kein anderes Thema mehr als das im Anmarsch befindliche Kindchen. Bestürzung zunächst, als die Periode ausgeblieben war und sich trotz sanfter Hausmittelchen nicht einstellen wollte. Das kannten alle vier und nickten bitterernst. Gärtner rief nach Sekt, den brauche er auf den freudigen Schreck. Eine künftige Mutter finde nichts Belebenderes für die Milchproduktion als ein perlendes Schlückchen – da kriegte er von seiner Frau eins auf den Mund. Hehe, eine Runde auf Gärtners Rechnung! Vier Herrengedecke, und wenn Clara vernünftigerweise nicht mittrinken wolle, genüge ein symbolisches Nippen. Was für ein Abend!

Mecklenburg oder nicht – Brücken fühlte sich oben. In seiner Bude zerrten sie an ihm und bewiesen jeden Tag, was er ihnen wert war. Wenn er in die Taiga zog, lag es an ihm, wie er sein Leben aufbaute, ausbaute. Wenn er Bitterfeld »die Treue hielt«, wie es ein Arsch von der Parteileitung formuliert hatte, konnte er Forderungen stellen: Ich brauche zwei von den neusten Schweißapparaten für meine Brigade, sonst...

Mit dem Rhythmus kam der Schlagzeuger schlecht zurecht, hilfesuchend blickte er zum Pianisten. Brücken vermutete Südamerikanisches, Samba vielleicht. Wenn er von derlei Taktgewirr auf der Tanzfläche überrascht wurde, schaltete er resolut auf Foxschritt. Der Saxophonist ließ sein Instrument sinken und starrte vor sich hin. Aus seinem Mundwinkel kroch ein dunkler Faden und sickerte zum Kinn. Brücken wollte Gärtner anstoßen, da ruckte der Saxophonist nach vorn, ein Schwall brach aus seinem Mund, Kotze oder Blut. Brücken war sofort hoch und ein paar Schritte über die Tanzfläche, packte schlaffe

Schultern und begriff: Blutsturz, wie er ihn bei einem Kollegen erlebt hatte in spätem Stadium der Tbc. Der Schlagzeuger öffnete die Schlaufe des Saxophons und legte das Instrument behutsam zur Seite, murmelte: Ganz ruhig, Gustl, ganz ruhig. Brücken blickte an sich hinunter, er hatte nichts abbekommen. Am Tisch waren sie sich einig: Unverantwortlich, so herumzulaufen und seine Tuberkel in die Luft zu pusten. Bloß raus!

Während Brücken und Gärtner zahlten, setzten sich Pianist und Schlagzeuger wieder hinter ihre Instrumente. Sie begannen mit »Moonlight Serenade«. Nein, versicherte der Kellner, so was sei noch nie passiert, der Mann arbeite hier seit Wochen. Ja, sie hätten einen Arzt gerufen. Bei »Pennsylvania 6-5000« riefen die Musikanten dazwischen: »Zwo-drei-vier – jetzt ein Bier.« Clara fürchtete, sich übergeben zu müssen, wenn sie nicht sofort ins Freie kam. Sie liefen die Treppe hinab und durch die Passage auf den Markt. Tagelang freue man sich auf einen schönen Abend, und dann das. Gärtner schüttelte den Kopf; sogar in russischen Gefangenenlagern habe es Isolierbaracken gegeben.

Langsam gingen sie zum Hauptbahnhof; andermal waren sie gerannt, um den letzten Zug zu erwischen. Clara spürte ein Kribbeln in den Brustspitzen – schwer vorstellbar, daß die Dingerchen sich jetzt schon aufs Stillen einrichteten. Ihre Gedanken kreisten unablässig ums Würmchen, bei den beiden anderen Kindern war das nicht so kraß gewesen. Wenn es zehnmal bei der Reichsbahn drunter und drüber ging, das Muttertier baute sich seine Höhle. Sie stellte sich vor, sie wohnten am Rande eines Dorfes, den Korb stellte sie neben der Hoftür in die Sonne. Das Baby lauschte aufs Sirren der Schwalben, das mochte es. Katze auf der Türschwelle. Kein Gestank aus Chemieküchen, kein Rußregen.

Ihr Zug stand vor der Halle in völliger Dunkelheit. Erst im sechsten Abteil fanden sie einigermaßen schließende Fenster. In die »Femina« kämen sie nicht so bald wieder, darüber waren sie sich einig. Nächstes Wochenende sollten sie daheim ein Gesöff aus Bergmannsschnaps und Kunsthonig mixen, »Kumpeltod« der sanften Variante. Herrliche Zeiten brachen an, sie soffen nur noch zu dritt.

Der Zug war pünktlich.

3

Bruno Pfefferkorn spürte ein quälendes Zerren die Beine hinauf; die Muskulatur hatte in der Haft stärker gelitten, als er sich eingestehen wollte. Daran würde er eines Tages zugrundegehen. Nichts besserte sich trotz Tabletten und Spritzen und Massagen, das Elend konnte nur hinausgezögert werden. Zwischenstadium: Rollstuhl.

Er stand leise auf, um seine Frau nicht zu wecken, und setzte sich in der Küche ans offene Fenster. Die Nacht war lau, die Stadt still, bald würden die ersten Straßenbahnen ausrücken.

Thekla schlief wie immer ihre acht oder zehn Stunden durch, gesunder Schlaf der Jugend. Es lebte sich voller Glück und ohne jeden Konflikt mit ihr, noch. Sie sah in ihm den Helden; wie sie schwärmte gleich nach dem Krieg so manches Mädchen im frischen Blauhemd. Ihr Elan spornte ihn an, das konnte in fünf oder zwei Jahren schon Vergangenheit sein. Er hielt nicht mehr viel aus, ein simpler Schnupfen, den andere wegsteckten, schmiß ihn für Wochen um. Irgendwann verfaulte er im Sanatorium, sie war dann an einen alten Knacker gekettet. Verzichtete auf Scheidung aus Mitleid und Respekt;

einen verdienten Kämpfer ließ eine Genossin nicht im Stich. Sie mußte höllisch aufpassen, wenn sie einen Mann mit ins Bett nahm, war von Moralgetue und Gehässigkeit umzingelt. Er hatte nicht auf seine Mutter gehört, als sie ihn warnte: Du zerrst das blühende Ding mit in deinen Sarg.

Er rührte Haferflocken an, endlich wurde es fünf. Wenigstens war es hell, die Vögel begannen, ihre Reviere abzustecken. Vor dem Winter grauste ihn. Halb sieben würde er endlich abgeholt werden. Die Frühnachrichten im Radio: Um den großen weisen Stalin zu ehren, verpflichtete sich das Walzwerk Hettstedt, im Wettbewerb des zweiten Quartals durch fünfzehnprozentige Normerhöhung die Bruttoproduktion um zehn Prozent und die Arbeitsproduktivität um vier Prozent zu steigern, während die Selbstkosten vermindert würden. Das bedeutete Senkung der Löhne, was sonst.

Leise öffnete er die Tür zum Schlafzimmer, erkannte im Dämmerlicht hinter der zugezogenen Gardine, daß sich Thekla halb aufgedeckt hatte, eine Schulter lag bloß. Er streichelte ihren Nacken und murmelte einen Morgengruß und daß er jetzt fort müsse; sie reagierte stöhnend. Er legte seine Lippen auf ihre Schulter, und während er ihren Duft einsog, überlegte er, ob wohl ein Fünfundzwanzigjähriger in solcher Situation die Decke wegzog und stürmisch über die Geliebte herfiel, sie »nahm«, wie es in Büchern hieß, ein wenig Gewalt war zumindest am Anfang dabei, war »im Spiel«, das klang schon doppeldeutig. Das war passiert in seiner ersten kurzen Ehe, als er aus dem Knast gekommen war nach dem halben Jahr in Zwickau, 1929, wegen Waffenschmuggels aus Böhmen herüber. Wann hatten Thekla und er sich zuletzt geliebt, diese Woche nicht, jetzt war sie beinahe jeden Abend unterwegs. Ihren Stalin-Vortrag wiederholte sie immerzu, besonders tiefgründig fand er ihn nicht, fürs Parteilehrjahr gerade noch geeignet. Er nahm ein Stück Haut zwischen die Zähne, festes Fleisch, biß sanft zu, ließ locker, als sie zuckte. Bis heute abend irgendwann.

Kodelwitz hatte das Arbeitszimmer schon gelüftet und den Tischkalender umgestellt. Vierzehn Stunden im Dienst, meist gutgelaunt, fähig, ein Dutzend Probleme aufeinander abzustimmen und zu verzahnen. Nicht immer mit dem Blick auf das Wesentliche, das würde sich mit der Zeit ergeben. Er war kaum dreißig, seit kurzem Hauptmann, so einem stand jede Laufbahn offen. »Sechs Termine heute, Bruno. Du wolltest mit dem U-Knast beginnen, Vernehmung von Schmolka. Nachmittags Vorbereitung der Veteranenkommission, vielleicht mit Mannschatz. Danach tanzt aus Eisleben ein Genosse an und berichtet über diese Panne bei der Mitgliederwerbung.«

»Das erzählst du mir am Mittag noch mal.«

Auf dem Schreibtisch »Neues Deutschland« und »Freiheit«. Die Beteiligung am Parteilehrjahr war von siebzig auf fünfzig Prozent abgerutscht, erstaunlich, daß derlei öffentlich gemacht wurde. Verhaftungen im Zeiss-Werk Jena, eine Bande von Spezialisten hatte Forschungsunterlagen nach dem Westen verschoben. Appell der Volkskammer an den Bonner Bundestag, alle Bemühungen zu unterstützen, »eine Konferenz zur Vorbereitung des Friedensvertrags mit Deutschland und der Wiederherstellung der deutschen Einheit einzuberufen, was voll und ganz dem Standpunkt der Sowjetregierung in dieser Frage entspricht«. Theaterdonner. »Und sonst?«

»Lästiges Zeug vom Bezirksgericht, wieder die Sache Erna Dorn.« Kodelwitz wedelte mißmutig über eine Anfrage hin. »Die Dorn schwindelt das Blaue vom Himmel. Oberrichter Brettmann will unsre Untersuchungsergebnisse zurückweisen, ein unerhörter Fall.«

»So was darf unter keinen Umständen einreißen.«

»Hab ich unseren Leuten auch gesagt. Der Vernehmer der Dorn ist ziemlich neu in dieser Funktion.«

»Wenn alle Stränge reißen, muß Wendler ran. Unsere Ermittlung muß sozusagen Gesetzeskraft erhalten, daran darf keiner rütteln dürfen, und ein Weichling wie Brettmann schon gar nicht.«

»Vielleicht ist die Dorn einfach übergeschnappt und spinnt.«

Pfefferkorn wußte: Wenn Häftlinge wochenlang zusammen auf Zelle lagen und der Gesprächsstoff ausging, begannen endlose Prahlereien. Bei Frauen am stärksten. Die eine behauptete, in Schlesien sechs Mietshäuser besessen zu haben, die andere, in Pommern eine Brikettfabrik. Und jede zwei Dienstmädchen. Männer, die fürs Ritterkreuz vorgeschlagen waren, fanden sich haufenweise – leider wäre das Kriegsende dazwischengekommen; der Führer hätte schon... Erna Dorn, Diebin und Betrügerin, zu fünf Monaten Gefängnis verurteilt, wollte im KZ Ravensbrück Aufseherin über drei Baracken gewesen sein.

»Ich hab mir die Dorn mal angesehen, Bruno, mickrig, nicht fürn Sechser hübsch, aber wilde Phantasie. Heute das, morgen das absolute Gegenteil. Dünne Beweislage voller Widersprüche. Drei verschiedene Geburtsorte in Ostpreußen.«

»Soll das Bezirksgericht seinen Mist selber ausbaden.« Die Richter dort hatten Punkte gegenüber dem mächtigen Leipzig sammeln wollen, die Pfeife Brettmann und der vor Ehrgeiz stinkende Holls. Keiner mit Augenmaß. Leipzig verdonnerte Fälscher von Lebensmittelkarten, daß die Schwarte krachte: Todesstrafe und zweimal lebenslänglich. Brettmann kriegte von allen Seiten Pfeffer: Der Klassenkampf verschärft sich gesetzmäßig, und was passiert bei dir? Erst versöhnlerisch, bürgerlich-formalistisch, plötzlich ultralinks. Brettmann, blasse Lusche, eventuell christlich angehaucht von seiner Frau. Aktenwissen – wenn seine Knochen auch schlappmachten, bestärkte sich Pfefferkorn, sein Gedächtnis war eisern, er kannte seine Pappenheimer bis zu den Saufgewohnheiten und Seitensprüngen. »Also, Wendler soll sich die Dorn noch mal vorknöpfen.«

Jetzt die Akte Schmolka. Die Bezirksleitung bohrte, drückte. Es war die Frage, und die Bezirksleitung »stellte sie scharf«, ob dieser Fall mit vergleichbaren Verbrechen gekoppelt zu einem Prozeß mit propagandistischer Wirkung ausgebaut werden oder ob Schmolka rasch und allein verknackt werden sollte, mit zwanzig gesiebten Zuhörern statt zweihundert. Zehn Jahre Zuchthaus oder zwölf. Besitzer einer Bauschlosserei mit dreißig Beschäftigten, zweckfremder Einsatz von Material, bei der Hausdurchsuchung siebzehn Gläser mit eingekochter Wurst, eine halbe Speckseite und drei Pfund Rohkaffee gefunden, acht Kartons Friedensseife, Anzugstoffe. In diesen Kreisen wusch immer eine Hand die andere. Hatte Arbeitskräfte und Material abgezweigt, um eine Pension im Harz in Schuß zu halten, dort machte er mit seiner Familie Urlaub. Im Kirchenvorstand, seine Kinder in der Jungen Gemeinde. Mal ansehen, den Burschen.

Kodelwitz telefonierte zum Untersuchungsgefängnis hinüber – ja, Schmolka werde gerade vernommen. Kodelwitz bestellte den Dienstwagen und gab als Ziel an: Steinstraße. Jedesmal, wenn Pfefferkorn durch die Schleuse fuhr, wenn das Tageslicht ausgesperrt wurde und es nach feuchter Mauer, Keller und Angst roch, überfiel ihn die Erinnerung, daß ihn die Nazis hier geprügelt hatten, bis die Haut platzte. Sie schleppten ihn nach Buchenwald, da baute Schmolkas Vater gerade seinen Betrieb aus, verdiente sich dumm und dämlich an der Rüstung, beschäftigte im Krieg Zwangsarbeiter. Darüber standen im Vernehmungsbericht nur Bruchstücke, das würde zum

Part des Staatsanwalts gehören, zum politisch-moralischen Umfeld. Der Angeklagte als Leutnant im Afrika-Korps. Pfefferkorns frisch entdeckter alter Kumpel zu dieser Zeit Bauarbeiter in der Organisation Todt, er hatte sich die Kaderunterlagen zustellen lassen. Mannschatz beim Bunkerbau in Norwegen, beim Reparieren von Brücken in der Ukraine. Er mußte alles wissen, ehe er ihn in die Veteranenkommission einbaute. Beide Söhne bei der Infanterie, der eine in Griechenland, der andere vor Leningrad gefallen. Niemand aus der Familie in der Waffen-SS. Mannschatz kurz in sowjetischer Gefangenschaft. Alles im üblichen Maß.

Als Pfefferkorn in den Vernehmerraum trat, hob Schmolka den Kopf. Pfefferkorn nickte seinem Genossen zu: Weitermachen. Er schaute scheinbar interessiert auf das beherrschende Stalinbild, der Führer des Weltproletariats im Soldatenmantel, im Hintergrund angreifende Panzer. Trauerflor um eine untere Ecke.

»Warum haben Sie Arbeitskräfte von Buna abgezogen?«

»Weil es dort kein Material gab. Die Bleche kamen nicht.«

»Das konnte doch nicht ewig dauern.«

Schmolka wendete den Blick zu Pfefferkorn, ohne Scheu, prüfend. Der Untersuchungsgefangene saß auf einem an die Wand geschraubten Schemel, die Hände vorschriftsmäßig flach auf den Oberschenkeln. Er steckte in einem Drillichanzug mit eingenähten gelben Streifen, das Haar war an den Seiten mit der Maschine geschnitten, oben blieb eine komische Bürste. Schmolkas Antworten klangen nicht wie von einem, der mit den Nerven am Ende war; fünf Monate Haft hatten ihn keineswegs zermürbt. Wenn sie ihn in ein paar Wochen vor Gericht stellten, würde er kein schlotterndes Häuflein Elend darstellen. Also Ausschluß der Öffentlichkeit.

»Ich hatte vier Leute dort, zwei ließ ich für Restarbeiten, die beiden anderen setzte ich zum Bahnhof Eisleben um. Dort sollte meine Firma Bahnsteigüberdachungen abbrechen.«

»Das ist nicht mehr *Ihre* Firma, Schmolka!«

»Damals war sie es, und wir reden von damals.«

»Werden Sie nicht frech, Schmolka!«

Diese Schärfe fand Pfefferkorn übertrieben, der Vernehmer wollte wohl Eindruck auf seinen Chef machen. Überall beim MfS waren zu junge Genossen am Werk, wenigstens verfügten einige über gewisse Erfahrungen bei der Kripo. Schmolka schwieg, und Pfefferkorn überlegte: Mit dem da konnte schwerlich ein Sündenbock für alle Mängel in der Schwerindustrie gefunden werden, er gab allenfalls ein Sündenböckchen ab, wenn Sindermanns schärfste Jungs bei der Berichterstattung kräftig draufsattelten. Pfefferkorn nahm einen stärkerwerdenden Geruch wahr – Fäkalien und Chlor, in einem der Stockwerke über ihm wurde *gekübelt:* Die Häftlinge trugen ihre Eimer zu einer Zelle am Ende des Gangs, dort kippten sie aus, spülten mit Wasser nach, füllten Chlorkalk ein, blankes Mittelalter. Das kannte er: Wer zuwenig Chlor einlöffelte, hatte den Scheißegestank um die Nase, bei zuviel blubberte das Gas unter dem Deckel hoch. Das richtige Maß fand ein Häftling erst nach Wochen. Der Antrag, wenigstens einen Flügel auf Wasserspülung umzubauen, war gerade erst wieder abgelehnt worden – Überbelegung und zu hohe Kosten, im nächsten Plan vielleicht.

»Wie war das mit dem Verschieben von Lötzinn nach Westberlin durch Ihre Leute?«

»Davon weiß ich nichts, und ich halte es auch für unwahrscheinlich. Die Zuteilung war zuletzt so minimal, daß die Kontrolle leicht fiel.«

»Und Sie selber?«

Schmolka schwieg, legte den Kopf schief, lächelte.

»Ihnen wird das Lachen noch vergehen, Schmolka!«

»Ist schon weitgehend.«

»Also raus mit der Sprache!«

Schmolka war seine Klitsche los, dazu reichte es immer. Ein Ausbeuter weniger, Prozeß ohne Schmiß und Eleganz. Wahrscheinlich mußte die halbe Speckseite doch noch herhalten. Pfefferkorn wünschte sich einen schurkischen Angeklagten, einen wuchtigen Vernehmer und ein knalliges Verbrechen, eine runde große Sauerei. Die Firma würde einem volkseigenen Betrieb angegliedert, das Wohnhaus enteignet, die Frau haute mit ihren Kindern nach dem Westen ab – Routine.

Nach einer halben Stunde ging Pfefferkorn leise hinaus. Von seiner Dienststelle aus rief er daheim an – Thekla saß längst vor ihren Büchern. Die Bezirksparteischule experimentierte mit einem häuslichen Studientag, schwierig für alle, die noch nicht gelernt hatten, wie man ihn nutzte. »Guten Morgen, großer Genosse!« rief sie, »und herzliche Grüße von der wissenschaftlichen Front!« Sie lese im »Antidühring« von Engels ein paar Stellen, die von der Schulleitung nicht zur Lektüre ausgewählt worden seien, und finde sie spannend. Verzettele dich nur nicht, wollte er ihr raten und behielt es für sich. Sein Tag sei noch lang, ja, er sei herzlich einverstanden, wenn sie am Abend seine Mutter besuchte. Er käme diese Woche bestimmt nicht mehr dazu. Und frohes Schaffen!

Kodelwitz war fort zu einer Kreisdienststelle, den Terminplan hatte er ergänzt: Bei Wettin war ein Hetzballon niedergegangen. Die Sekretärin wußte mehr: Er war in einer Starkstromleitung hängengeblieben, Gefahr von Kurzschluß und Waldbrand bestand. Außerdem: Der Genosse Oberstleutnant möge in Ammendorf nachfragen, was in einer Entwicklungsabteilung passiert war – Drohung mit Streik, sollte das Betriebsessen nicht besser werden. Neuerdings nahm das Wort »Streik« überhand – begriff denn niemand, daß es in eine überwundene Epoche gehörte? Ermitteln, in welchem Maße dort ehemalige Nazis oder Offiziere konzentriert waren. In Merseburg stockte die Kartoffelversorgung, wer nicht reichlich eingekellert hatte, stand hungrig da. Es wurde verdammt Zeit, daß das erste Frühgemüse in die Läden kam. Wozu war er eigentlich da, Mädchen für alles? Wenn er sämtliche Leiter für Versorgung vor den Kadi brachte, wuchs deshalb kein einziges Radieschen zusätzlich.

Der Ballon, den ihm der Leiter der Kreisdienststelle vorführte, hatte einen Durchmesser von knapp einem Meter und trug eine Vorrichtung, die nacheinander bis zu zweihundert Flugblätter ausklinken konnte. Die Mechanik – Bastelarbeit. Der Text sprach von Druck auf Mittel- und Großbauern. Die Versorgung mit Saatgut in der Zone werde von Jahr zu Jahr miserabler. Neuerdings gelte die Anweisung, jede Fläche mit irgendeiner Frucht zu bestellen ohne Rücksicht auf Bedarf oder Versorgungsplan – das stimmte, leider. Überall ginge die Milchleistung zurück. Stimmte auch. Karikaturen von Ulbricht und Grotewohl wie üblich. Ein Bauer aus dem Harzvorland, jetzt in Schleswig-Holstein, gab seinen Namen für einen Artikel her, der unmöglich aus der eigenen Pfote stammen konnte: SED-Funktionäre hätten ihn zur Verzweiflung getrieben, weil er sich nicht in die LPG habe pressen lassen, sein Ablieferungssoll sei unerträglich hochgetrieben worden, bis ihm keine Luft mehr blieb. Roter Terror, selbst seine Kinder... Pfefferkorn riet, den Ballon in einem Schaufenster auszustellen, Erläuterungen dazu: Um ein Haar sei er aufs Dach eines Kindergartens gefallen. Vor nichts schreckten die Kriegstreiber zurück – etwa in diesem Sinne. »Macht was draus, Genossen!«

Jetzt noch einen Besuch? Es mußte nicht bei jedem Gespräch etwas Konkretes herauskommen. Pfefferkorn ließ am Haus von Mannschatz vorbeifahren und wenden; hundert Meter entfernt sollte der Genosse Fahrer warten. Doppelte Konspiration, sein Berater schärfte ihm das immerzu ein. Keine Kumpanei mit dem Fahrer! Sie waren per du, das ließ sich nicht rückgängig machen. Die sowjetischen Genossen lebten derlei vor: Einem Offizier, der zum Bahnhof ging, trug ein kurzgeschorener Muschik mit zwei Schritten Abstand den Sperrholzkoffer hinterher.

Die Gartentür stand offen, Pfefferkorn ging langsam an der Giebelseite entlang. Vom Sitzen im Auto waren seine Beinmuskeln schlaff geworden, er »eierte«, ein Begriff aus der Kindheit. Ein etwa achtjähriger Junge hockte an einem Sandplatz, Mannschatz kratzte Farbreste von einer Schuppentür. Jetzt, im fleckigen Hemd, das dünne Haar wirr, erschien er älter und verbrauchter als beim Wiedersehen in Halle.

»Das ist aber mal 'ne Überraschung!«

»Die Seele meines Berufs, Alfred.«

Mannschatz legte die Drahtbürste weg und wischte sich die Hände an einem Lappen ab. »Wird Zeit, daß alles wieder bißchen Farbe kriegt.«

»Hast du genug?«

»Man muß sich kümmern.«

Pfefferkorn schaute sich um: Kaninchenstall mit gut einem Dutzend Boxen, Hühner in einem Drahtkäfig.

»Gehn wir rein, Bruno?«

»Ist doch hübsch draußen.« Stühle um einen Gartentisch, SPD wie aus dem Bilderbuch – er würde jede Bemerkung in diese Richtung vermeiden. Mannschatz wolle Kissen holen. Und was zu trinken. Stachelbeerwein? Nach ein paar Minuten war er mit einem Tablett wieder da, hatte eine Drillichjacke übergezogen. Unterdessen fragte Pfefferkorn den Jungen, wie er heiße und in welche Klasse er gehe. Etwas anderes fiel ihm bei Kindern selten ein. Thomas, aha, schöner Name. Der Junge machte sich hinters Haus davon.

Mannschatz goß ein, der Wein schimmerte tief dunkel. Seine Frau habe Spätschicht in ihrer Betriebsküche, Tochter und Schwiegersohn müßten bald kommen. Ja, seine Tochter habe bei der Reichsbahn gelernt von der Pike auf. Reichsbahn sei wie eine Familie, dort gäbe es nicht diese Fluktuation wie in der Industrie neuerdings. Und kaum Republikflucht. Stachelbeerwein hätte er letztes Jahr soviel angesetzt, wie er Flaschen auftreiben konnte. »Prost, Meiner! Hast in der Nähe zu tun?«

»Das auch.« Pfefferkorn bot Zigaretten an, diesmal aus normaler Schachtel. Er hätte Schnaps mitbringen können, hätte womöglich großkotzig gewirkt. »Vor allem will ich dich wiedersehen. Nicht immer im Dienst stecken mit immer den gleichen Problemen. Schmeckt, dein Wein.«

»Und geht in die Birne.«

»Wie bist du denn durch den Krieg gekommen?«

Zur Organisation Todt sei Mannschatz ab 1943 gezogen worden; soviel wußte Pfefferkorn. Vorher unabkömmlich im Betrieb. Danach kurze Zeit in sowjetischer Gefangenschaft, ein paar Wochen in der Tschechoslowakei. Und wo im Einsatz? Norwegen, Ukraine, Bau und Reparatur von Brücken. Auch die Organisation Todt war zur Partisanenbekämpfung herangezogen worden, zumindest hatte sie ihre Baustellen bewacht und verteidigt. So war es bei neunzig Prozent aller Genossen in diesem Alter – kein Lebenslauf ohne Flecken, das Klassenbewußtsein versaut. »Hab wegen deiner Kur angefragt.« Das stimmte nicht, er würde es nächste Woche nachholen. »Wäre was für dich, Alfred, Mitarbeit in der Veteranenkommission.«

»Ehrlich, Bruno, bei uns in Bitterfeld sind da nur Genossen aus der KP drin.«

»Ist grundsätzlich nicht so, kann ja gar nicht. Vielleicht drängt sich niemand sonst zu dieser Arbeit? Mir ist inzwischen einiges eingefallen. Wir lagen damals noch eine ganze Weile auf diesem Damm. Drüben zog die Sipo auf in Schützenkette, und wir hatten fast keine Munition mehr. Du hast mir 'nen Patronenrahmen zugeworfen.«

»Ich denk kaum noch an die alten Geschichten. Der Aufstand war von Anfang an falsch, wir mußten schließlich verlieren. Hunderte Tote, ein paar tausend Jahre Zuchthaus. Ich bin ja mit 'nem blauen Auge davongekommen.«

»Mit deinen Patronen hab ich mir den Weg freigeschossen. Sonst hätten sie mich totgeschlagen.«

»Dann sind wir ja quitt.«

»Unsere große Zeit, Alfred.«

Ein Mann in einem Schlosseranzug schob sein Fahrrad in den Gang. Mannschatz stellte vor: Hartmut Brücken, der Schwiegersohn, frischgebackener Meister. »Ach Scheiße«, sagte Brücken, »den Titel kannste dir an den Hut stecken.« Der Genosse Pfefferkorn aus Halle – aha, sein Schwiegervater habe von der Zusammenkunft neulich erzählt. Brücken stellte sein Fahrrad ab und ließ sich auf einen Stuhl fallen.

Mannschatz fragte: »Wie war's heute?«

»Wenn wir so weitermachen, ist der Plan gleich wieder im Eimer.«

Pfefferkorn: »Welcher Plan und warum?«

»Wir bauen 'ne Rohrbrücke, das heißt, wir sollen sie bauen. Aber die meisten Zeichnungen sind Pfusch. Ich hab noch nie so 'ne Hektik erlebt.« An diesem Wort klebte Brücken: Hektik, als ob damit irgend etwas schneller ginge, Hektik in der Planung und ohne Sicherheit beim Material, Hektik in der Werkleitung und der Betriebsgewerkschaftsleitung dort hätte der Vorsitzende den Krempel hingeschmissen. Natürlich diente nun die Gewerkschaft als Sündenbock.

Pfefferkorn: »Und warum haust du nicht auf den Tisch?«

»Da hauen schon viel zu viele auf zu viele Tische. Wir brauchen Ruhe und Material, das isses.«

Ein Kerl wie ein Baum, fand Pfefferkorn, der konnte von Glück reden, daß ihn die Waffen-SS nicht geschnappt hatte. Vielleicht hatte sie ihn zu keilen versucht, aber ein Arbeiterjunge meldete sich freiwillig weder dorthin noch zur Marine oder den Fallschirmjägern, sondern ließ sich einziehen. Helle Augen, die den Gesprächspartner nicht losließen. Schnelle Sprechweise. So einer gehörte ins Studium, mußte die bürgerliche Intelligenz ersetzen. Wenn Thekla so einen kennenlernte – dieser Gedanke war neu, Pfefferkorn versuchte nachzuspüren, inwieweit er quälte oder zur Beschwichtigung einlud: So war der Lauf der Welt. Warum sollte es nicht funken, wenn ihr so einer über den Weg lief. Das wäre nicht fremdgehen im landläufigen Sinne, sondern Ausgleich für Opfer, Belohnung für Opfer, er müßte es schaffen, solch eine Situation, sollte sie eintreten, von außen zu sehen, schön, schlecht, schönschlecht. Kein Thema für heute, ein Problem hoffentlich nie. Pfefferkorn überlegte, wie lange er noch bleiben sollte. Eine Frau mit einem kleinen Mädchen an der Hand trat an den Tisch. »Meine Tochter Clara mit dem sonnigen Enkelkind.« Mannschatz beugte sich hinab, flüsterte: »Bienchen, Bienchen« und ließ ein Summen folgen. Eine hübsche, gesunde, fröhliche Frau – Pfefferkorn fühlte ein Stechen in der Brust wie stets, wenn er an seine Tochter und die beiden Enkelinnen erinnert wurde, ums Leben gekommen bei einem Bombenangriff auf Dessau.

Thomas kam hinzu und quengelte, sein Vater habe ihm versprochen, ihn auf dem Fahrrad um die Siedlung zu fahren –

wann denn endlich? Jaja, nach dem Abendbrot. »Das hast du schon gestern gesagt!« Clara verzog sich mit den Kindern – jetzt aber ab in die Wanne, ihr Ferkelchen! Pfefferkorn tat überrascht, er müsse los und wolle den Familienbetrieb hier keinesfalls aufhalten. Brücken schenkte sich noch einmal Obstwein ein und blieb bei seinem Bild: Der ganze Betrieb voller Tische, an denen unentwegt und immerfort entschieden wurde, und niemand ahnte oder wollte auch nur wissen, wie es an den Nachbartischen zuging. Keinen treffe irgendeine Schuld außer der Gewerkschaft und natürlich dem Schuft von Dispatcher, der angeblich die geheimsten Papiere mitgenommen hatte. Und ihn an der Rohrbrücke beiße jeder irgendwie zuständige Hund.

»Gute Formulierung«, lobte Pfefferkorn.

»Müßtest Hartmut mal in seiner Brigade erleben, wenn er in Fahrt kommt.«

»Und nichts ändert.«

Pfefferkorn bedankte sich für Wein und Gesang und überlegte, ob es großkotzig wirken würde, wenn er die halbvolle Packung liegen ließe. Er nahm noch zwei Zigaretten heraus und steckte sie in die obere Jackettasche. Also auf, Genossen, der Tag sei für ihn noch nicht vorbei.

Mannschatz ging mit zur Pforte. Genossen wie sein Schwiegersohn würden überall gebraucht, versicherte Pfefferkorn, in jedem Betrieb, jeder Verwaltung, bei der Kasernierten Polizei. Hartmut sei nicht in der Partei, sagte Mannschatz, und Pfefferkorn erwiderte, das ließe sich ändern. Mann, diese Perspektiven, nie war es der Jugend so leicht gemacht worden!

Familie wie aus dem DDR-Bilderbuch, fand Pfefferkorn während der Rückfahrt, natürlich nicht ohne verquere Vergangenheit. Vor zehn Jahren stand Mannschatz Wache an einer Brücke gegen die Partisanen, seine Söhne waren Soldat oder schon tot. Clara lernte bei der Reichsbahn unter der Parole, Räder müßten rollen für den Sieg. Er selbst im KZ bei der Produktion von Karabinern 98k als Vorarbeiter von Serben, Griechen und rumänischen Juden. Als Funktionshäftling mußte er sich keine Glatze schneiden lassen. Den Karabiner, den Mannschatz an der Schulter trug, hatte er als Kontrolleur abgenommen. Die Waffe war erstklassig, keineswegs hatte ein Häftling sabotierend den Schlagbolzen abgebrochen, wie er es neulich in einer Erzählung gelesen hatte. Tja, die jungen Genossen Dichter.

Wieder Schmerzen in den Beinen. Zwei Stunden lang heute abend noch eine Beratung mit den führenden Genossen des Bezirks, Sindermanns berühmtes Referat über die Lage. Vielleicht schoß er selber ein paar Spitzen gegen Richter Brettmann ab, lobte strategisch geschickt den Stellvertreter Holls. Dann daheim endlich die Treppen hoch. Thekla. Er sollte umziehen irgendwohin ins Parterre. Was in drei, in zehn Jahren?

Bremsspuren

I

Gestank drang beißender als am Vortag über die Bahngleise, da hatte der Wind auch aus dieser Richtung geweht; vielleicht war es wärmer geworden. Ammoniak dominierte, gefolgt von Chlor, etwas wie verfaultes Weißkraut war eingemischt; Erbsen schienen auf glühender Herdplatte zu schwelen. Noch tränten die Augen nicht, das würde im hohen Sommer kommen. Niemand wußte, aus welcher Mistbude das Giftzeug herantrieb, wahrscheinlich nicht einmal der große Genosse, der kürzlich daheim im Garten gesessen hatte, Vaters neuer alter Freund.

Clara Brücken war wie immer zehn Minuten vor Schichtwechsel im Büro; Hemsberger hielt es genauso. Es war besser, den Dienst mit ein paar erklärenden Worten zu übergeben, als die Kladden kalt über den Tisch zu schieben. Sechs Waggons mit Zement galten als überfällig, berichtete der Kollege, den Papieren nach müßten sie auf der Strecke sein. Ziel: Rummelsburg, Nachschub für die berühmte Stalinallee. Keine Auskunft von irgendwoher. Die Forderung der Bezirksdirektion, verstärkt Schwerlastzüge zusammenzustellen, ginge ihm allmählich auf den Senkel. Wieder 'ne Neuerung, für die einer fette Prämien einsacken wollte, im Grunde Stuß. Da blähten sie aus einem Verkehrsministerium drei, den großen Chefs wurde angekreidet, sie zeigten zuwenig Vertrauen in die Kraft der Arbeiterklasse. »Zeitung gelesen?«

Woher nahm Hemsberger nach einer langen Nacht die Kraft zu solchem Palaver? Wahrscheinlich aus seiner Wut. Clara zuckte die Schultern.

»Jetzt diese Fahrpreiserhöhung. Heute morgen gab's an den Schaltern den ersten Krach.«

Clara Brücken fragte sich, was in Hemsberger überwiegen mochte, Mitleid mit Schichtarbeitern und Schülern, deren Dauerkarten teurer werden sollten, oder die Häme, daß wieder etwas in der DDR nicht klappte oder sich verschlechterte. Hemsberger war im Krieg Oberleutnant gewesen, sie wunderte sich seit langem, daß er nicht nach dem Westen abhaute. »Bißchen viel auf einmal.« Was sollte sie sonst sagen.

»Kommt alles von den Russen.« Seine Kollegin tat ihm fast leid. Astreine Arbeiterfamilie, die Hübsche nicht in der SED, das hielt er für eine Frage der Zeit. Ein wenig hinterhältige Agitation, die Verlockung, auf der Rangleiter eine Sprosse nach oben zu steigen, und sie unterschrieb. Marschierte auf Lehrgang, zog an ihm vorbei. »Viel Feind, viel Ehr.« Was brachte das, es gab keinen Grund, sie zu ärgern, und er sollte sich nicht dauernd aus dem Fenster lehnen. Der Ratschlag in Westberlin neulich war bedenkenswert gewesen, in die Nationaldemokratische Partei einzutreten, den Reuigen zu mimen, der am Aufbau teilhaben wollte: Nie wieder faschistischer Raubkrieg! Also zurück zur Praxis: Die Zementwaggons waren vielleicht wie letztens in Dessau hängengeblieben. Ende. Er habe ein paar Tage frei und denke nicht daran, irgendwelchen Frust mitzuschleppen. »Ich fahr hoch zu meinem Bruder. Haben Sie mal Nutriafleisch gegessen? Hochfein!«

»Viel Spaß, Kollege.«

»Danke.« Hemsberger schaute noch zwei Minuten aus dem Fenster. Auf der anderen Seite des Hofes wurde ein Haufen immer niedriger: Jeder der Helden vom Gleisbau nahm nach der Schicht vier oder sechs Briketts mit, ehe sie hier zu Grus zerfielen. Dieser Spruch war neu und großartig: Wer nicht stiehlt, bestiehlt seine Familie.

Hemsberger ließ sich eine Dienstfahrkarte bis Oranienburg ausstellen, über Berlin hinaus also. Vor der Elbbrücke bei Wittenberg zockelte der Zug so langsam, daß es möglich war, auf dem Kasernengelände der Sowjets die Zahl der abgestellten Pontons, Lastautos aus amerikanischer und eigener Produktion, Jeeps und Schützenpanzer zu schätzen. Mehr Schrottplatz als militärisches Objekt. Aber den Krieg hatten die Russen schließlich gewonnen.

Hinter Wittenberg wurde er von Transportpolizisten kontrolliert, er zeigte Personal- und Reichsbahnausweis vor. Er habe drei Tage frei und besuche seinen Bruder; mal sehen, ob er bißchen was zu essen ergattern könne. Er erhielt seine Papiere wortlos zurück. Eine junge Frau gab an, sie wolle zu ihrem Verlobten. Wo der wohne, wie er heiße, wo er arbeite, und ob sie das irgendwie nachweisen könne. Sie wurde patzig: Natürlich *nicht!* Hemsberger beherrschte sich, bis die Debatte vorbei war – still sein, ganz still. Wichtig war, sich einzuprägen: Etwa dreißig Pontons, zwanzig Lkw, sechs Jeeps und an die zehn Schützenpanzer. Brückenbauteile massenhaft.

An den Krieg und die Gefangenschaft dachte er jeden Tag. Vor zehn Jahren hatte er auf der Krim gelegen, alle Flugfelder waren erfreulich fester als in den Schlammzonen des Mittelabschnitts. Sie flogen über die Halbinsel Kertsch und den Kubanbrückenkopf und griffen Nachschubeinrichtungen an, die kurz zuvor noch in eigener Hand gewesen waren und nun nach wütenden Zerstörungen beim Rückzug vom Iwan ausgebaut wurden; erstaunlich, was der an Material nachzog. Die He 111 war genau die richtige Maschine über mittlere Entfernungen gegen Punktziele. Perfekt aufeinander eingespielte Besatzungen, die Verluste minimal. Ehe der Gegner seine Jäger herangeführt hatte, waren sie schon wieder fort. Das sollte sich wenig später über Kursk dramatisch ändern. Jeden dritten Tag ein Einsatz, mehr Bomben waren nicht da. Großartige Verpflegung für jemanden, der Hammelfleisch mochte. Krimwein, Nachrichtenmäuschen, Frühlingssonne. Stalingrad ein ins Vergessen abgedrängtes Gespenst.

Solche Besuche waren einfacher gewesen, als der Zug noch durch den amerikanischen Sektor zum Anhalter Bahnhof gerollt war. Jetzt bog er auf dem neu gebauten Ring um den Südostzipfel der Stadt zum Ostbahnhof. Von dort brauchte Hemsberger eine halbe Stunde mit der S-Bahn zum Bahnhof Zoo. Im Bahnhof Friedrichstraße war eine erneute Kontrolle zu befürchten; diesmal blieb sie aus. Bei einem Straßenhändler vor der Gedächtniskirche tauschte er zwanzig Ostmark zu einem erträglichen Kurs gegen Westmünzen, von einer Telefonzelle aus rief er die Nummer an, die er sich beim letzten Treff eingeprägt hatte. Nach dem fünfzehnten Rufzeichen wurde abgenommen, niemand meldete sich, er sagte vereinbarungsgemäß »Fünfzehn Mal, Donnerwetter« und hörte: »Soso, Sie sind ja zäh.« Erst jetzt nannte er seinen Decknamen: Harry Postberg, und fügte hinzu, von wo er anrief. Wieviel Zeit er habe, so, gut. Genau in einer Stunde an der Ecke Kudamm/Fasanenstraße. »Ich geh an Ihnen vorbei, Sie folgen mir.« Sofort wurde aufgelegt.

Schnell in eine Seitenstraße. An einem Zeitungsstand las er Schlagzeilen: »Ost-CDU gegen Junge Gemeinde. Generalsekretär Goetting unterstützt Drangsalierung junger Christen.« Darunter: »In einer Studentenversammlung der Ostberliner Humboldt-Universität trat der Vorsitzende der CDU-Fakultätsgruppe der Mediziner als gefährlichster Scharfmacher hervor. Er forderte die Exmatrikulation aller Studenten, die sich weiterhin zur Jungen Gemeinde bekennen. Auch die LDP beteiligt sich am Kesseltreiben. So verlangt die ›Verdiente Lehrerin des Volkes‹ Gertrud Sasse die radikale Säuberung der Oberschulen von allen ›reaktionären Elementen‹. Mitglieder der Jungen Gemeinde hätten Stalin-Gedächtnis-Feiern gestört.«

Das Licht auf den weißen Fassaden stach ihm in die Augen. Er wechselte in den Schatten und überlegte, wie er sich herauswinden könnte, wenn er beobachtet würde. Denn Spitzel der Stasi, hieß es, fotografierten vor Wechselstuben, Bahnhöfen und Grenzkinos. Er würde noch am Abend bei seinem Bruder sein, doch wenn es hart auf hart kommen sollte, dürfte es schwerfallen, die drei Stunden im Amisektor zu erklären. Jedenfalls: Immer abstreiten, kommen lassen!

Westberlin, West-ber-lin klang für Hemsberger wie Sekt, wie ein achtzehnjähriges Mädchen mit samtener Haut und straffen Pobacken, erträumt vom dreckigen Bitterfeld aus und nun Wirklichkeit. Ein Text: »Ich hab so Heimweh nach dem Kurfürstendamm, ich hab so Heimweh nach *meinem* Berlin.« Es war keinesfalls sein Berlin, es gehörte Belger und dem Boxer Bubi Scholz und den Amis. Sie verlassen den demokratischen Sektor! Vorsicht Menschenfalle! TAGESSPIEGEL und »Wir Insulaner verliern die Ruhe nicht«. Wenn er vor zwei Jahren dieser Verlockung widerstanden hätte! Er konnte in keinem Flüchtlingslager unterschlüpfen, ohne daß sie ihn wütend befragten: Unsere Abmachung, unser Kästchen, weißt du nicht, was das Ding kostet, dreitausend Dollar, die zahlst *du*, und was passiert, wenn es der Russe auf deinem Dachboden findet? Was andere konnten, war ihm versperrt: Ausfliegen nach der Pfalz, nach Köln, ein wirklich neues Leben anfangen. Abends Sinalco auf dem Balkon. Oder in Westberlin bleiben als Insulaner, der die Ruhe nicht verlor. Der nun anderen befahl: An jedem ersten Dienstag im Monat melden Sie sich pünktlich um 23 Uhr 15. Die berühmte Zahl fünfzehn. Mehr geschieht nicht bis zum Ernstfall, den erfahren Sie durch das Blinken des

Lämpchens ebenfalls um 23 Uhr 15. Jeden Abend nachschauen. Aber Sie merken ja selber, wenn's kracht.

Zehn Minuten vor der verabredeten Zeit fühlte er zum Kurfürstendamm vor. Der Mann, den er Belger nennen sollte, bog um die Ecke, war untersetzt mit halber Glatze und trug eine hüftlange graue Jacke, eine die Knöchel freilassende Hose und Sandalen, auf denen er federte. Er schlenderte die Fasanenstraße entlang über zwei Querstraßen hinweg, ohne zur Seite zu schauen und in immer gleichem mäßigen Tempo. Hemsberger folgte ihm und heftete seinen Blick an den ausrasierten Nacken mit einer Narbe, als habe ihn dort ein Granatsplitter erwischt. An einer Kreuzung blieb der Mann stehen, wendete sich nach rechts, strich am ersten Lokal vorbei, las vor dem zweiten die Speisekarte, blickte wie zufällig in Hemsbergers Richtung und trat ein.

Sich Zeit lassen. Am ersten Lokal die Speisekarte mustern. Hemsberger empfand den Gastraum als wohltuend kühl, er brauchte zehn Sekunden, ehe er sich ans Halbdunkel gewöhnt hatte. In den Nischen hing Reklame aus der Vorkriegszeit neben Fotos von Sport- und Gesangvereinen, Pokale und Urkunden. Auch aufgefächerte Skatkarten unter Glas, nachweisend die berühmten Grand ouverts. Aus den Wänden dünstete der Teer von Millionen Zigaretten und Zigarren, gequarzt seit der Jahrhundertwende, seitdem war hier nicht vorgerichtet worden. Der Wirt nickte wortlos. Im zweiten Raum zündete sich sein Kontaktmann gerade eine Zigarette an. Er hielt Hemsberger die Schachtel hin und schaute fragend hoch. Hemsberger nahm eine Zigarette und sagte: »Guten Tag fünfzehn Mal.«

Der Wirt trat heran, Potschinski bestellte zwei Cola. Als sie wieder allein waren, sagte Hemsberger: »Womit anfangen. Allgemeine Nervosität. Steckt mich nicht an. Oder nicht sehr.«

»Quatschen Sie sich ruhig aus.«

»Möchte ich noch nicht mal. Sondern bloß was fragen. Ich wüßte gerne – mal anders rum, wir haben nie über meinen Schlußpunkt geredet. Das ist wie in alle Ewigkeit. Ich möchte aber unser Geschäft beenden und abhauen. Mir stinkt's.«

In der einen Hand hielt der Geheimdienstler die Zigarette, mit der anderen hob er einen Bierdeckel an und ließ ihn fallen, wieder und wieder. Sein Gesicht war faltiger, als Hemsberger es in Erinnerung hatte, unter dem offenen Hemd kräuselte sich graues Haar. Solche Typen kannte er von der Pferderennbahn und aus Wettbüros, Zocker, ehemalige Jockeys. Der Kerl hatte einmal erwähnt, er habe beim Zirkus gearbeitet und sei als Fallschirmjäger auf Kreta dabeigewesen. Sudabucht, die Flak-Hölle. Als Hemsberger nachhakte, Fallschirmjäger damals seien zwanzig gewesen und nicht vierzig, war die Antwort prompt und unwiderlegbar gekommen: Einsatz als Lastenseglerpilot, später Ausbilder in Gardelegen – in der Luftwaffe kannte er sich aus. »Zwei Jahre sind für meine Nerven eine unendliche Zeit. Es sind sogar fast zweieinhalb.«

»Monatlich vier Sekunden Arbeit.« Das klang verärgert. »Dafür fünfhundert Westpiepen auf die hohe Kante. So leicht möchte ich's auch mal haben, Herr Postberg.«

»Das ist nicht der Punkt.«

»Was dann?«

»Das Risiko.«

»Nun hörn Sie mal gut zu, Postberg. Das alles haben Sie von Anfang an gewußt. Und solange Sie nicht wirklich zu arbeiten beginnen, ist das Risiko nicht größer als das, in dem Colaglas hier zu ersaufen.« Ein Mann ging vorbei zur Toilette, Potschinski verstummte.

Kein Berliner, vermutete Hemsberger, vielleicht aus dem Ruhrgebiet, Dortmund, Duisburg. Einer seiner Bordfunker stammte von dort. »Ich will ja nicht sofort aufhörn.«

»Da würden allerhand Leute sehr, aber schon sehr böse werden. Ohne Ersatzmann geht sowieso nichts. Und den besorgen nicht Sie. Wie sieht's sonst aus?«

»Sie lesen ja Zeitung. In Halle haben sie einen Taxifahrer zu achtzehn Monaten verurteilt, weil er einem Fahrgast erzählt hat, Ulbricht würde wie einer reden, dem sie die Eier abgeschnitten haben.«

»Unsere Hauptsache?«

»Keine auffälligen Bewegungen um die Kasernen. Keine stärkeren Transporte durch den Bahnhof. Nichts, was ich wirklich melden sollte. Wollen Sie wissen, was alles bei Wittenberg rumsteht?«

»Das melden andere.« Der Mann kam von der Toilette zurück; als seine Schritte nicht mehr zu hören waren, fuhr Potschinski fort, er würde natürlich Herrn Postbergs beschissenen Wunsch weitermelden, wundere sich allerdings erheblich. Wundere sich geradezu irre. So was von irre! Ein wasserdichter Job, vom Sofa aus zu erledigen, er hätte Herrn Postberg mutiger eingeschätzt. Plötzlich lächelte er und zeigte eine breite Zahnlücke im Oberkiefer. »Sie sind damals zu uns gekommen und nicht wir zu Ihnen. Ich hab Ihnen das Wunderkästchen gebracht. Und wir haben unseren schönen Vertrag.«

»Mündlich.«

»Von Ehrenmann zu Ehrenmann. Noch 'ne Cola? Wir wollen hier keine Wurzeln schlagen. Bißchen Handgeld kann ich Ihnen geben, hundert, der große Batzen bleibt in der Sparbüchse. Ihre Lebensversicherung. Na, besser fünfzig.« Er hätte sowieso nicht das letzte Wort und könnte nichts versprechen. Unter einem halben Jahr ginge mit dem Ausstieg *nichts,* absolut keine Chance. Wenn sie den geschätzten, lieben Herrn Postberg abschalten wollten, käme ein Spruch. Oder besser ein Kurier. »Jemand wird sagen: ›Ich wollte Sie schon fünfzehn Mal besuchen.‹ Und Sie antworten: ›Sie sind ja zäh wie fünfzehn alte Hirsche.‹«

Hemsberger wollte seinen Führungsmann keinesfalls reizen, nicht er saß am längeren Hebel. »Bitte glauben Sie nicht, daß ich mir diesen Schritt nicht hundertmal überlegt hätte. Aber in Bitterfeld spielen sie verrückt, als ob ihnen das Wasser bis zum Hals stünde. Steht es ja wahrscheinlich auch. Einmal sollen wir nach der Anzahl von Stückgütern bezahlt werden, dann nach Tonnenkilometern im Kollektiv. Immer neue Einfälle, um unser Gehalt zu drücken. Mit Normen geht es bei der Eisenbahn schlecht, soll aber auf Biegen und Brechen. Diese ewigen Selbstverpflichtungen – ich dreh noch durch.«

»Sie drehen überhaupt nicht durch. Sie schlucken alles wie bisher. Vielleicht machen Sie mal 'nen hübschen Verbesserungsvorschlag. Am Schwarzen Brett: Zu Ehren des großen Stalin…« Die Schultern wippten wie in mühsam unterdrückter Heiterkeit. »Was erzählen Sie Ihrem Bruder?«

»Ich bettle ihn um was zu fressen an wie jedes Mal.«

Der Wirt schaltete das Radio ein: »Lieber Gott, laß die Sonne wieder scheinen.« Die kleine Cornelia nebst Sängerknaben. Potschinski fragte, ob Herr Postberg vielleicht doch etwas essen wolle oder was besseres trinken als Cola. Viel Zeit bleibe allerdings nicht mehr. Hier stünde doch allerhand Leckeres auf der Speisekarte, nicht solcher Mampf wie in Bitterfeld. Zum Beispiel Dorschleber, na?

In Hemsberger stieg Wut hoch. »Ihr wißt gar nicht, was ihr für Schwein habt. Genießt das Leben und dirigiert vom Schreibtisch aus.«

»Eines Tages«, es klang gelangweilt, »fliegen Sie nach Kanada oder Texas und kaufen sich von Ihrem Batzen Geld 'ne Farm oder 'ne Tankstelle. Unter geändertem Namen, wenn Sie das wünschen. Und das nicht eines fernen Tages, sondern nächstes Jahr. Das alte Grabenschwein Belger hat vorher das Schatzkästlein bei Ihnen abgeholt und zu Ihrem Nachfolger gebracht, der die Hosen nicht so voll hat wie Sie. Dabei oder beim nächsten Mal schnappen sie mich. Oder die Stasi organisiert einen hübschen perfiden Menschenraub, Gift im Kaffee und in der Zigarette, während ich eine bescheuerte Nachricht von der Verlegung einer Garde-Kompanie der siegreichen Fußlappenarmee von Thüringen in die kalte Heimat entgegennehme. Oder 'ne scharfe Biene lockt mich in die Federn, und ihr Lude haut mir 'nen Sandsack übern Kopp. Sie rollen mich in 'nen Teppich – alles schon da gewesen. Drüben wache ich im U-Boot auf. Drei mal fünfundzwanzig und ab nach Workuta.«

Im Radio: »Bella bella Donna.« Peter Alexander.

»Ach was«, höhnte Hemsberger, »Sie bleiben munter und fidel und gucken sich im Olympiastadion Hertha gegen TeBe an oder Bully Buhlan im Sportpalast.«

»Wissen Sie was, ich geb Ihnen die fünfzig Piepen doch nicht. Sie werden an der Grenze gefilzt, und was sagen Sie dann?«

Du mieses kleines Schwein; Hemsberger ließ grelle Wut zu. Ihr seid alle Lumpen, Zwischenhändler, Absahner, Abzocker. Ihr verkauft unsere Nachrichten an Amis oder Franzosen oder den alten Fuchs Gehlen in Pullach *gleichzeitig*, und daß du wirklich von der Kampfgruppe gegen Unmenschlichkeit bist, hat mir bisher keiner schwarz auf weiß bewiesen.

»Sie haben eine Rechnung mit dem Iwan offen, haben Sie mir erzählt. Glaub ich Ihnen. Vielleicht müssen wir Sie bald aktivieren, dann können Sie Ihre Rache in Butter gebraten genießen. Ich zahle jetzt vorn an der Theke für Sie mit und schwirre ab. In Ihrer Sache sehe ich, was ich machen kann.«

»Schmutzler und Kollmannsberger sind die besten Stürmer, die Tennis-Borussia jemals hatte, meinen Sie nicht auch?«

»Spielen Sie nicht den Blödmann, Hemsberger.«

2

Hartmut Brücken rollte die Jacke zusammen und schob sie sich unter den Nacken. Mit einem Mutterschlüssel klopfte er das Rohr ab und horchte – es schien zentimeterdick verstopft zu sein mit Ruß und Rost. »Müssen wir abmontiern.«

»Kriegen wir nie wieder ran.«

»Wenn wir das Knie wegschmeißen.« Das mußte er entscheiden, dazu war er Meister. Vor einem Vierteljahr hätte er seinen Senf dazugegeben und stur auf Anweisung gewartet. Schöne Zeit als Arbeiter. Lennert grinste sich eins.

»Raus und in den Schrott. Hartmut, die Reparatur bezahlt mir keiner.«

Mit Lennert durfte er es nicht verderben. In einer Viertelstunde mußte er von dieser Murkserei umschalten auf das Lästigste, die Normen. »Ich schreib dir zwei Stunden, du knallst das Ding weg und brauchst nicht zur Besprechung anzutanzen.«

»Hervorragend, mein Alter.«

Lennert war zwei Jahre jünger als Brücken. In der Sitzung dann riß er womöglich das Maul auf. Das war nicht mehr wie bei der Infanterie: Wer moserte, schleppte als Schütze III Munition, bis ihm das Wasser im Arsch kochte. Einen wie Lennert mußte er mit Handschuhen anfassen. Also fort und Unterlagen aus dem Büro geholt.

Der Instrukteur begrüßte ihn freundlichst. Vor zwei Wochen habe er mit Schwiegervater Mannschatz an einem Tisch gesessen, ja, an dem Abend, an dem der Genosse Stalin gestorben war. Brücken beschloß: Keine Silbe von krustigem Schweinebraten und Sonderbier. Sie trafen sich in einer zugigen Hallenecke voll Gerümpel und verdreckten Bänken. Zwei Drittel der Brigade hockten da, die anderen waren unabkömmlich wie Lennert. Sie lümmelten herum, die Rücken gegeneinander gelehnt, den Blick zu den blinden Fenstern mit Spinnwebgardinen oder dem uralten Gerüst einer Transmission, Zigaretten drehend oder die Augen geschlossen. In das Gemurmel hinein begann der Instrukteur aufgesetzt forsch, beim Aufbau der Grundlagen des Sozialismus in der DDR habe eine neue, entscheidende Phase begonnen. Der Klassenfeind wehre sich verzweifelt; wieder seien zwei Ingenieure republikflüchtig geworden. Noch werde untersucht, ob sie Pläne mitgenommen hätten, um sie drüben gegen Westmark zu verscheuern, als Eintrittsgeld in den Kapitalismus sozusagen. »Kollegen, mit eurem Meister habe ich schon über die Regulierung überholter Normen gesprochen. Wenn du uns mal den Stand erklären willst, Kollege Brücken?«

Das stimmte halb und halb: Neulich waren ihm ein paar Agitationsblätter in die Hand gedrückt worden. Aufpassen! »Ich verstehe das Ganze so, daß wir *begründete* und nicht generell erhöhte Normen anstreben.«

»Manche Normen sind jahrelang stehengeblieben, vor allem aufm Bau. Da liegen ungeheure Reserven, Kollegen!«

Schupp, der beste Schweißer, auf einer U-Boot-Werft an der Atlantikküste in Form geblieben, lag breitbeinig auf einem Bretterstapel. »Aber die Marmelade wird teurer.«

Man möge nicht kleinlich argumentieren, so der Instrukteur. Zuwenig Saatgut für Zuckerrüben, Untersuchungen seien im Gange. Im Hintergrund murmelte Meier: »Ohne Gott und Sonnenschein bringen wir die Ernte ein.« Brücken blickte

Meier mit hochgezogenen Brauen an. Sein Einwand: »Wir haben eine Rohrbrücke zu neunzig Prozent fertig und kommen nicht weiter, weil wir keine Elektroden kriegen. Also auch keine Prämie.«

»In einem halben Jahr sieht alles anders aus. Deshalb müssen die Normen...«

Brücken ließ nicht locker: »Wir sind nicht gegen *begründete neue* Normen. Aber bei einer Reparaturbrigade ist jeder Auftrag anders. Meist wissen wir nicht, was wir zunächst an Schrott wegräumen müssen. So war's immer.«

Jetzt wollte der Instrukteur sichtlich Oberwasser gewinnen, seine Stimme nahm einen ironischen Klang an. »Das war schon immer so – was ist das, Kollegen? Blanker Sozialdemokratismus, 'tschuldige. Wir gestalten aber einen revolutionären Umbruch. Viele Brigaden haben sich zur freiwilligen Erhöhung der Normen um zehn oder sogar fünfzehn Prozent bereit erklärt. Zum Beispiel in Hettstedt. Was meinst du, Kollege Brücken?«

»In 'nem anständigen Brigadevertrag muß drinstehen, daß die Bereitstellung von Material vorausgesetzt ist. Und da sehe ich schwarz.«

Aus dem Hintergrund: »Schwarz wie 'n Neger um Mitternacht.«

»Albert nicht rum. Wir kriegen seit einer Woche kein Gramm Lötzinn.«

»Aber jede Menge Blödsinn.«

»Du sollst den Quatsch lassen, Harry! Also gut. Ich gehe mit ein paar Kollegen noch einmal alle Positionen durch.«

Der Instrukteur setzte wieder an, ein Erfahrungsaustausch mit ähnlich gelagerten Brigaden in Halle könne zu einer Klärung führen, aber Meier und Schupp fragten Brücken, was er unternommen hätte, damit im Waschraum nicht nur aus einer

Brause warmes Wasser fließe und das gerade bei Schichtende nur tropfenweise. Also endlich Feierabend, es war schon zehn Minuten über die Zeit. Aber da begann Schupp noch einmal über die Normen zu reden, pomadig klang das am Anfang, und alle dachten: Was soll der Quark noch? Schupp konnte sich allerhand leisten, und es klang nahezu freundschaftlich, als er dem Instrukteur riet: »Du, paß mal auf und erzähl das oben weiter, möglichst weit oben: Ich hab gehört, in Hettstedt hätten die Kumpels 'nen kleinen Sitzstreik eingefädelt, bloß 'ne Stunde auf beiden Backen, vielleicht war's noch nich mal 'n Streik, sie verstanden was nich und haben *gefragt,* und die Zeit verging, und der Instrukteur begann zu schwitzen, und am Ende gab er zu: Neenee, alles 'n Mißverständnis, und die Normen blieben, und langsam kamen die Kumpel wieder in die Gänge. Verstehst du?«

Der Instrukteur hielt es wohl für das beste zu lachen, Schupp lachte nicht, und Brücken fand, das eben sei eine hübsche kleine handfeste Drohung nach Arbeiterart gewesen fürs nächste Mal.

Brücken fuhr nicht gleich nach Hause, sondern in die Nähe des Marktes, dort war ihm ein Kinderfahrrad versprochen worden, na, versprochen war ein zu klares Wort. Eine Verkäuferin hatte Lieferungen *erwähnt,* die Mitte des Monats kommen *müßten,* kommen sollten, wenigstens *Rahmen* für Kinderräder wären dabei, ein Vorderrad kriegte er von Gärtners, Gepäckträger und Sattel besaß er schon, bis zum Geburtstag von Thomas blieben sechs Wochen. Die Verkäuferin sprach mit einer Kundin, schüttelte zu ihm hin den Kopf. Da hätte er gleich abschwirren können, wartete aber, entsann sich, daß der Instrukteur von Sozialdemokratismus getönt hatte, das geschah immer öfter auch dann, wenn jemand ganz sachlich einige Fakten zueinander in Beziehung setzte, logisch blieb, nicht auf die Pauke haute. Das ging Alfred auf den Geist, er selber hätte fragen sollen: Was ist das genau, Sozialdemokratismus, bin ich vielleicht ein Sozialdemokratist – seltsam, dieses Wort bildete keiner –, wenn ich meinem Jungen zum Geburtstag ein Fahrrad schenken will und mir die Hacken ablaufe, statt frohgemut zu erklären: Erst der Weltfriede und neue Hochöfen an der Oder im Geiste des großen weisen Stalin? Kinderfahrräder irgendwann, erst Karabiner für kasernierte Polizisten.

Nein, sagte die Verkäuferin, nichts sei geliefert worden außer elektrischen Tischnähmaschinen aus der Tschechoslowakei, leider seeehr teuer, fast sechshundert Mark, und sie habe gehört, die seien nicht besonders stabil. Brücken überlegte kaum ernstlich, wer eine Nähmaschine gebrauchen könnte, Clara und die Oma nicht. Danke, er komme wieder, irgendwann werde es schon klappen.

Sein Schwiegervater stand am Zaun. Am liebsten würde er alle Farbreste abkratzen und mit Karbolineum streichen, aber woher nehmen? Brücken wiegte den Kopf – die Kaninchenställe hätten Farbe nötiger. Ein Instrukteur wollte sie belabern, der habe beim großen Fressen in Halle mit Alfred am Tisch gesessen, hübsche Grübchen. Ach der, entsann sich Mannschatz, der habe rechtzeitig Brot und Wurst verstaut und beim Fleisch und den Kartoffeln reingehauen, einer mit Übersicht. Und? Natürlich die Normen, natürlich das übliche Hickhack.

Beim Waschen merkte Brücken, wie müde er war. Wenn er sich jetzt hinlegte, schlief er zwei Stunden und war für den Rest des Tages nicht mehr zu gebrauchen. Er hatte gerade seinen Trainingsanzug angezogen, als Clara mit Thomas und dem Bienchen eintrat. Bienchen wollte sofort hochgenommen werden und drückte ihre Wange an seine und schnurrte, sie sei ein guter Wolf, ein ganz kleiner Wolf, und er brauche keine Angst vor ihr zu haben. Da riß Brücken die Augen auf, waaas, ein

Wolf, und eben noch habe er gedacht, *sein liebes Bienchen* sei in die Küche gekommen, nun sei er baff, baff, baffbaffbaff. Da strampelte Bienchen sich los, der Spaß war vorbei, jetzt wollte sie Milchmilchmilch. Gut, mein Mädchen, gut.

Noch ein Tag und noch einer mit Südwestwind und sanftem Regen, der die Luft wusch und den Pflanzen gut tat, mit Grummeln in der Brigade, mit Trommeln in der Zeitung und im Rundfunk, daß überall die Normen freudig erhöht würden, auf den Werften, der Stalinallee und in den Kohlegruben. Böhlen ganz vorne! Präsident Wilhelm Pieck zur Kur auf der Krim. Hier ginge unterdessen alles drunter und drüber, redeten sie während der Mittagspause. Zum dritten Mal hintereinander Nudeln. Brücken sah seine Schwiegermutter hinter einem Schalter, sie türmte Pfannen hohlscheppernd übereinander.

Er hatte massenhaft Überstunden gut, zwei strich er ab und radelte eher als sonst nach Hause. Alfred Mannschatz hockte mürrisch unter dem Vordach des Schuppens und versuchte, verklumpten Maschendraht zu entzerren. Wahrscheinlich warf er nach einer Viertelstunde das Dreckzeug weg. Na? Wieso na? Erst 'ne Sonderschicht durchgedrückt, dann kein Material, aber die Ausfallzeit wurde bezahlt. Alle feixten. Knausern überall, und plötzlich schmissen sie ihnen das Geld hinterher.

»Tag Papi!« Thomas hatte sich angeschlichen.

»Wie war's in der Schule?«

»Wie immer.«

»Es ist nie wie immer. Und bei dir, Bienchen?«

»Mir ham gemalt.«

Clara kam um die Ecke, Beutel an beiden Händen. Manchmal die strahlende werdende Mutter, dann abgeschlafft. Brükken nahm ihr die Last ab, Clara ließ sich auf einen Stuhl fallen, Thomas streifte den Ranzen von der Schulter. »Papi, wann krieg ich ein Pferd?«

Clara erstaunt: »Wie denn das?«

»Papi sagt, in Meckburg krieg ich ein Pferd.«

»Ich hab gesagt, daß du dort *vielleicht* reiten kannst. Wenn du größer bist. Und besser im Rechnen.«

Clara dämpfte die Stimme. »Erst einmal heißt das Mecklenburg. Wahrscheinlich kommen wir da nie hin. Dort ist nämlich alles ziemlich mies. Hartmut, setz du dem Jungen keine Flausen in den Kopf.«

Abdampfen lassen, Reizbarkeit gehörte zur Schwangerschaft.

»Mutti, ich brauch was zum Zuschrauben. Aus 'nem Einmachglas krabbeln die Kartoffelkäfer immer raus.«

»Kann ich denn nicht mal fünf Minuten...«

Abends hörten sie im Radio, der nächste Tag sei der »Tag der Pflugfurche«. Im Bett kam Clara auf das Gekabbel am Nachmittag zurück. »Hartmut, ich find es nicht schön, wenn du Thomas gegen mich ausspielst. Machst ihn verrückt mit Pferd und Reiten.«

»Aber das geht doch nicht gegen dich.«

»Ich will immer weniger fort. ›Tag der Pflugfurche‹ – da oben herrscht noch wildere Hektik als bei uns. Und mit der Partei...«

»Ich gehe unter keinen Umständen rein!«

»Großes Pionier-Ehrenwort? Dann darfst du auch zu mir rüber.«

Unter ihre Decke und tasten und streicheln. Wenn Clara lag, fühlte sich ihr Bauch kaum anders an als sonst, jedenfalls hinderte er nicht, das würde noch kommen. Er kniff, Clara prustete: Er teste wohl ihre Speckpölsterchen? An den Hüften bildeten sie sich als Nahrungsreserven fürs Kerlchen. Er widersprach: Keine Spur von! Ob in ihr wohl jetzt der Verdacht keimte, er könnte sie bald nicht mehr reizvoll finden, könnte fremdgehen, wie sie geargwöhnt hatte, als das Bienchen unterwegs gewesen war – den Verdacht war sie wohl immer noch nicht los, damals hätte sich etwas zwischen ihm und Gitta Gärtner abgespielt. Auch das war ein Argument dafür, nicht allein nach Mecklenburg zu gehen. Clara würde ihn verdächtigen: Sie mit dickem Bauch in Bitterfeld und er in einem Tanzschuppen in der Taiga mit Melkerinnen und Fischweibern. Clara war keine, die derlei in sich hineinfraß. Wegen Gitta hatte sie geradezu getobt – nee, mit Gitta nie wieder das geringste. Diese verdammte Geilheit. War immer Mist, im Freundeskreis zu wildern, dann lieber Mecklenburg, ach du elende Zwickmühle, er war doch kein Rumtreiber, verzichtete auf fast jede Gelegenheit, neulich in der Bahn, als er von Halle gekommen war – jeder andere hätte zugegriffen.

»Lieber so«, Clara drehte sich halb zur Seite.

3

»Wir ham ausgemacht: Der Vorgarten gehört mir.«

»Aber die Ecke am Weg...«

Hochnebel ließ Gase und Rauch nicht weichen. Das Licht war fahl, vor dem Horizont klebte eine lilafarbene Dunstbank, die nach unten stumpfgrau wurde. Undenkbar, jetzt Wäsche aufzuhängen; sie gilbte, selbst wenn kein Ruß fiel. Das Ehepaar Mannschatz stritt sich. Dabei hob weder sie noch er die Stimme und gönnte dem Partner nach jedem Satz eine Pause. Vierzig Jahre Gemeinsamkeit hatten einen Debattierstil ausgebildet, den ein Außenstehender als nahezu gemütvoll hätte empfinden können. »Ich hab aber sieben Pflanzen übrig, Herta.«

Wenn sie nachgab, würde sie Wochen brauchen, die Verhältnisse wieder hinzubiegen. Wenn sie ihm eine Spatenbreite Erde abtrat, kassierte er das halbe Beet, sozusagen. »Die kriegst du hinten neben dem Salat auch unter. Wie sieht denn das aus, Tabak vorne an der Straße!«

»Wenn der erst blüht!« Er wußte, daß er im Unrecht war, murmelte noch, Dahlien könne man ooch nich essen, und wartete matt auf die Entgegnung, mit Tabak sei das keineswegs anders.

»Könnt ihr euch nicht endlich die Raucherei abgewöhn?«

Er legte die Pflänzchen in den Spankorb zurück und erwog, sie zwischen die Stangenbohnen zu quetschen – auch keine Lösung.

»Übrigens Clärchen. Du *merkst nischt!* Wie ihr die Sache mit Mecklenburg auf die Nerven gegangen is.«

»Bei uns könnt's eng werden. Das ist nich gut für *unsre* Nerven.« Er registrierte einen abschätzigen Blick aus schmalen grauen Augen zu sich hinauf, den hatte er immer gemocht als Zeichen von Energie und Witz. »Wenn es in Bitterfeld mit dem Wohnungsbau richtig los geht, hat Hartmut alle Chancen. Vielleicht werden sich die Genossen hier 'ne kleine Stalinallee leisten.«

»Jedenfalls, ich seh's an Clärchens Augen, es wird 'n Junge.«

»Na, altes Wahrsageweib!« Jetzt lachten sie beide.

Er stellte die Pflanzen in den Keller und deckte sie mit einem nassen Lappen zu. Großergott! Hatte er ernsthaft erwogen, mit Clara über das zu reden, was er plante? Was er für unausweichlich hielt? Vielleicht, und das wäre natürlich beschissen, hoffte er schlicht auf Mitleid.

Er stand vor den Kaninchenboxen. Allmählich wurde ihm bewußt, daß er zusammengeklumptes feuchtes Gras aus den Ecken klaubte und in einen Eimer warf. Jetzt an Bahndämmen entlangradeln und schauen, wo er einen Korb Futter schneiden konnte. Oder die Kartoffelzeilen durchhacken – er würde von seinem Grübeln nicht loskommen und im Innern wiederholen: Ich bin seit mehr als vierzig Jahren in der SPD oder der USPD und nun in der SED; als ich eintrat, lebte August Bebel noch. Pfefferkorn nicht erwähnen, aber sich ausmalen, auch der säße am Leitungstisch und starrte ihn mit entsetzten runden Augen an. Solche wie Pfefferkorn hatten immer alles sofort begriffen, beim Hitler-Stalin-Pakt und der Teilung Polens und selbstverständlich bei der Märzaktion, als die KP-Führung in Berlin bleiern schwieg und sie vorn Scheiße fressen mußten, und Pfefferkorn hatte ihn aus der Saale gezogen.

Als er in der Nähe des Zauns hackte, sah er, daß eine Latte locker war. Er brauchte einen einzigen Nagel, den würde er im Schuppen aus einer alten Blechbüchse klauben und sich zurechtklopfen müssen. Pfusch an Hartmuts Rohrbrücke und keine Schweißelektroden, aber Stalinallee, stürmisch im Vorwärtsschreiten, Hochöfen und Walzstraßen und Hennecke-schichten, dann wird es auch Nägel in Hülle und Fülle regnen! Wie wir heute arbeiten, werden wir morgen leben! Das schrie Genosse Sindermann über den Marktplatz von Halle am ersten Mai, und alle jubelten außer dem Miesepeter Mannschatz. Und daß er an einen simplen Nagel und nicht leuchtenden Auges an drei mächtige neue Hochöfen dachte, war der verdammte heimliche kleinliche schäbige Sozialdemokratismus. Er fragte sich, ob er das ohne die Prasserei neulich auch so formulieren würde. Pfefferkorn und Sindermann im KZ, KP-Adel, und die SA befand den schlichten SP-Hefteverteiler Mannschatz nicht einmal einer Tracht Prügel für würdig.

Beim Mittagessen redeten sie wieder von Clara und dem Würmchen und versuchten sich vorzustellen: Nicht nur der Opa wäre demnächst ständig daheim, sondern auch die stillende Clara mit dem Baby. Thomas und Bienchen brauchten jedes Jahr mehr Raum. Fraglich, ob sie bis zum Winter einen neuen Kachelofen auftreiben konnten. Wohin mit den Windeln? In zwei Jahren hörte Herta zu arbeiten auf, dann war auch sie immer hier. Und in dieser Situation, dachte Mannschatz, sorge ich für einen unfaßbaren Krach.

Am Nachmittag zog er sein bestes Hemd und eine saubere Hose an und ging zum Frisör. Zwei Burschen, einer unter Kalkows Schere, der andere auf einem Wartestuhl, unterhielten sich über Möglichkeiten, Rohtabak gegen »Aktive« zu tauschen; in Wolfen ginge das ruckzuck bei zwanzigprozentigem Gewichtsabzug. Auf dem Schwarzen Markt koste eine Lulle dieser Art immer noch sechs Märker, eine Amizigarette kriege keiner unter zwölf. Mannschatz hörte lustlos zu.

»Der nächste bitte!« Wie's denn sein sollte? Alles glatt nach hinten? *Alles* für seine fahlen Reste fand Mannschatz erheiternd. Und sonst? Jeden Monat 'nen Monat älter. Merkte man an den Kindern. Bienchen schon vier? Niedliches Dingelchen. »Tja, Fred, wir kennen uns nun seit dreißig Jahren, und auf einmal bin ich dein Feind.«

»Was für Zeug?«

Und Kalkow berichtete, er kriege keine Lebensmittelkarten mehr, denn er sei Kaufmann, Händler, *Ausbeuter.* Allerdings beute er lediglich sich selber aus, oder wie sollte er das sehen?

»Ist doch Mist, Hans, was du da redest.«

Mist oder nicht, jedenfalls Tatsache. Obwohl er nirgendwo schmarotze, müsse er nun sein bißchen Eßzeug in der HO kaufen, und dort sei alles drei- oder fünfmal so teuer. Aber wochenlang kriege er in der HO weder Butter noch Margarine. *Denn er handele mit Zahnpasta* und Kämmen und Haarnadeln und ähnlichem Kroppzeug. Gesetz, basta. »Ich freue mich riesig über deinen Sozialismus.«

Nun gab es ein paar Möglichkeiten. Den Umhang runterziehen und wortlos fortrennen oder sagen, knallhart sagen, aber was bloß. Pfefferkorn würde jetzt seine Argumente rausknallen, wer nicht für uns ist, ist gegen uns, die Kleinbürger waren immer die ersten Verräter, aber Kalkow war nicht in der NSDAP gewesen und noch nicht mal in der Wehrmacht.

»Ich wollt dich nicht ärgern, Fred.«

»Hast du auch nicht.« Natürlich doch. Kalkow war viel zu gescheit fürs Haareschneiden. »Du kennst mich.« Diese Bemerkung nutzte nicht das geringste.

»Ob sie meiner Frau auch keine Karten mehr geben, hab ich noch nicht rausgefunden. Die Hungerration für 'ne Hausfrau wird nun vielleicht ooch gestrichen.«

Nun müßte Kalkow bloß noch sagen: Bist in der Partei, Fred, die Partei ordnet das an, also ordnest *du* das an. Wo ein Genosse ist, da ist die Partei – hübscher Spruch. Mannschatz hatte schon fünf Minuten lang nichts erwidert, Kalkow schwieg auch. Hatte wohl keine Lust, aufs Wetter zu kommen. Mannschatz hatte nicht aufgetrumpft: Ich mache bei der Kreisleitung ein Faß auf, die müssen in Berlin protestieren, aber die da oben werden die Verantwortung nach unten abschieben wie gewöhnlich, auf *Bezirksebene* sei es zu *Überspitzungen* gekommen. Wie früher: Wenn das der Führer wüßte!

Eine Frau trat mit einem Jungen ein, nun war es erst recht unmöglich, etwas Abschließendes und hoffentlich Klärendes zu sagen, was denn auch. Also bis bald, und grüß deine Frau. Draußen spürte er den Wind, der endlich den Dreck forttreiben würde auf die Dübener Heide zu.

Auch beim Abendbrot kam Mannschatz nicht von seinen Gedanken los. Die Klasse von Thomas hatte Kartoffelkäfer gesammelt; für ein volles Einweckglas zahlte die Lehrerin zwanzig Pfennige. Er fragte, ob die Lehrerin erzählt hätte, Flugzeuge der Amerikaner würfen die Käfer ab – nee. So hatte es vor einem Jahr in der Zeitung gestanden, und alle außer den wirklich ganz strammen Genossen hatten sich kaputtgelacht. Clara mühte sich, dem Bienchen zu erklären, es gäbe gute Käfer, Marienkäfer zum Beispiel, Motschekübchen, und böse, die alles Kartoffelkraut fraßen, und die Kartoffeln blieben klein und schrumplig. Aber ein Mädchen, das zum Abendbrot vier Pellkartoffeln futterte, würde groß und stark und käme bald in die Schule.

Mannschatz rauchte auf der Bank im Hof. Was er plante, würde vieles um ihn herum verändern. Die Familie blieb. Zu Hartmut würden manche sagen: Dein Schwiegervater spinnt. Andere zu ihm: Hast du prima gemacht! Die meisten von denen konnten ihn sonstwo. Wie hieß das: Beifall von der falschen Seite.

Viele derartige Einschnitte hatte er nicht erlebt. Als er 1916 an der Somme drei Tage lang verschüttet gewesen war, das Bein eingeklemmt, oben das Trommelfeuer und unten die Ratten. Die Angst, sie würden ihn anfressen, die Augen zuerst. Als er Herta diesem Bengel von Buchhalter ausspannte, die heißeste Tänzerin in einem Dutzend Schwofschuppen in Bitterfeld und drumrum, keine riß die Knie schärfer hoch beim Charleston. Bubikopf. In der Slowakei flüchtete sein Trupp im letzten Frühjahr des Kriegs in heller Panik; als ihn Mongolen schnappten, hätten sie ihn um ein Haar erschossen; sie hielten ihn in der braunen Uniform der Organisation Todt für einen besonders rabiaten Faschisten. Er wollte betonen: Ich appelliere nicht an irgendwen, wie ich zu handeln habe. Vorher schreibe ich an Pfefferkorn: Ein Frisör ist nicht unser Feind, und meiner schon gar nicht.

Die Hüften schmerzten, darüber war der Rücken steif. Keiner von der Veteranenkommission tauchte auf oder schrieb ihm. Bad Elster, das Bad der Werktätigen – hohles Gerede. Radfahren fiel leichter als gehen. Aber zum Futterschneiden mußte er sich bücken. Vor dem Bahnhof schloß er sein Rad an einen Ständer, richtete sich mühselig auf. Hemsberger begrüßte ihn mit angedeuteter Verbeugung: Da wird sich Ihre Tochter aber freun! Und das Leben frisch soweit? Ach, der Krieg hatte keinen verjüngt, und jetzt war es auch kein Zuckerlecken. Übrigens: Wer leckte schon kostbaren HO-Zucker! Er müsse rein, werde die hochgeschätzte Kollegin auf den Besuch vorbereiten.

Schichtwechsel in einer Viertelstunde. War er hier, um Clara zu informieren, ihre Meinung zu erfragen oder sich eben doch anzulehnen? War er ein Trottel – jeden Tag eine andere Meinung? Mußte ihm ausgerechnet Hemsberger über den Weg laufen? Einmal Offizier, immer Offizier. Er würde ein andermal mit Clärchen reden oder nie. Er stieg aufs Rad, flach war hier herum alles wie ein Bettlaken; wenn die Straße über eine Eisenbahnlinie gehoben wurde, galt das schon als Berg. Erst nach einem Kilometer merkte er, welche Richtung er einschlug, nach Gleibitzsch, wo Irmchen wohnte, seine Cousine, verheiratet mit einem Kuhbauern. Eddi half im Winter beim Straßenbau aus oder arbeitete in einem Werk. Bündnispartner immer noch, nicht Pfefferkorns frischer Feind. Was mußte er immer an den denken, vor dreißig, zweiunddreißig Jahren hatte er nicht einmal seinen Namen erfahren. Plötzlich dicke Tinte. Sollte auf Herta hören. Die spürte, ob einer echt war, die roch jeden falschen Braten.

Um die Grube »Vergißmeinnicht« und durch Ramsin. Gleibitzsch war ein Haufendorf, immerhin mit Kirche und Gasthof. Dahinter Beyersdorf, Gutsdorf, aufgeteilt während der Bodenreform. Die Neubauern hatten selber nüscht. Damals warb die Partei im Kombinat, um auch ein paar Genossen unter die Umsiedler zu mischen, jetzt war sie hinter Hartmut her. Beyersdorf, dort hatte eine Kollegin gewohnt, Anlagenfahrerin mit schwarzen Augen, auf die waren alle scharf gewesen, er auch, auch er, ja. Schöne wilde unvergeßliche Geschichte.

Irmchens Hof lag still, jede Pforte verrammelt. Er klopfte ans Stubenfenster, ans Küchenfenster, nichts rührte sich. Um die Ecke schlug ein Hund an, Nachbarstöle. Er klapperte mit dem Briefkastendeckel, rief. Hinter der Gardine eine rasche Bewegung. »Ich bin's, Alfred! Irmchen! Irmchäään!«

Endlich öffnete sie das Fenster. »Mußt wieder gehen, Fred. Vorgestern ham sie Eddi geholt, ja. Ich laß kein rein. Wenn ich dir bloß ein paar Eier gebe, heißt's gleich…«

»Wer hat ihn geholt?«

»Wer schon.«

»Und warum?«

»Als wir in die LPG rein sin, hat Eddi zwee Sack Weeze nich angegem.«

»Wegen zwee Sack?«

»Mußt wieder gehn, Fred.«

»Irmchen, wenn ich dir helfen kann.«

»Kannste nich, Fred.«

4

»Ja, ich sag die Wahrheet, bestimmt. Weiß nich, was mir letztens einjefalln is und was nich. Richtich: Erna Dorn mein Name, am siebzehnten Juli neunzehnhundertelf in Tilsit jeborn, Ostpreußen. Mein Vater hieß Arthur Kaminsky und war kaufmännischer Anjestellter. Wollte ich auch wern und hab Stenotypistin jelärnt. Bei der Polizei war ich, immer nur im Büro. Gestapo, bei der hab ich manchmal ausjeholfen, ham mich ausjeborcht sozusagen, in Könichsbarch bei Kriegsanfang. Hab ich bisher nich so ausjesagt, deshalb brauchen Sie nich zu belfern, is doch nich wichtig. Schön, was wichtig ist, bestimm Sie. War bei einem andern Vernehmer, ich hab paarmal jesacht: ausjeborcht, und der hat das im Protokoll wegjelassen. Nee, ich unterschreib nich noch mal so was. Ich paß auf.

Mein ersten Mann, Erich Dorn, hab ich achtunddreißig jeheirat, SS-Unterscharführer, nuscht besondres. Ich kann doch rein nuscht dafier, wenn die Listen vom KZ Ravensbrück nich stimm, ich habe sie nich jeschriem und jefälscht schon gar nich, nee. In nem KZ war ich nie. Der Erich is in Rußland jefalln. Ich hab dann nach der Flucht hier in Halle Max Gewald jeheirat, der war bei der Volkspolizei. Sie müssn nich mit mir schrein, ich weeß, ich hab mir die Schwangerschaft einjebild oder hab mir 'n Kissen unters Kleid jesteckt. Geb ich alles zu. Hab Milch jekriegt und überhaupt beßre Karten. Max war jut zu mir, mein bester Mann iberhaupt, wenn ich mal bei dem jeblieben wär. Aber wejen meiner Schwindelei hat er sich scheiden lassen. Ich durfte auch nich mehr Gewald heißen, nu heiß ich ebent wieder Erna Dorn. Tut mir wahnsinnig leid, daß ich jemandem erzählt hab, Max wär Kommandant vom KZ Ravensbrück jewesen, ich weeß, er hat dann riesige Hudelei jehabt.

Fang Sie doch nich wieder mit der Jestapo in Könichsbarch an, das war nuscht, war 'ne Dienstverpflichtung für zwei Monate vielleicht höchstens. Hab Akten kopiert, das war alles. Nun komm Sie mir doch nich mit Folterkeller und Juden nach Treblinka, ich hab in nem Büro jesessen und abjetippt, was die Herrn mir jejeben ham. Lebensläufe. Bei Ihn hier sitzen doch auch Fraun und sorjen für Ordnung, nich wahr? Sie brauchen sich jetzt wirklich nich uffzurejen, ich hab doch nich die Gestapo mit Ihn hier verglichen, fällt mir nich ein.

Nach meiner ersten Strafe hab ich 'ne Bruchbude zujewiesen jekriegt, der Max hat mich ja nich wieder zu sich jelassen.

Ohne Ofen, Toilette mit vier andern Parteien übern Hof. Arbeit inne Fabrik als Packerin, dann wieder nich. Was machste dann am Abend? Kino, und bißchen aufm Bahnhof rumwarten und quatschen und sehen, daß de was zu roochen kriegst. Da stand en Koffer, ich wollt ihn zum Fundbüro bringen un hab nich jewußt, wo das is. Und wie ich so suche, kommt die Polizei. War dumm von mir, daß ich erst mal jesagt hab, der Koffer jehört mir un da sin Jeschänke drin.

Uff Zelle, ja, wir komm miteinander aus. Die Neue hat die Scheißerei, kriegste kaum vom Kübel runter. Armes Luder aus Schlesien, nee, die erzählt nuscht, was se ausjefressen hat. Wenn ihr wüßtet, sagt die bloß, und: Vielleicht hacken sie mir die Rübe runter. Was soll ich mir vorstelln könn, wenn die nich mal 'ne Andeutung macht? Herr Vernehmer, hätten Sie mal für mich 'ne Zijarette?

Immer Lebenslauf un Lebenslauf, jeht bißchen durcheinander bei mir. Manchmal hab ich jeflunkert. Wie das so is uff Zelle, was sollste reden den janzn Tach. Nee, ich bin keine Halbjüdin, hab ich mal erzählt un dann jleich wieder verjessen. Ich war in keinem KZ, weder als Häftling noch als Wärterin, hab ich mal erfunden, so oder so ähnlich. Weil die uff mir rumjehackt ham, die feinen Damen. Un da hab ich jebranzt, ich wär Aufseherin in nem KZ jewesen. Mit Peitsche un Schäferhund und so. Die in der Zelle ham mich verpfiffen. Ham jedacht, dann komm se eher raus, is doch so. Ich war schon immer das dumme Luder. Hab ich erfunden mit der Aufseherin, die ham blöde gegafft, kann ich Ihn sachn. Schäferhund! Da waren die platt un neidisch un alles durcheinander un zusammen. Jeprügelt, nee, hab ich nie behauptet, das nu nich. Bin ich doch viel zu jutmütich zu. Erna, hat mir Max beinah jeden Tag jesacht, du mit deiner Gusche. Hat emd nich jeholfen. Gestern um die Zeit ham Se mir ne Zijarette jejeben, wissen Se noch?

Noch mal von vorne? Ach du verdammte Kacke. Jeborn am siebzehnten Juli neunzehnelf in Tilsit, da könn Se mich ausm Schlaf prügeln, sag ich immer das selbe. Arthur Kaminsky, Anjestellter in verschiednen Firmen, hat nie viel verdient. Handelsschule hab ich besucht und bin dann zur Kripo nach Könichsbarch. Jeflüchtet in nem Eisenbahnzug, der is bei Elbing jerade noch durch, ehe die Panzer alles abjeriegelt ham. In Halle ham se mich ausjeladen, manche sin bis Thüringen weiter. Schön Dank für die Zijarette, Ja, dankeschön.

Fier Politik hab ich nie Zeit jehabt. Max hat mir manchmal Bücher jegem, aber ich mußte zuviel klejen. Abends war ich immer zu müde. Jedichte von Rosa Luxemburg sollt ich lesen, aber aus Jedichten hab ich mir nuscht jemacht. Schon als Kind nich. In ne Parteischulung hat er mich mitjenomm, aber das war mir alles zu hoch. Ins Kino bin ich jerne jegang, bin ziemlich ans Wasser jebaut, ich hab mir alles zu Herzen jenomm. Manchmal hab ich abends im Bett noch bißchen jeheult, und der Max hat mich ausjelacht. Klar bin ich fürn Friedn, bei dem, was ich im Krieg durchjemacht hab. Tiefflieger über unserm Zug, kann ich Ihn sagen. In Westberlin war ich nich ein einziges Mal, Max hat mir das verboten jehabt, gabs bei uns nich. Etwa unser Jeld rüberschaffen bei dem Kurs, so dicke hatten wirs nie. Was soll denn das, wenn wir mehr jehabt *hätten,* dann wärn wir erst recht nich, oder jenau so nich. Max war dajejen un ich sowieso. Da könn Se zehnmal fragen, ich weeß von nuscht von Waldbühne un wie soll der heißen, Stän Käntn, ich weeß nuscht von Käntn und Waldbühne. Klar hab ich gern Radio jehört, der Sender war mir ejal. RIAS, vielleicht mal aus Zufall, war mir ejal, un Nachrichten hat immer Max einjestellt. Da hatte ich inner Küche den Abwasch. Oder ich hab die Treppe jemacht oder unsre paar Klamotten jeflickt. Hat mir jutjetan, die Zijarette, schön Dank nochmal. Da redet sichs gleich leichter. Jetzt muß aber noch ins Protokoll rein, daß ich nie in nem KZ war, nich als Halbjüdin un als Aufseherin schon gar nich. Das schreim Sie doch rein, bitte.

Mit Max – abends war nie viel Zeit. Einkaufen noch, Schlange stehn, ja, is langsam besser jeworden. Wenn Sie sagen, wejen Sozialismus un Aufbau is das so – streit ich nich ab. Wollte auch immer mithelfen beim Aufbau, aber mir kam manchmal was dazwischen. Wissen Sie ja, leider. Wir ham zusammen Abendbrot jemacht und erzählt, was so war an dem Tach, jeder sein bißchen Erlebnis. Max hat erzählt, ich hab erzählt. Max meistens mehr, weil er mich erziehen wollte. Isn juter Kerl, schade, daß ich ihn so jeärgert hab. Er wollte seine Nachrichten, und ich bin schon bißchen einjenickt. Wir ham Schlager der Woche jehört oder Operettenlieder, ich lieber als Max. Un bald ins Bett. Wie oft – was wolln Sie denn alles wissen, das jehört doch wirklich nich dazu, daß ich den Koffer... Wenn Sie *alles* wissen wollen, müssen Sie Max fragen, ich hab keene Striche in Kalender jemacht. Oder an Bettpfosten. Un wenn Se mich zehnmal fragen und mir nie mehr ne Zijarette spendiern, ich weiß das einfach nich. Das macht ne Frau nich, daß sie zählt und zählt un notiert, das is vielleicht fürn Kerl wichtig, was fürn toller Hecht er is. Fragen Sie denn Ihre Frau – Sie müssen wirklich nich schimpfen, Ihre Frau un ich, natürlich sind wir irre verschieden. Ich hab Ihre Frau nich beleidicht. Ich hab bloß, ich kann Ihre Frau gar nich beleidigen.

O Gott, immer wieder Jestapo in Könichsbarch, das is doch nun zum hundersten Mal. Nee, Häftlinge hab ich nie jesehn, kamen nie in unser Büro. Un da waren auch keine Gitter vorn Fenstern. Da tapps ich nich rein, Herr Vernehmer oder wie Sie heißen. Hoffentlich is bald Mittach, mir kneifen schon die Därme. Un die Lunge fiept. Sie ham mir ne Zijarette versprochen, klar ham Sie. Is keine zehn Minuten her. Sie, ich soll immer die Wahrheit sagen. Un Sie? Erst unterschreim, meinetwejen, mach ich. Aber das mit dem Ficken bleibt draußen.«

Gewitterböe

1

Mund und Kinn kantiger, dazu ein Bärtchen, und fertig wäre ein frischer Willy Birgel. Wie er die Oberlippe kräuselte, ehe sich ein Lächeln bildete. Zwischen den Schneidezähnen ein Spalt, nicht breit genug für die Zungenspitze. Rot angelaufen war er, als sie ihn nach diesem Abend wiedergetroffen hatte, dem Kurzkußabend, der nichts als ein Wachbereitschaftsabend hatte sein sollen. Drei Küsse oder einer von vier bis fünf Minuten Dauer. Höchstens. So was kam vor. Daß es nun ihr passiert war.

»Ein Wunsch, Thekla?«

Sie vermied, ein Bein über das andere zu schlagen. Einen Artikel für die Dorfagitation wolle sie konkretisieren, im Kollektiv mit zwei Genossen, von denen einer zwar vom Dorf stamme, von einem oberschlesischen, aber keinen ordentlichen Satz aufs Papier kriege. Der andere schwadroniere unausgesetzt, habe aber noch keine Zeile vorgelegt. Und natürlich müsse alles schnell gehen.

»Die Bauernfrage«, der Genosse Bibliothekar mit dem seltsamen Vornamen Melchior lächelte, »hier und heute in diesem zauberhaften Kampffrühling.«

»Mit Differenzierung bitteschön.«

»Zwischen?«

»Den Klassen oder Schichten. Das übliche.«

»Wie wäre das: Bei uns wird zuwenig über den *Halb*proletarier nachgedacht, der auch halber Ackergaul ist, so wie früher Ackerbürger an den Stadträndern darbten.« Melchior Anetzperg richtete den Blick gegen die Decke – Theaterpose: der große Marxismus-Leninismus-Nachsinner. »Der eine Ecke Land besitzt oder gepachtet hat, in der Industrie arbeitet, *klägt,* so der Hallenser Spezialausdruck. Seine Frau versorgt die Kinder und das bißchen Vieh, bestenfalls eine Kuh und zwei Schweine, eines für den eigenen Bedarf, das andere wird verkauft. So einer ist mit einem benachbarten Bauern verzahnt, gabelt in der Getreideernte für den, dafür wird ihm sein Feldchen gepflügt. Dünger und Saatgut bezieht er vom Bauern, ist folglich doppelt abhängig und ausgebeutet. Allerdings: Wenn ihm in der Industrie gekündigt wird, zieht er sich auf seine Krümel zurück, Hunger leiden muß er nicht.«

»Und wird zum Futter für jede alle Widersprüche verkleisternde Sozialdemokratie.«

»Könnte Bruno formulieren.«

Das war frech, der Kerl kriegte einen bitterbösen Blick ab. Dem stand es nicht zu, Bruno auch nur zu *erwähnen,* dem Bürgersöhnchen, dem schrillen Vogel in dieser Parteischule – würde Bruno urteilen.

»Kurzum, Thekla, du mußt den armen Hund gegen seinen Bauern in Stellung bringen.«

»Und hebe damit die klassenmäßig abartige Symbiose dialektisch auf.« Der Bursche sollte sehen: Derartig verquastes Kaderwelsch kriegte auch sie hin. »Und wie soll unser Sorgenkind klarkommen?«

»In der Genossenschaft treffen sich beide wieder und sind gleichberechtigt. Thekla, du stellst die Frage scharf! Nehmen wir den theoretischen Fall…«

Sie verspürte keinen Spaß mehr an dieser Plänkelei. Allenfalls würde sie in einer Fußnote die Zusammenarbeit mit dem frischdiplomierten Gesellschaftswissenschaftler Anetzperg huldvoll erwähnen. Sie fragte sich, wie das während dieser Nachtwache hätte weitergehen *können,* er auf einem Stuhl und sie über ihm, aber sie war mit einem Ruck aufgestanden.

»Thekla, hörst du mir zu?«

»Am besten, du besorgst mir ein Leninzitat.«

Zwei Männer traten ein und fragten nach der »Täglichen Rundschau« des Vormonats – stecke in der Binderei. Sie verschwanden mürrisch, ihr Eifer blieb unbelohnt. Thekla Pfefferkorn musterte die Haare des Mannes, der sie ein wenig rumgekriegt hatte, tief braun waren sie und würden bald licht werden; bei einem knapp Dreißigjährigen sollten die Ecken über den Schläfen nicht schon erkennbar sein. Es war unsinnig, in diesem Zusammenhang an Bruno zu denken, dessen Kopfhaut von der Stirn an durchschimmerte; sie hatte ihm schon raten wollen: Schneid alles ab, da deckt eh nichts mehr.

»Frag doch noch mal deinen Mann.«

Das in diesem Augenblick, als ob der Strolch ahnte... »Was Bruno um die Ohren hat.« Sie würde abschwirren; sollte sich Melchior mit dem Zitat plagen. Seinen Vornamen hatte sie noch nie über die Lippen gebracht. Melchior – wie sprach das eine zärtliche Freundin aus – hatte er eine? »Das muß in der SU ähnlich gewesen sein.«

»Kaum.« Versonnener Blick. Woran Melchior, Melchi? jetzt dachte? Daran. Ob er einem Kumpel davon erzählt hatte, ob unter Männern... Frau Anfang dreißig und der Mann um die sechzig, da mußte doch was zu holen sein. Ob alle Männer so dachten? Vermutlich.

»Du solltest dir Lenins Referat vom März neunzehn anschauen, vom achten Parteitag. Engels wird zitiert. Es ist die Rede davon, mit den Mittelbauern differenziert umzugehen.«

»Differenziert, aha.«

Er blickte, als sei er sich nicht schlüssig, ob der Einwurf spöttisch gemeint sein könnte. Neuerdings war dieser Begriff aus der Mode, es galt das Alles oder Nichts. Sie sah keinen Grund, ihn zu verärgern. Sie brauchte ihn, und als sie sich losgemacht hatte in dieser Nacht, war er nicht die Spur beleidigt gewesen. Erziehung. Sohn eines Professors.

»Ich such dir die Rede raus.«

Händedruck und Lächeln, nicht verschwörerisch. Im Dozentenzimmer traf sie ihre beiden Luschen. Der Oberschlesier frühstückte; Geruch von Rübensirup hing im Raum. Das Telefon funktionierte nicht, nach einer halben Stunde kam sie endlich zum Büro ihres Mannes durch. Kodelwitz verkündete fröhlich, der Genosse Bruno sei außer Haus, jaaa, irgendwann komme er wieder, was wäre auszurichten? Grüüüße, klar. Sie: »Ich kriege gerade Arm in Arm mit Lenin und Engels die Agrarfrage in den Griff.« Kodelwitz gluckste, der Oberschlesier hob argwöhnisch den Kopf. Ostisch, fand sie, kugelrunder war kein Nischel denkbar. Schulstoff vor Urzeiten, heute natürlich reaktionärster Mist.

Es war gegen drei am Nachmittag, die Sonne drang durch nach trübem Tagesbeginn. Wenn sie ihr Sportzeug dabeihätte. Aber erst nach Hause fahren, fast eine Stunde brauchte sie danach mit der Straßenbahn. Endlich mal wieder Dreisprung trainieren. Daß sie Kreismeisterin über hundert und vierhundert Meter gewesen war, lag Jahre zurück. Ihren heiligen Schwur, zweimal wöchentlich die Laufschuhe anzuziehen, brach sie schon wieder.

Also zu Liesbeth. Genau so oft zu Brunos Mutter, das war noch heiliger. Bruno ließ sich natürlich mit dem Auto hinbringen, der Genosse Fahrer wartete unten. Liesbeth wollte Teewasser aufsetzen, aber Thekla entschied: Erst Treppe und Klo. Bluse runter und rein in die Kittelschürze, das Haar hochgesteckt. Liesbeth stand die ganze Zeit oben auf dem Treppenabsatz und redete unausgesetzt, und Thekla rief, für sie sei

Wischen *bestes Krafttraining,* dabei könne sie nicht auch noch quasseln – später!

Im Klo auf der halben Treppe war ein Fladen Putz abgefallen. Sie klopfte mit dem Stiel des Schrubbers die Ränder ab und kehrte losen Mörtel aus den Fugen. Den Dreck trug sie in einem Eimer hinunter. Im Hof fragte eine Frau, die vermutlich noch älter als Liesbeth war, ob sie mal zu ihr kommen könne, etwas am Herd sei nicht in Ordnung, ihre Enkel seien gefallen und ihr Mann seit fünfzehn Jahren tot. Thekla wollte die Frau nicht stehenlassen. Ja, schlimm das alles, aber sie selber sei berufstätig und habe einen eigenen Haushalt und müsse für die Schwiegermutter... Die Frau wollte Thekla die Hand drücken, aber die war feucht. Mit der Volkssolidarität oder der Wohngruppe der Partei wolle sie reden, versprach Thekla. Sie werde schon einen Weg finden, bestimmt.

Diese Heulsuse, schimpfte Liesbeth am Teetisch, Schlampe, sieben Kinder in die Welt gesetzt und mit dem Mutterkreuz geprahlt, immer am Rand zum Lumpenproletariat. Enkel auch schon wieder asozial. Wenn es in Halle einen Strich gäbe, wäre diese Nutte...

Liesbeths Kuchen war altbacken; mit viel Kräutertee ließ er sich runterspülen. Theklas Gedanken glitten wieder zum Sport, noch im ersten Jahr ihrer Ehe hatte sie für die Kreismeisterschaft trainiert. Mehrkampf – wenn sie eher darauf gestoßen worden wäre, hätte sie in ihm Chancen gehabt. Durch den Krieg war es mit einer ernsthaften Sportkarriere sowieso nichts mehr. Dann Bruno über alles, der wunderbare kluge Held, der sie mit nach Berlin nahm und Wilhelm Pieck vorstellte. Der ihr regelmäßig Briefe schrieb während seines Studienjahres in Moskau. Den sie besuchte, als er im Apparat des ZK in Berlin arbeitete und in einem hübschen Häuschen wohnte, dahinter der See, in dem sie mit ihm schwamm, und er wurde mit jedem

Tag jünger, agiler, als holte er verlorene Jahre nach. Sindermann auf der Veranda, sie beredeten vor ihr heißeste Parteiprobleme ohne jede Scheu. Hin und wieder hörten die großen Genossen auf sie, wenn sie beisteuerte, wie Jugendliche dachten und warum nahe dem Kriegsende nirgends ein Aufstand losgebrochen war, nicht einmal durch die Millionen Kriegsgefangenen und Fremdarbeiter. Bruno Apitz saß dabei, der ihren Bruno aus Buchenwald kannte, der hoffte, mit der Geschichte von einem im Lager verborgenen jüdischen Jungen einen Roman hinzukriegen. Diese Sommerwochen zwischen Kiefern, sie liebten sich wild, und sie hörte es immer wieder und fühlte es voller Glück: Du gibst mir mein Leben zurück! Unglaublich scharf waren diese Männer, die dem Tod von der Schippe gesprungen waren, und starrten allen Frauen hinterher. Apitz am geilsten. Das konnte sie sich noch vorstellen, wie er mit gierigen Augen die Hände wölbte: Sooolche Titten!

»Schläft Bruno inzwischen besser?«

»Wenn er nicht zu spät nach Hause kommt. Wenn wir noch ein paar Worte in aller Ruhe reden können. Aber manchmal geht es bei ihm bis zehn oder zwölf. Dann raucht er zuviel und ist aufgedreht und will mir noch dies und das erzählen, und mir fallen schon die Augen zu.«

»Wird Zeit für den Urlaub.«

Sie müßte noch erreichen, daß eine Prüfung verschoben wurde. Das schaffte Bruno mit einem Anruf, oder Kodelwitz kreuzte mal bei ihrem Direktor auf. »Ich freu mich wie verrückt.«

»Budapest ist nicht sehr zerstört?«

»Die meiste Zeit bleiben wir am Plattensee in diesem Parteiheim.«

»Wo nur Parteizeug geredet wird. Noch mal Tee?«

»Hab genug. Danke, Liesbeth.«

»Wirst ja nicht ewig auf dieser Schule hocken.«

Jetzt könnte von Liesbeth kommen: Bin neugierig, ob ich noch mal Großmutter werde, ob ich das erlebe.

»Da seid ihr ja zu meinem Geburtstag weg.«

»Wirst nicht so groß feiern wie letztes Jahr.« Zu Liesbeths Achtzigstem hatte Bruno vierzig Leute eingeladen und aufgefahren, was aus Parteireserven und von den Freunden zu ergattern war, ein Wildschwein, Hechte, Wodka. Apitz schusterte eine Rede zusammen, die sich sogar reimte. Welch unermeßlichen Halt es für sie hinter Stacheldraht bedeutet hätte, zu wissen, daß ihre Frauen und Mütter und so weiter. Die wahren Heldinnen!

»Hauptsache, Thekla, du kriegst es hin, daß sie im Urlaub auch mal von was anderem reden als dem ewig durchgekauten Quark und den neuen Leuten im Kreml. Was sagen sie bei euch über die Ärzte?«

Nun blieb den alten Genossen nicht einmal das erspart. »Natürlich haben alle die Meldung gelesen, eine Woche ist das her, und ich warte seitdem darauf, daß sich jemand an das Thema ranwagt.«

»Alles Juden. Sie haben Shdanow nicht mit ihren Spritzen umgebracht. Aber sie haben es gestanden.«

»Und gegen sie sind, wie es heißt, *nichtsowjetgemäße Methoden* angewendet worden.«

»Also Folter.«

»Bruno hat gebrummt, ihm sei die Sache in dieser Kurzform unverständlich. Das war's schon. ›Neues Deutschland‹ auf der fünften Seite. Vierzehn Ärzte freigelassen. Sie haben Stalin *nicht* nach dem Leben getrachtet.«

Liesbeth Pfefferkorn saß zusammengesunken, reglos. Ein uraltes Thema: In den dreißiger Jahren waren Koestler und

Gide die wütend bekämpften Renegaten. Hatten wohl recht gehabt. Zumindest teilweise.

Thekla ärgerte sich. *Mußte* sie jetzt denken: Nur mit einem könnte ich über dieses Problem reden. Melchior war nicht für die schauerlichen Geschichten verantwortlich, hatte in keiner Debatte oder Resolution den Verbrechen zugestimmt wie Bruno zweifellos. Wie sangen sie: Weil wir jung sind, ist die Welt so schön. Betonung auf *jung*, jubelnd stieg der Ton hoch.

»Thekla, ihr dürft euch den Urlaub nicht kaputtmachen lassen.«

Würde schwer fallen. Sie erinnerte sich an ein Wochenende, als Sindermann, Apitz und ihr Bruno die Legende konkretisierten, das geheime Lagerkomitee von Buchenwald hätte zum Aufstand geblasen, bewaffnete Häftlinge fegten die SS-Posten von den Wachtürmen. In Wirklichkeit war die SS – nein, nicht geflohen – in den Kampf gegen die über den Thüringer Wald vorrückende US-Army gezogen und überließ die Bewachung des Lagers dem Volkssturm. Mit dem konnte man verhandeln: Ordnung halten, bis die Amerikaner kamen. Keine Anarchie! Daß ausgehungerte Häftlinge womöglich plündernd über Weimar herfielen, bloß nicht Mord und Totschlag! Apitz hatte gedröhnt: Wir brauchen ein Fanal! Wir brauchen den Aufstand! Und noch etwas, andermal. Thekla kam hinzu, als ihr Bruno, Apitz und ein Genosse aus Berlin, der mächtige Walter Barthel, mit geröteten Gesichtern am Tisch hockten, Schnapsgläser vor sich. Die ganze Kapo-Geschichte ist parteimäßig geklärt, rief Barthel, da fährt uns keiner mehr an den Karren, auch dir nicht, Puffi, die Kontrollkommission hat den Deckel darüber geschlossen. Er solle gefälligst den alten Quatsch lassen, schrie Bruno, und Barthel hob abwiegelnd beide Hände. Barthel war Lagerfunktionär in Buchenwald gewesen, Kapo eben. Die SS betraute deutsche Kommunisten mit Verwaltungsfunktionen, Funktionshäftlinge hießen sie, die sogar Pakete und Geld von draußen kriegen durften. Einiges wußte Thekla, nach anderem fragte sie am nächsten Tag. Kapo – Pfefferkorn mußte sekundenlang nachdenken, ehe er sich den Ursprung vergegenwärtigte: Kameradenpolizei. Thekla fragte: Wieso nannte Barthel dich Puffi? Hat er das? Och ja – Pfefferkorn, Pfeffi, Puffi, der Lagerkoller erzeugte die seltsamsten Blüten.

»Ich könnte euch beide vorher noch mal zum Essen einladen. Wenn du mir was Hübsches bringst, Thekla, das ich kochen kann. 'n Hühnchen? Nächsten Dienstag?«

»Schade, hab ich Nachtwache.«

»Ihr immer mit eurer Wachsamkeit.«

Erinnerung: Spältchen zwischen den Schneidezähnen.

2

Ob der Kerl nun ein Spitzel war – Schmolka war sowieso auf der Hut. Deine Kinder? Tochter und Sohn besuchten die Oberschule, seien durchschnittlich fleißig; dem Jungen fliege manches zu, ohne daß er sich anstrengen müsse, das habe Vorteile, Nachteile aber auch. Ob es nun direkt zu einem Charakterschaden führte, hielt er für zweifelhaft. Derlei konnte sein Zellengenosse getrost weitertratschen, ein Wachtmeister an der Tür erlauschen. Kein Wort über die Kirche.

Pausenlos wurde geschlossen, vermutlich rückten noch immer Häftlinge zur Vernehmung ab, vielleicht begann schon die Freistunde. Das Gespräch versickerte, Schmolka spürte Müdigkeit, das mochte an der miserablen Sauerstoffzufuhr liegen. War sicherlich beabsichtigt. Was hieß hier Freistunde, von den fünf bis sieben Minuten gingen noch zwei oder drei auf der

Treppe drauf. Wenn er am Vormittag vernommen wurde, fiel der Hofgang für ihn ohnehin aus. Sonntags waren weder Hofgang noch Vernehmung.

Politisch? Wie politisch, wer? Ach so, die Kinder. Nicht besonders ausgeprägt, log Schmolka. Kümmerten sich um Schule und Musik, beide, ja. Daß Sabine in der Jungen Gemeinde war, überging er; es konnte nicht schaden, wenn Vernehmer und Spitzel zu unterschiedlichen Auffassungen kamen. Schmolka saß auf der Pritsche, die Schulter angelehnt, das war, da die Wachleute mit dem Schließen zu tun hatten, ohne Risiko. Wenn es wieder still werden sollte, schlichen sie von Spion zu Spion: Lähn Se sich nisch an! Vielleicht wurde er heute nicht ausgequetscht, es war schon fast zu spät dazu. Die Verbindung zu seinem Bruder in Hannover war das Thema der letzten Tage. Ob er geplant habe, seinen Betrieb zu schließen und alles Kapital zu verschieben. Ob er vorgehabt habe, sein Wohnhaus zu verkaufen – ja, hatte vorgefühlt, hatte Verhandlungen angebahnt oder sanft geführt – Auslegungssache. Weil die Hütte zu groß sein würde, wenn die Kinder aus dem Haus waren. Glaubte ihm keiner. War ja auch fast nicht wahr. Er wollte noch nicht einmal ablenken; egal, wo sich der Vernehmer festbiß. Außerdem gehörte das Haus seiner Mutter.

Der Schwarze Peter, Minna von Barnhelm, Seifenarsch – der Kumpel drehte die drei Schritte, die vor der Pritsche und neben dem Kübel möglich waren, und redete vor sich hin, welcher Bulle heute bis Mittag Dienst auf der Dritten, ihrer Etage, haben würde. Der befehligte das Kübeln. Seifenarsch ließ die meiste Zeit, Saftbacke brüllte nie. Mittags Nudeln, wetten? Sagte ihm sein Urin. Hör mal, hast du eigentlich damals Erwin gesehen?

Welchen Erwin, ach so, Rommel. Das wollte der Vernehmer letztens auch wissen, und er hatte erläutert, zwischen einem schlichten Oberleutnant der Nachrichtentruppe und dem Generalfeldmarschall wäre ein enormer Abstand gewesen. Aber es hieß doch, Rommel habe »von vorn« befehligt wie als Stoßtruppführer im Ersten Weltkrieg, der Wüstenfuchs. Natürlich hatte sich Schmolka nicht freiwillig nach Afrika gemeldet, seiner seltenen Blutgruppe wegen hatten sie ihn dort hingeschickt. Mit der alten Ju übers Mittelmeer. Der Vernehmer wollte Anklagemunition häufen: Elitekrieger! Heute noch faschistischer Ungeist in allen Knochen, deshalb Saboteur! Ein Oberleutnant mit dem EK II, Strippenzieher, viel gab das nicht her.

Schlüssel im Schloß: Zwo, gomm Se! Hände aufn Rücken und losgestakst, die Knie steif von zuwenig Bewegung wochenlang. Draußen würde er jeden Tag zwei Stunden an der Saale durch die Parks traben, allein oder mit Marion, der würde das nicht schaden. Wenn der Mist hier vorbei war.

Bleim Se stehn, Gesicht zur Wand! Links runter! Schmolka, die Hände auf dem Rücken, roch Mörtel. Wenn ihm jetzt einer auf den Hinterkopf schlug – war noch nicht passiert. Gehn Se rein! In dieser Zelle war Schmolka noch nie gewesen, ein Schemel in der Mitte, nichts sonst. Ein Wachtmeister mit weißem Kittel stand dahinter, aha, auf einem Bord Seife, Schälchen und Handtuch. Sofort: Entlassung! Sie hatten den Blödsinn eingesehen, er wurde rasiert, kriegte seine Klamotten, in einer Stunde war er draußen. Mittags zu Hause, Kartoffelpuffer, Schnitzel, Kotelett mit Fettrand.

Wieder über Gänge, durch Gittertüren, in einer Zelle mit Tisch und zwei Stühlen saß Dr. Bergengrün. Sein Rechtsbeistand roch nach Parfüm oder wenigstens nach Westseife; vermutlich waren Schmolkas Geruchsnerven durch den ständigen Gestank so gereizt, daß er meinte, dieser Duft fülle den ganzen Raum. Wahrscheinlich brachte er selbst eine üble

Wolke mit. Bergengrün erhob sich und streckte die Hand hin. »Guten Tag, Herr Schmolka. Geht es Ihnen einigermaßen?«

»Den Umständen entsprechend.« Das Lächeln gelang wohl nicht.

Bergengrün zog ein Zigarettenetui aus der Tasche, bot an und gab Feuer. »Nun rauchen Sie erst mal.« Blick skeptisch zur Decke und die Wände entlang, Schmolka verstand so: Da könnten Mikrofone lauern. Schmolka sog den Rauch ein und spürte ein dämpfendes Gefühl von der Zunge ins Hirn hinauf – so schnell wirkte Nikotin bei einem, der seit Wochen entwöhnt war.

»Es geht«, Bergengrün blätterte in seiner Mappe, »langsam vorwärts. Natürlich soll ich Sie von Ihrer Frau grüßen, wir haben gestern erst miteinander gesprochen. Ihre Frau macht einen großartigen Eindruck. Sie verliert die Übersicht nicht. Glückwunsch. Tscha. Über eines war Ihre Frau erstaunt: Sie haben die Einwilligung gegeben, daß ihr in der Schweiz zehn Jahre alte Unterlagen ausgehändigt werden dürfen, haben Sie *schriftlich* gegeben. Aber damals waren Sie ja noch gar nicht im Besitz der Firma.«

»Vielleicht darf meine Frau in die Schweiz fahren, vermute ich mal.«

»Und dann bringt sie diese Unterlagen zurück?«

Schmolka hob die Hände, legte den Kopf schief und blickte zur Decke. »Sache meines Vaters. Mit mir hat er nie darüber gesprochen.«

Bergengrün zuckte die Schultern, das sollte wohl heißen: Ich muß ja nicht alles wissen, ein Trick vermutlich, macht mich nicht heiß. Er war ein gutgenährter Mann um die fünfzig in einem dunklen Anzug; er hätte noch solider und Zuversicht einflößender gewirkt, wenn seine Stirn nicht von einem grindigen Ausschlag gesprenkelt gewesen wäre – vielleicht roch er nicht nach Westseife, sondern nach heilender Salbe. Schmolka wußte: Er hatte sich am Ende eines langen Tages, hungrig und schlapp, vom Vernehmer überfahren lassen. »Ich wollte den Eindruck erwecken, kooperativ zu sein.« Wenn Marion wirklich fahren dürfte: Sie würde den Schweizern die Lage erklären. Marion war klug, die Schweizer waren es auch und würden entscheiden: Da muß Herr Schmolka schon selber kommen.

»Ist auch nicht schlimm. Die Untersuchungsbehörde durfte Einblick nehmen, natürlich, aber das sind die Akten Ihres Herrn Vater. Wahrscheinlich sollen Rüstungsverbindungen festgestellt werden – kann uns nicht beunruhigen, alles Sachen am Rand.«

»Also sind sie unsicher, suchen rum?«

»So weit möchte ich nicht gehen.« Der Anwalt faltete die Hände und neigte sich vor. Das schuf Nähe, Wärme, da war einer auf Schmolkas Seite und wollte das mit jedem Wort und jeder Geste deutlich werden lassen. »Ihre Firma ist einem Treuhänder unterstellt. Der werkelt an Ihrem Schreibtisch, verfügt über alle Konten und regelt den Arbeitsablauf. Vier Ihrer Leute haben gekündigt, ordnungsgemäß. An das Haus und die Möbel kann der Treuhänder nicht ran. Nun stoßen die Fahnder auf diese Geschäftsverbindung zur Schweiz.«

Diesbezüglich könne Schmolka nur ahnen, daraus habe sein Vater immer ein Geheimnis gemacht. Stahlkauf im Auftrag einer Staatsbehörde, vielleicht auch noch im Krieg.

»Ich bitte Sie um eines, Herr Schmolka: Unterschreiben Sie nicht wieder irgendwelche Vollmachten, schieben Sie alles auf mich, ich hab ein breites Kreuz. Und Ihre Frau hält mehr aus, als Sie vermuten. Noch 'ne Zigarette?«

Wenn er davon ein wenig benebelt sein würde – eine Vernehmung jetzt kurz vor Mittag war nicht zu befürchten. Zwei

Zigaretten jeden Abend vor dem Einschlafen würden ihn absacken lassen, abstürzen ins Nichtwissen, Nichtbegreifen. Das wäre Erlösung: Irgendwann wach werden und fünf Jahre im Koma gelegen haben, der Knast wäre vorbei, ein zweites Leben würde beginnen. Wieder diese verblüffend rasche Wirkung, was hatte er jahrelang vergeudet, manchmal zwanzig Zigaretten täglich, nie auch nur in Ansätzen eine Reaktion wie jetzt. So würde er es machen, wenn er wieder draußen war: Abends zwei Lullen, entspannt sitzen, nicht reden, kein Radio. Langsam an die Lippen führen, dem Rauch nachschauen.

»Eine Sache wirkt unangenehm, Herr Schmolka. Sie wissen ja, daß Ihre Tochter in der Jungen Gemeinde war. Oder ist. An der Oberschule wurde ihr zugesetzt, auszutreten – Sie kennen diesen Kleinkrieg. Einfuhr von Hetzmaterial, das haben Sie ja noch draußen erlebt. Ihr Sohn hat nachgegeben. Aber das Töchterchen stellt sich auf die Hinterbeine. Ihr Jugendpfarrer gibt ein rabiates Beispiel. Seine Gruppe übt eine Aufführung von ›Draußen vor der Tür‹ von Borchert, und der wohnte in Hamburg. Den Jugendpfarrer haben sie zur Abteilung Inneres vorgeladen, erst hat er eingeräumt, nachdenken zu wollen, aber nun gehen die Proben weiter. Und Ihre Tochter dabei. Hören Sie mir zu, Herr Schmolka.«

»Klar.« So war Sabine, war schon als kleines Kind so gewesen. Die Fäustchen geballt, gegen die Tür gehämmert und gebrüllt, daß es bis auf die Straße hallte und die Leute stehenblieben.

»Nun eskaliert die Sache. Eine Schülerin aus dieser Klasse ist verschwunden, fort nach München. Und Ihre Tochter hat aufgetrumpft, das Stück von Borchert argumentiere für den Frieden – alles einzusehen, bloß nicht im Augenblick.«

»Ich kann schließlich nicht …«

»Nein, Herr Schmolka, Sie können nicht irgendwie einwirken. Und Ihre Frau kann Ihre Tochter offensichtlich nicht umstimmen. In dem Mädchen steckt ein wunderbarer Gerechtigkeitssinn, aber damit kommt sie nicht durch die Wand. Wir sollten versuchen, Zeit zu gewinnen. Jetzt wird alles überaus heiß gekocht – verstehen Sie mich?«

Was gebe es denn da weiter zu verstehen, wollte Schmolka antworten; die Worte bildeten sich nicht. Sabine solle auf ihn keine Rücksicht nehmen, das klänge tapfer.

»Es steht auf der Kippe, ob Ihre Tochter relegiert wird.«

Dann ab zum Onkel nach Hannover, dem Vernehmer hingeschmissen: Da seht ihr, was bei eurer Wahnsinnspolitik rauskommt! Ein so begabtes Mädchen, loyal bisher, und genau *die Besten* treibt ihr fort.

»Sobald ich kann, werde ich Ihre Steuersache einsehen. Wenn die Vernehmung abgeschlossen ist. Wie ist der Stand, haben Sie ein Gefühl?«

»Dreht sich im Kreis.«

»Wenn eine Zusammenfassung vorgenommen wird, geht es meist dem Ende entgegen. Da müssen Sie noch mal aufpassen.«

Er wollte wieder fragen: Und was schätzen Sie? Aber sein Anwalt hatte schon beim ersten Gespräch ausweichend geantwortet: Hängt von so vielen Umständen ab. Eines war sicher, die Firma, die sein Großvater aufgebaut und sein Vater zur Blüte gebracht hatte, war er los. Demnächst hätte das fünfzigjährige Jubiläum gefeiert werden sollen, sein Vater mußte auf seinem Alterssitz im Harz noch miterleben, daß alles, was er über den Krieg gerettet hatte, in Trümmer fiel.

»Noch 'ne Zigarette?«

»Besser nicht, Herr Doktor.«

»Ich besuche Ihre Frau, grüße von Ihnen und vermelde, daß Sie die Nerven behalten, einen gesunden Eindruck machen und so fort wie üblich. An der Steuersache bleib ich dran, die Vorwürfe schmettern wir zu neunzig Prozent locker ab.«

»Bleiben zehn.«

Als Schmolka in seine Zelle zurückkam, sah er auf den ersten Blick: Der etwaige Spitzel war verlegt worden, frei die Pritschenseite, auf der seine Matratze gelegen hatte. Auch gut. Er konnte den eigenen Gedanken nachhängen, mußte nicht auf der Hut sein. Keiner furzte mehr die halbe Nacht.

Das Schließen kam näher, Schmolka hielt den Kübel mit beiden Händen ausgestreckt, fehlte noch, daß seine Jacke den Rand streifte, letztens hatte er sich danach stundenlang geekelt. Den Gang entlang, die Scheiß- und Pißbrühe schwappte. Seifenarsch war keiner, der ununterbrochen brüllte: Nun mal dalli, die andern wolln auch noch, wie lange dauert denn das! In der Kübelzelle den Deckel abgestellt und das Zeug ausgekippt, mit dem Schlauch gespült, Deckelinnenseite auch, danach ans Fenster, hochgezogen, unter ihm der Freistundenhof leer, dort waren letzte Woche Frauen in mehreren Kreisen gegangen, in grauen Kitteln und mit Kopftüchern, flott im Außenring, Alte langsam in der Mitte, hutschen hieß das im Sächsischen. Einen Dreiviertellöffel Chlor eingestreut, das ideale Maß, hatte er vom Spitzel gelernt, würde es eines Tages weitergeben, nach einigen Jahren war er ein Knastologe von Rang, promoviertes Zellenschwein.

Zurück, Seifenarsch wartete wortlos an der Tür, ließ die Schlüssel klingeln. Der Spitzel hatte ihn in eine Debatte verwickeln wollen, wer von den Wachtmeistern aufgehängt würde, wenn »es einmal anders kommt«. Seifenarsch als letzter. Nicht mit ihm so was, schließlich hieß es noch: Mordhetze.

Mittags Grießsuppe, die schiffte er in einer halben Stunde wieder raus, der Hunger würde zu kneifen beginnen und stärker werden bis zu den fünf Scheiben Brot mit Margarine bekratzt am Abend. Jetzt hatte er Platz zum Dreieckgehen vor der Pritsche. Wie lange brauchte einer im Knast, bis er entscheiden konnte, was besser war: Einzelhaft oder zu zweit oder zu viert auf Zelle oder im Saal mit fünfzig, achtzig? Bautzen oder Waldheim? Wenn seine Frau wirklich in die Schweiz fahren durfte, würde sie dort tricksen, so schlau war sie: Und wenn ich zehnmal diese Vollmacht habe, ich bitte Sie, geben Sie es mir *schriftlich,* daß Sie diese Unterlagen auf Grund irgendwelcher Schweizer Gesetze nie an einen Dritten, sondern nur *an meinen Mann* aushändigen dürfen.

Im Dreieck gehen, drei Schritte an der Pritsche entlang, je zwei im Winkel auf die Tür zu. Wenn jeder Schritt sechzig Zentimeter lang war, wie groß der Dreiecksinhalt? Tagtraum, Totalphantasie wäre wieder mal dran: Anfang Mai '45 das Kriegsende, jetzt vor acht Jahren. Einfühlen beim Dreieckgehen. Oberleutnant Schmolka meldete sich korrekter als in den letzten Wochen üblich, als suche er Schutz gegen Verlotterung. Nur mit Disziplin kamen sie durch. Herr General, Oberleutnant Schmolka meldet sich als Verbindungsoffizier vom Artillerieregiment zweieinundfünfzig befehlsgemäß zur Stelle! Der General legte die Hand an die Mütze. Warten Sie draußen, Oberleutnant, lassen Sie sich was zu essen geben. Der General war alt, das bewies die Spange zu den Eisernen Kreuzen erster und zweiter Klasse, die er sich im Ersten Weltkrieg verdient hatte, vielleicht als Stoßtruppführer wie Rommel. Unter altersfahlen Brauen lagen verschattete Augen und verbrauchte Haut, ein großer Mund über gelblichen Zähnen. Schmolka machte vorschriftsmäßig kehrt mit knackenden Absätzen. In den Vorräumen saßen Kradfahrer, Kettenhunde, Verwundete, einer mit einem Kopfverband, der die Augen bedeckte, ein anderer mit beiden Armen in Schlingen. Ein Oberst als Herr über aufgerissene Kartons, darin alles, was das Herz begehrte, na, außer lüsternen Jungfrauen, wie er lästerte, eine phantastische Vielfalt, Schmalzfleisch, Apfelmuskonserven, Rindfleisch in Tomate, Kautabak, Trockenzwiebeln. Das frische Maisbrot sei leider ausgegangen. Knäckebrot, wirklich lecker. Bedienen Sie sich, Kamerad, was wir heute nicht schaffen, verspeisen morgen die Partisanen. Von den Hügeln rollte Kanonendonner, das Bellen der eigenen Sturmgeschütze, auf einmal wühlten die Besatzungen in Bergen von Munition. Ein Major befahl: Alle Herren Offiziere zum Herrn General! Aus einem Nebenzimmer drängte ein Pulk, die meisten in nagelneuen Tarnanzügen, als zöge eine frische siegessichere Truppe ins Feld, in Wahrheit waren sie Ausräumer eines lange unantastbar gewesenen Magazins. Sechstausend Paar Wollsocken! »Meine Herren, die Wehrmacht des Großdeutschen Reiches hat gestern in Berlin und Reims kapituliert. Das ist nicht irgendein Gerücht, unsere Nachrichtenleute haben alle verfügbaren Quellen angezapft. Ein fast sechsjähriges ruhmreiches Ringen gegen eine überwältigende Übermacht hat trotz tapferster Gegenwehr...« Oberleutnant Schmolka schaute auf die sich öffnenden und schließenden Lippen des Generals, auf das Ritterkreuz mit dem Eichenlaub. Niemand bewegte sich auch nur um Millimeter, die Worte tropften in absolute Reglosigkeit. Als wären sie erstarrt wie Barbarossa und seine Mannen und würden erst wieder erlöst, wenn eine letzte Schlacht gegen den Bolschewismus begann. Nach dem Heldentod unseres Führers Adolf Hitler. Weltumspannende gigantische Allianz mächtiger Feinde. »Es scheint abgemacht worden zu sein, daß jede deutsche Einheit vor dem Gegner kapituliert, der ihm gegenübersteht. Das wären in unserem Fall Titos Banditen. Wir werden uns durchkämpfen bis zur Reichsgrenze.« Der

General stockte, korrigierte sich: »Bis zur alten Grenze.« Schließlich: »Bis zur Grenze Österreichs. Wir stehen bis zu hundertzwanzig Kilometer auf jugoslawischem Gebiet. Wir kämpfen uns mit allen Verwundeten, Ustascha-Verbänden, Kosaken und deutschstämmigen Bauerntrecks durch und werden gegenüber den Engländern kapitulieren. Eine Stellung liegt vor Varaschdin, notfalls stabilisieren wir sie durch einen Gegenangriff.« Varaschdin, das kannte Schmolka aus der Operette, »Komm mit nach Varaschdin, solange noch die Rosen blühn«. Dort hatte er am Vortag aufgeklärt, hübsches Badeörtchen. »Erhöhte Marschleistung der Nachschubeinheiten und der Bauerntrecks, täglich dreißig Kilometer. Widerstand wird notfalls mit schweren Waffen gebrochen. Ich verbiete jede örtliche Verhandlung. Unsere Kosaken haben ganze Dorfgemeinschaften dabei, weiß ich. Kameraden bis zuletzt, keine Frage.« Jahre später tauchte diese Szene immer wieder in Schmolka auf, er überlegte, was der General in seine Überlegungen hätte einfließen lassen müssen, daß er dieser Weigerung wegen, die Waffen niederzulegen, zum Tode verurteilt werden könnte. Sie erschossen oder henkten ihn in Belgrad, weil in seinem Befehlsbereich, auch bei diesem Rückzug, Dörfer verbrannt und Geiseln niedergemetzelt worden waren. Sie kämpften über den 8.Mai hinaus noch dreizehn Tage und Nächte. Oberleutnant Schmolka befehligte ein Nachhutbataillon in diesem seltsamen Krieg nach dem Krieg. Es war heller Mai mit hohem Himmel, hier und da hackten Bauersfrauen ihre steinigen Felder. Die Partisanen folgten im Abstand von einem Kilometer, manchmal sah er von einer Höhe herunter ihre Schützenreihen am Straßenrand ziehen, an der Spitze sicherlich ein Oberleutnant, wie er ein Oberleutnant war. In Gedanken schnitt Schmolka eine Rindfleischbüchse mit Paprika auf und fügte einige Löffel der miserablen Suppe aus dem Knast zu. Jetzt vor acht Jahren –

wenn er gefallen wäre in diesem letzten Gefecht, wäre es nur folgerichtig gewesen, denn einem Leutnant standen der Statistik nach zwei Frontmonate bis zum Heldentod zu, und er hatte in Afrika und auf dem Balkan vier, wenn er großzügig rechnete, sogar sechs Monate mit eisenhaltiger Luft überlebt. Dann müßte der U-Häftling Schmolka jetzt sein Hirn nicht martern, wie er morgen früh zum dutzendsten Mal seinem Vernehmer erklärte, eine Rechnung über dreitausend Mark an einen Dachdecker in Schkeuditz sei nicht fingiert gewesen. Zur Hälfte allenfalls, schon das konnte den Mann auf die Anklagebank bringen. Sein erfahrenster Unteroffizier, Nahkampfspange in Gold, sieben Mal verwundet, leerte einen MG-Gurt in einen Schuppen hinein, der so provozierend auf einem Hügel über einer Wegkehre lag, daß in ihm Heckenschützen einfach hocken mußten. Tags darauf übergab Schmolka aus Arbeitsdienstbeständen hundert Eimer Kunsthonig dem örtlichen Priester. Der Mann segnete ihn und alle seine Männer. Hoffentlich wirkte dieser Segen auch noch im Hallenser Gefängnis. Die britischen Offiziere empfingen sie mit eisenharten Gesichtern. An diesem Abend sangen die Kosaken im Nachbarcamp zum ersten Mal wieder. Ein paar Wochen später, als feststand, daß sie an die Sowjetarmee übergeben werden sollten, erschoß sich ihr Hetman im Dienstzimmer des Lagerkommandanten. Er setzte seine Pistole zwischen dem linken Auge und der Nasenwurzel an. Der Druck im Schädel war so enorm, daß das rechte Auge herausgerissen wurde und auf den Schreibtisch sprang. Dort lag es blutig und anklagend. Schwer vorstellbar. Herrliche Legende.

Schlüssel im Schloß, Schmolka fuhr hoch, Rücken zur Tür. Schritte, wieder wurde geschlossen. Schmolka blickte zur Seite, ein Häftling stand da, auf den Armen sein Bettzeug, ein kleiner Mann, der sich ihm zuwendete. »Grüß dich.«

Der Neue warf das Bündel ab und streckte ihm beide Hände hin wie ein Ertrinkender, und Schmolka fürchtete: Gleich fällt er dir um den Hals. »Herzlich willkommen.«

»Wie lange? Wie lange sind Sie hier?«

»Seit fünf Monaten.«

»Das kann doch nich, das kann doch keiner aushalten.«

»Natürlich hält das einer aus. Und Sie?«

»Elf Tage. Fürchterlich, ich bin... Können Sie denn schlafn? Jede Nacht – ich schlaf höchstens zehn Minuten.«

»Das gibt sich.« Nervenbündel, gar nicht mal so alt, fünfzig vielleicht. Den mußte er nun in den Knastalltag reinbiegen, mußte Kindermädchen spielen. Schmolka vom Frontschwein zum Zellenschwein. »Was werfen sie dir denn vor?«

»Zwee Sack Weizn. Ich soll zwee Sack Weizn unterschlagen ham.«

»Ganze zwei Sack? Jungejunge.«

3

»Wie die anjejem ham uff Zelle. Die Maschenberg, die beriehmte Fleischermeistersgattin aus Naumburch hat jeprotzt: Ich war immer jut zu mein Leutn. Aber ich verlang auch was. Wenn ihr Mann unterwegs war, Vieh kaufn, mußte im Schlachthaus alles klappen, das schaffte die mit links. Hat se jesacht. Un am Wochenende stand sie an der Kasse. Un die Pischinski, ich nenn die bloß: die Pißnelke, die hattn in Schlesien anjeblich drei Dienstmädchen un nen Diener, der war nur fürs Silber un de Reitpferde da. Könn Sie sich das vorstelln? Die Mutter hat das Haus jeleitet un der Vater das Jut. Ich hab die mal jefragt: Wie heißt denn beim Reitn rechts und links, heißt das Steuerbord un Backbord? Die Maschenberg is nich mehr jeworden vor Lachn. Un ne Pferdesorte hieß bei der Pißnelke ›Belgische Riesen‹, also doof nur einmal. Anjeblich hat sie von den Kerlen aufn Strich nie Jeld jenomm, höchstens Kartoffeln und Butter, für ne Nummer drei Eier, aber Zijaretten un Schnaps. Zijaretten – darf ich jar nich dran denkn. Denk ich aber immer dran.

Also warum ich von Königsbarch nach Berlin jekomm bin. Ich hab den beiden erzählt, bei der Jestapo in Königsbarch war alles unterbesetzt, die Männer warn meistens an der Ostfront. Trotzdem kam ne Anfrage, ob jemand nach Berlin will. Ich hab mir die Sache überlegt. Erna, bist jung, kannst dir das mal ankieken, hab ich jedacht – hab ich uff Zelle *erzählt,* daß ich mir das jedacht hab. Das Jehalt war in Berlin natürlich ooch viel besser. Wollte richtig ins Reich. Bißchen Schulung, hab mich schnell reingefitzt. Ich krieg ne Uniform un ne Baracke mit hundert Fraun. Die mußtn arbeiten, ich hab sie hinjeführt, mußtn marschiern, zackzack. Un von der Arbeit zurick. War ne große Schneiderei, hab ich mir ausjedacht, die ham Uniformen ausjebessert. Warn Schußlöcher drin, zerrissen und so. Ich hab die Aufsicht jehabt, war mir meistens langweilig. Hundert Fraun, während der Arbeit zu reden war verboten. Ich bin da nich so streng jewesen, hab ich mir jedacht, war ja immer jutmütich, viel zu jutmütich, aber wenn plötzlich n Vorjesätzter reinkam, hab ich mit meiner Peitsche aufn Tisch jehaun und jebrüllt: Ruhäää! Das hat immer jeklappt. War überhaupt wichtich, daß alles jeklappt hat.

Wer das war – ich hab jesacht, Polinnen, Ukrainerinnen, französische Nuttn, überhaupt viele Nuttn. Das ging gegen die Pischinski, klar. Jüdinnen sicherlich zum Teil. Ich hab immer uffjepaßt, daß das Essen jerächt verteilt wurde. Ich hab denen jesacht, das Schlimmste is, wenn eine von euch die andern beklaut. Ich bin zwischen den Tischen langjegang und hab mit meiner Peitsche an die Stiefel jeklatscht, so! Das hat auf die Maschenberg Eindruck jemacht, kann ich Ihn sagen. Wie das KZ hieß, ich hab jesacht: Ravensbrück. Un abends nach Berlin. Ich hab ne Revue jesehn mit Johannes Heesters. Maske in Blau. Un ins Kino. Am Kurfürstendamm war ich in den feinsten Lokalen, manchmal in Uniform, da standen die Kellner stramm. Un weil ich klasse war, ham sie mich nach einem Jahr befördert. Da war ich Untersturmführerin, also so wie Leutnant. Als erstes hab ich mir ne Ausgehuniform schneidern lassen, die paßte! Von ner Jüdin aus Wien, die hatte nen riesigen Salon jehabt. Das hat der Maschenberg imponiert, sach ich Ihn! Mit der Uniform saß ich in der Halle vom Adlon, roochte jemütlich, un wer kommt rein, der Gründgens. Da wollte die Pißnelke nun gleich wissen, ob ich meine Peitsche dabei jehabt hätte, der stand doch uff Maso. Wußte damals jeder. Oder redete jeder. Nee, so dicke hab ich nun nich uffjetragn, langte mir so. Die Pißnelke gleich: Hosen runter und uffn nackten Arsch, die is nun mal n Ferkel. So, die sagt das anders aus, kann ich mir denken. Hab ich vielleicht doch erzählt, weil die Pißnutte das so wollte. Den Gründgens kannte ich natürlich ausm Film, der hat jesung: ›Die Nacht is nich allein zum Schlafn da‹, kannte damals jeder. Klar könnt ich Ihnen das vorsing. In Wien war ich nie. Wiener Mode war berühmt, deshalb bin ich auf die Idee mit Wien jekomm. Und Jüdinnen waren im KZ Ravensbrück, weiß ich aus der Zeitung. Ich dachte, wenn ich das zusammenbring, Jüdin aus Wien und berühmter Modesalon und die hat mir die Uniform jeschneidert, dann wirkt das. Hat enorm. Nee, daß ich ne Jüdin verprügelt hab wie den Justav Gründgens, das hab ich nie erzählt. Wenn ich erzählt hab, was die Pische hören wollte, hab ich natürlich janz anders aufn Putz jehaun als bei der Maschenberg. Die hat immer die

Dame rausgekehrt. War mit uns per Sie, jibst sonst jar nich im Knast. Hat jesacht: Mit Ihn hab ich keine Schweine jehüt.

Ravensbrück – ich bin drauf jekomm, weil das bei Berlin liegt. Also nun wieder mit der Waldbühne, war ich damals nich und nie, kann ich mir schon denken, was jetzt kommt: Stän Käntn. Jut, zurück zu der Jeschichte im Krieg. Ich hab erzählt, ich war unjefähr zwee Jahre dort, erst hätt ich ne Baracke mit hundert Fraun befehligt, dann fünf Baracken. Das janze Frauenlager nich, nee. Ausgehuniform – ich bin drauf jekomm, weil ich in Könichsbarch manchmal jestaunt hab, wie schnieke die SS-Offiziere ankam, uff Taille, breite Schultern, und dann *die Reithosn*. Mich ham sie jar nich beachtet, für die war ich viel zu mickrich.

Mit den Hunden. Hab ich auch erzählt. Daß ich nen Hund jehabt hätte, scharf un ohne Beißkorb. Aber nie, daß ich ihn auf Häftlinge jehetzt hätt. Ich hätt ihn immer an ner Leine jehalten un zurückjerissen, wenn er auf Frauen loswollte. Als Kind hatten wir zu Hause nen Spitz, aber jewünscht hab ich mir immer nen Schäferhund. Als ich so zwölf war oder dreizehn, hätt ich jern nen Schäferhund jehabt. Die Jungs guckten meist über mich weg, aber wenn ich nen Schäferhund hätt, dacht ich.

Die Pische wurde janz geil, die hat sich vorjestellt, sie spaziert als Edelnutte mit nem Riesenschnauzer am Bahnhof Zoo lang, und dann nimmt sie neben mir im Sportwagen Platz. Die Bengels gucken wie irre. Wir beide übern Kudamm mit unsern Hunden, haben wir jesponn, Schäferhund und Riesenschnauzer, und dann rammeln wir ins Kranzler rein und die Kellner machen sich in die Hosen. Kriegen Fracksausen. Willy Birgel kommt mit der Marika Rökk, und die Rökk fragt mich…

Manchmal wolln Sie alles wissen, und dann wieder nich. Daß ich antifaschistische Widerstandskämpferinnen verprügelt hätte

– hab ich nie behauptet. Und wenn das jemand zehnmal zusammenlügt, die solln Sie mir mal ruhig jegenüberstelln, der sag ich ins Jesicht: Nehm Se das sofort zurück! Allenfalls hätt ich mal mit der Peitsche aufn Tisch jeschlagen, so, peng! Das aber bloß, wenn keine Ruhe war. Muß doch sein, stell ich mir vor, wenn man Ordnung halten soll mit hundert Weibern. Sicher ham die alle Hunger jehabt, wissen wir doch heute. Draußen ham wir jehungert und überall, da kann das doch in nem Lager nich anders jewäsen sein. Ich denk mir, die SS hat Rationen jehabt wie die Wehrmacht, un sicher isses vorjekomm, daß dic in der Küche noch jeklaut ham. War doch überall so.

Ich unterschreib alles, was ich erzählt hab, aber nich, was mir die Pißnutte noch in die Schuhe schieben will. Niemals, daß ich den Hund auf jemanden jehetzt hab. Beim Ausgang hätte ich nie ne Peitsche dabei jehabt, wie hätt denn das ausjesehn. Als mich der Gründgens anjesprochen hat – ob ich jesacht hab, da war ich mit Peitsche – kann ich mir jarnich vorstelln. Die Pißmadam, das war was für die, die hätte den Gründgens grün un blau jekloppt, is in der Zelle rumjehopst und hat jesung: Hoppehoppereiter. Bis der Postn an die Tür jedonnert hat: Ruhe im Puff!

Das Ausspinnen hat mir Spaß jemacht: Ich hab erzählt, später hätt mich der Gründgens manchmal mitm Mercedes abholen lassen. Wir die Avus runter auf eine Insel in der Havel. Da war an einem Abend sogar der Joebbels un allerhand Leute vom Film, zum Beispiel der Jannings. Sekt und Champagner. Die Maschenberg hat jefracht: Kaviar ooch? Ich hab jeantwort: Aus Kaviar hab ich mir nie was jemacht. Der Justav, also der Gründgens, hat gefeixt: Nu iß doch das Zeug mal mitm jroßen Löffel! Der Joebbels hat jehinkt, aber scharf war der wie ne Rasierklinge, son stechender Blick, ging mir durch und durch. Seine Frau, die Magda, hat mich jefragt, als sie meine

Uniform sah: Wo lassen Sie eigentlich arbeiten, doch nich in Wien? Jut, wa?

Hoffentlich krieg ich bald ne Zijarette. Mir is schon janz irre im Kopp. Wie jesacht, ich unterschreib nuscht, was sich die beiden ausjedacht ham, vor allem das mitm Hund. Immer hübsch aufm Teppich bleim, Frau Fleischermeistersgattin. Die hat erzählt, ihr Mann wär bei der Kommandantur, beim Russen aus und ein jegang, der hätt Rindszunge und alles hinjeschafft, damit die Druck auf unsere machten, wenn er mal ne Schwarzschlachtung drehte. Die soll mal janz stille sein. Sach ich bloß am Rande nebenbei. Klar unterschreib ich das, is doch die Wahrheit, oder? Hab ich Ihn doch versprochen: Nur noch die Wahrheit. Mit Schwindeln bringt sich einer um Kopf un Kragen, hab ich begriffen.

Lassen Sie mich mal lesen, Herr Vernehmer. ›Die Aussagen der Zeuginnen Maschenberg und Pischinski, ich hätte zugegeben, im KZ Ravensbrück anfänglich im Rang einer Unterscharführerin und später in höheren Diensträngen mindestens eine Baracke mit hundert weiblichen Häftlingen befehligt zu haben, entspricht in vollem Umfang der Wahrheit.‹ Zujegeben – sollte das nicht besser heißen: anjegeben, jeflunkert? Aufn Putz jehaun? Völlig egal is das nich, Sie! Meinetwejen, schaun wir uns morgen noch mal an. Aber bestimmt! Jut, Schluß für heute, mir kneifen schon die Därme. Mir roochert vielleicht! Endlich ne Zijarette, dankeschön. Der erste Zug haut mich immer fast um. Jede Seite einzeln unterschreim, klar.

4

Alfred Mannschatz blickte seinem Schwiegersohn über die Schulter. »Schularbeiten?«

»Ich soll einen als Aktivist vorschlagen.«

Tabellen, Zahlenkolonnen, eine Ziffer wie die andere, Hartmuts Schrift war sauber und gleichmäßig. »Hättest Buchhalter werden können.«

»Werde ich, wenn ich das Kreuz nicht mehr grade krieg. Guck dir das an. Schupp mit durchschnittlich hundertdreißig Prozent. In Wirklichkeit ist er für zweihundert gut. Bisher hab ich ihn bißchen gedrückt, damit er uns nicht die Norm versaut, aber jetzt hat er was läuten hören über Aktivistenauszeichnung, da riskiert er 'ne Lippe, der kleine Hennecke. Will in die Zeitung. Ist ja auch ungerecht, wie wir ihn bisher gedeckelt haben.«

»Die Solidarität der Arbeiter.« Es hatte nicht spöttisch klingen sollen.

»Kannste vergessen. Einer wird gegen den anderen ausgespielt. Und zwischendrin strampelt der Meister.«

Jetzt ein Wort über das, was er vorhatte – aber es konnte unmöglich bei einem Wort bleiben. Wenn er einmal anfing, würde er alles Für und Wider durchhecheln müssen, das ging keinesfalls ab mit einem *ach übrigens*. »Alsdann, Hartmut. Und nie vergessen: Wenn's mal andersrum kommt, hängen dich deine Leute sofort als ersten auf.«

Brücken lachte.

Auf dem Bord zwischen den Fenstern standen die Fotos von Heinz und Rudi in Uniform, mit dem schwarzen Bändchen über eine Ecke, die toten Söhne. Hartmut ist mir wie ein Sohn, dachte Mannschatz, das war keine Floskel. Was man in benachbarten Familien so erlebte. Neid: Warum lebt *der*, und die eigenen Jungs lagen in Rußland?

Zwei Stunden sperrten sich, krochen. Das Wort »Verräter« hatte Mannschatz keine Sekunde an sich herangelassen. Er wollte betonen: Ich appelliere keinesfalls dafür, daß andere ebenso handeln. Was ich mache, gilt für mich, ich hab mich mit niemandem abgesprochen, unter Freunden nicht und schon gar nicht in der Familie. Ich gehe diesen Schritt allein und habe ihn reiflich durchdacht.

Er zog seinen Anzug an, zuletzt hatte er ihn in Halle getragen, als Stalin gestorben war. Dem hatten nun keine jüdischen Ärzte nach dem Leben getrachtet. Wie lange es wohl dauerte, bis Pfefferkorn von seinem Schritt erfuhr; vielleicht geriet die Meldung automatisch auf den Generalstisch. Dann war es aus mit der kaum geknüpften Freundschaft, mit Kur und einer Funktion in der Veteranenkommission sowieso. Ich bin so steinalt, wollte er argumentieren, daß ich bei allem dabei war, was heute diskutiert oder verschwiegen wird. Ich bin in die SPD eingetreten, als August Bebel noch lebte. Damals fuhr ich zu einer der größten Kundgebungen, die es in Leipzig je gab. Karl Liebknecht sprach. Im Winter von 1918 gehörte ich in Leipzig-Gohlis dem Soldatenrat an.

Um die dreißig Parteimitglieder saßen im Vereinszimmer einer Gartenkantine, Rentner, Hausfrauen und ein Drogist, der sich in die SPD verlaufen hatte, in die SED übernommen worden war und sich meist unwohl fühlte; die letzte Überprüfung hatte er mit Ach und Krach überstanden. Mannschatz gab allen reihum die Hand. Als die Tagesordnung verlesen wurde, merkte er an, er wolle etwas vorbringen, zum Schluß, unter dem Punkt Verschiedenes. Kein Widerspruch.

Neben dem Versammlungsleiter saß Pelzer-Wilhelm und blickte grimmig wie stets. Er war Mannschatz zuwider, weil er immer so tat, als habe er den Klassenkampf und jegliche Wachsamkeit gegenüber dem kapitalistischen Feind erfunden. Pelzer-Wilhelm drängte sich in jeder Diskussion vor; manche behaupteten, das geschähe, weil er zu Hause nichts zu sagen habe. Der Versammlungsleiter begrüßte einen Mitarbeiter der Bezirksparteischule Halle, den Genossen Melchior Anetzperg, und dankte ihm, den Weg nach Bitterfeld *nicht gescheut* zu haben. Sein Thema: Lenins Aprilthesen.

Unter anderen Umständen hätte Alfred Mannschatz interessiert zugehört. In einer Kate im nordrussischen Dorf Rasliw habe sich Wladimir Iljitsch auf einem Heuboden verborgen. Bisweilen ruderte ihn der Bauer über den See zu einem Inselchen, dort habe der geniale marxistische Theoretiker eine epochale Schrift verfaßt. Die Macht lag auf der Straße, man mußte sie nur aufheben. Die revolutionären Arbeiter der Rüstungsfabriken in Petrograd. Panzerkreuzer Aurora. Mannschatz erinnerte sich an Filme: Matrosen kletterten an einem Gittertor hoch, lang waren ihre Gewehre mit den Bajonetten obendrauf. Genosse Stalin noch im Kaukasus. Kein Wort über Trotzki, natürlich nicht.

Pelzer-Wilhelm hob als erster die Hand. Er habe einmal die Abbildung von Lenins Paß aus dieser Zeit gesehen und auch die Kopie eines Gemäldes, Genosse Lenin im Ruderboot. Einmal sei Wladimir Iljitsch rasiert gewesen, dann aber trug er den bekannten Spitzbart. Was entspreche der historischen Wahrheit? Der Genosse Referent bedankte sich für die Frage; er könne sie nicht beantworten und wolle sich erkundigen. Übergangslos klagte eine Genossin, die Buttermarken der letzten Dekade seien noch immer nicht aufgerufen worden, und sie wisse nicht, was sie ihren Männern jeden Tag aufs Brot schmieren solle. Butter und Margarine aus der HO seien für sie sowieso zu teuer. Eine andere Frau fragte höhnisch, wann denn zum letzten Mal in der HO Margarine angeboten worden wäre. Vor einem Monat! Aber in einem Laden für Intelligenzler dürfe jemand, der dort Zutritt habe, *jeden Tag* ein Stück Butter kaufen, man müsse sich das vorstellen, *jeden Tag!* Das wurde sofort bestritten. Der Versammlungsleiter versuchte vergeblich, zum Referat zurückzulenken, und als das nicht gelang, fragte er, ob der Genosse Mannschatz jetzt schon das Wort wünsche.

»Ich wollte zuletzt reden, aber na schön. Was ich sage, hängt auch mit Butter und Margarine zusammen, mit dieser Rücksichtslosigkeit gegenüber dem Arbeiter. Mir ist die Vereinigung leichter gefallen als manchem anderen, ich hatte nicht vergessen, wie uns die Nazis überrollten. Eine neue Partei haben sie uns versprochen, Buchwitz und Grotewohl und alle im Vorstand der SPD, aber nun werden wir jeden Tag stärker zur KPD.«

Jetzt war es totenstill, der Drogist starrte fassungslos, Anetzperg blickte von seinem Manuskript hoch.

»Zuckerwaren werden teurer, in der Zeitung steht, das sei so, damit sie eines Tages billiger werden. Ihr kennt den Spruch, wenn unsereiner dumm dasteht: Die Genossen oben werden sich schon was dabei gedacht haben. So war das in der KPD stets: Irgendein Politbüro gab die Richtung an. Ich war immer Arbeiter und denke an die Arbeiter, daß es ihnen gutgeht und möglichst besser. Aber seit einem Jahr wird alles schlechter. Weil ich so denke und manchmal auch rede, werde ich beschimpft, das sei Sozialdemokratismus.«

»Fred«, sagte der Versammlungsleiter in eine Atempause hinein, »wir sollten über dein Problem unter vier Augen reden.«

»Ich hab mir genau überlegt, was ich heute tue. Immer mehr Arbeiter in den Betrieben machen krank wegen Erschöpfung. Ein Frisör, der Zahnpasta verkauft, ist noch lange kein Kapitalist, aber er kriegt keine Lebensmittelkarten mehr. Ein Bauer muß ins Zuchthaus, wenn fünfzig Eier fehlen. Futtermittel sind so knapp, daß die Milchleistung sinkt.«

Pelzer-Wilhelm rief dazwischen: »Das weißte wohl ausm RIAS?«

»Das weiß ich, weil ich manchmal übers Land radle und mit den Bauern rede. Den Kriegerwitwen, die als Mütter kleiner Kinder nicht arbeiten können, werden die Renten gestrichen. Ihre Familien müssen sie durchschleppen. Oder sie hauen nach dem Westen ab, dort kriegen sie nämlich Renten. Ich hab wochenlang nachgedacht, das könnt ihr mir glauben. Aus all diesen Gründen trete ich hiermit aus der SED aus.« Der Satz kämpfte sich durch seinen Hals, als wäre der Schlund verätzt. Er ging einige Schritte auf den Versammlungsleiter zu und legte sein Mitgliedsbuch auf den Tisch. Einen Augenblick lang war er unschlüssig, ob er sofort hinausgehen sollte, da sagte Pelzer-Wilhelm: »Is nich, Fred. Austritt ham wir ausm Statut gestrichen.«

»Ich bin vor einundvierzig Jahren in eine Arbeiterpartei eingetreten, da werde ich doch wohl heute wieder austreten können.«

»Nein«, bestätigte Anetzperg, »das ist seit der letzten Überarbeitung unmöglich.«

Mannschatz murmelte, das habe er nicht gewußt.

»Du überlegst dir alles noch mal«, der Drogist sprach so leise, daß er kaum zu verstehen war.

Der Versammlungsleiter, Pelzer-Wilhelm und Anetzperg tuschelten miteinander, bis der Hallenser Gast feststellte, soeben sei etwas Schwerwiegendes passiert, das nicht endlos diskutiert und auf die lange Bank geschoben werden konnte. Entweder ziehe der Genosse sein Ansinnen zurück und stecke sein Parteidokument wieder ein. Selbst dann wären Verleumdungen gegen die Sozialistische Einheitspartei Deutschlands und den zentralistischen Führungsstil geäußert worden, die keinesfalls im Raum stehen bleiben dürften. Oder?

»Ich bin draußen, dabei bleibt's.«

»Dabei bleibt's nicht.« Pelzer schob das Parteibuch auf den Versammlungsleiter zu.

»Wenn ich Mitglied eurer Grundorganisation wäre«, sagte Anetzperg, »würde ich den Ausschluß eines Feindes aus der Sozialistischen Einheitspartei Deutschlands beantragen.«

Der Versammlungsleiter erhob sich. »Im Sinne meines Vorredners.«

Schlaflos die Nacht. Gegen vier stand Mannschatz am Fenster. Vom First gegenüber starrten zwei Krähen zu ihm herüber.

»Fred?«

»Ja, Herta?«

»Du wolltest mich wecken, wenn du zurück bist.«

»Du schliefst so schön.«

»Und?«

»Sie ham mich rausgeschmissen.«

»Wolltest du doch.«

»So nich. Ich stinke geradezu nach Dilettant. Dieser Scheißer aus Halle, mit links hat er das gedreht. Nicht mal 'nen anständigen Austritt krieg ich hin.«

»Fred, in 'ner Woche sieht alles ganz anders aus.«

Eine Woche gegen einundvierzig Jahre.

Nicht provozieren lassen!

1

Kodelwitz seufzte. Wo bei dieser Zusammenfassung für den Chef anfangen. Von der Berliner Zentrale lag ein Bericht vor, der aufschrecken mußte. Der Staatsplan hinkte bei der Metallurgie, im Steinkohlebergbau, bei der Lkw-Produktion und der Reichsbahn. Beim Schwermaschinenbau konnte man geradezu von einer Krise sprechen – was von Bergmann-Borsig zu erfahren war, glich einer Katastrophe. Bauern ließen ihre Höfe im Stich und hauten nach Westberlin ab. »Bruno, hier steht, die lassen sogar hochtragende Kühe verrecken.«

Ein wirklich guter Mann, wußte Pfefferkorn. KP-Familie, ein Onkel im Spanischen Bürgerkrieg bei den Internationalen Brigaden. Schon jetzt zu schade für die Arbeit hier. Und wenn es hundert Mal schwer fiel, ihn zu ersetzen: Nächstes Jahr würde er darauf drängen, daß Kodelwitz studierte. Jura bis zur Promotion. Nicht mehr lange, und die DDR brauchte massenhaft Diplomaten. »Wie steht's mit deinem Russisch?«

Kodelwitz blickte verwundert. »Für das Nötigste mit den Genossen Beratern langt's. Du wolltest heute nachmittag nach Mansfeld, Bruno. Die Kreisleitung dort wartet auf eine Entscheidung.«

»Die Schlackensteinarbeiter, die Facher – was war gleich mit denen?«

»Haben mit Streik gedroht, falls wetterbedingte Freistunden gestrichen werden.«

»Die spinnen wohl.«

»Die Werkleitung hat drei Mann festsetzen lassen.«

»Ich werde olle Mannschatz mitnehmen, prima Idee. Kein Kupfer – kein Frieden. Diese Linie: Wir haben die Ausbeuter nach dem Westen vertrieben, und was macht ihr mit unserem Kupfer? Bei der Partei in Bitterfeld anrufen, die solln ein Auto zu Mannschatz schicken und ihn herbringen.« In Pfefferkorn bildeten sich Sätze, die er in Mansfeld hinknallen würde: Hier haben wir '21 die Sipo verdroschen, und was qualmt in euren Nischeln? Wenn's mal bißchen regnet – na und?

»Wieder hat eine Agentenorganisation Flugblätter abgeworfen. Im März seien doppelt so viele Flüchtlinge in Westberlin registriert worden wie im Februar, mehr als siebenundfünfzigtausend gegenüber dreißigtausend. In Merseburg haben Hausfrauen den Leiter des Gemüsekonsums fast verprügelt, weil die Kohlrabi verwelkt waren und es keine Kartoffeln gibt.«

Das Telefon, die Sekretärin nahm ab. »Ich gebe weiter, Genosse Sindermann.«

»Bruno? Guten Morgen erst mal. Hört bei dir die halbe Firma mit? Hoffentlich nicht. Ich hab was läuten hören. Einige führende Genossen sind aus Moskau zurück. Ich weiß folgendes um zwei Ecken: Verblüffende Neuigkeiten kommen auf uns zu. In Fragen der Einheit Deutschlands, der Schwerindustrie, der Justiz. Ja, dort besonders. Wahrscheinlich können wir uns noch gar nicht vorstellen, wie radikal... Bist du noch dran?«

»Und wie sicher... und wer?«

»Ich hab schon mal vorsichtshalber einen Artikel gegen die Junge Gemeinde aus dem Blatt genommen. Am besten so: Keine besondere Entscheidung treffen. Gaaanz vorsichtig sein. Wir sehen uns bestimmt bald.«

Pfefferkorn wußte nicht, ob Kodelwitz Bruchstücke von Sindermanns Worten verstanden hatte, eher nicht, oder ob in seinen eigenen Augen etwas wie Erstaunen oder Zögern wirkte. Es blieb eine halbe Minute lang still, bis er entschied: »Ich fahre nicht nach Mansfeld. Du rufst dort an: Die Festgenommenen nach Hause schicken bis auf einen.«

»Wegen Mannschatz...«

»Brauchen wir nun nicht mehr, is wohl klar.«

Kodelwitz und die Sekretärin regten sich nicht, bis Pfefferkorn knurrte, er werde jetzt auf dem Schießstand endlich seine fällige Monatsration verballern. Aber er ließ sich nicht dorthin, sondern vor die Stadt in die Heide fahren, wobei er wieder einmal bedauerte, nicht selbst am Steuer sitzen zu dürfen. Hatten die Freunde eingeführt: Wichtige Kader mußten sich dem Genossen Fahrer anvertrauen, damit sie nicht übermüdet ihr kostbares Leben riskierten. »Mach's dir gemütlich, ich geh bißchen spazieren, so'n Stündchen.«

Es war hoher, heller, grüner Frühling mit Vogelgezwitscher und Himmelschlüsseln, Blattspitzen an allen Büschen und einem Raubvogel, der seine Kreise zog. Im KZ hatte er sich um diese Zeit am Löwenzahn erfreut, der hinter dem Zaun blühte – wieder ein Winter überstanden. Jetzt war er frei, mächtig, und das Erwachen der Natur genossen wieder die anderen, die Kleingärtner, Spießer, der Rentner Mannschatz. Das sollte er einführen: Sonntags blieb nur die Wache im Objekt, alle anderen scheuchte er hinaus, fragte am Montag früh als erstes: Was hast du für deine Gesundheit getan?

Er zog die Jacke aus und hängte sie über die Schulter. Die Sonne brannte auf die Unterarme, das hatte er lange nicht mehr gespürt. Er versuchte sich an Sindermanns Tonfall zu erinnern, so angespannt hatte dessen Stimme nicht mal geklungen, als sie im engsten Kreis über »nichtsowjetgemäße Methoden« im Zusammenhang mit dem Ärzteprozeß diskutiert hatten. Im Zentrum natürlich Lenins Maxime, weißem Terror könne man nur mit rotem Terror begegnen. Auf jeden Fall: Sindermann wußte mehr.

Kurz nach fünf – so früh hatte er lange nicht Feierabend gemacht. »Bring mich zu meiner Mutter. Schluß für heute.« Gut, daß er ihren Wohnungsschlüssel am Bund hatte.

Liesbeth Pfefferkorn lag auf dem Sofa, schlug die Augen auf. Was – *spazieren* gegangen? So genau stimme das nicht, er habe *probiert*, ob es möglich sei, alles stehen und liegen zu lassen, und Kodelwitz erledigte das Popelzeug. »Und bei dir?«

Sie habe Strümpfe gestopft, die Hände hätten kaum geschmerzt. Am Fenster gesessen und an früher gedacht. Nicht zu sehr, nicht geweint. In einer Woche sei wieder der Todestag.

Meist erinnerte Liesbeth zuerst daran. Todestag – genauer wurde nie formuliert. Seine erste Frau mit den beiden Töchtern in Dessau bei einem Bombenangriff umgekommen. Die SS hatte ihm diese Nachricht ein Vierteljahr lang vorenthalten. Als sie eintraf, fiel es ihm schwer, sich vorzustellen, daß die drei nun schon so lange tot waren. Die Wut auf die Schikane der SS zerhackte seine Trauer. Frau und Kinder umgebracht, ihn würden sie auch noch umbringen, sein Tod würde die drei nicht schmerzen. War es nicht so am besten? Dieser Wirbel in seinen Gedanken war von heute aus schwer oder nur unvollkommen abrufbar, und er versuchte es nicht oft. Nein, an die Gräber würden sie dieses Jahr nicht fahren, das mute er weder ihr noch sich zu.

»Die beiden Mädchen hätten nun schon die Schule hinter sich.«

»Grübel nicht zu viel drüber nach, Mutter.«

Er bereitete das Abendessen mit schöner fetter geräucherter Blutwurst und Sellerie aus einer sowjetischen Konserve. Ob sie Kamtschatkakrebs wolle, diese Delikatesse, mit der so wenige etwas anzufangen wußten? Zu schwer für heute.

Ja, es sei jetzt wundervoll in der Heide. Das nächste Mal wolle er sie mitnehmen, diesmal habe er sich urplötzlich entschieden. Vielleicht gelang es, einige Gedanken zu ordnen, wenn er sie vor Liesbeth ausbreitete. Also Sindermann: Der redete nichts ohne Grund und Überlegung und machte niemandem die Hölle heiß, wenn nichts brannte. Wenn nichts anbrannte. Einer der ganz wenigen mit Erfahrung und Fingerspitzengefühl, bester politischer Kopf. »Führende Genossen sind aus Moskau zurückgekommen mit sensationellen Ergebnissen, hü und hott in Wirtschaft und Justiz.«

»Wird halb so schlimm sein. So was Umwerfendes wie den Hitler-Stalin-Pakt gibt's nicht wieder.«

In einer Parteiversammlung würde bei dieser Formulierung so mancher die Brauen hochziehen. Amtlich hieß es Deutsch-Sowjetischer Nichtangriffspakt. »Wir in Buchenwald dachten, jetzt kommen wir alle raus, Ernst Thälmann als erster und wird Staatssekretär im Ministerium vom Doktor Ley.« Es war ein vertracktes Hickhack unter den Genossen gewesen, sich bedingungslos darauf zu einigen, der Vertrag sei *richtig,* und weil er richtig war wie alles, was Stalin tat, auch wenn es mancher nicht begriff, war es *notwendig, im Lager zu bleiben,* die Lagerführung in der Hand zu behalten, diszipliniert. Beweist mal, daß ihr Deutsche seid! brüllte die SS. »Vielleicht kommt es in nächster Zeit zu freien Wahlen. In der Sowjetunion steuern einige in Richtung neutrales Deutschland. Hab ich wieder um drei Ecken.« Zum Kotzen, er hatte es aus dem RIAS.

»Was wird dann aus dir, Bruno?«

»Unser herrliches Ministerium wird aufgelöst, Liesbeth. Bin ich eben wieder Arbeiter.« Den Genossen der Moskaufraktion ging es zu allererst um Machterhalt, der Dichter Johannes R. Becher beschwor: Wir werden die Macht niemals aus den Händen geben! Das galt dann von einem Tag auf den anderen nicht mehr. Nach dem Hitler-Stalin-Pakt ein Abkommen von vergleichbarer Tragweite zwischen Adenauer und Chruschtschow? Neununddreißig hatte Becher in Moskau gereimt: »Nehmt einen Strauß von Akelei und schickt ihn an die Reichskanzlei.« Schauderhaft. Wieder alles von vorn, nichts an einem guten Ende.

»Dagegen müßt ihr euch eben wehren.«

»Gegen die Freunde?«

»Ihr probiert einen handfesten hübschen Putsch.« Liesbeth gluckste, die alte Liesbeth mit ihrem Humor auch in vertrackter Lage. »Bruno, ein paar unserer Besten dürfen dann wieder nach Moskau emigrieren. Grotewohl wahrscheinlich nicht, der wird Versicherungsfritze in Hannover. Vielleicht schummelst du dich schon mal auf die Liste? Thekla mit?«

»Mach's halblang, Liesbeth. Noch 'nen Tee?«

Als er nach Hause kam, schlief Thekla schon. Er hätte gern ein Bier getrunken, hätte es gebraucht zum Abspannen. Die Kneipe um die Ecke war noch geöffnet. Jetzt runter, sich zu den Leuten setzen. Das hatte er seit Jahren nicht mehr gemacht. Am offenen Fenster atmen, die Arme kreisen lassen. Die Stadt war voller Geräusche, Straßenbahnen fuhren an, nicht weit weg zischte Dampf, wurden Bleche abgeladen. Wenn in dieser Nacht ein paar verläßliche alte Genossen bei ihm wären, Sindermann, Apitz. Dann reden und reden.

Er schlief wie ein Stein und war als erster im Büro. Seine Sekretärin wies er an, dafür zu sorgen, daß Frau Schmolka Besuchserlaubnis erhielt, ja, sofort. Telefonate zum Ministerium in Berlin brachten nichts, er fragte vertraute Buchenwaldkameraden in Rostock und Dresden: Was Neues? Ein besonders gefährlicher Agent aus dem Ostbüro der SPD *sei ins Netz gegangen* – den hatten sie rübergeholt. Kodelwitz berichtete, Gerüchte über Widerstand gegen die Normerhöhungen schwirrten umher und verbreiteten sich durch Arbeiter, die in Berlin und weit entfernten Industriestandorten eingesetzt waren und übers Wochenende nach Hause fuhren. Jede Schwierigkeit wurde nach Westberlin getratscht und vom RIAS breitgetreten. Nichts Greifbares, Faßbares.

Endlich: Der 1. Bezirkssekretär lud für abends zehn Uhr. Kleiner Kreis, absoluter Vorrang, höchste Geheimhaltungsstufe. Pfefferkorn rief zu Hause an: Kann spät werden, warte nicht auf mich. Endlich passierte was.

Elf waren sie, nur Männer. Einer war neu in diesem Kreis und wurde vorgestellt: Diplomgesellschaftswissenschaftler Melchior Anetzperg von der Bezirksparteischule. *Ein neuer Kurs,* eröffnete der Bezirkssekretär nahezu heiter. Das Politbüro befiehlt durchgreifenden Wechsel. Nein, es blieb keine Zeit, das Zentralkomitee einzuberufen. Nein, wir können schon gar nicht warten, bis eine Parteikonferenz zu Potte kommt wie vor einem Jahr beim Beschluß über den Aufbau der Grundlagen des Sozialismus. Führende Genossen haben *konkrete Ratschläge* aus Moskau mitgebracht. Das ist die Lage. Die Fäuste preßte er auf den Tisch, als wollte er meißeln: Das ist die Lage. Das Fröhlich-Forsche zu Beginn war Fassade gewesen. Die verdammt veränderte Lage.

Pfefferkorn schaute reihum. Er mußte herausfinden, bei wem sich Widerwille zeigte, Trotz, Aufsässigkeit gar. Treue erwies sich, wenn Politik unversehens auf den Kopf gestellt wurde. Diese Nachtstunde nach einem anstrengenden Tag machte innere Regungen offenbar, ließ Beherrschung schwinden. Auf dem Tisch Aschenbecher und Gläser und Karaffen mit Eiswasser, so war es Brauch bei den Freunden.

Der 1. Bezirkssekretär war ein schwerer Mann nahe der sechzig, seit Mitte der zwanziger Jahre in der KP, anfangs der NS-Zeit inhaftiert, nach Prag emigriert, dort in verfrüht engem Kontakt zur SPD-Emigration – Pfefferkorn kannte die Aktenlage. Später bis Kriegsende als Kaufmann in der Türkei, ein seltener und schwer zu beurteilender Fall, der als ruhend galt. Seine Einschätzung eben klang präzise und wurde ohne die geringste Unsicherheit vorgetragen, wiewohl sie alles um hundertachtzig Grad drehte: Der Aufbau der Grundlagen des Sozialismus in der DDR sei überstürzt vorangetrieben worden, nun werde ein behutsamer Kurs eingeschlagen, ohne strategische Ziele aus dem Auge zu verlieren selbstverständlich. Kein forcierter Ausbau der Schwerindustrie, vielmehr die Erhöhung der Produktion von Konsumgütern. »Wir werden vorerst keine weiteren Genossenschaften auf den Dörfern bilden. Keine Werbung für die Kasernierte Volkspolizei. Schüler und Studenten, die von ihrem Aberglauben und dieser Jungen Gemeinde nicht lassen wollten und die wir mit Karacho rausgeschmissen haben, dürfen an die Schule zurück, tjaaa. Schuldfragen werfen wir nicht auf und lassen uns schon gar nicht in eine Büßerposition drängen. Auf dem Dorf fahren wir eine veränderte Politik bis hin zum Angebot an abgehauene Bauern, ihre Höfe wieder zu übernehmen. Für manchen Verurteilten mit kleineren Delikten oder Untersuchungshäftlinge, die geringe Strafen zu erwarten haben, öffnen sich die Gefängnistore.«

Alle starrten vor sich hin, pafften. Einer schlug vor, eine Pause einzulegen, die Fenster zu öffnen und sich auf dem Korridor die Beine zu vertreten.

Draußen wurde weitergeraucht. Tja, sagten sie in dem Grüppchen, in dem Pfefferkorn stand, tja. Endlich ein konkreter Satz: »Und es wird *doch* eine Fehlerdiskussion kommen.« Pfefferkorn fand, defätistisch sei diese Bemerkung *noch nicht.* Er schaute die Gesichter entlang: Zwei der Anwesenden waren in der SPD gewesen, einer erst nach der Vereinigung in die SED eingetreten: Anetzperg, Senkrechtstarter und Theklas Kollege. Alle anderen bewährtes KP-Hartholz.

Zwei Meter zwischen Pfefferkorn und Anetzperg. Vordrängendes Gefühl im Jungwissenschaftler: Das war er also, Theklas berühmter Mann. Oder Hilfspapa? Frechheit, Geschmacklosigkeit, die er sich energisch verbieten sollte. Anetzperg begegnete Pfefferkorns Blick, zögerte, ob er ihn aushalten sollte, das hätte starr wirken können, sich festsaugend und von irgendeiner Bedeutung, wo doch der große alte Kämpe noch gar keine Notiz vom Spund aus dem Bürgertum genommen haben konnte, dem Überläufer – derlei Einschätzung steckte in allen KP-Köpfen. Also die Augen gleichmütig abgleiten lassen zu Sindermann, ohne den er nicht hier wäre, der ihn bevaterte, kein schlechtes Wort. Sindermann besaß so enormes Gewicht, daß er sich den sonderbarsten Zögling von weit außerhalb leisten konnte, einen Zugvogel, Nestfremden. Das tolerierte zur Zeit sogar der klassenklare Oberstleutnant Pfefferkorn, mußte es bei der gegenwärtigen weitherzigen Bündnispolitik. Von nun an galt sie noch deutlicher. Aber immer? Konnte ein *Denkmal* ein Geliebter sein, des nachts leidenschaftlich vom Sockel steigend? Aber wahrscheinlich machte er sich etwas vor, um Eifersucht nicht aufkommen zu lassen. Nur kurze Minuten hatte er Theklas Körper gespürt von den Schenkeln bis zu den Schultern, seine Hände hatten ihren Rücken hinabgefühlt. Wenn er jetzt sagte: Du, großer Genosse mit der Zündschnur, *über dem Po deiner Frau* sind meine Hände stehengeblieben, sei mir gefälligst dankbar, alter Mann.

Sindermann eröffnete die Diskussion. Eben habe er seine Redaktion angewiesen, einen Artikel gegen sabotierende Großbauern aus dem Blatt zu nehmen. Jetzt käme es auf behutsame Töne an, unter denen prinzipielle Wachsamkeit freilich nicht leiden dürfe. Er vermute, nicht überall werde es mit sanftem Hineingleiten in die neue Situation zu schaffen sein. Leider gehe es nicht an, Versager in den Blockparteien zu suchen und zu finden. »Genossen, vielleicht dürfen wir uns nach zwei, drei Wochen *befreit* fühlen, nicht zuviel auf einmal erreichen zu müssen. Wegen der Jungen Gemeinde – ich laß meinen Superintendenten einen harmonisierenden Artikel verfassen oder schreibe selber einen, den er unterzeichnet. Wir beginnen eine neue Etappe mit frischer Strategie und Verbündeten in allen Schichten. Das ist kein Rückzug, Genossen. Habe ich mich deutlich ausgedrückt? Kein Rückzug!«

Der 1. Sekretär wiegte den Kopf. »Das frage ich natürlich nur im engsten Kreis. Wir gehen hinter die Zweite Parteikonferenz zurück und erwähnen sie und den Aufbau der Grundlagen des Sozialismus in der DDR fürs erste nicht mehr? Wenn euch diese Formulierung besser gefällt: Wir holen tief Atem für einen späteren kraftvollen Sprung?« Jetzt aber erteile er erst einmal dem Genossen Anetzperg das Wort zu einigen grundsätzlichen, wissenschaftlich fundierten Ausführungen. Bitte, Genosse!

Pfefferkorn war bereit anzuerkennen: Reden konnte der. So einer war als Made im Speck aufgewachsen, hol's der Geier, der Vater leitete als Gynäkologe eine Universitätsklinik, fuhr zu Kongressen nach Westdeutschland und in die Schweiz. Kurz nach dem Ersten Krieg aus Bayern nach Halle übergesiedelt, katholisch bis in die letzte Darmschlinge. Deshalb der bescheuerte Vorname für den Sprößling: Melchior; wie sie den wohl in der Schule gehänselt hatten. Der Junge hörte von Kindesbeinen an beim Mittagessen und an Abenden mit Gästen zu: Da war nicht von Arbeitshetze und Stempelngehen und anderem proletarischen Dreckskram die Rede gewesen, sondern von Goethe. Abitur, Tanzstunde. Nicht HJ-Führer wie die meisten an der Oberschule, sondern snobistischer Jazzbengel, darauf hielt er sich noch heute was zugute, stellte es als Widerstand gegen die Nazis hin. Reserveoffiziersbewerber dann doch. Als der Wunderknabe während der Frontbewährung zum Fahnenjunker-Unteroffizier befördert werden sollte, ging der Krieg zu Ende, sonst hätte seine Kaderakte weit unfreundlicher gewirkt. Sindermanns Paradiesvogel – so radikal und demonstrativ praktizierte ein bewährter Kommunist das Bündnis mit der Intelligenz. Der Genosse Chefredakteur lauschte einem Hauskonzert beim Herrn Professor, »mit Gattin«; man mußte sich das vorstellen. Mal Thekla fragen, wie der Bengel sich ins Kollektiv einpaßte.

Anetzperg entwickelte flüssig, hochdeutsch und trotz der freien Rede in vollständigen Sätzen: Er ziehe eine Parallele zur Neuen Ökonomischen Politik von 1921, nachdem der Kriegskommunismus an seine Grenzen gestoßen sei. Genosse Lenin habe kurzfristig die Weichen umgestellt; wie schon beim Frieden von Brest-Litowsk habe Trotzki nicht das Geringste begriffen. Kompromisse grundsätzlich abzulehnen, habe Wladimir Iljitsch geschrieben, sei Kinderei, man müsse *Umstände und konkrete Bedingungen* eines jeden Kompromisses analysieren. Sein Freund Lunatscharski habe Lenin unter dessen hellem und zustimmendem Lachen einen »genialen Opportunisten« nennen dürfen. Eines unerwarteten Tages sei Lenin vor das Zentralkomitee hingetreten und habe alle überrascht: Der beinharte Kurs sei zu früh begonnen und zu radikal durchgepeitscht worden, die gesamte Wirtschaftspolitik müsse umgeworfen werden. Wer künftig *Nährsteuer* zahle, dürfe ab sofort wieder Handel treiben, das Kleinbürgertum und selbst eine bescheidene gelenkte Form von Kapitalismus werde sich erholen. Als die Genossen erblaßten, habe Lenin sie überzeugt, man müsse den gewöhnlichen, den gemeinen Kapitalismus in einen *Staatskapitalismus* umbiegen. »Genossen, wir wissen aus dem Studium der Geschichte der KPdSU, kurzer Lehrgang, daß durch Lenins geniale Wendung...«

Pfefferkorn wußte: An diesem Abend würde nichts weiter herauskommen. Wer jetzt noch redete, drosch leeres Stroh. Er schlug, nachdem Anetzperg geendet hatte, das Ende der Debatte vor. Dem wurde erleichtert zugestimmt. Ein letzter Rat des 1. Sekretärs: Behutsam und wachsam weiterarbeiten, nichts übers Knie brechen.

Thekla schaltete das Nachtlämpchen an. Und? Kehrt marsch, murmelte Pfefferkorn, die Freunde befahlen den Rückzug. Ihr Kollege Anetz oder so ähnlich habe alles clever mit Lenin unterfüttert. Die schlimmste Katastrophe seit, seit... Gefundenes Fressen für alle Versöhnler. Wer stand nun als Scharfmacher da, als linksradikales Element? Und bei dir? Sie habe eben vom Weitsprung geträumt, flog mit ausgebreiteten Armen auf die Tribüne zu. »*Fünfzig* Meter dreizehn – muß ich *jetzt gleich* kapieren, was bei dir...«

»Kannst du gar nicht. Weiterschlafen – hopp!«

Grauenvoll das alles. Seine Entscheidung: Jeder in der Bezirksdienststelle vom Oberstleutnant bis zum Wachmann hatte ab sofort neben der laufenden Arbeit täglich zwei Stunden der Lektüre des Kommuniqués des Politbüros zu widmen. Selbststudium, Diskussion später. Stille legte sich über das Haus, nur wenige Schritte hörte er auf den Korridoren, nur selten klingelte ein Telefon. Grabesstille, das hatte er nicht gewollt. Er notierte die wichtigsten Punkte. Rückkehrbereiten Republikflüchtlingen sollte ihr Eigentum wiedergegeben werden, aus der Flucht sollten keine Nachteile entstehen. Alle, die nach dem Gesetz zum Schutze des Volkseigentums bis zu drei Jahren verurteilt worden waren, mußten entlassen werden. Keine Bestrafungen mehr wegen Nichterfüllung des Ablieferungssolls oder Steuerschulden. Zurückkehrende Bauern werden durch Kredite unterstützt. Lebensmittelkarten wieder für alle. Preiserhöhungen für zuckerhaltige Waren und Arbeiterfahrkarten werden aufgehoben.

Die Hälfte seiner Arbeit des letzten Jahres war für die Katz. Rein in die Gefängniszelle, raus in die Freiheit – die Genossen in Moskau und Berlin ordneten an, und den letzten bissen die Hunde. Diesen Satz sprach er, wenn überhaupt, ein einziges Mal aus, am Abend zu Thekla. Abgesehen davon würde er eisern darauf beharren: Jetzt erwies sich, wer unbeirrt zur Partei stand. Er mußte nicht agitieren und argumentieren wie Sindermann und seine Schreiberlinge. Für alle in seiner Behörde galt der Befehl. An die Abteilungen 9 und 11: Vorerst keine Festnahmen. Wenn einer durchdrehte, schmiß er ihn raus.

Pünktlich um fünf machte er Feierabend wie alle im Haus außer den Wachen. Paradiesischer Zustand, der Klassenkampf fand woanders statt, das MfS könnte man komplett in Urlaub schicken. Thekla kam eine Viertelstunde später und berichtete aufgeregt, in der Straßenbahn habe ein junger Kerl, Arbeiter den Klamotten nach, lauthals aus dem »Neuen Deutschland« vorgelesen. Den lieben Großbauern, habe er gerufen, stecken sie unser Geld in den Fettarsch. Ein paar *Fehlerchen* seien gemacht worden, na und? »Sogar: Stellt euch vor, *der Spitzbart* hat Fehler gemacht, ha!«

»Und?«

»Kein und.«

»Kein Genosse…«

»Bruno, du fährst zu selten Straßenbahn. Das ist für alle ein Schock, das hat's noch nie gegeben: Die Partei räumt *Fehler* ein. Und alle suchen das Kommuniqué von vorn bis hinten durch: Kein Wort über die Normen.«

»Was sagt die Anetzpfeife, der Oberschlaumeier?«

»Hab ihn heute nicht gesehen.« In der Kantine sei Schürzenstoff angeboten worden, sechs Meter habe sie gekauft. Schick das Muster. »Das erzähle ich dir, damit du nicht meinst, die Welt drehe sich nicht weiter.«

Seine Knie schmerzten, vorsichtig streckte er die Beine aus. Es war irrsinnig gewesen, zu meinen, man könne das MfS in Urlaub schicken. Jetzt *ging es richtig los,* was hieß das? Morgen früh würde er die Dienststelle antreten lassen: Genossen, wir oder sie! Wäre gut, er hätte schon einen Versager entlarvt, könnte ein Exempel statuieren. Die Moskaufraktion im ZK ganz vorne, vorausgesetzt, sie setzte aufs beste Moskauer Pferd. Die Westemigranten gefährdet und schlingernd wie immer. Die Buchenwaldfraktion mußte geschlossen auftreten und sich mit den Genossen in der Moskaufraktion verbünden, die den richtigen Riecher hatten. Mit Ulbricht? Wahrscheinlich, aber nicht sicher.

Wer jetzt frech werden könnte – die Reste der SPD, Grotewohl, Ebert, Buchwitz, ziemlich klar. Aber eben bloß ziemlich.

2

Die Panzer schoben sich aus der Mühlengrundsenke – so die Geländetaufe des Regiments – und hoben sich minutenlang gegen den Horizont ab. Ob Schützen auf ihnen hockten, war auf zwölfhundert Meter auch durch das schärfste Glas nicht zu erkennen. Vor den Panzern stiegen Rauchpilze hoch, nicht viele, die eigene Artilleriemunition war bitter knapp. Aus den Gräben kletterte Infanterie, zahllose Pünktchen. Niemand in der deutschen Hauptkampflinie zweifelte daran, daß alle Kampffaktoren des Gegners uhrwerkgleich aufeinander abgestimmt sein würden; das hatten die Russen in zweieinhalb Kriegsjahren gelernt. Wenn noch Schlachtflieger mitmischten, war die Sauerei perfekt. Dieser Aufwand zielte auf Durchbruch. Wahrscheinlich war nur die erste Welle der Angreifer mit Gewehren ausgerüstet, die zweite würde die Waffen der

Gefallenen aufnehmen. Das war schon lange kein Grund zum Höhnen mehr, sondern ließ frösteln: Wer mit dieser Brutalität zuschlug, gewann den Krieg. Er schwenkte sein Maschinengewehr, legte den Gurt ein und drückte den Deckel fest. Ab fünfhundert Meter würde er auf die Panzer feuern, dann auf die Schützen, die in Keilen angriffen, Gassen für die Panzer ließen oder eigene Minenstreifen mieden. Auf die Sekunde genau rauschte der Eisensturm heran. Wenn es mit dem Teufel zuging, fegten Stalinorgeln...

Der Wecker schrillte, fröhlich geradezu, gemessen am Schlachtgetöse des Traums. Hartmut Brücken schob die Bettdecke von Schultern und Brust, naßgeschwitzt waren sie wie das Hemd. Die Knie anziehen, die Hände hinter dem Kopf verschränken, eine Minute lang liegenbleiben. Der erste Gedanke in dieser Welt: Das Bett neben ihm leer, Clara war schon aufgestanden.

Der Himmel taghell, die Luft frisch, einige Minuten vor halb fünf. Die Vögel lärmten nicht mehr so wie vor einigen Wochen; ihre Reviere waren abgesteckt. Clara deckte den Frühstückstisch – gut geschlafen? Er wusch sich am Becken in der Küche und griff zu seinem Handtuch am Bord darüber, das dritte von links. Schritte auf der Treppe, Mannschatz, der noch das Nachthemd mit einer Arbeitshose darüber trug, begann sofort: Wille-Paul, der Nachbar, habe abends gegen zehn ans Fenster geklopft, da habe Hartmut schon geschlafen. Aus dem RIAS habe Paul durch das Pfeifen der Störsender hindurch Fetzen aufgeschnappt, auf der Berliner Stalinallee sei gestreikt worden, vor dem Haus der Ministerien sei es zu Zusammenrottungen gekommen. Von wem und von wie vielen? Das habe Paule nicht mitgekriegt.

Während Brücken Kaffeewasser aufsetzte, schaltete Mannschatz das Radio ein. Militärisch die Stimme eines Sprechers, der den Wetterbericht wie eine Frontmeldung verlas. Heute sei Mittwoch, der siebzehnte Juni neunzehnhundertdreiundfünfzig, die Wetterlage von einem Hoch beherrscht, das nach Osten abziehe, mittags und nachmittags kämen Quellwolken auf, Gewitter möglich. Drei Wörter selbst übers Wetter genügten für Brücken, um zu wissen: Ost oder West. Drüben sagten freundliche Damen an, die klangen, als wüßten sie, wie hübsch sie waren, und lächelten in einem fort. Mannschatz drehte weiter: »...dreitausend Parteiaktivisten und Funktionäre, zu denen Ministerpräsident Otto Grotewohl sprach. Seine Ausführungen beschäftigten sich mit den Methoden des Administrierens, der polizeilichen Eingriffe und der unberechtigten Schärfe der Justiz, die schöpferische Kräfte des Volkes erstickten. Das zeige die Entwicklung der letzten Monate: Verschlechterung der Versorgung, die zerstörende Wirkung auf Einzelhändler und Mittelstand, die Flucht von Bauern nach...«

Sachte nach links, Störsender, behutsam zurück: »Die Vorhut der deutschen Arbeiterklasse, Genossen, wir müssen es eingestehen, hat sich von den Massen gelöst.«

Wie jeden Morgen aß Brücken zwei Scheiben Brot mit Sirup, zwei Scheiben mit Hefeaufstrich packte er in seine Büchse. Clara zog die Strickjacke an, streichelte ihm über die Wange – mach's gut, mach's du auch gut. Gebückt stand Mannschatz vor dem Radio, alles Gefühl in den Fingern konzentriert. Bisweilen mußte er noch nicht einmal drehen, um zu finden oder zu verstärken; Druck auf den Skalenknopf genügte. »...die Worte des DGB-Vorsitzenden von Berlin, Scharnowski: Die gesamte Ostberliner Bevölkerung darf deshalb auf die stärksten und erfolgreichsten Gruppen der Ostberliner Arbeiterbewegung vertrauen. Tretet darum der Bewegung der Ostberliner Bauarbeiter, BVGer und Eisenbahner bei und sucht eure Strausberger Plätze überall auf! Je größer die Beteiligung ist, desto machtvoller und disziplinierter wird die Bewegung für euch mit gutem Erfolg verlaufen!«

Die Oststimme: »...Grüppchen von Elementen, die aus Westberlin eingedrungen sind, Provokateure, die von unserer Volkspolizei und staatsbewußten Werktätigen zerstreut...«

»Ich muß los, Vater.«

Hartmut Brücken zog sein Fahrrad aus dem Schuppen. Noch im Hof hörte er das Zufallen des Gartentors und winkte Clara nach.

Diesen Moment suchte er sich in den kommenden Monaten unzählige Male vorzustellen, abends vor dem Einschlafen, morgens nach dem Wachwerden, auf der Fahrt über die Rheinbrücke, oder wenn er auf die Meß-Skalen der ihm anvertrauten Apparate blickte. Blau ihre Augen und voller Frische, die Bluse weiß mit zarten Pünktchen, abgenutzt an der Kragenkante – er würde Clärchen hundert schöne neue Blusen schenken. Das Haar aus der Stirn gekämmt, er malte sich aus, sie zu küssen und das Haar zu streicheln und über die Augen zu legen, es wegzublasen. Sie saßen auf warmen Steinen am Rand eines Kratersees in der Eifel, und er sagte, bald zeige ich dir den Vierwaldstätter See, nein, ich war noch nie in der Schweiz. Nach Claras Brust sehnte er sich und wollte sie auf seinem Gesicht spüren, im Bett und unter der Dusche, am Geländer eines Weges hoch über der Ahr, dem Rotweinweg. Clara, den Kinderwagen schiebend, und immer lachte sie in seinen Träumen mit glatten weißen Zähnen.

»Also mach's gut.«

Was sollte sie gut machen, alles, das Kind auf die Welt bringen und mit dem Alptraum fertig werden, dem Gefängnis, das er sich nicht vorstellen konnte und nie ausmalte. Eine Hand am Lenker, mit der anderen hielt er das Tor auf. Als er sich umblickte, war Clara um die Ecke verschwunden.

Er radelte aus der Siedlung heraus aufs Kombinat zu, dabei rekapitulierte er: Strausberger Platz und wo der in Bitterfeld sein könnte, und daß auf diese Weise der RIAS das Wort »Generalstreik« umschrieben hatte. Er überholte zwei Männer aus seiner Brigade und sah Biedrich von weitem; mit ihm hatte er den Meisterlehrgang besucht. Der Strausberger Platz in Bitterfeld war der Platz der Jugend, so hieß die Binnengärtenwiese jetzt, in Halle der Hallmarkt, in Leipzig der Augustusplatz. Auf den Gleisen neben der Straße hielt ein Kohlezug, neben der Grubenlok warteten der Lokführer und einige Streckenarbeiter. Ein zweiter Zug rückte langsam auf, hielt dicht dahinter, dreimal heulte die Sirene, nach Sekunden ohne Unterbrechung eine halbe Minute lang und brach jaulend ab. Der Lautsprecher an der nächsten Kreuzung schepperte, es sei fünf Uhr fünfundvierzig, die Temperatur werde bis auf achtundzwanzig Grad steigen. Proteste in aller Welt gegen die bevorstehende Hinrichtung der amerikanischen Friedenskämpfer Ethel und Julius Rosenberg. Bertolt Brecht erklärte, die Rosenbergs seien unschuldig, er wisse das.

Hartmut Brücken redete sich ein, alles sei wie immer, warum sollten zwei Kohlezüge nicht auf der Strecke halten; irgendwas war kaputt, kam jeden Tag vor. Strausberger Plätze überall, und wer hatte RIAS gehört am Abend vorher und am Morgen, die Rotte Lehrlinge vielleicht, die nicht auseinanderging, obwohl er klingelte und klingelte, weil die Jungs blödelten und krakeelten, daß sie nichts hörten außer dem eigenen Gelärm. Es lag etwas in der Luft – eine verschwommene Redewendung, was konnte schon in der Luft liegen außer dem Geruch nasser Kohle von den Zügen oder Dieseldunst und das Geklapper des Lastwagens, der fünfzig Meter vor ihm zum Stehen kam, der schlicht anhielt, warum sollte er das nicht aus hundert Gründen? Eine Gestankwolke stürzte herunter, die nach pulverisiertem Schlamm roch, in dem Kröten heimisch waren, nicht quakend wie Frösche, sondern zischend; Kröten furzten durchs Maul. Mach dich nicht verrückt, Alfred hat absolut sachlich von dem berichtet, was Wille-Paul über den Gartenzaun geredet hat. Vielleicht schiß sich Alfreds frischgebackener Hallenser Freund plötzlich in die Hosen, der Großkotz.

Er stieg ab, kein Durchkommen mehr. Wie es schien, versperrten Arbeiter der Nachtschicht das Tor; die von der Tagschicht klumpten vor den Fahrradständern und dem Haupttor, einer stieg auf einen Prellstein, daß er mit Kopf und Schultern die anderen überragte. Kollegen, seid doch vernünftig, was hier vorgehen soll, gefährdet den Frieden, ihr müßt bedenken, daß alles in einen dritten Weltkrieg... Lachen, auch ein Pfiff, niedagewesen, unerhört, daß einer es wagte, gegen Funktionärswort zu johlen. Wenn wir nicht all unsere Kräfte bündeln – dabei strapazierte der Redner seine Stimme bis zum Krächzen. Ein Zwischenrufer widersprach, der Friede hätte doch mit der Sache heute nichts zu tun, keiner könne schwere Fehler zugeben und dann weitermachen wollen wie bisher.

Brücken schob sein Rad zwischen Menschenpulks hindurch, schloß es an, drängte durch eine Pforte, zeigte seinen Betriebsausweis. Die Nachtschicht sei noch zum großen Teil im Werk, vor den Garagen finde eine Versammlung statt. Jetzt ginge es rund, schrie Schupp, und Lennert, das schlesische Großmaul, brüllte, es gehe vielleicht doch eher eckig, das sei ein Ding: kleine Fehler gemacht, große Fehler – wenn er zu Hause so käme, würde ihn seine Frau mit Karacho aus den Rapeiken scheuchen, die müßten doch alle 'ne Meise haben dort oben. Wieso RIAS. Den Schlüssel zu seiner Meisterbude wollte Brücken holen, aber die Tür der Bereichsverwaltung war geschlossen, kein Schwein reagierte auf sein Klopfen. Die erhöhten Normen seien doch zurückgenommen worden, redete Meier auf Lennert ein, er verstehe die Aufregung nicht. Das sei gerade das Aufregende, belferte Lennert zurück, die Pferde scheu machen und gleich darauf: Ich hab das alles nicht so gemeint! Diese Pfeifen Pieck und Ulbricht sollten ihre Klamotten packen und nach Moskau abschwirren, von wo sie gekommen waren, oder? Brücken wollte zu seinen Schlüsseln oder zu irgendeinem, der irgend etwas wußte und ihm erklärte, warum er die Schlüssel nicht brauchte. An die zwanzig Männer rannten die Treppe hinunter, gefolgt von einer toupierten Blondine in flatterndem Kittel, die schrie, *natürlich* brauche sie die Unterschrift des Leiters, kein Benzinschein ohne Genehmigung aus der Fahrbereitschaft, sie hielte doch nicht für jeden Idioten den Kopp hin. Was hieß hier *morgen!* Biedrich stand in der Tür: »Gut, daß du kommst, Meiner.«

»Du hast mir gerade noch gefehlt.«

»Genau das ist der Ausdruck. Wir fahren nach Rackwitz, paar Leute holen. Wir haben die Autos, aber die Zicke da gibt uns keinen Sprit. Kommst du mit?«

Brücken zögerte, bis Biedrich im Weggehen hinwarf, die Kundgebung auf dem Platz der Jugend sei jetzt das Wichtigste, er habe rumtelefoniert, auch mit Betrieben aus Wolfen und Delitzsch. Brücken wollte hinterher, da hielt ihn Meier auf: He, Meester! Also was is? Die halbe Brigade... Vor der Tür der Meisterbude wendete sich Lennert sofort an ihn: Eben hätten sie *beschlossen,* er solle reden, gut, daß er endlich da sei. Denn jetzt hauten sie ab, machten los wie alle, Meier wollte auf die anderen warten, aber auf den hörte keiner. Schupp faßte Brücken am Arm: Jetzt komm, Hartmut, jeder merkt doch, was passiert! Streik, das Kombinat streikt, Bitterfeld streikt, sie ließen sich nicht lumpen. Jetzt ging's ab, und jetzt ging's rund! Das Rundgehen hatte es ihm so angetan, daß er sang: Ruhurund, ruhuhuuund, wie ein übermütiger Zehnjähriger. Chaos, murmelte der alte Bohn, der nie sprach, der selten die Norm erfüllte und dem das keiner übelnahm, denn Bohn hatte vor Verdun einen Kopfschuß abgekriegt und nickte zu jeder Anweisung, und niemand wußte, ob er auch nur die Hälfte verstand. Chaos, und der alte Bohn spitzte die Lippen, daß es aussah, als pfiffele er, vielleicht blickte er ein wenig wacher als sonst, oder er hatte sich immer verstellt. Du mußt reden, beharrte Meier, du kannst das von uns allen am besten. Aha, und was? Die Normen runter – aber die Erhöhung war ja zurückgenommen. Grotewohl war selber schuld, an allem schuld, wieso er aus der SPD? Selber inne Schuld! rief Schupp, so redeten Kinder, das fand Schupp lustig und schrie es, bis sich einige vor ihm umdrehten und in sein Lachen einstimmten. Da trieben sie im Strom mit Unzähligen auf das Haupttor zu, und jemand beharrte darauf, solange ihr Protest innerhalb des Kombinats ausgetragen werde, sei er legal, sie könnten sich versteifen: Sache der Gewerkschaft, innerbetrieblich. Bloß nicht raus! Aber der das rief, ging selber weiter. Am Tor stand ein Alter vom Betriebsschutz mit einem Wehrmachtkarabiner an der Schulter an einen Pfeiler gepreßt, und jemand mahnte gutmütig: Das ist jetzt nichts für dich, Väterchen! Vor ihnen die Straße, die sie ausfüllten von einem Bürgersteig zum anderen, wozu ist die Straße da, zum Demonstrieren. Manche schoben Fahrräder, und Brücken bedauerte, sein Rad zu weit entfernt abgestellt zu haben, mit ihm wäre er beweglicher. Hoch stand die Sonne, er zog die Jacke aus und hängte sie über die Schulter. Weit auseinandergezogen marschierten sie, oder wäre es besser zu sagen, gingen, sogar spazierten sie. Frauen trugen Taschen, denn nach der Arbeit wollten sie sich anstellen für ihre Rationen oder irgendeine Überraschung, Heringe markenfrei etwa, aber inzwischen geschah Unerhörtes. Wer diese ganze Scheiße eingerührt habe, müsse weg, das sei seine Meinung, schimpfte Meier an Brückens Seite, also Rücktritt der Regierung. Grotewohl sei nicht ganz so sauschuld wie Ulbricht, trotzdem weg, weg. Über der Straße ein Transparent, darunter war Brücken zweimal am Tag durchgeradelt und wußte nicht, was auf ihm stand, wahrscheinlich hing es dort seit dem 1. Mai oder schon jahrelang. Zwanzig Meter vor Brücken flatterte es herunter, Hände fuchtelten und befreiten eingewickelte Köpfe. Brücken hob den Fuß drüber, trat nicht drauf, fand es billig, diesem Plakat einen Fußtritt zu versetzen, und wenn zehnmal Blödsinn draufstand: Es lebe der 1. Mai oder Vorwärts zur Freundschaft mit allen Werktätigen oder das berühmte: Senkt die Brände um fünfzig Prozent, und jetzt war es nur noch ein Fußabtreter. Aus dem Stadtfunk ein Schlager, Fred Frohberg sang von Himmel und Wolken, das erschien Brücken als verrückte Begleitmusik. Die HO-Preise müßten runter, verlangte Meier, und weiter hinten skandierten sie wieder, der Spitzbart müsse weg. Und: HO macht uns k.o.! Am Rande einer Kreuzung brannten Plakate, Fahnen, rote Fahnen, Arbeiterfahnen, das gab Brücken einen Stich, aber hier galt das Entweder-Oder, allem Abwägen und Dosieren fremd, und Schupp fand, so langsam arte die Sache wundervoll aus. Brücken hätte jetzt gern seinen Schwiegervater um Rat gefragt, das war ja nun alles andere als eine Debatte über brutale Normen und die Verantwortlichen dafür. Aus der Filmfabrik Wolfen seien Tausende auf dem Marsch nach Bitterfeld, rief einer von den Pedalen eines Fahrrads herunter, einige stützten ihn. Meier fühlte sich an die Märsche von neunzehnachtzehn erinnert, als Matrosen, die Gewehre mit den Mündungen nach unten, straßenbreit zogen, und Brücken wiegelte ab: Das haste doch bloß ausm Kino. Die Wolfener hätten schon ein Streikkomitee gewählt, machen wir auch, du mußt rein, Hartmut!

Damals hießen die Arbeiterverräter Noske und Ebert, heute waren es Ulbricht, Matern und der großmäulige Sindermann. Dem Karl Liebknecht, dem haben wir's geschworen, der Rosa Luxemburg reichen wir die Hand – am 1. Mai, vor sieben Wochen, hatten viele, hatten die meisten neben und vor ihm diesen Text gesungen, jetzt probierten sie, und es klappte und brach sich an den Häusern: Es hat keinen Zweck, der Spitzbart muß weg! Schließt euch an, schließt euch an! Ob Alfred Mannschatz jetzt sagte: Das ist die Quittung auch für den Druck bei der Vereinigung, die meisten Arbeiter sind nun mal tief im Herzen Sozialdemokraten, da können die Kommunisten lange schwafeln vom berüchtigten falschen Bewußtsein. Als es minutenlang nicht weiterging, brach die Debatte über ein Streikkomitee wieder auf, das müsse in jedem Betrieb gebildet werden und für die Stadt und den Kreis, und ob jemand wisse, wie's in Halle stünde. Hallo! das war Freund Gärtner, nicht mehr gesehen seit der Tanzerei mit abschließendem Blutsturz. Sei doch alles Wahnsinn hier, warnte Gärtner, laß dich bloß nicht reinziehen, das *muß* schiefgehen. Brücken und Biedrich ins Streikkomitee, ein Satz, zehnfacher Ruf, fast schon Sprechchor. Viel später am Rhein überlegte Brücken ergebnislos, was hätte geschehen können, wenn Clara neben ihm gewesen wäre, ob sie gewarnt und er auf sie gehört hätte, oder ob er genau so oder noch rabiater vorgegangen, vorangegangen wäre, um ihr zu beweisen, was für ein Kerl er war.

Leute, zur Binnengärtenwiese, zehntausend aus Bitterfeld und zehntausend aus Wolfen, und weg mit der Kasernierten Polizei und den Sperren an der Grenze zu Westdeutschland, und keine Kontrollen mehr an den Übergängen zu Westberlin, und weg mit der Oder-Neiße-Grenze, mein Schlesierland, mein Heimatland. Hartmut, du mußt reden! Nun mal langsam, Lennert!

Vorn ein Schrei, der die Luft zerriß. Raus mit allen Gefangnen! Und: Freiheitfreiheitfreiheit! Wo sind denn Gefangne, bei der Vopo links drüben, zum Knast ist es von hier zu weit, machen wir später. Gehn wir mal rüber, rief Brücken. Gehn wir mal rüber, sang Meier, gehn wir mal rüber zum Schmied seiner Frau! Sie bogen aus dem Strom ab in eine Seitenstraße, rannten, als Raum vor ihnen war, die Fäuste schwingend, Brücken fühlte alle Glieder geschmeidig wie Wasser. Die Polizei hat doch gar keine richtigen Gefangnen, schrie Schupp, höchstens Besoffne zum Ausnüchtern. Trotzdem. Also um die Ecke, Volkspolizeikreisamt, zweiflüglige Tür. Ein gutes Dutzend waren sie, die richtige Stärke für einen Stoßtrupp, nicht ausufernd und konturlos. Also. Brücken drückte auf den Klingelknopf, hörte drin ein Schnarren. Meier und Schupp hoben die Fäuste, wollten hämmern, da wurde die Tür geöffnet, in ihr stand ein Offizier, entschlossene Augen unter dem Mützenschirm, schaute Brücken an: »Sie wünschen?«

»Haben Sie hier politische Gefangene?« Brücken wußte, was jetzt kommen mußte, das weitere wirkte wie eingespielt, denn der Offizier fragte, wer sie seien, und Brücken antwortete: »Streikkomitee vom Elektrokombinat.«

»Soso.« Das klang weder abweisend noch höhnisch. »Gefangene – nein. Wenn Sie Ordnung bewahren«, ganz Hausherr, Dein Freund und Helfer, »wenn Sie drin Ordnung halten, *könnte* ich einer Abordnung die Zellen zeigen. Ihre Personalausweise haben Sie bei sich?«

War das nun Verarsche – egal. »Danke.« Diese Höflichkeit erschien Brücken lächerlich, aber so kam er am besten weiter. Einer vom Streikkomitee *bedankt* sich bei der Polizei. Warum nicht, wenn's Erfolg hat.

Amtsleiter Josef Kossel hob halb einladend, halb lässig die Hand; er hatte eben die wichtigsten Unterlagen und sechs

Pistolen nebst Munition wegschließen lassen. Zeit gewinnen, abdampfen lassen. Die Schlüssel des Waffenschranks verwahrte die älteste Genossin in ihrer Handtasche neben dem Kamm. So lautete die Anweisung aus Halle vor einer halben Stunde: Diskutieren, nicht zu Gewaltmaßnahmen provozieren lassen. Ein Streikkomitee, er wird sich die Gesichter merken, vielleicht setzt er ein Protokoll auf und läßt alle unterschreiben, drei Durchschläge, ein Exemplar händigt er dem Streikführer aus und verlangt, den Empfang zu quittieren. Streik nach Vorschrift.

Hartmut Brücken setzte ein Bein vor, das andere bereits über die Schwelle. Der Polizist gab nach, drohte nicht. Die Sonne schien steil auf die ersten Meter des Flurs, in die Schwärze danach ging Brücken hinein. Hinter dem vierten Mann schloß der Offizier ab. Ein Korridor, in der Tiefe Polizisten, könnten ihn packen und in eine Zelle schmeißen. Nichts galt mehr, was gilt? Streikkomitee, ein Wort, das Türen öffnete. Was weiß dieser Offizier, was draußen geschieht, was telefonieren die Polizisten miteinander zwischen Halle, Wolfen, Berlin?

»Hier sind nie politische Gefangene«, redete Kossel halb über die Schulter. Brücken war ihm jetzt so nahe, daß er Polizistenschweiß roch, die Ausdünstungen eines kräftigen, sportlichen Mannes im besten Alter; Eber rochen so, keine Feiglinge. »Manchmal verwahren wir Verkehrsrowdys hier, Felddiebe. Überhaupt Diebe, Einbrecher. Aber nicht mal den kleinsten Ganoven kann ich Ihnen zeigen.« Kossel öffnete eine Tür und sagte hinein: »Genossin Schartau, kommen Sie bitte mal mit, wir haben Gäste.« Eine hochaufgeschossene Frau erhob sich grimmig. Brücken überlegte, ob der Amtsleiter wohl einige Schärfe aus der Situation filtern wollte – wenn eine Frau dabei war, wurde nicht mehr alles so heiß gegessen. »Die Schlüssel für die Zellen. Aber die Zellen sind ja offen, oder?«

Um eine Ecke, die drei hinter Brücken schlossen dicht auf, danach die Frau, vor ihm der Rücken des Chefs. Eine Falle, keine Falle.

»So, die Zellen.«

Schlüssel steckten, die Frau schloß auf, die Lippen ein Strich, die Bewegungen hart, herrisch. Pritsche, blauweiß karierte Bettwäsche. »Genügt Ihnen das, Herr...?«

»Danke.« Brücken machte kehrt, fühlte sich blamiert. Höhnisch blickte die Frau, und Brücken dachte: Bloß nicht die mal als Wärterin. Schnell raus, vielleicht nutzte sich das Wort *Streikkomitee* rasant ab. Der Polizist könnte fragen: Sind Sie denn *gewählt,* und von wem?

Kossel ging ihnen nach, sah, wie die vier Eindringlinge, Kerle – das richtige Wort bildete sich noch nicht – mit den anderen redeten, wie sie verschwanden. Aufrührer. Vielleicht hatte er einen Fehler gemacht. Er könnte sich *hinterher,* und es würde ja ein unerbittliches Hinterher geben, auf eine unmißverständliche Anweisung berufen, sich nicht provozieren zu lassen, aber über ihr stand Höheres. Klassenwachsamkeit. Es würde ein Danach geben, morgen oder in einer Woche, denn die Kerle kamen niemals durch mit ihrem Wahnwitz. Nirgends geschah irgendwas gesetzmäßig. Alles lachhaft spontan. Revoluzzer. Antirevoluzzer, eine neue SA. Kapp-Putsch im Westentaschenformat. Er schloß ab und schob den Riegel vor. Wenn sie wiederkommen sollten. Oder andere. Fünf Genossen rief er in sein Dienstzimmer, nicht die ranghöchsten, keine Frau dabei. In ihrer Gegenwart telefonierte er mit Halle, kriegte nicht die Verbindung, die er brauchte. »Passiert keinesfalls noch mal, daß wir jemanden reinlassen. Wir haben elastisch Druck aufgefangen eben, das kann Taktik sein, darf nie zur Strategie werden. Ihr kriegt jeder eine Pistole und zwei Magazine. Ich schieße zuerst, vielleicht in die Luft. Wenn das keinen

Erfolg hat, schieße ich wieder zuerst.« Kossel blickte allen reihum in die Augen. Er überlegte, ob er etwas hinzufügen sollte, ein großes Wort, Thälmann, in seinem Geist. Wir dulden kein zweites dreiunddreißig. »Karl, du verteilst die Waffen, eine Kanone bringst du mir. Ich versuch noch mal zu telefonieren.«

Als er allein war, versuchte er sich vorzustellen, was geschehen könnte. Sechs seiner Genossen mit Pistolen, aber die andern hätten Karabiner, ein Maschinengewehr. Panzerfäuste gegen das Tor. Rote Matrosen im Berliner Marstall, so ungefähr. Situationen gab's, die hast du dir nie vorstellen können. Dem Karl Lieb... Überlegen, wo die schwächste Stelle war, zum Hof hin. Alle Frauen nach Hause schicken – wahrscheinlich würden einige bleiben wollen. Hinterher Auszeichnungen für sie.

Die Tür wurde aufgerissen, in ihr stand die jüngste Anwärterin, blond, erst seit ein paar Wochen dabei, vor Glück strahlend. »Ich hab die alle fotografiert, ausm ersten Stock!«

»Genau, wie ich es dir befohlen habe, Susi, stimmt's?« Die Begeisterung im Mädchengesicht erstarb, Kossel freute sich.

3

Die Klinke war abgeschlagen, Holz gesplittert, das Tor stand offen. Dr. Bergengrün schob einen Flügel vorsichtig auf und spähte in den Flur. Er empfand die Stille als seltsam und bedrohlich. Umkehren, überlegte er – aber dann wagte er sich doch bis in den ersten Stock. Hier in Halles Bezirksgericht am Hansaring herrschte um diese Vormittagsstunde gemeinhin geschäftiges Kommen und Gehen. Er klopfte, lauschte, rief, ob denn jemand hier wäre. Eine Stunde vorher hatte ihn die Frau seines Mandanten Schmolka aufgeregt angerufen: Ihr Mann müsse nach den Bestimmungen des Neuen Kurses sofort entlassen werden, müßte längst daheim sein! »Tun Sie endlich was!« Auf derart verzweifeltes Drängen war unmöglich zu antworten, Bergengrün wußte das aus langer, leidiger Erfahrung. Er hatte unerwähnt gelassen, daß Herr Schmolka durchaus nicht mit einer Strafe unter drei Jahren rechnen dürfe; dies einer so aufgeregten Ehefrau entgegenzuhalten wäre ebenso sinnlos wie herzlos gewesen. Er werde sich sofort kümmern, versprach er. Wer war hier derart rabiat eingedrungen – frisch entlassene Häftlinge mit dem Drang nach Rache? Pöbel, der immer aus den Löchern kroch, wenn es drunter und drüber ging?

In einem der hinteren Zimmer des zweiten Stocks hatte sich ein Greisenschädel mit zwei Frauen verkrochen. Der Knochentyp, dessen künstliche obere Gebißhälfte beim aufgeregten Berichten herunterklappte – sein Hemdkragen war drei Nummern zu weit und wurde von einem Lederschlips zusammengezogen –, streckte die Rechte fahrig vor und flüsterte: »Verrückte! Wer soll denn wissen, welche Akten, wir haben doch hier, sie haben mich geschlagen!« Fiebrige Augen unter zukkenden Lidern.

»Georg«, unterbrach beruhigend die jüngere der Frauen, »vielleicht haben sie dich ä bissel geschubst, höchstens, nu übertreib nich. Ich hab gesagt, hab *sehr deutlich* druff bestanden, daß die hier falsch sin, war doch nach zwei Minuten alles vorbei, nuwwer?« Der Parteisekretär habe alle Genossen in den Speiseraum gerufen; seit einer Stunde seien sie fort. Einsatz sonstwo, ja.

»Nun mal langsam.« Bergengrün erläuterte, wer er sei und daß er einen U-Häftling vertrete. Der Neue Kurs…

»Sie müssen zur Staatsanwaltschaft«, rief die andere Frau eifrig. Vielleicht is Ihr Mandant längst draußen. Gestern wurden doch…«

»Gestern und vorgestern, aber erst beim Rücklauf...« Der Totenkopf riß einen Aktenordner aus dem Regal.

»Is jetzt wurscht, mei Schorsch. Oder Sie gehen zur U-Haftanstalt am Steintor.« Die Frau wurde eifrig, als finde sie ihre Idee so großartig wie schon ihr Verhalten gegenüber den Eindringlingen.

»Danke für die Auskünfte. Und daß Sie bald über den Schreck wegkommen.«

Bergengrün ging rasch die Treppe hinab und durchs lädierte Tor. Auf der anderen Straßenseite stand Oberrichter Brettmann. Bergengrün ging hinüber und fragte im Näherkommen: »Gerade noch die Kurve gekratzt?«

»Ich kam her, als der Schlamassel losging. Diese rasende Wut! Wenn die mich in meinem Zimmer erwischt...«

»Drei Ihrer Hühnchen hab ich gerade schlotternd angetroffen. Sie sollten ihnen Mut zusprechen, Herr Oberrichter. Ich bin wegen eines Mandanten hier, Wirtschaftssache. Müßte draußen sein.«

Brettmann fragte nach Details, Bergengrün antwortete in Stichworten. Schließlich: »Wäre schön, ich könnte mich auf Sie berufen.«

»Dürfen Sie.«

»Gehen Sie ruhig rein, Herr Brettmann.« Welche Genugtuung, in überlegener Position zu sein, nie erlebt seit Jahren. »Das Schlimmste ist vorbei.« Händedruck und Spott aus den Augenwinkeln, rasch weiter. Brettmann, nicht der Übelste. Lasch zuweilen, das versuchte er andermal mit übertriebener Forsche auszugleichen. Der würde sich in einer zivileren Zeit am ehesten umstellen. Allerdings, wie er diese unbedarfte Umsiedlerin aus Ostpreußen in die Pfanne gehauen hatte, war grauslich. In dem Fall mußte die Bezirksleitung oder vielleicht sogar Berlin mächtigen Druck ausgeübt haben. Fünfzehn Jahre Zet – wenn es ein Urteil aufzuheben galt, dann das.

Vor dem Gefängnis an der Steinstraße klumpten Menschen wie seit Tagen, erbittert debattierend. Das äußere Tor stand offen, im Hof bildeten Polizisten eine Kette, einer hielt die Handflächen mit gespreizten Fingern in Augenhöhe – langsam, sollte das heißen, nichts überstürzen, wir tun, was wir können. An ihn wendete sich Bergengrün, nannte seinen Namen und deutlich den Doktorgrad. »Ich möchte in meiner Eigenschaft als Anwalt den Anstaltsleiter sprechen. Ich komme eben vom Bezirksgericht.« Noch eins draufsetzen – besser nicht.

»Da müssen Sie...«

»Ich verlange...« Einen älteren Polizisten mit silbernen Achselstücken entdeckte Bergengrün, umringt, unwillig offensichtlich, sich immerfort zu wiederholen. Zu ihm drang der Anwalt durch, erneuerte seinen Wunsch und bezeichnete ihn als *von Herrn Oberrichter Brettmann ausdrücklich gestützt*. Er wunderte sich, als der Kommissar antwortete, er möge mitkommen.

Durch eine Lücke in der Polizistenkette, eine Treppe hinauf, Klopfen an einer Tür, Schlüsselgeräusch, ein Spalt wurde geöffnet. »Laß uns mal rein.«

»Aber...«

»Nun mach schon!«

Noch eine Treppe hinauf, Polizistinnen mit erschrockenen Augen, Bergengrün grüßte überlaut, niemand grüßte zurück. Drei Offiziere in einem Raum, abermals: »Doktor Bergengrün, Rechtsanwalt, mein Mandant ist Herr Schmolka. Ist Herr Schmolka entlassen? Wird er heute entlassen?«

»Darauf können wir keine Antwort geben.«

»Und wer darf das?«

Blicke von einem zum andern. »Der Staatsanwalt vom ersten Stadtbezirk.«

»Herr Teufel?«

Daß Bergengrün diesen Namen kannte, wirkte wie eine Erlösung. »Am besten, Sie gehen zu ihm.«

»Kann ich von hier aus anrufen?«

Einer der Offiziere wählte, wartete, klopfte auf die Gabel, wählte wieder, schüttelte den Kopf. »Nischt.«

Wenn sie ihn hinzuhalten versuchten? »Schade. Ich geh rüber. Wahrscheinlich bin ich bald wieder da.«

Starre Blicke. Nicht den Fehler machen, überheblich zu wirken. Wie sich die Dinge entwickelten, saß er am längeren Hebel. Staatsanwälte, Richter und Polizisten waren mit wenigen Ausnahmen der Herkunft nach Proletarier, hatten sich hochgerackert mit enormen Energien und meist verblüffender Intelligenz, in ihm sahen sie das, was er war: ein bürgerliches Element. Die Haarspalter verfeinerten sicherlich: Kleinbürger. Vermutlich brauchte er weniger Druck auszuüben als eben vermutet. Sollte den Doktor weglassen und jede Spur von Schneid aus der Stimme verbannen. Durfte ihnen unverkrampfte Partnerschaft anbieten. Mußte nicht ausspielen: Ihr steht mit dem Rücken zur Wand, wenn euch einer rausboxen kann, dann ich. Noch nicht einmal andeuten: Wenn ihr auf meine Absichten einschwenkt, sorge ich dafür, daß es euch nicht an den Kragen geht. Nicht anreden mit: Meine Herren! Oder doch, besonnen und Vernunft in Stimmhöhe, Sprechtempo und Atemluft: »Meine Herren, mir geht es um meinen Mandanten Schmolka und sonst nichts.« Unnötig, hinzuzufügen: Mit dem ganzen Krakeel da draußen hab ich nichts zu tun, finde ihn widerlich. »Vielleicht, daß Sie schon mal die Effekten des Herrn Schmolka raussuchen lassen, bitte.« Ein Nicken in die Runde. Die Tür wurde hinter ihm abgeschlossen, leer die Treppen. Krach auf dem Hof. Zwei Männer packten ihn an den Armen, sofort war er umringt. »Bist du von der Kripo?«

»Lassen Sie mich los, bitte!« Er sei Anwalt und auf ihrer Seite. Die Griffe lockerten sich, Bergengrün stand steif, vermied es, sich loszuschütteln. Bitte, er sei auf dem Weg zum Staatsanwalt und hoffe auf eine klärende Nachricht. Scheiße! brüllte einer, hier steckten doch alle unter einer Decke, was hieß hier Verteidiger! Der Arsch, der ihn vor zwei Jahren rausboxen sollte, hätte ihn noch stärker in die Pfanne gehauen als der Staatsanwalt. Alle aufhängen!

Bergengrün sah ein paar Meter freien Raum vor sich. Hinter ihm Sprechchöre: »Freiheit! Freiheit!« Er konnte sich nicht erinnern, wann er zuletzt gerannt war, jetzt setzte er sich in Trab mitten auf der Fahrbahn, wich Entgegenkommenden aus, streifte eine Frau, stoppte vor einem Kinderwagen. Es war sinnlos, wenn er keuchend vor den Staatsanwalt trat, mehr als drei Minuten gewann er auf der kurzen Strecke nicht. Seine Stirn brannte, er sollte das als Warnsignal ernst nehmen. Der Ausschlag sei psychisch bedingt, hatte sein Arzt gewarnt, nicht aufregen, wandern, möglichst in den Alpen in Höhen über 2000 Metern. Um eine Ecke zum Ratshof am Markt. Welche Strategie – fordernd, selbstbewußt mit den Bestimmungen des Neuen Kurses im Rücken, auf die Maßnahmen von Partei und Regierung pochend – also im Einverständnis mit den Staatsorganen. Niemanden brüskieren. Und atmen, atmen, runter mit der Pulsfrequenz.

»Wir müssen für alle, nicht bloß für Ihren…«

Die beiden Männer, die ihn festgehalten hatten, waren auf einmal neben ihm. Wie sollte er die überzeugen, daß Übertreibungen zu nichts führten, daß sie ihn gefälligst machen lassen sollten. Als sie ins Vorzimmer traten, waren sie zu fünft, drängten Bergengrün gegen den Schreibtisch. »Zu Herrn Kreisstaatsanwalt Teufel bitte«, die Sekretärin war blitzschnell hoch und an der Tür, an diesem Tag gewann offensichtlich alles an Tempo; was sonst Wochen brauchte, geschah in Minuten. Sie kämen vom Steintor, rief einer über Bergengrüns Schulter hinweg, und seien eine Abordnung.

»Sie auch?« Teufel blickte Bergengrün verwundert an. »Abordnung – aber Herr Doktor.«

»Die Herren sind mitgekommen. Ich wollte um einen meiner Mandanten nachsuchen. Ganz offensichtlich gehört Herr Schmolka…«

»Der Fall Schmolka liegt nicht bei mir, sondern beim Bezirksstaatsanwalt.«

»Ich werde von einer Stelle zur anderen geschickt. Herr Teufel, Sie sind der dritte.«

Schulterzucken, tja.

»Machen Sie keinen Unsinn!« Der Mann neben Bergengrün beugte sich über den Schreibtisch, er trug eine blauweißgestreifte Fleischerjacke mit kurzen Ärmeln und Ölflecken an den Schultern. »Wir beide, der hier und ich, haben die Leute vorm Gefängnis gerade noch beruhigt. Wenn nicht alle Politischen freikommen, wird die Bude gestürmt, ist Ihnen das klar?«

»Stimmt sicherlich«, Bergengrün bemühte sich, leidenschaftslos und beruhigend zu sprechen. »Die Lage ist prekär. Es dürfte das beste sein, wenn Sie die sofortige Freilassung anordnen.«

»Ich werde mit dem Bezirksgericht reden, *das* dürfte das beste sein.« Teufel rief ins Vorzimmer, er bitte um eine Verbindung, dann schaute er die Männer vor seinem Schreibtisch der Reihe nach an. Als sich sein Blick mit dem Bergengrüns traf, schüttelte er kaum merklich den Kopf. Teufel nahm den Hörer ab. »Genosse Brettmann, hier ist eine Abordnung, die Bürger sind besorgt.«

Stille, Teufel hörte angestrengt zu; seine Lippen preßten sich aufeinander, lockerten und kräuselten sich, er riß den Mund auf und schloß die Augen. Was Dr. Bergengrün bewog, die nächsten Sätze zu sprechen, quälte ihn in der Untersuchungshaft wochenlang. Er galt keineswegs als der Anwalt, der auf Ausgleich bedacht gewesen war, auf Vernunft. Ob er den Erwartungsdruck der Männer neben und hinter sich gespürt hatte, ob es ihn drängte, *eine Rolle zu spielen,* hinauszutreten aus dem gewöhnlichen Maß, *über sich hinauszuwachsen* in einer Situation, die er als historisch empfand, oder wollte er es denen zeigen, die ihn seit Jahren demütigten und ihm immerzu beweisen wollten, wer die Macht besaß? In der U-Haft wollte er zu Protokoll geben, *es habe aus ihm herausgesagt,* aber der Vernehmer weigerte sich höhnisch, das so niederzuschreiben: Seien Sie nicht so feig, Bergengrün! Stehen Sie gefälligst zu Ihrem Bockmist!

»Herr Teufel, lassen Sie mich doch mal mit Herrn Brettmann reden.« Wieder diese Stille, Bergengrün nahm den Hörer. »Herr Brettmann, die Situation vor der U-Haftanstalt ist dramatisch. Die Herren, die mit mir gekommen sind, ja, eine Abordnung, durchaus, wir halten es für dringend geboten, sofort alle Häftlinge freizulassen, auf die die Dreijahresklausel zutrifft. In Ihrem Büro ist inzwischen alles in Ordnung?«

Er wolle noch einmal mit Herrn Teufel sprechen, erwiderte Brettmann. Bergengrün wunderte sich über den gelassenen, geradezu selbstsicheren Ton. Im übrigen solle alles so geschehen, wie es Herr Doktor Bergengrün vorschlage. Teufel griff wieder zum Hörer und murmelte in Abständen: Ja, ja, gut. Wird gemacht. »Herr Doktor Bergengrün, alles Weitere geht auf Ihre Kappe.«

»Was passiert weiter?«

»Ich gebe Ihnen eine schriftliche Anweisung, die können Sie zur U-Haftanstalt mitnehmen. Sämtliche Untersuchungs- und Strafgefangene bis zu drei Jahren, beziehungsweise, die keine höhere Strafe zu erwarten haben, sind aus der Haft zu entlassen. Vorher ist telefonisch beim Bezirksstaatsanwalt Rücksprache zu halten. Gut so?«

»Klasse!« Der Mann in der Fleischerjacke schlug Bergengrün auf die Schulter.

Da war Brettmann vielleicht gar nicht so feige wie immer vermutet? Schon wieder auf der richtigen Seite – aber wo war die? Bergengrün spürte die Hitze auf der Stirn wie einen Guß kochenden Wassers.

»Der Spitzbart muß weg!«

1

»Nein«, so lautete die Auskunft von Kodelwitz, »nichts hat sich geändert, die Losung von gestern abend gilt, diskutieren und sich nicht provozieren lassen. Agitatoren sind auf den Berliner Straßen im Einsatz. Speziell über die Stalinallee weiß keiner was.«

Im Ministerium war augenscheinlich nur drittklassiges Personal auf den Beinen. Dranbleiben, befahl Pfefferkorn. Auf einem anderen Apparat ließ er sich mit der »Freiheit« verbinden und wurde zu Sindermann durchgestellt. »Brennt's bei dir, Bruno?« Seine Volkskorrespondenten hätten aus Ammendorf und Leuna gemeldet, es ginge turbulent zu, immerhin blieben die Arbeiter noch in den Betrieben. Die Stimme des Chefredakteurs klang akzentuiert, abgehackt; seine zuversichtliche, nahezu fröhliche Härte gab Pfefferkorn einen Stich: Die Zeitungsfritzen wußten mehr, deren Zulieferer informierten, und was war mit seinen Kontaktpersonen? Saßen auf dem Arsch, oder ihre Meldungen blieben in den Kreisdienststellen stecken. »Bruno, in Wolfen ist der Teufel los. Ganze Banden marschieren nach Bitterfeld. Sind dort in mehrere Betriebe eingedrungen, weißt du nicht?« Sindermann ließ ein erstauntes Pfeifen folgen. Er rate, alle Waffenträger in Alarmbereitschaft zu versetzen, Betriebsschutz, Polizei, Wachen der Gefängnisse. Pfefferkorns Stimme rutschte in eine höhere Tonlage, da hatte einer gut reden: Für ihn gelte der Befehl seines Ministeriums, *auf keinen Fall* Schußwaffen einzusetzen, und er könne niemanden erreichen, der diesen Befehl bestätigte oder widerrief.

»Hübsch die Nerven behalten, Bruno! Unser Erster ist in Berlin, zu dem kommst du nicht durch.«

Der Bezirkssekretär in Berlin, der Zweite im Urlaub an der Ostsee, einen dritten gab es nicht. Pfefferkorn legte auf. »Unsre Leute in Leuna anrufen, in Ammendorf. Und natürlich in Wolfen und Bitterfeld.«

»Die melden an die Kreise, nicht an uns.«

Jetzt ins Auto und raus, mit fünf Mann oder besser mit hundert, aber die hatte er nicht. Die Sipo war damals mit Maschinengewehren und Minenwerfern angerückt, jetzt wieder Leuna und vielleicht Mansfeld, er hätte diese Facher doch nicht laufen lassen sollen. Anruf von der Haftanstalt am Steintor, die Menge vor dem Tor wachse an, in Sprechchören werde die Entlassung aller Häftlinge verlangt. »Einen Rechtsanwalt hab ich reingelassen, dachte, da zischt Dampf ab. Aber eine Lösung ist das nicht.«

»Keinesfalls schießen«, wiederholte Pfefferkorn. Er wählte die Nummer der Bezirksparteischule, hörte, seine Frau stecke in einem Seminar über Bündnisfragen auf dem Lande. »Dann mal den Bibliothekar.« Warum den Neunmalschlauen? Wahrscheinlich, weil er dort keinen anderen kannte. Die Stimme des Genossen Anetzperg klang gelassen. Wie? Nein, ums Haus sei alles ruhig, warum nicht? Ach – wenn etwas Besonderes passiere, werde er zurückrufen. Jaaa, er grüße die Genossin Pfefferkorn, gerne, gleich in der nächsten Pause.

Pfefferkorn trat ans Fenster. Kodelwitz empfand das Sonnenlicht auf dem Gesicht seines Chefs als entlarvend. Die Augen unter den Buschbrauen waren schwarz gerandet wie nach zehn schlaflosen Nächten, die Falten an den Mundwinkeln gekerbt wie mit einem Stecheisen. Ähnlich einem Gemälde: Alter Bergbauer. Oder als stehe er vor den Gewehren eines Erschießungskommandos. Spanischer Altmeister. »Bruno, wir haben neulich den Bürgermeister von Bitterfeld werben wollen, hat 'nen glänzenden Eindruck gemacht. Ob ich ihn anrufe?«

War gegen jede Vorschrift. »Bleib taktisch klug.«

Die Verbindung kam rasch zustande, Kodelwitz nannte Namen und Dienststelle. »Du erinnerst dich? Direkter Kontakt zwischen uns ist normalerweise nicht üblich, aber heute stinkt's.«

Bürgermeister Wolfert schien sofort zu begreifen. Auf dem Platz der Jugend, vormals Binnengärtenwiese, sei ein Traktor mit Anhänger aufgefahren, dort fummelten sie – ja wer, Leute aus dem Elektrokombinat wahrscheinlich, Fachleute – an einer Lautsprecheranlage herum, wollten sie an den Stadtfunk anschließen. Das habe eben eine Sekretärin berichtet, die sei zuverlässig. Ob die Volkspolizei dort oder sonstwo im Einsatz sei, wisse er nicht.

»Genosse Wolfert, die Lage verändert sich rasant. Wir müssen operativ reagieren. Halt die Ohren steif.«

»Sowieso.«

Schnell die Leitung frei machen, vielleicht meldete sich das ZK oder der Erste oder das Ministerium. Vielleicht war das der wohlvorbereitete Schlag der Imperialisten, der Tag X der CIA, den die Partei immer kommen sah, denn der Klassenkampf verschärfte sich. Warum hatte sein Ministerium nicht gewarnt? Würde ihm jemand vorwerfen, die Nester im Bezirk nicht ausgeräuchert zu haben? »Alarm in allen Objekten, Urlauber zurück.«

Wieder das Telefon. Kodelwitz verstand nicht sofort, dann doch. »Ich gebe gleich weiter an den Genossen Oberstleutnant Pfefferkorn«, er streckte ihm den Hörer hin und flüsterte: »Haftanstalt Steintor.« Pfefferkorn hörte eine erregte Stimme: »Draußen toben Hunderte. Die wollen das Tor aufhebeln. Was sollen wir...«

»Ich komme sofort.« Zu Kodelwitz: Er brauche ein Auto und zwei Mann, ja, mit Pistolen. »Meine Waffe auch.«

»Bruno, der General gehört nicht in den Schützengraben.«

»Du regelst hier alles. Ich muß wissen…«

Wochen später spielte jeder dieser Sätze eine enorme Rolle, jede Pause dazwischen und ihre Betonung, ob sie Befehlscharakter getragen oder beiläufig geklungen hatten. Sie entschieden über das berufliche und politische Schicksal von Pfefferkorn und Kodelwitz und galten als Wendepunkt in der Handlungsfähigkeit der Bezirksverwaltung Halle des Ministeriums für Staatssicherheit an diesem 17. Juni 1953, wurden in Protokollen festgehalten und in Berlin über die Tische aufklärender Kommissionen geschoben. Der General und der Schützengraben, das galt als Hauptpunkt.

»Wenn wir aus Berlin neue Befehle erhalten…«

»Dann setzt du sie um.«

»Geht klar, Bruno.«

Diese Sätze gesprochen und gehört zu haben, bestritt Kodelwitz später, sie wogen harmlos in seinem Gedächtnis und paßten nicht zur Rolle, wie er sie sah und immer stärker sehen wollte und wie sie nach einer Weile auch von der Kontrollkommission eingeschätzt wurde. *Direkt protestiert* habe er nicht, seinen Satz vom Schützengraben und dem General *nicht wiederholt*. Aber *deutlich reserviert* habe er sich verhalten, das Befehlsverhältnis nicht angetastet, jedoch *gewarnt,* und Pfefferkorn habe sich von seinem Partisanenverhalten nicht abbringen lassen. Vor allem und immer wieder in unbedingter Klarheit: Den bedrängten Genossen am Steintor habe er *nicht den Befehl erteilt,* sich mit der Waffe zu verteidigen. Bruno, du mit deiner Erfahrung! Bruno mit der Zündschnur! Habt ihr denn einundzwanzig auch erst…

»Ammendorf, Bruno.«

Pfefferkorn nahm den Hörer. »Ach du, Helmut.«

»Bin allein. Die meisten meiner Kollegen sind auf dem Weg zu dir.« Kleines Lachen. Helmut Küchenmeister, Kaderleiter, sechs Jahre Dachau. »In der Bezirksleitung ist keiner zu erreichen.« Küchenmeister redete weiter, ohne eine Antwort abzuwarten: In Leuna sei der Teufel los, Tausende seien aus den Werktoren marschiert, nicht anders bei ihm, nein, nicht nur Bauarbeiter. Sogar Genossen dabei. Nach Ammendorf hätten sie nach dem Krieg allerhand abgebaute Nazis geschickt, Lehrer und derlei Gesocks. Wahrscheinlich mischten sie mit. »Wer stoppt die, Bruno?«

»Das MfS, wer sonst.«

Er steckte seine Pistole in die Jackettasche, ein Reservemagazin dazu, zwei junge Genossen warteten neben dem Wagen. »Bewaffnet?« Pfefferkorn setzte sich neben den Fahrer. »Steintor!«

Nichts Besonderes in den Straßen zu Anfang. Dann rennende, springende Jugendliche in bunten Hemden. Keine Mecki-Haarschnitte. An einer Kreuzung ein Rudel, alle starrten das Auto an. Nicht bis ans Steintor, befahl Pfefferkorn, in einer Seitenstraße rasch raus und die Karre zurücksetzen.

Hinter ihm bleiben, befahl Pfefferkorn, unauffällig. Heiter, übermütig ging alles vonstatten unter denen, die zu einem Plakat hinaufschauten, einer höhnte: Vorwärts zu diesem und jenem, das passe überhaupt nicht in die Landschaft, oder? Also? Alle Mienen schienen so, als wäre ein Hauptspaß im Gange, Schulausflug oder Karneval. Gedränge vor dem Gefängnis, Erregung und Wut. Nur noch einer seiner Genossen war neben ihm, irgendwie müßten sie rein, sagte Pfefferkorn leise, dann fand er das grundfalsch, Kodelwitz hatte schon recht, er mußte zurück, wußte nun Bescheid, befahl nicht vom grünen Tisch aus. »Zum Auto.« Er blickte zur Seite, aber da war nicht der Genosse, zu dem er hatte sprechen wollen, sondern eine Frau, die fragte: »Ist jemand von Ihnen drin? Mein Mann sollte...« Er preßte die Hand auf die Jackettasche – es wäre grauenhaft, jemand würde an ihn gedrängt, fühlte die Pistole. Handgemenge, er riß sie heraus, schoß. Also zurück, sofort.

Nicht er hatte zu verantworten, daß keine Befehlsebene übersprungen werden durfte. Die jeweilige Kontaktperson meldete an ihre Kreisdienststelle, manche vorher noch an den Führungs-IM. Der Kreis gab weiter an den Bezirk, der ans Ministerium. Alles wegen Abschottung, einer Form von Wachsamkeit, die jetzt den Nachrichtenfluß blockierte. War für den Normalzustand gedacht, funktionierte aber nicht, wenn Dämme brachen. Keine Frage, die Initiative lag im Moment nicht bei ihm.

Seine Beine schmerzten von den Knien hinauf, das linke stärker als das rechte. »Können Sie nicht schneller fahren?«

»Bei dem Pflaster?«

Hatte nicht angefügt: »Genosse Oberstleutnant.« Ging so die Disziplin allmählich kaputt? Zusammenscheißen?

»Endlich kommst du!« Kodelwitz sprang auf und ging drei schnelle Schritte auf Pfefferkorn zu. »Sechs Anfragen, ›Roter Ochse‹, Betriebsschutz in Wolfen und Buna, Parteiorganisation der Uni, ach, das reicht nicht. Immer die Frage nach dem Schußwaffengebrauch.«

»Und du hast?«

»Ich hab niemandem gesagt, daß du nicht im Haus bist. Doch, zu deiner Frau. Und sonst immer, daß die Anweisung von gestern gilt.«

Das Telefon, Pfefferkorn hob ab, die Zentrale wollte wissen, ob sie den Genossen Küchenmeister aus Ammendorf durchstellen dürfe. Ja, bitte. »Bruno? Na endlich. Irgendeinem möchte ich das folgende mitteilen, und ich krieg keinen anderen als dich. Ich frage nicht, ich möchte nur, daß du notierst: Die Uhrzeit. Ich hab nämlich den Betriebsschutz an die Munition rangelassen. Zehn Genossen aus den Parteileitungen als Reserve, auch bewaffnet. Wir haben die Werksleitung und die Parteileitung besetzt, und wir werden unter bestimmten Umständen schießen.«

»Ich hab's notiert, Helmut.«

»Hast du das wirklich, Bruno?«

»Alles klar, Meiner.« Er legte auf, wendete sich zur Sekretärin und diktierte: »Genosse Küchenmeister in Ammendorf läßt aus eigener Verantwortung zur Selbstverteidigung eventuell schießen. Genosse Küchenmeister übernimmt nach Einschätzung der Situation die Verantwortung.«

Kodelwitz leise: »Bruno, das mit der Verantwortung hast du ihm nicht gesagt.«

Pfefferkorn überlaut: »Das versteht sich doch von selbst!«

2

Ein Radbummel durch den Tiergarten zur Morgenstunde ähnelte dem Spaziergang eines Gentleman im Hydepark oder dem Ritt des Grafen von Monte Christo durch den Bois de Boulogne; ein Börsenmakler durchquert den Central Park von seiner Wohnung an der Upper Eastside zur U-Bahn, die ihn an die Südspitze Manhattans bringt – weltmännische Spinnerei. Potschinski lauschte aufs Knacken der Kette; es war wohl doch keine so gute Idee gewesen, diese uralte Damenmühle aus der Kellerecke zu ziehen. Wem gehörte sie, seiner Schwester vermutlich. Trotzdem: Kein blitzend neues Ding heute, damit fiel er drüben nur auf. Nicht nahe der Reichstagsruine rüber, sondern durch Brennnesseln und Schutt südlich vom Adlon, buckliger Schmuggelpfad, ihn entlang war er nach dem Krieg von einer Seite auf die andere geschlüpft. Sein steilstes Ding: Fünfundzwanzig nagelneue Halbstiefel aus US-Beständen und vierzig Stangen Chesterfield in drei Nächten geschleust, allein und ohne Verlust. Spannende Zeiten, kamen nie wieder. Heute ging's ganz anders rund, der mächtige Doktor Habelein hatte gewaltige Töne gespuckt.

Windstill, frisch, das beste Wetter zum Radeln, warum machte er das nicht öfter, die Lunge freihusten, allen Zigarettendreck raus. Bis Mittag ohne Lulle, nicht jeden Abend Bier und Schnaps. Raus aus dem Zirkus oder wieder in 'nen richtigen Zirkus, Tour durch Landnester mit echten Tigern und nicht mit Hyänen und Geiern der geheimen Branche.

Dort drüben hatte sich Hitler umgebracht, und dort, sieh da, spazierte Dr. Habelein im Staubmantel, eine Schickse am Arm, der sah nun wirklich nicht wie 'n Ostberliner Arbeiter aus, hatte es keinesfalls darauf angelegt oder einfach nicht die Zeit gefunden, sich zu kostümieren. Habelein, der neuerdings immer stärker mit den Amis kungelte, der begriff, wer den Hut aufhatte, an diesem Morgen auch unterwegs. Kein Blickkontakt, von einem Gruß ganz zu schweigen. Potschinski in ausgebeulter Hose aus der Vorkriegszeit, dazu Sandalen, stumpfgraues Hemd, Taschentuch und Kamm, 'ne angebrochne Schachtel »Wild Woodbine«, die schmiß er am besten sofort weg. Kein Geld, Westpiepen schon gar nicht, kein Fetzchen Ausweis. Wenn ihn die Vopo filzte, würde er sonstwas erzählen. Wohnte in Schöneweide, dort kannte er sich von früher aus, wäre ausgebombt worden, hieße Blauert. Einen Ostausweis wollte er seit Wochen mit seinem Foto frisieren, natürlich war wieder irgendwelcher Mist dazwischengekommen. Immer Hektik.

An der Komischen Oper vorbei. Unter den Linden alles ruhig, fast menschenleer. Die verehrten Genossen hockten an ihren Schreibtischen und erfanden den neuen Sozialismus. Keine Vopos, auch in Richtung Brandenburger Tor nicht. Kanne und seine Boys müßten bald aufkreuzen, Kanne hatte harte Jungs angeheuert, wie er garantierte. Für fünfzig Mark machten die sonstwas, hatte Kanne am Vorabend versprochen, als sie bis zum Alex vorgefühlt hatten, da erwies sich allerdings die Vopo als ausgesprochen munter. Ein knüppelhartes Ding drehen, hatten sie ausgemacht. Am besten wäre es gewesen, schon früh um fünf zuzuschlagen. Aber so schnell ging nichts, keine Sau in der Zentrale war ans Telefon zu bringen gewesen, die Bosse mußten eine Revolution anscheinend Monate vorher in ihre Terminkalender eintragen, Etappenhengste eben.

Da sappte Kanne an, ein Bild für Götter. Tiger wiegten so, setzten die Tatzen weich auf. Kanne ließ die Sohlen abrollen. Wie sich seine Schultern im Gehtakt hoben und senkten, war Schau, im Film bewegten sich Luden so. Kanne, der muskelbepackte Lagerarbeiter, aber Krach mit allen Vorgesetzten bei jeder Gelegenheit, Bambule! Malocheheld unter der Luftbrücke, Säckeschlepper für drei. Gegenüber dem Zeitungskiosk an der Ecke Friedrichstraße/Unter den Linden sicherte Kanne nach hinten, da folgten seine Kumpel, Freiheitskämpfer, das Wort war zum Schießen, würde aber morgen in jede Westzeitung passen. Kopfbewegung, da waren die fünf in langen Sprüngen am Kiosk, zwei rissen die Auslagen runter, Kanne verschwand in der Tür, war Sekunden später wieder draußen, zerrte den Kioskheini am Kragen hinter sich her, redete auf ihn ein, Potschinski konnte sich denken, was er sagte: Mach jetzt keinen Quatsch, Mann, dir passiert gar nichts, das Ganze hier ist nicht dein Problem. Da leckte schon die erste Flamme hoch, ein Töpfchen Benzin war im Spiel, so war es ausgemacht, locker warfen Kanne und seine Feuerteufel Zeitungen hoch, denn Stapel brannten nicht, das war ihnen klar, als hätten sie ihr Lebtag nichts anderes getrieben, als Kioske mit roter Propaganda hochgehen lassen, NEUES DEUTSCHLAND und TÄGLICHE RUNDSCHAU. Fünfzig Mark pro Nase, wie Habelein versprochen hatte, waren nicht zuviel für diese Präzisionsarbeit. Potschinski amüsierte sich: Aus gemessener Entfernung schauten angstblasse Herren mit Schlips und Bügelfalte aufs muntere Freiheitstreiben, Genossen aus den Büros ringsum waren das wohl, gerade auf die Straße geschickt, um zu diskutieren, sich aber nicht provozieren zu lassen. Potschinski schob sein Rad näher, hörte genau das: So gehe es ja nun wirklich nicht! Tiefernst blieben die Herren Genossen, vielleicht hätten sie gern mit Kanne und den Seinen *diskutiert,* aber die hatten vollauf damit zu tun, Bündel aus dem Kiosk zu zerren und aufzufetzen. Keiner blickte herum, ob da wohl Polente antanzte. War schon klasse, wie sie ihren Job erledigten, jetzt flammte eine Wand bis zum Pappdach hinauf. Wenn es aus irgendeinem Grund ernst würde, wollte er kurz an ihnen vorbeiradeln und anordnen: Langt jetzt! Dann müßten sie nur noch sehen, daß sie die dreihundert Meter bis zum Brandenburger Tor schafften. »Sie verlassen den demokratischen Sektor!« Wie viele Genossen waren das inzwischen, die dem munteren Brandschatzen zuschauten, sechzig, achtzig? Ein Löschwagen der Feuerwehr schepperte an, Behelmte sprangen ab, aber Kanne war sofort bei ihrem Anführer: Abhauen! Das sei *ihr* Feuer, da werde überhaupt nicht gelöscht, ob das klar sei? *Ist das klar?* Kanne überragte die Feuerwehrknilche *um Haupteslänge,* könnte im TAGESSPIEGEL formuliert werden, die Fäuste hielt er hoch, die konnten in der nächsten Sekunde runtersausen. Dem Brandwehrhäuptling blieb nur noch, mit verlegenem Lachen den

Kopf zu schütteln, seine Knechte rollten säuerlich ihren Schlauch wieder ein. Was war denn das: Ein Auto rollte von der Stadtmitte her an, Iwanjeep, hielt an der Ecke, ein Offizier stieg aus, Leutnant mit drei Mann. Jetzt war Kacke am Dampfen. Potschinski schob sein Rad durch die Gaffer, stieß an, entschuldigte sich mit möglichst kräftigem Berliner Dialekt, vermutete sowieso, um ihn seien hauptsächlich Sachsen. »Laßt die Scheiße!« brüllte er, und Kanne schmiß noch einen Ballen gegen die Kioskwand, die in einem Funkenschwarm einbrach. Die fünf rannten los, Potschinski auf dem Rad hinterher. »Schweinebande!« schrie er, ihre Mütter sollten ihnen den Hintern versohlen, paßt bloß auf, morgen werde er ihrem Lehrer...! Seitwärts sprang Kanne, die Arme gereckt, artistisch wie ein Ballettänzer, fehlte nur noch, daß er die Knie hob, einknickte, hackespitze! Potschinski bog ab, ärgerte sich, daß er nicht daran gedacht hatte, einiges Spielmaterial mitzunehmen, mit dem er rasch sein Aussehen hätte verändern können, Mütze, Schal und derlei Kinkerlitzchen, Anfängerwissen in der Geheimdienstbranche. Möglich, daß ihn jemand in einer halben Stunde anquatschte: Hörn Sie mal, könnte's nich sein, daß Sie mit den Ganoven da unter einer Decke...

Zur Jägerstraße ließ er sein Rad trudeln, bremste an der Bordsteinkante. Von einer Sekunde zur anderen überfiel ihn die Gier nach einer Zigarette, breitete sich vom Hirn in den Mund hinein aus, die Brust, die Lungen, jagte in die Fingerspitzen, endete in einem Schweißausbruch. Er verschränkte die Arme hinterm Kopf, spannte die Rückenmuskeln an, atmete stoßweise. Wenigstens ein Glas Wasser. Er stieg vom Rad, lehnte es an einen Laternenpfahl, bückte sich, als habe er an seinen Schnürsenkeln zu nesteln. Das Blut drückte gegen die Augäpfel. Warum war er nur so beschissen abhängig. Wenn sie ihn schnappten und eine Woche lang ohne Nikotin ließen, bräuchten sie weder Knüppel noch Wasserzelle. War gut gedacht, ohne Geld und Westlullen loszufahren, und Ostpiepen waren nicht zur Hand gewesen. Wenn er welche hätte: Zwei, drei schnelle Dinger reingeknallt, um die Anspannung abklingen zu lassen. Ein Meisterstück von Kanne und vor allem von ihm selber war gelungen, *er* hatte das eingefädelt, nicht Doktor Habelein, der Theoretiker, die Pfeife.

Gemächlich weiterradeln. Zwei Dutzend FDJler in Blauhemden waren zielstrebig unterwegs. Er schob sein Rad neben ihnen her, versuchte ein Wort aufzuschnappen, eine Anordnung eventuell, aber die Jugendfreunde unterhielten sich nur leise, wenn überhaupt. Unter den Linden innenstadtwärts, eine Wand von Leibern drängte auf ihn zu, prachtstraßenbreit, Halbwüchsige vorneweg, Lehrlinge wie Plänkler vor mittelalterlichen Heerhaufen, leichtfüßig, dahinter die Masse, untergehakt manche, kaum eine Frau, doch dort ein Trüppchen in Kitteln. Potschinski ließ die Spitze an sich vorbei, kannte den Ruf aus Westberliner Demozügen: Bürger, laßt das Gaffen sein, kommt herunter, reiht euch ein! Keine Parolen hier, dann doch weiter hinten: HO macht uns k.o.! Menschenmasse, Menschenwucht. Potschinski mittendrin, um ihn herum kannten sich einige, er horchte auf eine Bemerkung, aus welchem Betrieb sie kamen, die fiel nicht, und er wagte nicht zu fragen. Aufs Brandenburger Tor zu wälzte sich der Lindwurm, noch hundert Meter, und er käme an den schwelenden, stinkenden Kioskresten vorbei. Auf der Kreuzung zwei Männer in Staubmänteln, keineswegs Arbeiter, einer mit Hut sogar, sie winkten und riefen: »Hier geht's lang« und wiesen westwärts, gerade aufs Brandenburger Tor zu. »Bitte da lang!« Das *bitte* war ja nun wohl das Doofste überhaupt, hier galten nur Befehle oder ein Arbeiterwort, nicht die weisende Hand, sondern die Faust. Der Zug bog die Friedrichstraße südwärts, aufs Haus der

Ministerien zu wie schon am Nachmittag zuvor. Die Herren winkten noch immer, Potschinski machte kehrt, an der Hauswand drückte er sich entlang, fand Raum, stieg auf, drängte fast bis zur Universität durch. Ein Lautsprecherwagen mit dem Zeichen der Post stand eingekeilt. Aus beiden abgespreizten Trichtern auf dem Dach schallte Krächzen, Knarzen, dann eine überlaut dröhnende Stimme, die heiter klingen sollte: »Mitbürger, Berliner, ich begrüße euch *herzlich*. Das ist ja eine Stimmung heute wie am ersten Mai. So wollen wir es auch halten. Probleme, Fragen gibt's immer. Wenn Arbeiter...« Ein Stein flog gegen einen der Trichter, ein anderer zertrümmerte die Windschutzscheibe. »Gewalt ist kein Argument, Berliner, wenn wir vernünftig...« Das klang nur noch halb so laut. Der Wagen schwankte, wurde angehoben, sackte ab – ob diese Methode zum Kippen führte – die Tür wurde aufgestoßen, ein Mann sprang heraus. Dem würden sie nun die Hucke vollhauen, aber dem Stürzenden halfen zwei auf die Beine, lachten – der Fall war erledigt, ausgestanden, kein Nachtreten. Arbeiter unter Arbeitern, Pech gehabt, Kumpel. Hier gab es nichts zu tun für Potschinski, nichts auszuspähen. Zurück also oder zum Haus der Ministerien, doch da, verflucht noch mal: Zwei Lastwagen mit Sowjetsoldaten am Straßenrand, ein Offizier unbewegten Gesichts, vielleicht der, den Potschinski vor einer knappen Stunde neben dem flammenden Kiosk gesehen hatte. Ein Leutnant nicht mehr mit drei, sondern mit sechzig Mann, dahinter steckte Wucht, wenn sie denn eingesetzt werden sollte. Das geht hier nicht mehr lange gut, begriff Potschinski, das lassen sich die Russen nicht bieten. Rüber in die Zentrale, wahrscheinlich war auch Dr. Habelein zurück und steckte schon wieder voller Weisheiten. Das erlebte Potschinski noch in der Friedrichstraße nahe der Französischen: Im vierten Stock hatte jemand eine rote Fahne aus dem Fenster gesteckt, zwei Dutzend Männer blickten hinauf, Potschinski hörte: Das dauert aber! Was dauerte? Da erschien jemand am Fenster, winkte triumphierend. Die Fahne fiel samt Stiel, Feuerzeuge brachten sie zum Schwelen, einer schwenkte sie, daß die Flammen hochsprangen, und erntete Beifallsgeschrei und Händeklatschen. Binnen Minuten blieb nur Asche. Neben Potschinski rief einer, sie hätten eine Wohnungstür eintreten müssen, der Verrückte da oben sei übrigens Engländer.

Das Gewitter begann mit Blitz, krachendem Donner und prasseldichtem Regen. Vielleicht hatte es sich angekündigt durch Wolkenwand und Windstoß, aber Potschinski hatte keinen Augenblick zum Himmel geschaut. Er drückte sich an eine Hauswand, ein Sims schützte ihn. Gleich darauf war die Straße beinahe leer, nur ein paar Männer rannten noch mit hochgeschlagenem Kragen in Deckung. Der Regen spülte die Asche auseinander, Tropfen sprangen auf dem Pflaster handbreit hoch, vor verstopften Gullys bildeten sich meterlange Pfützen. Ein Auto kurvte heran und schleuderte eine Welle über den Bürgersteig bis vor Potschinskis Füße. Das war ja nun eine Überraschung: Hilflose Bürogenossen und zehntausende marschierende Arbeiter – von Naturgewalten gestoppt, zerschlagen, zerrieben. Nichts fürs Lesebuch später. Wo waren die Aufstandshelden hin, in die U-Bahnschächte, die Hauseingänge? Hinter einer Hauslücke wurde der Himmel schon wieder hell.

Mal die Sache klar sehen. Arbeiter trugen ihre Probleme aus nach Arbeiterart. Er war Arbeiter, das Großmaul im Lautsprecherwagen nicht. Arbeiter schüttelten den aus der Karre, damit hatte sich der Fall erledigt. Der Kioskmensch – Prolet. Kanne und seine Kumpane auf der letzten Stufe, darunter kam nur noch Abschaum. Manche Arbeiter schwammen und schwankten wie Unteroffiziere im Krieg zwischendrin, von beiden Seiten in die Zange genommen, wahrscheinlich steckte er selbst in einer derartigen Klemme. Über den Arbeitern befehlsgewohnt Dr. Habelein, Ex-Oberleutnant Hemsberger, die Herren in den Staubmänteln. Es war lausig schwer für ihn, immer dort zu sein, wohin er gehörte. Tierpfleger im Zirkus, nicht Herrenreiter im Tiergarten. Allerhand krude Gedanken für einen einzelnen Proletenkopp an einem verregneten Vormittag. Also los und zurück.

3

Clara Brücken beobachtete, wie ein Güterzug dampfspeiend hielt, Lokführer und Heizer sprangen ab. Eisenbahner bewahrten Ruhe, die mit Würde gleichzusetzen war, verhielten sich demonstrativ stoisch in jeder Lage. Jetzt diese Hast: Quer über die Gleise rannten sie aufs Büro des Vorstehers zu.

»Dicke Luft oder was?« fragte Hemsberger.

»Die haben hier überhaupt nicht zu halten.« Clara schob einen Plan auf Hemsberger zu. »Wieso dicke Luft?« Sie vertraute niemandem auch nur eine Silbe von dem an, was sie am Morgen im RIAS gehört hatte, Hemsberger zu allerletzt. »Wieso dicke Luft?« Kommen lassen. Aber er kam nicht.

Gleich darauf ein Anruf des Vorstehers, er wünsche die Kollegin Brücken zu sich, dringendst. Blick zu Hemsberger, der strichelte in seinen Papieren herum. Rasch über den Bahnsteig nach vorn, sie ärgerte sich, weil der Güterzug ein Gleis blokkierte, das in zehn Minuten für einen Leerzug aus Halle gebraucht wurde. Vier Männer und drei Frauen hatte der Vorsteher zusammengetrommelt. Der Lokführer beherrschte die Szene. »Seffaständlich weeß ick det«, erklärte er in Berliner Dialekt, den Clara wie immer angeberisch fand. Weit auseinander mußte einer dabei die Lippen ziehen nach Art des Breitmaulfroschs, über den gerade eine Witzserie kursierte. Dieser Gedanke belustigte Clara nur kurz und paßte unmöglich hierher: Wissen Sie, wie Sie aussehen: Wie 'n Hilfskellner bei Breitmaulfroschs.

Den Redeschwall unterbrach der Vorsteher: »Im äußersten Fall würde ich eine Belegschaftsversammlung einberufen.«

»Dafür is keene Zeit, vastehn Se?«

Clara fragte: »Wozu ist keine Zeit?«

»Meechn«, der Heizer drehte sich zu ihr, »für 'ne Debatte übern Generalstreik. Wia in Berlin ham ihn nämlich. Seid mal nich uffn Mond!«

Der Vorsteher drückte sich von seinem Stuhl hoch, die Hände auf die Schreibtischplatte gestützt. »Wir lassen uns von niemandem zu irgendwas drängen.«

»Von Berlinern schon gar nicht.« Das kam aus dem Hintergrund.

Also schwappte dieser RIAS-Wirrwarr nun doch nach Bitterfeld. Mal einen kleinen Keil zwischenschieben. Clara blickte den Heizer an, den konnte sie vielleicht eher als seinen Chef aus dem Konzept bringen. »Sie machen sofort das Gleis frei, verstehen Sie?«

Das sei absolut unwichtig – der Lokführer übertönte wieder alle. »Is det denn so schwierig zu begreifen, Generalstreik!«

Jetzt brüllte der Vorsteher, er werde keine Versammlung einberufen und sich von niemandem unter Druck setzen lassen. Clara nutzte ein Luftholen zu einer Frage an den Lokführer: »Wenn Sie streiken, warum sind Sie überhaupt bis hierher gefahren?«

»Um euch det zu verklickern, Meechn!«

Großkotz. »Ich bin nicht Ihr Mädchen. Generalstreik können Sie in Berlin nicht für uns entscheiden. Wir sind hier im

Bezirk Halle.« Keine Frage, sie stellte sich an die Seite ihres Vorgesetzten, sowenig sie den mochte.

»Mal der Reihe nach«, der Vorsteher hatte offensichtlich seine Linie gefunden. »Sie schieben Ihren Zug zurück hinter Block drei. Dort können Sie dann generalstreiken, solange Sie wollen. Wie die Kollegin Brücken eben sehr richtig festgestellt hat: Wir sind im Bezirk Halle.«

»Und fragen *eventuell* unsere eigene Bezirksverwaltung.« Clara fand ihren Satz zupackend, geradezu großartig.

»Streikbrecher!«

»Sie und Ihr Herr Heizer verlassen sofort mein Zimmer. Jeder geht an seine Arbeit.« Der Vorsteher griff zum Telefon, wählte, legte den Hörer zurück.

Ob er eben die Polizei anrufen wollte? Ob es so wirken sollte? Clara steckte die Hände in die Taschen ihres Kittels. So stand sie noch eine halbe Minute, nickte ihren Kollegen zu und durchquerte die Halle. Ein paar alte Leute vor den Schaltern wurden bedient, ruhig war es wie meist vormittags nach dem Arbeiterverkehr. Ihr Zimmer war abgeschlossen und leer, Hemsberger steckte irgendwo. Gelegenheit, Hartmut anzurufen, zu berichten und zu fragen. Sie ließ es an die zehnmal klingeln, offensichtlich war das Meisterbüro verwaist. Das mußte sie nicht beunruhigen, Hartmut war unterwegs zu einer seiner Baustellen. Aber alle Suggestion milderte ihre Sorgen nicht, daß Gefahr drohe, für sie, für Hartmut, überhaupt.

Ach, dieser unsichere, sprunghafte Vorsteher, gallekrank, deshalb oft gereizt und ungerecht. Sie kannte ihn seit ihrer Lehrlingszeit. War nicht zum Militär eingezogen worden. Einmal, 1943, hatte er vor jungen Eisenbahnern einen Vortrag gehalten, alle sollten sofort und voller Überzeugung hinein in die NSDAP. Politischer Leiter, ziemliches Tier, nach Kriegsende abgestürzt. Seiner Krankheit wegen hatten sie ihn nicht in den

Gleisbau stecken können wie die anderen Bonzen. Hatte sich hochgewurstelt, es zum zweiten Vorsteher gebracht und war nun erster. Früher wollten die Nazis sie in ihre Partei, jetzt waren die Genossen scharf auf Hartmut.

Aufregung schadete dem Würmchen. Gerade sitzen, anlehnen, die Oberschenkel spreizen. Die Bauchmuskeln anspannen, locker lassen. So hatte ihr die Ärztin vorgepredigt: Uuund anspannen! Uuund locker lassen! Mit der Lungenluft auf den Bauch drücken. Diese wundervolle Phase, Hartmut und sie brauchten vor einer Schwangerschaft keine Angst mehr zu haben, die war nämlich schon da, sie konnten sich lieben wie verrückt – Hartmut hatte gejubelt: Jetzt kommen die lustigen Tage! Die lustvollen, es ging zu nach Herzenslust, Baucheslust, Brüstelust, Schwanzeslust. Die erste Geburt hatte vier Stunden gedauert, die zweite anderthalbe. Früher kriegten die Bauersfrauen ihre Kinder während der Feldarbeit, nabelten ab und wieder rin in die Kartoffeln. Wenn's mal stimmte. Ihr Becken *ist fabelhaft,* hatte ihr bisher jeder Arzt bescheinigt. Sie würde das Würmchen locker in einer Stunde ans Licht bringen. Vielleicht doch in Mecklenburg. Abends Aal. Das war der bisher beste Gedanke an diesem Tag: Das Würmchen stillen, Milch hatte sie immer für drei. Clara Brücken, Siegerin im Ammenwettbewerb des Ostseebezirks!

Die Berliner rangierten ihren Zug tatsächlich aus dem Bahnhof. Der Personenzug aus Delitzsch war pünktlich. Ein paar Siebzehn-, Achtzehnjährige sprangen als erste heraus, Clara sah sie rennen, hörte Poltern, Johlen, war sofort hoch und draußen. Ein Plakat rissen sie ab, Clara schrie, ob sie wohl verrückt wären. »Ich leg euch übers Knie!« Dieser Satz wirkte offensichtlich als Hauptspaß, die Burschen zerrten das Plakat mit seinen Leisten über den Bahnsteig, halb hing es von der Kante. Noch waren nicht alle Passagiere ausgestiegen, da verschwanden sie schon im Gebäude. »Die spinnen wohl!« Alte Leute schüttelten die Köpfe. »Planübererfüllung durch...« las Clara auf einem Fetzen. Hemsberger stand hinter einem Fenster, regungslos. Der Vorsteher war jetzt neben ihr. »Da stolpern noch die Leute drüber.« Clara zog zersplitterte Leisten und Pappebruch hinter die Abfallkübel.

»Kennen Sie die Bengels?«

»Nein. Müssen ja nicht von hier sein.«

»Ich ruf sofort die Polizei.«

»Aber immer!« Unbeweglich starrte Hemsberger. Sie dachte: Das muß den freuen. Und ich schon wieder mittendrinne.

Hemsberger öffnete ihr die Tür. »Sie sollten am besten heimgehen, Kollegin. Ich hab eben erfahren: Auf der Binnengärtenwiese findet eine Demonstration statt. Unser verehrter Herr Chef hat die Tonsäulen vorm Haupteingang abschalten lassen. Alle Bitterfelder hören die Übertragung, nur wir bleiben ahnungslos. Kollegin, Sie in Ihrem Zustand – wir behaupten, Ihnen ist schlecht geworden, ja? Soll ich dem Chef melden, daß Sie nach Hause gegangen sind?«

»Das würden Sie tun?«

»Für Sie immer.« Das hatte nicht direkt anbandelnd geklungen, allenfalls tastend. Nanu, Hemsbergerchen, was sollte auf einmal das? Wäre besser, sie irrte sich.

4

Wie viele sind das, zehntausend, zwanzigtausend? Hartmut Brücken versucht, Massen in einem Fußballstadion zum Vergleich heranzuziehen. Vielleicht fünfundzwanzigtausend auf der Binnengärtenwiese – wie am 1. Mai? Bloß nicht mehr die Bonzen auf der Tribüne. »Los, nach vorne durch!« Meier zuerst, mit einem schnellen, frechen Wort bittet, fordert er: Freunde, Kollegen, Damen und Herren, Muttilein, so pladdert das pausenlos. Mal Platz für den Delegierten unserer stolzen Brigade, noch nie von Meister Brücken gehört? Der Mann auf dem Anhänger hinter dem Trecker sei Paule Otmer, weiß einer, wissen plötzlich alle. Das Mikrofon sei an den Stadtfunk angeschlossen, kein Problem hier mit dem Stromverteiler für Zirkus und Jahrmarktbuden, für Riesenrad und tausend Glühbirnen. Otmer schimpft, die Preise der HO müßten runter auf vierzig Prozent, so locker sitze dem Proleten das Geld nicht in der Tasche! Arbeiterinnen, jeden Groschen müßt ihr dreimal umdrehen! Brücken überlegt: Wenn ich oben stünde – Normen und HO sind ausgelutscht. Was wäre seine Hauptsache? Aber er steht nicht oben.

Auf zwanzig Meter sind sie heran, auf zehn. Einer wartet hinter Otmer, scheint ungeduldig mit den Hufen zu scharren. »Kenn ich«, sagt Brücken überrascht, »is Lehrer in der Schule meines Jungen.« Den Chor hat er geleitet, als Thomas aufgenommen wurde, mit ausgreifenden Gesten dirigierend, reichlich pathetisch für eine schäbige Aula. »Bürger und Bürgerinnen von Bitterfeld«, der Mann agitiert vom ersten Wort an mit Schwung, tut das geradezu genußvoll. Einer, der vorn und oben zu stehen gewohnt ist. Der Name fällt Brücken ein: Fiebelkorn. »Die Gedanken sind frei«, hallt es über den Platz, »*unsere* Gedanken! Keiner kann sie an der Kehle packen, wegsperren. Heute schreien wir sie hinaus! Wir fassen Gedanken, fassen sie beim Schopf! Auf diesen Tag haben wir lange gewartet. Nutzt diesen Tag!«

Gewartet hat Brücken nicht, man kann ja nur auf etwas warten, das man für möglich hält. Zwanzig- oder dreißigtausend aus Bitterfeld und Wolfen und den Nestern drumrum auf der Binnengärtenwiese wären utopisch gewesen. Sie stehen da von einer Stunde auf die andere. Gegen die SED, und jeder aus eigenem Willen. Er mit Schupp und Meier, die anderen seiner Brigade waren weiter hinten oder fort aus Angst, nach Hause oder in den Betrieb, alles war möglich. Eigener Wille, das stimmte nur halb und vielleicht nicht einmal das, ein Sog hat sie mitgerissen. Woher kam der?

Fiebelkorn stößt beide Arme hoch. »Alle in Deutschland bestehenden Parteien müssen zur Wahl zugelassen werden. Wir wollen eine Regierung, welche die Schlagbäume nach Westdeutschland niederreißt, die Kasernierte Volkspolizei auflöst, Meinungs- und Pressefreiheit zusichert und ihr Versprechen auch hält. Die jetzt befehlen, haben ab-ge-wirt-schaf-tet!« In das letzte Wort hinein hämmert der Beifall. So muß einer trumpfen, denkt Brücken bewundernd. Meier schiebt ihn bis auf zwei Meter an den Anhänger heran. »Wir kämpfen unseren Streik durch, bis diese Regierung zurückgetreten und die SED aufgelöst ist. Wehe dem, der uns droht!«

»Los, hoch mit dir!« Brücken spürt Hände an den Ellbogen. Jetzt nicht feig sein, wie sieht denn das aus, wenn sie ihn morgen fragen: Warum haste gekniffen? Fiebelkorn sieht sich zu ihm um. Gebräuntes Gesicht, dunkle Haare, schweißige Stirn, fiebrige Augen, könnte Italiener sein. Noch rauscht Beifall, Fiebelkorn zeigt aufs Mikrofon. Wenn das Klatschen vorbei ist, muß er seinen ersten Satz parat haben. *Kollegen aus Bitterfeld und Wolfen* wäre Füllsel für Sekunden, rettete ihn nicht. »Wie schon mein Vorredner«, er sieht Gesichter ihm zugewendet, war eben grauenvoll alltäglich. »Es hat keinen Zweck, wenn wir uns hier aufregen. Doch, Zweck hat es schon, wir müssen ja *wissen*, was wir wolln. Aber dann müssen wir auch dafür sorgen, daß die da oben es erfahren! Also besetzen wir die Kreisredaktion der ›Freiheit‹. Also zwingen wir...«

Beifall. Abwarten, neu ansetzen: »Wir werden ein Telegramm an die Regierung nach Berlin schicken. Knallhart: Schert euch zum Teufel!«

Biedrich steht hinter ihm, der gute alte Biedrich, drückt ihm die Hand, so werden sie fotografiert. »Eine Gruppe zum Gefängnis und aufpassen, daß niemandem Gewehre in Hände fallen, der damit Blödsinn anstellt. Vor allem die Bildung eines Kreiskomitees! Schickt eure besten Kollegen her, so an die fünfzehn, zwanzig. Zwei haben wir ja schon, Fiebelkorn und Biedrich!«

»Und dich!«

»Wir wollen freie Wahlen auch mit der SPD, und dann wollen wir mal sehen, ob die SED fünf Prozent schafft oder ganze drei wie die Kommunisten in Österreich.« Jubel, Brücken spürt, daß es Spaß macht, ein Mikrofon vor sich und mit ihm Macht über Tausende von Ohren zu haben. Davon leben sie, die Sindermann und Ulbricht. »Bis zu den Wahlen in vier Wochen brauchen wir eine Übergangsregierung. Dafür sollen die Kollegen in Berlin sorgen – wir schicken ein paar von uns hin.«

Rufe von unten: »Fiebelkorn! Und dich!«

»Wir müssen dafür sorgen, daß niemand aus einem Streikkomitee eingesperrt oder irgendwie zur Rechenschaft gezogen wird. Wir haben die Schnauze voll von aller Soldatenspielerei. Ich war selber jahrelang...« Das gehört wahrscheinlich nicht hierher, obendrein fiept der Lautsprecher, als quäle einer den Ton hoch. Trotzdem weiterreden oder dem nächsten Platz machen. Er winkt, so verabschieden sich Politiker und Schlagersänger. Tumult seitlich, einer wird getrieben, geschoben, hält die Hände übern Kopf, fürchtet Schläge. Der habe die Wahlen gefälscht, wird geschrien, soll rauf und gefälligst *erklären,* was Sache gewesen sei, neunundneunzig Prozent in ihrem

Dorf, völlig unmöglich! Sie heben, schmeißen ihn auf den Anhänger, da steht er gebückt, bleich, unfähig zu einem Wort.

»Jetzt die wichtigsten Dinge«, Fiebelkorn fühlt sich wohl als Chef, einer muß alle Fäden in die Hand nehmen. Vor dem Anhänger stehen sie um ihn. »Du kümmerst dich um die Redaktion, von dort können wir am besten telefonieren. Die sollen nach Halle melden, was sich hier abspielt. Aufpassen, daß sie nicht lügen, unsere Forderungen müssen an die erste Stelle. Ich gehe mit ein paar Mann zum Gefängnis. Wer ist aus Wolfen hier? Das Rathaus – machst du?« Er blickt Brücken an, Brükken nickt.

»In einer Stunde treffen wir uns im Rathaus.«

Schupp steht neben Brücken, Meier ist verschwunden, Fiebelkorn stürzt los, den zu Tode erschrockenen Wahlfälscher schieben sie vom Anhänger. Alles sei ganz einfach, ruft einer ins Mikrofon, wenn niemand auf die Idee komme, sich auch noch mit den Russen anzulegen. »Unsere Sache ist das, Kollegen, das machen wir deutschen Arbeiter ganz alleine.« Brükken packt Biedrich am Arm, mit der anderen Hand Schupp. »Kennt ihr den Bürgermeister?«

»Von weitem.«

Brücken hat keine Vorstellung von ihm, harter KP-Beißer oder mitlatschender Sesselpupser, man wird sehen. Ein Stück weit fallen sie in Trab. »Wir setzen ihn ab!« jubelt Schupp.

»Er gibt uns die Schlüssel!«

»Und die Stadtkasse!«

»Kennt ihr die Schote mit dem Hauptmann von Köpenick?«

Rein ins Rathaus und die Treppe hoch, zwei Frauen kommen ihnen entgegen, starren sie an, eilen weiter. Die hätten sie fragen sollen, zu spät. Schilder an den Türen, Wegweiser, Steueramt, Bauamt, Liegenschaftsamt. Ein Mann mit einem Aktenstapel. Zum Bürgermeister? Dritte Tür. Brücken erschrickt, als ihm der Gedanke kommt, er hätte um ein Haar angeklopft; sie sind die neue Volksmacht und *bitten,* eintreten zu dürfen. Die Klinke runter, die Tür aufgestoßen, einer mit Hornbrille sitzt hinter dem Schreibtisch, kein Parteiabzeichen. »Guten Tag, sind Sie der Bürgermeister?«

Nicken, keine Antwort.

»Streikkomitee des Kreises, mein Name ist Brücken.«

»Wolfert, angenehm.«

Brücken sieht: Selbstsicheres Lächeln, dicke Bauernhände, Ansatz von Bauch, selten zur Zeit. Vermutlich hoher Blutdruck nicht nur jetzt. »Herr Wolfert, wir halten in einer Stunde im Ratssaal eine Sitzung ab. Öffentlich.«

Wolfert zieht eine Schublade auf, schiebt sie zu.

»Ist der Saal offen? Am besten, Sie zeigen uns mal alles. Ziemlich leer das Rathaus, was?«

»Wir sind angerufen worden, es sei Streik. Da sind die meisten Angestellten nach Hause.«

»Sie nicht?«

»Der letzte macht das Licht aus.«

»*Wer* hat angerufen?« Brücken traut dem da jeden Trick zu. »Sie müssen doch wissen, wer Sie angerufen hat.«

»Ein Komitee. Kennen Sie sich denn unter Ihren Kollegen nicht aus?« Harmlos klingt das, nicht frech. »Ein Streikkomitee. Nannte sich so. Aus Halle.«

»Der Reihe nach, Herr Bürgermeister. Wer von Ihren Leuten noch da ist, bleibt. An unserer Sitzung werden Sie teilnehmen, es wird ja einiges beschlossen, was Sie durchführen werden.«

»Ich bin also nicht abgesetzt?«

»Möchten Sie das denn?« Schupps erster Satz hier, Brücken findet ihn großartig. »Bleiben Sie mal hübsch auf Ihrem Posten.«

»Wenn Sie es gestatten – gerne.«

Gerissener Bursche, da ist sich Brücken sicher. Langer Tisch im Sitzungssaal, zwanzig Stühle, an der Wand ein Bild mit Trauerflor, der Generalissimus im Mantel, hinter ihm brennt der Reichstag. »Daß sich keiner dran vergreift.« Diese Linie gilt, nichts gegen die Russen.

»Ich würde Ihnen Wasser hinstellen lassen. Aber es ist wohl niemand mehr da.«

»Machen Sie es doch selber, Herr Wolfert.«

»Gute Idee.« Ein Lächeln mit prachtvollen Zähnen.

»Die Fenster auf«, sagt Brücken, befiehlt Brücken. »Der Stadtfunk soll her und unsere Sitzung übertragen.«

»Prima, ich geh hin.« Biedrich sieht den Bürgermeister nachdenklich an, schweigt. Brücken reißt ein Fenster auf, noch eins, schaut auf den Markt. Jungen rennen. Biedrich tritt aus dem Rathaus, hinter ihm Schupp, wieso der? Als sich Brücken umwendet, ist er allein im Saal, der Bürgermeister hat sich dünnegemacht oder holt Wasser oder die Polizei. Allein im Saal mit dem Bild des Generalissimus, der tot ist seit einem Vierteljahr und dem es heute an den Kragen geht, auch wenn sie ihn nicht erwähnen, den Toten totschweigen. Das hätte ihm einfallen sollen auf dem Anhänger, hätte er rufen sollen, was hat er überhaupt gesagt. Die Zeitungsredaktion besetzen, ein Flugblatt drucken. Den Redakteur müßten sie dazu bringen, zu formulieren, was sie fordern. Schmissig muß es sein, das kann nicht jeder, Fiebelkorn vielleicht.

Stille im Saal, vom Markt dringt kaum ein Geräusch herauf, doch, ein Lastauto. Stalin blickt herunter auf die Tischplatte.

Clara anrufen. Ihm gehört das Rathaus, bis Fiebelkorn, Otmer und Biedrich zurückkehren. Aber vielleicht haben sie es sich anders überlegt und tagen irgendwo ohne ihn. Er gebietet über ein Telefon, könnte den Bahnhof anrufen oder den

Ministerrat der Deutschen Demokratischen Republik in Berlin und ihn für abgesetzt erklären, den RIAS, falls nicht alle Leitungen nach dem Westen abgeklemmt sind, und die Freie Republik Bitterfeld ausrufen. Brücken nimmt den Hörer ab und hört das Freizeichen, wählt. Hemsberger meldet sich. »Ach Sie. Meine Frau da?«

»Nach Hause, Herr Brücken. Wir hielten das für besser. Mir hat einer erzählt, daß Sie eine Rede gehalten haben. Stimmt das?«

»Na, paar Worte. Weiß das Clara?«

»Keine Ahnung. Inzwischen müßte sie zu Hause sein.«

»Und bei Ihnen?«

»Tja, Herr Brücken. Gestreikt wird nicht, wenn Sie das meinen. Aber, ich seh gerade, ein paar Russen gehen übern Bahnsteig.«

»Reisende oder was?« Er stellt sich vor: Offizier, Rekrut dahinter mit dem Sperrholzkoffer.

»Nicht ganz so. Etwa ein Dutzend. Bewaffnet nicht. Gehen so lang, ganz ruhig.«

Ein Jammer, daß er nicht zu Hause anrufen kann. Das wäre ein Ding: Bei einem Arbeiter steht ein Telefon in der Wohnküche.

»Lassen Sie sich nicht erwischen, Herr Brücken.«

»Von wem?« Soll forsch klingen. Hemsberger legt auf.

Vorhin ein Mikrofon und Tausende von gierigen Ohren, jetzt sitzt er am Schreibtisch des Bürgermeisters, zieht einen Block heran und notiert Forderungen von der Binnengärtenwiese, erstens zweitens drittens. Die Oder-Neiße-Grenze läßt er weg, bleibt Sache der Weltpolitik. Aber ein Telegramm nach Karlshorst: »Sehr geehrter Herr Semjonow, wir Arbeiter aus Bitterfeld und Wolfen versichern Ihnen, daß wir unbeirrt die Interessen deutscher Arbeiter verfolgen. Bitte ergreifen Sie nur

Maßnahmen, die wir von Ihnen erhoffen und erwarten als Vertreter einer Werktätigen-Regierung im Sinne von Frieden und Völkerverständigung.« So wird er es vorschlagen, wenn das Komitee zusammentritt. Hoffentlich bald.

Vor ihm eine Telefonliste. Postamt. Als Junge hat er Telefonieren gespielt mit Blechdosen und einer nassen Schnur; seit er Meister ist, führt er Besprechungen lieber Auge in Auge. Mal probieren.

»Postamt Bitterfeld.« Eine Frauenstimme.

»Hier das Streikkomitee des Kreises. Bitte Ihren Leiter.«

Pause. Verblüffung, brave Genossin wahrscheinlich. Knakken. Männerstimme mit verwundertem »Ja bitte?« Brücken wiederholt, hier spreche das Streikkomitee mit Sitz im Rathaus. »Sagen Sie bitte, wenn wir an Herrn General Semjonow in Karlshorst ein Telegramm schicken wollen – die Adresse hätten Sie?«

»Möchte ich am Telefon nicht erörtern, Herr...?«

Brücken nennt seinen Namen, es juckt ihn: »Ich bin hier der Pressesprecher.«

»Die Adresse hab ich nicht. Aber ich kann mich erkundigen.«

»Tun Sie das bitte. Ich rufe wieder an. Oder komme hin. Wir kommen hin, in 'ner halben Stunde.« Das *wir* klingt wie zehn Mann, die Karabiner mit den Mündungen nach unten.

»Gut, Herr Brücken. Auf Wiederhörn, Herr Brücken.«

Ob es falsch gewesen war, den Namen zu nennen? Bißchen Konspiration war in dieser Lage das mindeste. Notizzettel vor ihm auf der Schreibtischplatte: *Kodelwitz zurückrufen* und eine Nummer. Was ist das dringendste, die Forderungen an die Regierung und die Bitte an die Sowjets genauer formulieren oder diesen Kodelwitz anrufen? Vielleicht erfährt er was. Brücken wählt, eine Frauenstimme: »Ministerium für Staatssicherheit, Bezirksverwaltung Halle.«

Rasch mit dieser Überraschung fertig werden. »Rathaus in Bitterfeld. Ich soll Herrn oder Frau Ko-del-witz anrufen.«

»Genosse Kodelwitz ist in einer Beratung, Genosse Wolfert. Wollen Sie mit dem Genossen Pfefferkorn sprechen?«

Alfreds alter Kumpel, uff. »Ja, gut.«

Männerstimme: »Ja, Genosse Wolfert?«

»Ich bin sein Pressesprecher, Schneider. Ich soll Ihnen ausrichten, Genosse Pfefferkorn, daß hier alles in Ordnung ist. Die Geschäfte haben auf meine Anordnung hin wieder geöffnet. Die Lokale schließen wir, damit kein Schnaps unter die Leute kommt. Alles geht friedlich zu. Keine Übergriffe. Und bei Ihnen?« War das nun frech oder geschickt?

»Geben Sie mir mal den Genossen Wolfert.«

»Ist gerade nicht im Zimmer.«

»Und wo?«

»Wird sicherlich gleich wiederkommen.«

»Genosse Schneider, wissen Sie denn nicht, was im Kreispolizeiamt passiert ist?«

»Was denn?«

»Ihr Rathaus ist also nicht bedroht?«

»Ach wo, Herr Pfefferkorn, Sie können ganz beruhigt sein.« *Herr* hat er eben gesagt. Auflegen, ehe ihm schlimmerer Unsinn passiert. O Gott, was für ein irrer Tag. Hoffentlich kommt Fiebelkorn bald, die können mich doch nicht allein... Können sie. Er fährt nach Berlin, trifft Hallenser, Magdeburger, Dessauer – wir aus Sachsen-Anhalt fordern! Auf dem Alex spricht er von einer Tribüne wie auf dem Anhänger vorhin. Wer sind unsere Verbündeten? Wir haben nur einen Gegner, weg mit der SED, wenn wir nur einen Augenblick straucheln, sind die anderen wieder oben. Wie ich so sitze, verliere ich Sekunden. Nach Berlin später. Zur Post – was ist meine Hauptsache?

Auf der Kippe

1

»Sie underschreim hier.«

Schmolka las: Jackett, Stoffhose, kurze Unterhose, baumwollen, Portemonnaie, zwei Taschentücher, Kamm. Was ihm seine Frau gebracht hatte, war nicht aufgeführt, oder?

»Machen Sie mal hin, andre wolln ooch raus.«

»Mein Schlafanzug ist nicht erwähnt. Rasierzeug – ach hier. Wo ist der Schlafanzug?«

»Hat Ihre Frau mitgenomm. Sie könn ja nächste Woche noch mal nachfrachn.«

»Aber unterschreiben soll ich jetzt.«

»Wenn alle – Herr Schmolka!«

Blicke trafen sich. Jetzt nicht irgendeine brüchige Macht ausspielen wollen. Wahrscheinlich besaß er sie nur in diesem Moment, in einer Stunde ging vielleicht alles wieder rückwärts. Geld. Ausweis. Krawatte. »Also gut.« Er unterschrieb.

Ein junger Wachtmeister dirigierte ihn aus der Effektenkammer nach oben. Da lang, warten. Nichts Barsches wie sonst: Hände aufn Rücken! Das Geländer is nich für Sie da! Ziviler alles, ungeduldiger auch. Drei Offiziere in einem Büro. Schmolka kam sich lächerlich vor mit dem Klamottenbündel auf den Armen. Als er vor dem Schreibtisch stand, rutschte sein Rasierpinsel heraus und klackte auf die Dielen. Der Wachtmeister bückte sich, legte den Pinsel obenauf.

»Der Ministerrat der Deutschn Demokratischn Republik hat auf Empfehlung des Zentralkomitees der Sozialistschn Einheitspartei Deutschlands...«

Schmolka registrierte routinierte Feierlichkeit, unterfüttert mit Hast. Das Untersuchungsverfahren ausgesetzt – er wollte zwischenfragen: Ist das Verfahren unterbrochen, um es zu gegebener Zeit wiederaufzunehmen? Oder begraben auf alle Zeit?

»Noch eine persönliche Bemerkung. Natürlich ist jede Haft alles andere als ein Zuckerlecken. Ich hoffe dennoch, Sie hatten den Eindruck, korrekt behandelt worden zu sein.«

Das war keine Frage und bedurfte deshalb auch keiner Antwort.

»Sie werden draußen sicherlich gefragt werden, wie es zur vorzeitigen Entlassung kam. Eine Maßnahme von Partei und Regierung. Sie sind schließlich ein gebildeter Mensch, Herr Schmolka.«

Also doch Oberwasser. Trotzdem nicht frech werden.

»Vielleicht, daß wir eine Tüte für Ihre Effekten finden.«

»Wäre praktisch.« Der Rasierpinsel rutschte schon wieder, Schmolka neigte sein Bündel. Die Entlassung hatte er sich hundert Mal ganz anders vorgestellt: Dr. Bergengrün geleitete ihn, vor dem Tor wartete Marion mit Blumen, hinter ihr die Tochter, mit den Tränen kämpfend. Der Junge trotzig. Der Anstaltsleiter: Ich wünsche Ihnen einen geeigneten Platz beim friedvollen Aufbau unserer Deutschen Demokratischen Republik. Möglichkeit für jeden mit gutem Willen! Filmmusik mit Orgelgebrummel, Geigen jagten hoch.

»Eine so große Tüte ham wir nich. Karton eher.« Der Anstaltsleiter schien zu überlegen, ob er Schmolka die Hand geben sollte. Unmöglich angesichts des Bündels. Affentheater.

»Der Genosse wird Sie runterbringen.«

Wieder über Korridore. Blick durch Gitter auf einen Hof, gestern noch mit Ringen von Frauen, jetzt angefüllt mit Polizisten und Zivilisten, zu Gruppen geballt und durcheinander.

Diesen Wirrwarr sollte er offensichtlich nicht noch verstärken, also an der Hoftür vorbei, tiefer, tiefer. Einmal wußte der Wachtmeister nicht weiter. Zurück. »Sie suchen wohl den Dienstboteneingang?« Natürlich keine Antwort.

Kohlebunker. Treppe, Stahltür. Erst der vierte Schlüssel paßte. »Also«, der Wachtmeister blickte zur Seite.

»Also.« Noch einige Stufen bis zu einer Gasse. Gras zwischen den Pflastersteinen. Niemand blickte ihn an, er schaute in Gesichter, eilig hatten es alle. Versuch der Orientierung, vor bis zur nächsten Ecke. Da ging's zur Straßenbahn. Ein Schild, unauffällig: »Evangelische Mission.« Geschenk des Himmels, ein gütiger Gott hatte sie ihm in den Weg gestellt. Er drückte die Tür auf. »Guten Tag.«

»Können wir Ihnen helfen?«

»O ja.«

»Sie kommen…«

»Ja.«

Eine Frau, mittelalt, gescheiteltes graues Haar, Kittel. »Wir sind oft der erste Anlaufpunkt. Möchten Sie Tee, Milch? Oder etwas zu essen?«

»Vielen Dank. Telefonieren vielleicht.«

»Gibt's bei uns leider nicht. Eine Schmalzstulle? Wir haben ganz frisches Brot.«

»Mein Magen ist völlig zu.« Herzlichst bedankt, raus und fort. Von der nächsten Telefonzelle aus rief er daheim an, seine Tochter meldete sich. »Vati. Du, ich bin draußen.«

»Vatiii! Und wo?«

»Noch in der Stadt. In einer halben Stunde bin ich bei euch. Mutti da?«

»Im Keller oder im Garten oder wo.«

»Sag schnell Bescheid. Mittags möcht ich Bratkartoffeln, Schnitzel, wenn's geht, oder gebratenen Speck. Kannst du so was besorgen?«

Mutti würde bestimmt verrückt vor Freude, sie sei es auch und renne gleich los.

In die Straßenbahn, den Schein gelöst. Ob der Schaffner erkannte, woher er kam? Diese Blässe mitten im Sommer, der Karton, sein zerknitterter, viel zu warmer Anzug. Stank nach Mottenpulver oder bloß stockig, wie stank er selber, manche drin sagten: Den Knastmief kriegste erst nach drei Wochen aus der Haut, der hat sich eingefressen wie Knoblauch. Bin *draußen,* hätte er am liebsten durch den Wagen gerufen, das mußte doch auch für alle anderen das Wichtigste sein, eben erst haben sie mich durch den Kohlenkeller geschleust, hab schon daheim Bratkartoffeln bestellt.

Nach Süden auf kilometerlanger schnurgerader Spur, manche um ihn unterhielten sich laut, überschrien das Rattern. Der Schaffner rief die Stationen aus, klingelte ab. Was ist los, wollte Schmolka fragen, heute ist doch was los, im Knasthof hab ich die seltsamsten Dinge beobachtet. Der Effektenknilch rutschte in eine Stimmlage, als sei er beflissener Oberkellner. Die Straßenbahn stoppte, der Schaffner klingelte heftig, als gebe er Alarm. Die Türen wurden aufgerissen, etliche stiegen aus, einer schrie: »Dort kommen sie!«

Also raus. Vorneweg ein Lastauto im Schrittempo, die Wände der Ladefläche runtergeklappt, Jugendliche auf den Kotflügeln; gegen Kriegsende war das Brauch gewesen: Luckilucki, Späher gegen Tiefflieger. Dahinter ein Menschenstrom, aus Ammendorf kämen sie, schrie einer, von der LOWA, Generalstreik, schließt euch an! Schmolka hätte erwidern wollen: Warum habt ihr das nicht vor einem Vierteljahr gemacht? Er hatte sein Fett weg, jetzt waren die anderen dran. Oder hatten seine Arbeiter auch bloß *gemuckst,* als es ihm an den Kragen ging? Hatten für ihn keinen Finger gerührt. Jetzt nach Hause, morgen würde er weitersehen, mit Marion beraten, mit Bergengrün. Straßenbahnen standen eingekeilt, Fahrer und Schaffner daneben. Und Menschen, Massen, weiter hinten sangen sie: »Keine Angst, keine Angst, Rosmarie.« Überall Papier, Pappe, Spruchbänder auf dem Pflaster.

Marion und Sabine am Gartentor, rannten ihm entgegen. Umarmung und Kuß und Halbsätze: Komm rein! und: Hab schon den Badeofen geheizt, und: Schnitzel nicht, aber Kotelett, wie denn alles so plötzlich? Er sei ordnungsgemäß entlassen worden, ihm *könne keiner*, wie alles auch ausging. Verrückt, was? Noch einmal seine Frau in die Arme genommen und ihren Körper gespürt und ihren Duft eingeatmet. Sabine zugenickt. Über alles, was sie wegen der Jungen Gemeinde durchgemacht hatte, würde zu reden sein, und wie stand der Herr Sohn nun da, gekniffen hatte er vor dem Druck, tja, Sabine die Heldin, Tochter Courage. »Ihr solltet Bergengrün anrufen.« Das Badewasser würde in zehn Minuten soweit sein, also unterdessen in die Küche. Diese Hast bei der Effektenausgabe, könnt ihr euch nicht vorstellen! So, Bergengrün hätte am Morgen angerufen? War vielleicht doch nicht so schlapp, wie es zeitweise schien. Bis gestern wären seine Eltern dagewesen, was sie beraten hatten, war nun hinfällig. Bestimmt waren sie gut in ihrem Harzdörfchen angelangt, heute wäre die Rückfahrt weit schwieriger. Die Mutter hätte vorgeschlagen, nach der Entlassung sollte er sich erst einmal bei ihnen ausruhen, durch den Wald spazieren, bloß nicht gleich wieder ins Geschirr. Und du bist wieder in der Schule? Was haben die denn für Gesichter... Zum Schießen und zum Heulen und zum Brüllen, wie der Direktor Sabine begrüßt hatte, nee, in der Aula vor versammelter Meute nun doch nicht, in seinem Zimmer, der Stellvertreter und der Parteisekretär wie Salzsäulen daneben, wie eingeseifte Pudel, und abgelesen hatte das schmierige Großmaul: Nach Anweisung des Ministerrats der

Deutschen Demokratischen Republik waren alle Verweise wegen Zugehörigkeit zur Jungen Gemeinde unverzüglich aufzuheben. »Vati, wie der das rausgequetscht hat: un-ver-züg-lich!«

Die Klamotten würde er hinterher ins Badewasser schmeißen, jetzt hinein bis zum Hals und untergetaucht. Wärme auf dem Gesicht, zwischen den Zehen, den Schenkeln. Als Marion draußen war, ließ er einen fahren, lauschte aufs Blubbern. Hauptspaß in der Kindheit. Zur Seife gegriffen, zur Friedensseife, ein Bein ausgestreckt, Massage der Knöchel. Was sich an den Fersen für Hornhaut gebildet hatte. Morgen ein Fußbad von zwei Stunden, jetzt hoch und eingeseift, den Kopf, hinter den Ohren, unter den Armen, den Schwanz, der hatte's nötig wie alles, bloß nicht zu heftig, der explodierte sonst. Wieder abgetaucht, an Schnitzel und Bratkartoffeln und den wild klingelnden Straßenbahnschaffner gedacht. Mein Gott, diese Brühe.

Am leckersten war der Fettrand, *knusprig!* Dieses langweilige Fressen drin, beinahe ständig Hunger. Einmal war es dem Vernehmer rausgerutscht: Das MfS ist daran interessiert, daß ein Häftling geschwächt ist, dann kann er der Vernehmung weniger Widerstand entgegensetzen. Die Arbeiter aus Ammendorf auf ihrem Marsch ins Zentrum, nein, sie seien ihm putzmunter und friedlich erschienen. Den Blick aufs Gewühl im Knasthof deute er inzwischen anders. Durchn Kohlenkeller, man mußte sich das vorstellen! Am besten, er ging erst morgen früh in die Firma, mal sehen, was der Genosse Treuhänder, Untreuhänder für ein Gesicht zog. Sofort ein deutlicher Satz: Ab jetzt sitze ich wieder am Schreibtisch! Dr. Bergengrün mitnehmen. Ihn reden lassen, Juristendeutsch klang abgesichert und ohne Derbheit, wahrscheinlich war es unnötig, auf die Pauke zu hauen. Womöglich stanzte auch der Doktor: Laut Anweisung des Ministerrats der Deutschen Demokratsch ... – wäre zum

Schießen. Zum Abschießen – wer schoß wen ab, wer zuletzt schoß, schoß am besten. Ein paar Kalauer waren heute genehmigt.

Mittagsruhe. Die Blicke zwischen dem Ehepaar Schmolka hakten sich ineinander fest. Drei Minuten noch, aber dann. Mochte Sabine denken, was sie wollte, sollte sonstwas denken, das richtige, war alt genug. Mutter und Tochter trugen das Geschirr in die Küche, Sabine stellte die Teller neben die Spüle. Marion schaffte es, daß ihre Stimme wie nebensächlich klang: »Ich will mal Wäsche für Vati rauslegen.«

Sabine setzte Abwaschwasser aufs Gas, schob die restlichen Bratkartoffeln in ein Pfännchen. Deckel drauf, sie würde sie später in den Keller tragen. Mutti kam nicht zurück, sie würde allein abwaschen; wie lange blieb Mutti im Schlafzimmer, wie lange dauerte Wäscherauslegen, dauerte *sowas* zwischen ihren Eltern, *sowas,* klarere Worte verboten sich. Bei Sowas war sie selber entstanden, Eisprung, ihr Bruder auch, mindestens zweimal war *sowas* geschehen, natürlich viel öfter, in der Woche zwier, hatte nicht Zeit bis zum Abend, zur Nacht. Vielleicht jetzt schon, da sie heißes Wasser ins Becken schüttete. Oder fünf Minuten später oder sofort und schon im Gange. Mehr Gefühle dafür als Worte, als Bilder gar, Mutti und Vati nackt, nicht weiter ausmalen, mit den Tellern klappern wie sonst auch, das hörten sie jetzt drin im Schlafzimmer oder hörten es nicht, jedenfalls sollten sie nicht auf die Idee kommen, ihre Tochter horche. Wenn Mutti wieder rauskam, würde sie nicht vom Abwasch aufblicken, auf Muttis erstes Wort warten oder sagen: Ich bring dann den Rest in den Keller. Oder: Brauchen wir nicht erst runterzubringen, essen wir heute abend auf, das bißchen.

Wie lange dauerte ein Abwasch. Zwanzig Minuten. Sabine ging in ihr Zimmer, Stille im Haus. Ich leg für Vati Wäsche raus, Normalsatz, genau so würde sie hinterher zu Mutti sagen: Ich geh mal in die Stadt, gucken. Besser, sie legte einen Zettel auf den Küchentisch: Bin in die Stadt. Wahrscheinlich waren alle auf den Beinen außer ihren Eltern und ihr, während Halle kochte. Familienerinnerung eines Tages: Wir haben Kotelett mit Bratkartoffeln gegessen, Vati hat sich nach der ganzen Aufregung ein Stündchen hingelegt.

Sie stellte sich an ihr Bücherregal, genauer an das Tischchen davor. Dabei drückte sie gegen eine Ecke, das war nicht anders möglich, wollte sie hinauflangen. Vor Wochen schon hatte sie erstaunt festgestellt, daß sie diese Haltung, wenn sie sich ergab, zwangsläufig ergab, ein wenig länger beibehielt als nötig. Der Druck war am stärksten, wenn sie ins oberste Regalfach griff. An diesem 17. Juni überlegte sie zum ersten Mal: *Wollte* sie Storm, Ebner-Eschenbach und Fontane, wollte sie »Effi Briest«, oder wollten ihre Schenkel die Tischecke? »Unterm Birnbaum« stand am weitesten links. Der Druck nahm zu, sie bog nach rechts, fingerte nach Hebbels »Demetrius«, da deutete es sich an, wuchs beim Strecken nach Grabbes »Napoleon«, schwoll an zu dem, was sie am nächsten Tag und durch Jahre »das Gefühl« nannte, für sich so nannte, nie zu anderen, zu keiner Freundin und nicht zu ihrem Mann. Tischecke und Fach der Erzähler des 19. Jahrhunderts blieben diskretes Zubehör, Diener für »das Gefühl«, das atemraubende neue Gefühl.

2

Melchior Anetzperg fragte sich, ob er Pfefferkorn haßte. Wenige Zentimeter blieben zwischen Theklas Schulter und seinem Oberarm, er brauchte sich nur minimal zur Seite zu neigen, um zu fühlen, Druck auszuüben und auf Erwiderung zu hoffen. Er gegen einen verbrauchten Knacker, er sollte nicht niveaulos abrutschen – Thekla hatte ein Wörtchen mitzureden, genauer: das entscheidende Wort. Er war ungerecht und wollte sich dennoch nicht bremsen. Pfefferkorn besaß Macht auf einem Gebiet, auf dem sie ihm nicht zustand. Held des antifaschistischen Widerstands, ruhmbedeckter Kahlschädel wilderte in einem Revier, in dem er allerhand verloren, jedoch nichts zu suchen und schon gar nichts zu finden hatte. Glasklare Formulierung.

»Vielleicht«, räumte der Leiter der Bezirksparteischule ein, »haben wir die Lage unterschätzt. Agitatoren wurden dem Zug aus Ammendorf entgegengeschickt, aber die Kerle zogen frech an der Polizeikaserne vorbei. Junge Dinger versuchten die Genossen zu bequatschen, die sollten sich anschließen. Alle Tore blieben befehlsgemäß zu.« Die sowjetischen Genossen, turmhoch erfahrener im politischen Kampf, hätten Ratschläge erteilt. Wer konkret? Die beiden im Bezirk befehlenden Generäle. Die VP solle gruppenweise ausrücken, um wichtige Objekte zu bewachen. Wahrscheinlich würden die Streikenden, nachdem sie Dampf abgelassen hatten, wieder in die Betriebe zurückkehren oder nach Hause gehen. Dieser Meinung wäre er auch. Und dann hätten die Genossen Generäle noch darauf hingewiesen, daß ihre Verbände im Manöver steckten und Stunden brauchten, um eingreifen zu können.

Anetzperg sah, daß die Genossin Kaltmar, energisch den Arm reckend, das Wort forderte. Das war zu erwarten gewesen. Wenn, wie es im Parteijargon hieß, »die Frage scharf gestellt« wurde, trat sie immer am radikalsten auf. Klein und drahtig war sie und trug das dichte graue Haar kurz wie in den zwanziger Jahren üblich. Als KP-Emigrantin war sie in der Sowjetunion inhaftiert gewesen und hatte Jahre in Lagern zugebracht. Über die Gründe hörte Anetzperg nur munkeln,

Spionageverdacht wohl. Heftig ihre Stimme: »In dieser Situation sollten Aktivs von ausgewählten Genossen bewaffnet werden.« Anetzperg stellte sich die Genossin Kaltmar in der Kluft einer Kommissarin der bolschewistischen Revolution vor, in Lederjacke, schwere Pistole am Koppel. »Lastautos, Maschinengewehre auf der Ladefläche!« Daß immer wieder Kino durchschlug, das war Eisenstein pur, mit der Kaltmar hätte die Kaplan besetzt werden können, die auf Lenin schoß.

Der Schulleiter ließ sich nicht aus dem Konzept bringen. »Danke für den Hinweis, Genossin Kaltmar. Wir sollten mit den sowjetischen Genossen in diesem Sinne beraten. Einen Alleingang wirst du ja nicht planen.« Überlegene Heiterkeit schwang sekundenlang mit. Oder war das als Mahnung zu verstehen: Vorsicht, Genossin, nicht auf den Putz hauen, völlig ohne Grund wirst du wohl nicht gesessen haben, bist damals vorgeprescht wie eben jetzt auch, oder? »Das Ziel der Randalierer ist vermutlich der Markt. Wir bereiten dort eine Großkundgebung vor, unser Kreissekretär wird sprechen. Er bittet um einige Genossen, die ihm beispringen können, redegewandt. Genosse Anetzperg, dazu Böhme, Kraushaar, Mocke, das dürfte genügen. Ihr macht euch sofort auf.«

Nun doch Druck von Theklas Schulter. »Bis bald.«

»Aufpassen!«

»Sowieso.«

Sie spürte den Mann, für den sie noch nicht einmal in Gedanken eine Anrede besaß. Genosse Anetzperg – immer noch diese Formel nach einem Kuß, sie sollte nicht abwiegeln wollen: *bloß ein* Kuß. Der Schulleiter hatte ihn zuerst genannt, den Spitzenmann, guckte auf Anetz, auf Melchi, als es ernst wurde.

»Unten steht ein Auto für euch. Haltet die Ohren steif.«

Eine in diesem Haus ungewöhnliche Formulierung, fand Anetzperg, keine erstarrte Formel von Wachsamkeit und Klassenkampf und Wir oder Sie im Geiste Lenins nebst Stalins. Nicht das Vokabular der Genossin Kaltmar, gehärtet in sibirischem Eis. Vorneweg die Treppe hinunter, einer wollte noch seine Jacke holen, ein anderer Studienmaterial ins Büro bringen. Anetzperg setzte sich sofort neben den Fahrer, die anderen quetschten sich auf die Rückbank. Zur Kreisleitung! Debatte sprang auf, wie denn das alles so absolut unerwartet gekommen sei, *mußte* doch Organisation dahinterstecken, häßliche Spinne zog die Fäden. Von Westberlin aus, anders war das gar nicht denkbar. RIAS und Kampfgruppe gegen Unmenschlichkeit und CIA und all die anderen Geheimdienste, natürlich das Ostbüro der SPD. Das sprudelte auch aus den Genossen heraus, die sie vor der Kreisleitung in Empfang nahmen, einen kannte Anetzperg, hatte mit ihm Kartoffeln gerodet an einem Sonntag, während die Klassenbrüder ehemaliger Dorfarmut mit dem Bus nach Halle in den Zoo fuhren. Kacke am Dampfen!

Da stand der Kreissekretär mit dem großen Parteiabzeichen alter Bauart, ungewohnt fahrig wies er an: Zum Markt, er habe schon angeordnet, dort eine Lautsprecheranlage zu installieren. Zu viert belagerten sie die Rückbank, einer lag den anderen quer über dem Schoß. Sie schaukelten sich zu forscher Stimmung hoch, endlich mal was außer der Reihe. Nach Ammendorf ins Reichsbahnwerk hätten sie nach dem Krieg abgehalfterte Nazibeamte und ehemalige Offiziere gesteckt, die machten sich nun mausig. Eins in die Schnauze, was sonst.

Trubel auf dem Markt, Papierfetzen knöchelhoch. Nicht vom Genossen Kreissekretär abdrängen lassen, wer jetzt noch das Parteiabzeichen trug, gehörte zum harten Kern, auch einer, der meldete: Im Kaufhaus wolln se streiken! Also hin und rein mit entschlossenen Schritten und Zuversicht in der Stimme: Nun mal halblang, Kolleginnen, mit den Normen alles schön und gut, aber das betraf doch nicht den sozialistischen Handel! Hübsch aufm Teppich bleiben, Kolleginnen! Das wiederholte Anetzperg in der Schuhabteilung, suchte sich die Hübscheste aus und argumentierte in ihre allmählich versonnen schimmernden Augen hinein, man wolle sich doch nicht verrückt machen lassen, oder? und merkte erst nach einer Weile, daß der zu unterstützende Genosse verschwunden war. Also raus, vielleicht wäre es doch besser, das Parteiabzeichen abzunesteln, Mensch, riet Mocke, die Sache hier ginge höchstwahrscheinlich in die Hose, ja, runter mitm Abzeichen. Hundert Meter weiter auf dem Hallmarkt solle der Genosse reden, vom Balkon des Umspannwerks, »wir müssen die Massen umleiten!« Also im Laufschritt zur Kirche, da werkelten tatsächlich Monteure, da wartete auch der Kreissekretär, umringt von ernst blickenden Männern, Polizisten in Zivil sicherlich, wo kamen die auf einmal her. Und Arbeiter und Jugendliche, und Anetzperg fragte einen Mann im Schlosseranzug, die Ärmel aufgekrempelt, Schweißerbrille ins Haar geschoben, ob sie wohl aus Ammendorf wären, nee, vom Hauptbahnhof. »Abbauen«, befahl der Kreissekretär, ein vernünftiger Vorschlag, fand Anetzperg, wer hier argumentierte, wie es den Massen nicht paßte, kriegte Dresche, mindestens. Wie kommt das bloß, daß ich mir einrede, mit entblößter Brust kämpfen zu müssen – weil sie mich in der Kindheit mit Winkelried und Lettow-Vorbeck vollgepumpt haben, dem unterschenkelamputierten Stukaflieger Rudel und Horst Wessel, den rote Mörderkugeln niederstreckten? Danach schickten neue Helden die alten in die Hölle – Hans Beimler auf den Barrikaden vor Madrid, »Spaniens Himmel breiten ihre Sterne«, der kleine Trompeter, »ein lustig Rotgardistenblut«. Kult und Kitsch auf beiden Seiten, und mal unverblümt: Er galt in dieser seiner Partei als zweite Wahl, weil er nicht aus der heiligen, allein seligmachenden Klasse stammte und gefälligst zu dienen, sich an- und hochzudienen hatte, wenn letzteres überhaupt möglich war, proletarisches Bewußtsein ergattern mußte, was immer das sein mochte. Bauchgefühl waberte, niemand hatte das bisher für ihn schlüssig auf den Punkt bringen können. Helden bei Anna Seghers waren so, *gläubig*. Der große Pfefferkorn könnte sagen: Bewußtsein hat einer, oder er hat's nicht. Basta. Folglich konnte man es nicht *erwerben,* um es zu besitzen. Thekla? Über ihr ragte der Märtyrer mit der Stacheldrahtkrone von Buchenwald empor, dem er nie irgendein Wasser würde reichen können, Fahnenjunker-Unteroffizier im Einbruchsraum der Sowjetarmee in Mähren, in Tag- und Nachtmärschen zur bayerischen Grenze entronnen, noch nicht einmal umgepolt in einer Antifaschule hinterm Ural. Neulich hatte in der Parteischule der Schriftsteller Franz Fühmann mehr gepredigt als gelesen, »Kameraden« hieß seine Novelle. Gereinigt von aller Sünde fühlte der sich, vom SA-Mann zum Marxisten-Leninisten dank vortrefflicher Lehrer in der Gefangenschaft emporgestiegen, aus dem Sudetenland, also Katholik. Das war er ja auch, aber läßlicher, kein Meßdiener gewesen, nie davon geträumt, Priester zu werden. Neuer heiliger Geist im geläuterten Altsünder Fühmann. Er selbst: Fuhr seinem Vater über den Mund, auch wenn Sindermann den zum »Bündnispartner Intelligenz« erhob. Feinste Lebensmittelkarte, damit der Herr Professor nicht nach dem Westen abhaute, aber im proletarischen Edelinneren verachtet. Ein Doppel- und Dreifachscheißspiel, deshalb mußte er zäher und sturer sein als der Genosse Kreissekretär, gelernter Stuhlbauer. Vielleicht kriegte er eins über den Schädel, wachte auf mit blutigem Verband, »das Sterben verlacht«. Mit Blut konnte einer Vergangenheit abwaschen oder mit sibirischer Qual wie Fühmann; der war nun beinahe gleichberechtigt mit der Kaltmar.

An die Wand gedrückt stand Anetzperg. Er beobachtete, wie der Kreissekretär mit rasch umherfahrenden Blicken sprach, seine Begleiter nickten. Der Balkon füllte sich; wer zu welcher Seite gehörte, war nicht zu erkennen. Anetzperg horchte auf das Brausen, Brüllen, Schreien und Murmeln der Stadt. Rufe: Dort lang, Scheißkerl, der soll nicht quatschen, hängt den auf, den kenn ich, der hat sich doch längst in die Hosen, du Pfeife, selber Pfeife! Ein Komitee, nun hör mir doch mal zu! Soll die Mikrofonanlage ab- oder aufgebaut werden, he! Ein Satz wühlte sich durch: Wenn ihr das nicht hinkriegt, machen wir es selber, wir haben genügend Fachleute ausm Funkwerk dabei, also! Jetzt wäre der Augenblick für den Kreissekretär gekommen, die Initiative an sich zu reißen: Mir nach, Genossen! Die Macht lag auf der Straße, eine berühmte Formulierung. Der führende Kreisgenosse jedenfalls ließ sie liegen, war von einem Moment zum anderen abgetaucht, die Kriminalpolizisten, wenn sie welche waren, hatten sich verdrückt. Anetzperg hielt *alles* für möglich, nach Hause zu gehen und abzuwarten, seinen Vater in der Klinik aufzusuchen und seinen Rat zu erfragen oder sich zum Anführer aufzuschwingen: Wer jetzt das Mikrofon packte und schrie, was schrie? In der Menge Mocke, käsigen Gesichts. Alles auf der Kippe schon nicht mehr, die Waage neigte sich, eine Schale schlug auf, die andere zitterte in der Luft.

Durch eine Gasse, um Ecken – Halles Innenstadt, unübersichtliches Gewirr, ein Polizeioffizier riß die Kammer seines Gewehrs auf und bewies den Männern um ihn, Arbeitern, Demonstranten, daß keine Patronen in ihr und im Lauf waren. *Dein Glück!* Das klang halbwegs versöhnlich, aber die Knarre nahmen sie ihm trotzdem weg und schlugen sie gegen den Granitbrocken einer Hausecke, bis der Kolben brach. *So, zieh deine Jacke aus!* Tumult und Debatte, Geschrei, *wenn du Arbeiter ge-*

wesen sein willst! Anetzperg wurde eine Treppe hinaufgeschoben, zum Rat des Bezirks wollten sie. Was würde es denn helfen, wenn er auch mit noch so lauter Stimme versuchte, die Wut, Volkswut zu kanalisieren. Los, zum Rat des Bezirks! Um ihn keine Frau mehr, nur Männer und Jugendliche, die wüstesten Schimpfereien stießen die Jüngsten aus, Sechzehn-, Achtzehnjährige, woher dieser Haß? Wo hatte er, Anetzperg, denn gelebt, auf einer Insel der Weltfremden, der Theoretiker, die Lenins »Aprilthesen« und das »Manifest« studierten mit heißem Bemühn? Zum Rat des Bezirks im Laufschritt, einer neben ihm brüllte, er sei eben beim Sturm auf die SED-Bezirksleitung dabeigewesen, das hätte geklappt wie irre, die schissen sich doch alle in die Hosen, druff, druff! Auf der abschüssigen Straße vor ihm ein Wogen von Köpfen, Hunderte mit vereintem Willen, Spontaneität wurde von den Strategen unter den Marxisten geleugnet, was hier geschah, galt als unmöglich, als *nicht gesetzmäßig*. Aber vielleicht steckte ein Befehl des Klassenfeinds dahinter, einer Zentrale, unter der Decke geblieben bis zu diesem Morgen, nicht ans Licht gezogen durch die Jungs des übermächtigen Genossen Pfefferkorn mit der Narbe und der Zündschnur. Zum Rat des Bezirks! Halboffenes Tor, dahinter eine Kette von Polizisten mit Pistolen, Anetzperg breitete die Arme aus, wollte die neben sich und hinter sich festhalten, nicht in den Wahnsinn hineinrennen lassen, ins Pistolenfeuer. Ein Stoß in den Rücken ließ ihn taumeln, der Wütende neben ihm, der druff, druff! gebrüllt hatte, riß eine Pistole aus der Hosentasche und war wie der Blitz an den Polizisten vor ihm heran, drückte ihm den Arm nieder, die Waffe schlug aufs Pflaster. Noch ein Versuch, zumindest stehenzubleiben, noch ein Stoß in den Rücken, er drängte zur Seite, wollte nicht mit ins Gebäude hineingerissen werden, vielleicht konnte er verhindern, daß sich der Zorn zum Mord steigerte. Aber ein waffenloser Polizist galt nicht mehr als Feind; wer Jacke und Mütze wegwarf, war wieder Arbeiter wie vor dem Tag, als er die Uniform angezogen hatte. Aus den Fenstern flogen Akten, Bücher, Stühle, und ein Alter mahnte, den Blödsinn zu lassen, *das müssen wir doch alles wieder aufbauen!* Wir, das waren *die Arbeiter,* wenn sie die SED davongejagt hatten. Und was bin ich dann, Heimkehrer ins Bürgertum, der Vater schickte ihn zum Studium nach Heidelberg oder Freiburg, war noch nicht zu spät für Medizin, vielleicht rechneten sie ihm bei Jura das eine oder andere Semester der Gesellschaftswissenschaften in der Ostzone an; eher nicht. Eine Schreibmaschine krachte neben ihm herunter.

Zurück zur Parteischule durch Nebenstraßen. Ein Lautsprecherauto: »Bürger der freien Stadt Halle! Achtzehn Uhr versammeln wir uns auf dem Hallmarkt! Hier spricht das Streikkomitee unserer befreiten Stadt! Kommt in Massen!«

Nicht zu schnell, nicht zu langsam gehen, er war harmloser Bürger, niemandes Feind. In der Hosentasche fingerte er nach dem Parteiabzeichen. Sollte es anstecken, bevor er die Parteischule betrat. Wenn dort noch alles beim Alten war. Sollte sich nicht einbilden, an all dem, was heute geschah, unschuldig zu sein. Immerhin, er hatte nicht den Tod von Bucharin und Sinowjew bejubelt und Trotzki nicht den Schädel eingeschlagen. Aber Pfefferkorn! Immer dabei, und wenn ein Jährchen nicht paßte, wurde es aus den Kaderakten getilgt. Narbe die Nase entlang, stammte vom Hieb mit der Stahlrute in einem SA-Keller. Wenn Pfefferkorn als Vierzehnjähriger im hohen Bogen vom Fahrrad gestürzt war, stammte sie trotzdem aus einem SA-Keller. Er selbst: Als sie den grauhaarigen SPD-Weichling in Bitterfeld aus der Partei schmissen, war er dabei gewesen, Scharfmacher vielleicht nicht, aber *die Frage scharf gestellt* nach Art der Genossin Kaltmar hatte er durchaus. Mit

Fingerspitzengefühl hätte sich manches glätten lassen. Er sollte sich nichts vormachen, konnte nicht abwiegeln: Hab bloß mal so reingerochen in die SED, scheint nicht ganz zu klappen, oder? Konnte durchaus daheim im Musikzimmer eine Debatte mit Vater führen: Die Radikalinskis hatten abgewirtschaftet, was war der Aufstand *im Kern:* Die ehrbar ergraute, nun auf einmal gar nicht so abgeschlaffte Sozialdemokratie besann sich auf uralte Kraft, Bebel gegen Lenin, Kautsky gegen Luxemburg? Am Abend bei Kerzenschein, Wein und Zigarette ein den Grund suchendes Gespräch mit dem bürgerlichen Bündnispartner? Ihm fiel ein: Heute Nachtwache mit Thekla.

3

Wille-Paul starrte verärgert über den Zaun. Alfred Mannschatz zog seine Straßenschuhe an, wohin? Hartmut habe im Stadtfunk gesprochen, behauptete Paule, aber das konnte unmöglich stimmen; jetzt spielte er die beleidigte Leberwurst. Wenn sich ein Wirrwarr zusammenballte aus Generalstreik und Kundgebung auf der Binnengärtenwiese und Regierungskrise und Neuem Kurs, wenn alles kopfstand, dann die rote Fahne aus dem Fenster. Schade, daß er niemanden fragen konnte, auf dessen Meinung er Wert legte, ob der das auch so sah.

Mannschatz stieg ins Dachgeschoß hinauf, zog die zusammengerollte Fahne vom Schrank, schwang sie auf und steckte sie in die Tülle vorm Giebelfenster. Die Krähen auf dem First gegenüber schlugen wild mit den Flügeln, na, da seid ihr platt, was? Warum er? Was ging ihn das an, flaggen sollten die großartigen Genossen, die ihn rausgeschmissen hatten, Pelzer ganz vorne. Oder *gerade er,* jetzt bekam *er recht.* Wer war rot, röter?

Herta würde die Hände ringen: Was spinnst du dir zusammen! Clara: Vater, kannst du dich nicht mal raushalten, mußt du denn immer wieder...

Dorthin, wo Hartmut redete, wenn das mal stimmte, zur Binnengärtenwiese, oder waren er und seine Männer schon weitergezogen oder ins Werk zurück? Mannschatz trat auf die Straße, sah: Fünf, sechs Bengels schmissen eine Leine zu seiner Fahne hinauf, verfehlten sie, schafften es beim zweiten Mal. Ein Ruck, die Stange brach, das Tuch fiel, Gejohle, sie zerrten die Beute hinter sich her. Mannschatz wollte schreien, was nur, riß den Mund auf. »Ihr...« Lumpen, Idioten. Keine Silbe wollte sich bilden, schon waren sie um die Ecke davon. Sein Hals schmerzte genau so, als er aus der Partei hatte austreten wollen, wie geätzt.

Er mußte sich um Clärchen kümmern. Hartmut riskierte Kopf und Kragen wie er seinerzeit an der Saale, Herta hatte ihn damals nicht abhalten können, keine Ahnung mehr, ob sie es versucht hatte. Oder er sollte Hartmut zur Seite stehen, es war bestimmt gut, wenn einer später bezeugen oder richtigstellen konnte: Spielte sich anders ab, als du es dir einbildest, du *wolltest* das vielleicht sagen, hast aber nicht. Die Tonsäule an der Ecke stand stumm, schwarz ihr Trichter, er mochte noch so energisch fordernd zu ihm hinaufstarren, er konnte ihn nicht zwingen, auszuspucken, was in der Stadt passierte. Hartmut war nun sein Sohn, bloß gut, daß Heinz und Rudi nicht als vermißt galten und sich marterndes Hoffen jahrelang hinzog und sie *für tot* erklärt werden *mußten,* um das Haus auf Clärchen überschreiben zu können. Daß bloß Hartmut nichts passierte.

»Hier spricht der Stadtfunk von Bitterfeld, meine Damen und Herren, vor wenigen Minuten war es zwölf Uhr. Ehe wir zu einem weiteren Geschehen des heutigen Tages umschalten, bringen wir noch einige Takte Musik.« Operettengedudel, idiotisch. Die Geschäfte hatten geschlossen, war das mittags immer so? Die Straße menschenleer, autoleer. Klappriger Pferdewagen, beladen mit Kartons, alter Mann auf dem Kutschbock, schläfrig, schlaff die Peitsche. Den ging das alles nichts an, der war fein raus, aber halb tot war er sowieso. *Geschehen des Tages,* der Klapser von Stadtfunkredakteur hätte ja wenigstens sagen können, wo das stattfand, wohin er *schaltete.* Der Quatscher würde auch den Weltuntergang munter vermelden, sozialistisch-optimistisch.

Baulücke, Stadtlücke, Trümmerlücke, besät mit Ziegelbruch, Gemörtel, schwarzfleckig. Irgendwann wird die Stadt im Ruß versinken. In tausend Jahren werden Forscher sie ausgraben, wer? Chinesen. Der Schwefel züchtete bis dahin eine neue Brennesselart, tief gelb und lebensfähiger als die banale grüne Sorte. Chinesengelb. Kinder rennen, haben schulfrei. Oder streiken. Er könnte zurückgehen, ein Bettlaken, nicht ganz fahnenrot, lila eher, an einen Besenstiel nageln und aus dem Giebel strecken, falls die Tülle nicht abgebrochen war. Ersatzfahne, Trotzfahne. Oder er fragte bei der Stadtleitung der Partei nach einem Aufnahmeformular: Hiermit stelle ich, Alfred Mannschatz, den Antrag, als Kandidat in die Soz. Einheitspartei Deutschlands aufgenommen zu werden. Bürgen: Bruno Pfefferkorn und August Bebel.

Er folgte einem Trupp von Arbeitern. »Hast du Hartmut gesehen?« Das fragte Biedrich. »Du könntest...« Abschätziger Blick, oder reagierte er überempfindlich? Biedrichs Frage sollte wohl andeuten: Könntest *eher nicht.* Zum Rathaus. Im knappen Raum, den Biedrich freidrängelte, schwamm Mannschatz nach. »Laßt mich durch!« Das Gefängnis sei aufgebrochen, schrie einer, dreihundert Häftlinge befreit ohne einen Schuß. Jetzt Gewehre! Du spinnst, du warst schon immer bescheuert! Die Treppe hoch. Stille im Ratssaal, verhältnismäßig, gemessen an dem Krach draußen. Einer am Tisch: »Wir sind alle zurück, wie wir das ausgemacht hatten. Erfahrungsaustausch bitte später, auch dort hinten, ja? Die Normendebatte ist beendet. Ich bin sehr dafür, das Komitee zu erweitern, aber zunächst ...«

Mannschatz spürte die Freude wie einen Ball im Hals, der sich durch die Brust zum Magen hinabpreßte: Hartmut saß hinter dem Mann, der gerade sprach. »Wir sind uns einig: Die Regierung muß zurücktreten. Das schlagen wir nicht vor, sondern fordern es. Keine Abstriche, nicht einmal irgendeine Höflichkeit. Ja, was ist? Nein, über westdeutsche Parteien reden wir beim übernächsten Punkt, den Wahlen. Also erstens: Wir, das Streikkomitee des Kreises Bitterfeld, fordern den Rücktritt der Regierung. Laßt die SED draußen, wir fordern ...«

Hartmut brüllte, brüllte wirklich: »Damit wir nicht unsere Zeit verschwenden, indem jeder dazwischenquatscht, stelle ich den Antrag, Wilhelm Fiebelkorn, den ihr nun endlich ausreden lassen solltet, als Sprecher unseres Komitees zu wählen. Nicht als Vorsitzenden, sondern als Sprecher. Habt ihr das kapiert da hinten? Gegenstimmen? So, Wilhelm, red weiter.«

»Russen!« Das von der Tür her.

Fiebelkorn: »Wie viele?«

»Ein Jeep, vier Mann.«

»Ein paar runter, die russisch können. Ihnen alle Zusammenhänge erklären. Wir sollten eine zweite Resolution entwerfen, gerichtet nach Karlshorst, an General Semjonow.«

»Der heißt Hochkommissar.«

Die russisch können ... Mannschatz hätte es übertrieben gefunden, zu behaupten, er *könne* russisch, aber ein paar Brocken waren geblieben. Hilfswillige Gefangene, Hiwis, hatten Pferde gelenkt, Material gekarrt, er kannte Wörter für Brett, Nagel, Brot, Fluß, Straße, vor allem dawai und alle Zahlen; in der Gefangenschaft hatten sie ihn geholt, wenn es mit der Verständigung klemmte. Wenn er mit anderen zusammen, wenn nicht einer allein zu überzeugen suchte, sondern *ein Dutzend Arbeiter* auf die Russen einsprach, auf *die Freunde,* keineswegs *auf den Iwan.* Auf Mienen kam es an, auf Gesten. Freunde! Also hinunter.

Ein Jeep rollte über den Platz, Soldaten darin mit Helmen, Maschinenpistolen, staubig wie das Fahrzeug. Schlamm an den Kotflügeln und über der Kühlerhaube. Der Jeep hielt, Deutsche traten heran, hielten die Handflächen offen, seitlich abgespreizt, Friedensgeste seit Tausenden von Jahren, sollte bedeuten: Wir sind ungefährlich, hört uns zu, Freunde, sowjetische Freunde! Mannschatz sah einen Mann sprechen, nicht Arbeiter unbedingt, halbwegs flüssig. *Bitte* in jedem zweiten Satz, spassibo, und internationalinski proletarski und drushba, vor allem drushba! Der Mann wendete sich zur Seite an seine Mitdeutschen, die nickten, jawoll, drushba, was sonst.

Aus dem Lautsprecher die Stimme Fiebelkorns: »Ich schlage vor, daß wir Kuriere in Autos nach Leipzig und Halle schicken. Alle Gaststätten werden geschlossen und bleiben auch morgen zu. Kein Alkoholverkauf. Geschäfte öffnen wie üblich. Ob die Betriebe weiter streiken, muß mit anderen Städten abgesprochen werden.«

Starre Gesichter, der Fahrer fingerte eine Zigarette aus seiner Kampfjacke. Deutsche hielten ihm Feuerzeuge hin, er übersah sie, steckte die Zigarette weg. Eine Frau jetzt in schnellem, offenbar perfektem Russisch, vier Staubgesichter, Schweißgesichter wendeten sich ihr zu, eines schmaläugig, der Spassibo-Deutsche verstummte. Was die Frau gestenreich herausstieß, verstand Mannschatz nicht, es war nicht sein brockenhaftes Duverstehn-Russisch, sondern Muttersprache. Zu einem, der sie unterbrechen wollte, warf sie hin: »Lassen Sie mich ausreden, bitte!« Vielleicht war sie Rußlanddeutsche.

Das spielte eine Woche später eine quälende, Stunde um Stunde marternde Rolle: Nun packen Sie mal aus, Mannschatz! Die Frau nicht gekannt, nie gesehen? Aber Sie werden doch wohl wissen, wie groß sie war. Dialektfärbung, ausm Sudetengau? Wir können Sie ja mal der Frau gegenüberstellen, vielleicht fällt Ihnen dann mehr ein. Wir haben die Dame nämlich, wollen bloß mal sehen, ob Sie ehrlich sind. Rumäniendeutsche? Warum kommen Sie uns mit dieser angeblichen Macke? Halten Sie uns nicht für blöd. Sie sollten auch mal an Ihre Tochter denken, Mannschatz!

Aus dem Lautsprecher, war das Hartmut? »Noch viel wichtiger, daß wir mit der Stalinallee Kontakt aufnehmen. Wenn wir kein Auto kriegen, requirieren wir einen Zug. Sonderzug.« Lachen aus dem Hintergrund.

Seltsamerweise sprach die Frau nur noch halb so laut. Der Fahrer ließ den Motor an. Die Frau zeigte auf ihn, er bewegte die Lippen, es war ein grelles Flüstern, wie wenn jemand eine Lautsprecheranlage überdreht. Die Frau sprach nicht leiser, begriff Mannschatz, Pfropfen verschlossen seine Hörgänge, dieses Sirren erfüllte den Marktplatz, hier konnte einer verrückt werden, wurde er verrückt? Hartmut im Ratssaal, mit diesem Druck auf den Ohren konnte er ihm nicht beistehen, verstand ihn noch nicht einmal. Vielleicht hatte irgendwer den Stadtfunk manipuliert, daß er mit dieser Frequenz alles normale Hören vereitelte. Hundeohren funktionierten anders als Menschenohren, beispielsweise. Schmerz nun auch hinter der Stirn und Hustenreiz, fort und trinken, in den Wald, eine Anhöhe hinauf zwischen Birken, Kiefern. Es war, als hätte sein Schädel ein Leck, durch das Erfahrungen abflossen, die letzten Tage und Monate zuerst, wo war er, und wie kam er hierher? Bergmannskapelle, er hinterm Sarg, sein Vater wurde begraben. Glückaufglückauf, der SA-Musikzug spielte, ehemals

Bergmannskapelle. Heinz und Rudi schossen mit aus Astgabeln gebastelten Schleudern auf Krähen. Krampen hatten sie aus seinem Werkzeugkasten geklaut. Nun rächten sich die Krähen, würden übrig bleiben wie Brennesseln und Goldrute, schon immer Steppenpflanzen. Kein Jeep mehr, mit dem waren Rudi und Heinz fortgefahren. Er fragte am besten einen Mann in seinem Alter, da waren doch welche in seinem Alter: Was mache ich denn hier?

Stumm der Lautsprecher. Schritte zur Seite, Bordkante, er wollte sich setzen. Auf diesen Stuhl zu, da war kein Stuhl, aber das Gehen klappte, links rechts links rechts, Marschieren seit langem nicht mehr, denn ich bin ein alter Mann, aber als Rekrut auf dem Ehrenbreitstein bei Koblenz über dem Rhein, marschieren wir marschieren wir nach Frahankreich hinein.

»Herr Mannschatz, wie sehen Sie denn aus!«

Stehenbleiben, ein Frauengesicht.

»Herr Mannschatz, was ist denn mit Ihnen, soll ich Sie nach Hause bringen?«

Panzer, Panzer

I

Die Kette knackte, riß aber nicht. Potschinski fuhr nicht gleich zurück ins Büro, sondern im Bogen durch den Tiergarten zum Potsdamer Platz. Für gewöhnlich lag das Niemandsland einsam, jetzt trieben sich Jugendliche, Schaulustige, Sensationsgierige dort herum. Von einer Lkw-Fahrerkabine aus beobachtete ein Polizeioffizier feldherrengleich das Getümmel, unter ihm sein Hügel aus Blech. *Beherrschend* hieß diese Pose in der Kriegssprache.

Potschinski schob sein Rad über Schutt und Schotter auf die Grenze zu. Von hier konnte er das Columbushaus ausmachen, plombierter bröckliger Zahn in der Ödnis. Menschengedränge dicht vor ihm, Schwarm von Uniformierten, nach ihrem Befehlshaber Stumm-Polizisten genannt, Hüter freiheitlicher Ordnung vorm Roten Sturm – Zeitungsfloskeln. Auf diesen Tag hatte seine Organisation jahrelang hingearbeitet; im Grunde hatte er nie damit gerechnet, daß der Fall X eintreten könnte. Nach dem Gewitterguß war es wieder sonnenheiß, über dem Ostteil Berlins stand ein Wolkenriese, weiß der Haarschopf und die gezackten Flanken, dunkelblau der Bauch, durch den gerade ein Blitz zuckte; darunter lag vermutlich die Stalinallee oder bereits der ausufernde Rand der Stadt. Aus dem fünften Stock des Columbushauses, einer Wache der Ostpolente, flogen Uniformjacken, Mützen, Koppel, unten krakeelte das Volk, *jubelte* aus Westsicht, *johlte* im Ostverständnis – warum war er nicht Journalist geworden? Das Volk, der große Lümmel, volksnah, volkstümlich, volksverbunden, vom Volke geboren erstand uns ein Führer, tausendmal Volk in unendlichen Verbindungen, Volkswagen, Volkskammer, Volksgasmaske, Volksgaskammer. Vielleicht stürmte *das Volk* das Haus der Ministerien, zehntausend Arbeiter gegen tausend Bullen und Bonzen, jetzt müßten die Stummhelden mit Knüppeln, Hunden und Wasserwerfern zu Hilfe eilen, zu Volkshilfe, taten das natürlich nicht. Der Feldherr auf dem sonnenheißen Blechdach würde ohne höchsten Befehl sorgsam darauf achten, daß keiner seiner Mannen die Grenze überschritt. Schwer zu fixieren war sie sowieso, also ließ er die Vordersten zwanzig Meter vor dem unsichtbaren Riß durch die Welt halten.

Schüsse am Haus der Ministerien, Gewehrschüsse aller Kriegserfahrung nach. Pistolenballerei auch, atemlos klekkernd, nicht koordiniert. Sanitätsautos bildeten weiter hinten die Reservelinie. Ein Mann, gebeugt, die Hände vorm Gesicht, schleppte sich aus dem Osten rüber, wieder ein Klischee-Ausdruck: *schleppte sich.* Ließ die Hände sinken, Blut, Blut! Sofort waren Sanitäter beim Helden im Freiheitskampf. Wenn es eines Tages eine Medaille geben sollte, stünden auch die Samariter auf der Liste. Was war das, ein Männertrupp scheuchte Gestalten in Unterhosen vor sich her, auch einer der Fliehenden blutete über der Stirn, heidewitzka, das waren Vopos aus dem Columbushaus oder der Grenzbude, die Helden des Aufstands prügelten sie westwärts. Der Feldherr sprang herunter. Ostrevolutionäre übergaben Gefangene den Verbündeten im Geiste: Hängt sie auf! Der Siegerschwarm stürmte zurück, es gab zu tun!

Fort endlich, Potschinski trat nicht mit aller Kraft wegen der maroden Kette, es tat gut, den Fahrtwind zu spüren. Ab ins Büro, vollbepackt mit Neuigkeiten. Ausgebrannte Botschaften rechts und links noch aus Bombenzeiten, wieder Tiergarten, das Rad hinaufgetragen und im Flur abgestellt. »Da kommen

Sie ja endlich!« Habelein gleich wieder mit seinem Leutnantston.

Alle waren da, ein gutes Dutzend, die komplette Leitung der Kampfgruppe gegen Unmenschlichkeit. An der Wand Fotos vom eigenen Mitstreiter Wolfgang Kaiser und von Dr. Walter Linse, ehemals bei den befreundeten Freiheitsjuristen, beide von der Stasi verschleppt und wahrscheinlich tot. Inzwischen führte Dr. Habelein autoritärer als je einer vor ihm, er kanzelte gerade Bächter ab, weil der es nicht fertiggebracht hatte, ein Flugblatt mit dem aktuellsten Text ohne Verzug aus der Drukkerei in Steglitz an die Sektorengrenze zu schaffen. Der Lkw kaputt – na und? Taxis – mal bißchen unkonventionell denken bitteschön! »Und, Herr Potschinski?«

Die Aktion an der Ecke Friedrichstraße/Unter den Linden sei perfekt abgelaufen. »Was Sie eben gesagt haben, Herr Doktor Habelein: Unkonventionell. Wir müssen uns von einer Stunde auf die andere umstellen, was sage ich: von zehn Minuten auf die nächsten zehn.« Und er schilderte, wie Aufständische gefangene Volkspolizisten, gedemütigt und lächerlich gemacht, der Westberliner Polizei *übergeben* hatten. »Bislang schauen wir zu, abgesehen vom Abfackeln dieses Kiosks. Wir sollten nicht nur mit ein paar Sanitätern präsent sein. Drüben brauchen sie Gewehre und Munition.«

»Du bist verrückt!«

»Wir haben keine Gewehre.«

»Aber wir wissen, wer sie hat. Die im Osten werden sie uns aus den Händen reißen.«

»Wer hat sie?«

»Bei den Schutzmächten lagern Zehntausende Wehrmachtkarabiner mit Munition für irgendeinen nicht voraussehbaren Fall. Jetzt ist er da.«

Plötzlich redeten alle durcheinander. Wer zuerst angerufen werden sollte, natürlich der amerikanische General, der französische, nicht der britische, weil paragraphenbeflissen zögerlich, Adenauer, der Regierende Bürgermeister, bloß nicht *der*, ein Sozi wäre jetzt der letzte müde Husten. Kein Wort an die Presse. Habelein stürzte ins Vorzimmer, telefonierte, kehrte zurück, starrte Potschinski an. Jemand berichtete, vom Brandenburger Tor sei die rote Fahne heruntergeholt und verbrannt worden; einer klatschte Beifall. Potschinski stellte sich vor, mit dem Lkw zum Potsdamer Platz zu preschen, haarscharf an der Grenzlinie bog er ein, daß Trümmerschutt spritzte, raus und die Seitenwände runtergeklappt, zu jedem Karabiner zwanzig Patronen ausgegeben. An *Männer*, nicht an Bengels. Auch Westberliner packten zu, er mußte nicht wieder fünfzig Mark ausloben, damit einer mitmachte. Er abends im RIAS, und wehe, wenn Habelein nicht zugab, wer die Idee zum *Volkskrieg* gehabt hatte. So würde er am Abend ins Mikrophon formulieren: Volkskrieg aller aufrechten Deutschen gegen die kommunistische Diktatur.

»Das Polizeipräsidium ist nicht zuständig.«

»Dort riskiert keiner...«

»Im RIAS...«

»Bloß die Hände weg vom RIAS!«

»Wenn nicht der amerikanische und der französische Kommandant *gemeinsam*...«

»Der französische ist wichtiger!«

»Unsinn!«

Potschinski griff in die Tasche, seine Schachtel war schon wieder leer. Hatte er sich drei, fünf Lullen reingedroschen, ohne es zu merken?

»Viel wichtiger, daß wir unsere Funker in der Zone wecken. Ernstfall!«

»Die merken doch selber, was abgeht.«

Ob einer wie Hemsberger kapierte, was er jetzt zu tun hatte? Der sicherlich. Potschinski wollte drängen, es komme auf jede Minute an, aber Habelein war schon wieder draußen. Wenn er seine Idee nicht hier und sofort durchsetzte, war sie für die Katz. »Wir quatschen rum, und vorne warten die Ostberliner auf uns! Weil wir seit Jahren…« In diesem Raum wußte jeder, daß auf allen Flugblättern gestanden hatte: Setzt euch gegen den Kommunismus zur Wehr!

»Den Nuschke haben sie ausgeliefert!« Das war ja nun was, wenn es stimmte: Den Vorsitzenden der Ost-CDU hätten Aufständische an der Oberbaumbrücke in seinem Regierungsschlitten mit vereinten Kräften in den Westsektor geschoben. »Damit wir ihn verurteilen.«

»Die haben keine blasse Ahnung von unserer Rechtssituation!«

Über seinen spontanen Aufschrei dachte Potschinski später immer wieder nach, für ihn war er genauso wichtig wie die Idee der Bewaffnung. Er brüllte, das sei für jeden *der Beweis,* daß die drüben erwarteten, *mit Recht* erwarteten, daß *der Westen* eingriff. »Der Westen sind wir!«

»Gut und schön, Herr Potschinski.«

»Mal die Kirche im Dorf lassen, Kollege.«

Dem Habelein könnte er in die Fresse hauen. Gut und schön, was war denn gut und schön, doch nicht, daß sie seit zwanzig Minuten quasselten. In den Nachbarzimmern telefonierte jeder mit jedem ohne Rücksicht auf Kennworte und Verschlüsselungen. Wenn die Stasi die Zentrale angezapft hatte, kriegte sie alle Verbindungen der Kampfgruppe auf dem Tablett serviert.

»Panzerfäuste!«

Warum ließ er sich verleiten zu erklären, daß Panzerfäuste auszugeben der blanke Wahnsinn wäre? *Speziell* müßte an ihnen ausgebildet werden, das hätten nicht einmal Wehrmacht und Volkssturm geschafft. Der Feuerstrahl, mein Gott! »Wie kommen Sie denn auf Panzerfäuste?«

»Ich meine bloß.«

Ein Idiot *meinte bloß,* in welchem Irrenhaus war er denn gelandet, Schreibstubenhengste am Werk. Wenn er zehn Mann hätte, Kanne und seine Kumpels rechts und links, und er schleppte *doch* eine Panzerfaust mit und scheuchte alle hinter ihm beiseite und dann drauf auf ein Tor des Ministeriums, Scheißminister Selbmann käme als erster mit erhobenen Flossen raus. Unter den Aufständischen waren solche wie er, nahkampferfahren, Gruppenführer, die ein Dutzend Männer mitrissen, gib mir Feuerschutz, ich springe! Kreta, Arnheim, oder als er ein paar Wochen vor Kriegsschluß an der Ems diesen kanadischen Spähtrupp aufgerieben hatte. Er wartete noch fünf Minuten. Kanne war sonstwo, und mit keinem dieser Furzer hier würde er jetzt rübergehen wollen.

»An der Oberbaumbrücke sind Russenpanzer aufgetaucht.«

»Meine Herren!« Dr. Habelein stand in der Tür. »Meine Herren, ich bitte um Ruhe. Eben habe ich sehr klare Anweisungen bekommen. Wir stellen ab sofort jedwede Aktion in Richtung Osten ein. Die Sowjets werden in ein paar Minuten den Kriegszustand ausrufen. Für alle Kräfte in Westberlin gilt, die Grenze dichtzumachen.«

Totenstille. *Sehr klare Anweisungen* konnten nur von den Alliierten kommen. Die paßten dem Habelein ins Konzept: Nichts tun. Also doch: Ganz oben waren sie sich einig, und unten bissen die armen Schweine ins Gras. Die Russen informierten die westlichen Drei, dann schlugen sie zu.

Habelein verfiel in seinen gewohnten Dozententon. »Ernst Reuter ist in Wien. Sicherlich wird er versuchen, so rasch wie möglich zurückzukommen. Die Westkommandanten haben kein Interesse an einer Zuspitzung. Am klarsten hat sich der britische General Coleman positioniert: Die Grenzen schließen, Verkehrsmittel weit vorher stoppen. Sicherung vorrangig vom Potsdamer Platz bis zum Brandenburger Tor und um das sowjetische Ehrenmal im Tiergarten. Weil das im britischen Sektor liegt, ist die Lage dort besonders heikel. Keine Ballons mit Flugblättern bis auf weiteres. Herr Potschinski, da wollen wir mal von Glück reden, daß wir nicht auf Ihren Leim gegangen sind. Gewehre! Panzerfäuste! Wir säßen bis zum Hals im Dreck, oder sehen Sie das anders?«

»Panzerfäuste!« Einer gluckste, Bächter, der kroch jetzt wieder aus Habeleins Arsch.

Potschinskis ging ohne ein Wort in sein Zimmer, es sollte nicht nach Flucht aussehen. Sah es doch. Er wies seine Sekretärin an: Wenn einer nach mir fragt, du weißt nicht, wo ich bin.

Endlich raus und auf die Straße, egal wohin. Er kaufte Zigaretten und nahm noch im Laden den ersten tiefen Zug. Ob einer ein Protokoll über die letzte Stunde aufsetzte – gleichgültig. Keiner würde vergessen, wer die Ausgabe von Waffen vorgeschlagen hatte, das war wie im Krieg bei einer heißen Entscheidung: Ritterkreuz oder Kriegsgericht. Habelein würde abwarten, aber eines unschönen Tages kochte er die Sache garantiert hoch. Oder *er* schoß Habelein vorher ab, aber wie.

Hell war es und windstill, weiße Sommerwolken hoch oben. Um Ecken ging Potschinski, Feierabend für ihn schon am Mittag. Jetzt brauchte er ein Bier und ein Eisbein der Sonderklasse, Kneipe mit Musikgedudel, Les Paul oder Country. Er merkte, daß er die Fasanenstraße überquerte, hier hatte er sich mit Hemsberger getroffen, der wollte nach Kanada und durfte statt dessen russische Autonummern notieren und Panzer zählen und nächtens funken, pieppiepdidadididd. Ausnahmezustand in Ostberlin und gewiß auch in Bitterfeld, und die kreuzbraven Spürhunde von KgU* und Freiheitlichen Juristen und Ostbüro legten sich ins Körbchen. Die Großen Vier einig gegen die lästigen blöden Deutschen. Wer badete wie immer die Scheiße aus: die Arbeiter.

Halbdunkel die Kneipe, kühl. »'n Helles.« Der Griff des Wirts zum Zapfhahn – diese Jahrhundertbewegung blieb, egal, wer regierte, ob einer seinen Krieg verlor oder die Wahl gewann, ob er gefeuert wurde oder ihm die Alte davonlief. Er setzte sich ins Hinterzimmer, wollte kein Thekengelaber. Der Wirt brachte ihm das Bier. »'n Eisbein. Kann ruhig bißchen Fett dransein.«

»Eisbein – bittesehr, der Herr.«

Deutscher Alltag.

2

Zwei Fensterflügel waren herausgerissen, Papierfetzen sprenkelten den Boden, kahl die Wände mit dunklen Rechtecken: Dort hatten eben noch Fotos gehangen. Stühle um den Tisch, an der Tür ein Rotarmist, die Maschinenpistole schußbereit. Ein Luftzug, der Mörtelgeruch herauftrug. Pfefferkorn wollte sich ans obere Ende setzen, an der Stirnseite hatte Fred Oelßner seine Aktentasche hingeworfen, daß Staub aufgewolkt war. Aber Polizeiinspekteur Zaspel war schneller, und auf der anderen Seite saß schon der Erste der Bezirksleitung, mit Oelßner aus Berlin gekommen. Klar, wer die Leitung übernahm, der

* Kampfgruppe gegen Unmenschlichkeit

Genosse aus dem Politbüro. Neun Männer am Tisch, dazu eine Frau, Gerda Haak, Sekretärin für Agitation. Sindermann rannte herein, fischte sich einen Stuhl, blickte Pfefferkorn mit kaum merkbarem Kopfschütteln an.

»Wie ich erfahren habe« – es war so still, daß ein Knirschen des Stiefelleders zu hören war, als der Posten das Standbein wechselte –, »wollten die sowjetischen Freunde warten, bis sich die Aufrührer von selbst zerstreuten und in die Betriebe zurückkehrten. Unsere VP-Kräfte sollten unterdessen die wichtigsten Objekte sichern. Das ist nicht überall gelungen, wie wir am Zustand dieses Hauses sehen. Zu den einheimischen Provokateuren sind rabiate, eingespielte Gruppen mit klaren Zielen gestoßen. Genosse Pfefferkorn, kannst du uns erklären, woher die kamen?«

»Sicherlich aus Westberlin.«

»Was heißt *sicherlich?*«

»Wir können vorläufig nur mutmaßen.«

»So, mutmaßen. Und gestern, und heute morgen?«

»Unsere Anweisungen aus Berlin galten: Nicht provozieren lassen. Das mußte sich spätestens gegen Mittag als überholt erweisen.«

»Hat sich. Und dann?«

»Ich habe vergeblich versucht, mit meinem Ministerium in Verbindung zu kommen.«

Jetzt fragte Oelßner wesentlich schärfer: »Und in Halle? In Leuna und Bitterfeld? Woher kamen *die,* was habt ihr für Erkenntnisse? Genosse Pfefferkorn, bei deiner immensen Erfahrung darf ich mich wohl einigermaßen wundern, oder?«

Das half nun alles nichts. »Genosse Oelßner, ich bin überrascht worden wie die meisten von uns.«

»Wir nicht ganz«, Sindermann rückte ab, fiel Pfefferkorn halbwegs in den Rücken, »unsere Volkskorrespondenten riefen seit dem frühen Morgen in der Redaktion an.«

»Und deine Leute, Genosse Pfefferkorn?«

»Wir haben die Signale der letzten Tage vermutlich nicht richtig gedeutet.«

»Aha, habt ihr nicht!«

Sündenbock, begriff Pfefferkorn, sie brauchten einen.

»Genosse Zaspel?«

»Unsere Einschätzung...«

»Nun rede wenigstens *du* nicht drumrum!«

»Will ich nicht, Genosse Oelßner, mache ich nicht.«

Wenigstens du – Seitenhieb oder Tiefschlag, für Pfefferkorn war klar, daß er in dieser Beratung kein Bein auf die Erde kriegen würde. Oelßner war Leipziger wie Ulbricht, »wir Leipziger«, sagte Oelßner, wenn er ausdrücken wollte, daß zwischen ihn und den Generalsekretär kein Blatt Papier paßte. Auch an diesem Tag sorgsam rasiert, Maßanzug, Krawatte, schon mit achtzehn im Mitteldeutschen Aufstand aktiv, vielleicht hatten sie nebeneinander hinter einer Barrikade gelegen. Zählte heute nicht. Freds Vater war der oberste Kassenwart der Partei. Emigrant in Moskau, Herr der Situation, und Sindermann kratzte die Kurve.

Zaspel gab sich selbstsicher. »Als ich merkte, daß das Kräfteverhältnis umschlug, habe ich die Genehmigung zum Gebrauch der Schußwaffe gegeben.«

»Bißchen spät?«

»Angemessen, meine ich, Genosse Oelßner.«

»Die Lage?«

Zaspel zählte auf: Sicherung aller Reichsbahnanlagen, der Haftanstalt »Roter Ochse«, wo der Angriff ein zweites Mal abgewehrt worden war, Säuberung des Marktes. »Dort ist eine sowjetische Einheit aufgezogen und hat am Ratshof ein Geschütz postiert.«

»Bravo.« Das kam von Sindermann. »Die faschistischen Provokateure haben Lautsprecherwagen in die Hand bekommen, mit denen kurven sie in der Stadt rum und rufen zu einer Großkundgebung heute abend auf dem Hallmarkt auf. Ein Unterschied: Die älteren Demonstranten sind meist besonnen. Verleitet, das schon, aber nicht von dieser Zerstörungswut. Die jungen Bengels schlagen alles kurz und klein.«

»Gruppen von Rowdys sind auf unsere Volkspolizisten losgegangen.« Pfefferkorn durfte sich nicht unterbuttern lassen, schließlich war er ranghöher als Zaspel. Eine uralte Abneigung stieg in ihm auf, sie gehörte zur KPD vor dreiunddreißig wie Thälmanns Faust, Rote Fahne, Schalmei und HEIL MOSKAU: Oelßner war Intellektueller, Bücherwurm, Wirtschaftsprofessor, Rundfunkquaßler, jeder an der proletarischen Basis wußte, daß es ohne diese Figuren nicht ging, »nützliche Idioten« hießen sie unter der Hand – stammte der Begriff von Lenin?

Oelßner überging Pfefferkorns Einwurf. »Die Freunde rükken massiv in die Stadt ein. Mit langsam fahrenden Panzern. Wir wollen kein Blutbad. Die Zusammenrottung auf dem Hallmarkt lassen wir noch zu. Anschließend werden die Demonstranten nach Hause gehen. Zu Muttern, ins Bettchen. Dann gilt bereits der Ausnahmezustand. Die sowjetischen Generäle befehlen, die Plakate sind im Druck: Niemand darf zwischen neun Uhr abends und fünf Uhr früh auf die Straße. In der übrigen Zeit ist verboten, daß mehr als drei Mann zusammenstehen. Standrecht. Morgen ist es auch mit dieser Streikerei vorbei.«

Pfefferkorn preßte die Handflächen auf die Tischplatte und spannte die Schultern an. Wenn er jetzt noch etwas vorbrachte, mußte es alles übertreffen, was bisher erörtert worden war. Sindermann mit seiner Formulierung *faschistische Provokateure* lag verdammt weit vorn, hätte auch ihm einfallen können. *Rowdys* erschien blaß. Das MfS als Sündenbock, die Scharte mußte er auswetzen. Der Erste gab sich unanfechtbar, »da war ich in Berlin«, diesen Satz hielt er wie einen Schutzschild vor sich. Aber Pfefferkorn in Halle, Zaspel auch, der schlängelte sich aus der Schußlinie. Der Erste mit seiner zweifelhaften Vergangenheit während des Krieges in der Türkei – in dieser Situation blieb das gegenstandslos. Hätte er andermal klären sollen, würde später nachgraben. Zwei Tage in Berlin, und in Halle war unterdessen der Teufel los. Der fraß in der Not Fliegen – was sollte das? Wer fraß wen? An der Tür der Posten. Nicht Oelßner war der Wichtigste in diesem Raum, sondern der Russenjunge.

»Jeder an seine Arbeit. Die Zentrale ist hier, die Telefonanlage funktioniert. Ich erwarte eure Meldungen. Genosse Sindermann, wir sprechen gleich über ein Extrablatt.«

»Natürlich, Genosse Oelßner.«

Zum Speien, fand Pfefferkorn, das hatte Sindermann doch nicht nötig mit seinen zehn Jahren KZ. Oder urteilte er selber gereizt, überempfindlich, hatte Sindermanns *natürlich* gar nicht servil geklungen? Knarrendes, scharrendes Stühlerücken. Sindermann im Vorbeigehen besorgten Gesichts, leise: »Hoffentlich gräbt jetzt niemand diese Bordellscheiße aus, Bruno. Paß auf!« War das Mahnung zur Vorsicht, oder knallte ihm ein Rivale einen Knüppel zwischen die Beine? Sollte dieser Hinweis bedeuten: Jemand, irgendwer, notfalls *sogar ich* habe was in der Hand, daß dich von einer Sekunde zur anderen aus den Latschen schmeißt?

Also fort zur Dienststelle. Seine beiden Begleiter warteten vor der Tür, er nickte ihnen zu, fragte nicht, was sie unterdessen beobachtet hätten. Er zog die Pistole aus dem Schulterhalfter und legte sie auf den Schoß. Endlich der Schießbefehl. Der Grat zwischen Befehlsausführung und Initiative bei neuer Situation war schmal. Sache des Klasseninstinkts, geschärft in tausend Kämpfen. Zaspel entschloßner als er, das würde er noch reichlich zu hören kriegen. Dabei parteilos bis vor drei Jahren, im Krieg Feldwebel. Keine Lähmung durch Sindermanns Erwähnung von Buchenwald, als die SS ein Bordell einrichtete mit belgischen und französischen Prostituierten, als Benutzer privilegierte Häftlinge – für Juden verboten –, und ihn setzte die SS als Barackenkapo ein, daher der Spitzname damals, den er haßte: Puffi. Geschundene Mädels waren das aus anderen Lagern, die ihm keine Schwierigkeiten machten. Alles geklärt nach dem Krieg durch Kommissionen des SED-Zentralkomitees, er mehrmals in Berlin deswegen. Einen der Kapos von damals hatten die Freunde ein Jahr nach dem Krieg rausgefischt und verknackt und nach Workuta ans Eismeer geschickt, der hatte wochenlang eine Nutte in sein Zimmer gelegt, angeblich, um sie nach schwerer Krankheit aufzupäppeln. Der ließ sich Reithosen schneidern und stolzierte mit ihnen durchs Lager. Pfefferkorns Situation als Bordellkapo war durchs ZK geklärt, einer mußte die Drecksarbeit leisten. Bei Weigerung ab in den Block und fünfundzwanzig Peitschenhiebe und vielleicht die Kugel. Wenn das jetzt hochgekocht würde, wenn Thekla davon erführe und fragte: Hast du etwa auch? Wäre doch kinderleicht für dich gewesen, oder? Fünf Mark Eintritt normalerweise, aber du als Nuttenboß, wie war das vor zehn Jahren, Bruno?

Keine Debatte jetzt. Wenn einer blöd fragte, schiß er ihn zusammen. In dem Augenblick, in dem er seine Bezirksverwaltung betrat, mußte er in Hochform sein. Die härteste Bewährungsprobe seines Lebens, ach was, gegen Buchenwald kam nichts an. Halle, verfluchte Dreckstadt, Nazistadt, er wird sie in die Knie zwingen.

3

»Reichlich die Ärmel, aber schick. Wenn jemand jahrelang nuscht wie Knastklamotten anjehabt hat. Warm fürn Sommer, reine Wolle. Kann ja ein Stickchen umschlagen.

Wie lange ich drin war? Zuerst elf Monate Jefängnis, war reiner Betrug, nich die Spur von Jerächtigkeit. Ich hab inner Lotterie jearbeit, da stimmte was nich mit den Listen, schon ham sie mich an die Hammelbeine jekriegt. Ich hab die andern jedeckt, war überhaupt nich schuld, aber ich bin schon immer zu gutmütich jewesen. Dann hab ich aufm Hauptbahnhof nen Koffer gefunden, wollte ihn abjeben, aber dort war zu, da hieß es gleich: Jeklaut! Ein Jährchen und sechs Monate. An dem Schlamassel war mein Mann schuld, mein damaliger. Dabei sollte der janz stille sein. Wenn ich ausjepackt hätte, was der im Krieg war!

Schön ham Sie's hier. Den Leuten helfen – wär was für mich. Ich hab immer helfen wolln, ausjenutzt ham sie mich, Erna hinten, Erna vorne. Wenn Sie noch Schuhe hätten. Evangelische Mission – ich bin auch evangelisch, sind wir Ostpreußen fast alle. Ja, jeborn in Tilsit, waren Sie mal da?

Wie die anjegem ham uff Zelle! Eine hatte drei Söhne, schwadronierte die – einer Nachtjäger mitm Ritterkreuz, der zweite U-Boot-Kommandant mit Heldentod, der dritte Adjutant bei Erwin, die sagte immer: Erwin, also Rommel. Ich erzählte mal, ich wär im KZ jewesen als Jüdin, bloß so, was sollste reden, wenn auf Zelle nuscht los ist. Da fragte eine mich, ob sie meine Blutwurst haben könnte. Die verschusselte Juden mit den Zeujen Jehovas! Eine hatte angeblich in Breslau n Hotel, die nächste Woche drei Hotels, und eine in Danzig n Pelzjeschäft. Alle mit Dienstmädchen. Wollten mich kujonieren, dachten wohl, sie wären immer noch die Gnädigsten. Alle hackten auf mir rum. Da probierte ich, ob sie vor mir Angst kriegten, die Pelzzicke vor allem: Ich wär Aufseherin im KZ jewesen, mit Peitsche und Hund. Die hat mich später verpfiffen. Als die beim Jericht mir die Protokolle von der vorlasen, hab ich jenickt und sogar jelacht. Klang komisch, dachte ich. Alles jesponn, hab ich jesacht, aber die Richter haben jebrüllt, ich soll nich so frech sein. Ich hab geheult, war mit den Nerven runter. Dann hab ich nuscht mehr kapiert, nee, mit Lampenschirmen hätte ich nie zu tun jehabt. Aber das andere, ja, das andere hätte ich *erzählt*. Wir wissen noch viel mehr, Anjeklagte Dorn! ham die jebrüllt, wir wissen alles! Geben Sie es endlich zu! Am Ende kriegte ich fünfzehn Jahre, könn Sie sich das vorstelln? Da jiebts nuscht zu glubschen, nuscht zu winseln, weil is zu spät mit all dem Winseln. Danke, ja, nochn Schlabberchen Milch, das wär schön. Die Schuhe passen, ich probier mal paar Schritte.

Nun bin ich wie der Blitz ausn Jefängnis draußen. Und bei Ihn in der Mission, ja, danke. Wenn Sie jemanden brauchen hier? Lieber fort, da ham Sie recht. Die hätten mich nie früher rausjelassen. Das ham die ernst gemeint mit den fünfzehn Jahren, und dann waren's noch nich mal vier Wochen! Wir ham natürlich heute Mittag den Krach auf der Straße jehört und ham mit Schemeln und Kannen an die Türn jedonnert. Die Wachtmeister warn auf einmal janz niedlich. Bei mir in der Zelle saß eine, die dachte schon seit Tagen, die müßten sie nach Hause lassen wejen der neuen Jesätze. Irgendwas mit Steuer, zwei Jahre hatte die, mehr nich. Die konnte's natürlich nich erwarten. Ich hätte am liebsten den Kübel an die Tür jeplautzt, aber da war schon was drinne. Sogar der Anstaltsleiter is in den Zellenbau jeschlichen un hat jemümmelt: Bitte warten Sie noch eine halbe Stunde, wir brauchen Zeit, alles zu regeln, die Papiere sind noch nich janz fertig. Ich dachte, gleich sagt der: Bitte, meine Damen! Das kennen Sie doch, das Märchen mit dem Wolf un der Kreide. Ich dachte, is der das wirklich?

Ja, jeballert ham die Wärter, vorne im Hof, und dann das Wurrachen, als die Arbeiter das Tor mit einem Lastauto aufjerammelt ham. In der Zweiten ham se alle Zellen aufjeschlossen, immer ein Wärter und hinter ihm fünf Arbeiter. Bei uns auf der Dritten hat keiner die Schlüssel jefunden, da ham die Arbeiter die Türen mit Brechstangen uffjehebelt und dabei jelacht: Raus mit euch! Ich hab um die Ecke den Gang lang jepliert – alle Türn offen, ne Frau aus der Nebenzelle schleppte ihre Decken mit raus. Ein janz blasser Wächter hat gejammert: Ich war doch immer anständsch zu euch! Ich runter aufn Hof, alles durcheinander, Arbeiter und wir ausm Knast und ein Jungchen von der Polente ohne Mütze und Jacke, und sein Koppel schmissen sie durch die Luft. Und Krach! Manche von uns wollten ihre Effekten holen, ich bloß fort. Wenn Sie fünfzehn Jahre vor sich ham, dann ist das egal, ob irgendwo ein Mantel von dir hängt. Is doch so.

Noch n Schmalzstullchen, danke. Hab ich mir jeden Abend vorjestellt, Milch und Schmalzstullchen. Stimmt, was Sie sagen: Angst sollten die in der Zelle vor mir kriegen. Wir waren zu sechst, die Pelzhure hat mich am meisten kujoniert. Also da erzählte ich das von den Hunden und der Peitsche, fuhr mit der Hand durch die Luft: Pfffff! Plötzlich waren die alle janz mickrig. Und die mit den berühmten Söhnen hat mir aus der Hand jefressen. Ich hab noch draufjesetzt, ich hätte das Goldne Parteiabzeichen jehabt. So war das bei mir: Flunkern hat Spaß jemacht, und ich hatte mich ja auch wehren wolln. Ich hab noch bißchen was erzählt von nem Onkel in Amerika und ner Tante in Brasilien, die hätte n Jeschäft mit Diamanten. Erst wär ich in Ravensbrück Aufseherin über drei Blocks jewesen und dann Kommandeuse. Klang enorm, Kommandeuse. Stiefel hätte ich anjehabt und mit der Peitsche dagegenjeklatscht. Hab ich vorjemacht in der Zelle, und die ham jezuckt vor Angst. Klatsch! Die Pelznutte hat rote Flecken am Hals jekriegt, da hab ich gleich nochmal jemacht: Klatsch! Ich hätte auch andere Geschichten draufjehabt: Sekretärin von Thälmann. Da hätten die Weiber genauso strammjestanden. Oder die Geliebte von Rosemayer. Kennen Sie nich? Der war Rennfahrer. Mit Villa am Wannsee.

Eine hat mal in der Zeitung jelesen, eine Aufseherin hätt sich Lampenschirme aus der Haut von Häftlingen machen lassen. Ob ich – nee, so weit bin ich nun doch nich jegang. Das hätte die Pelzzicke dann auch noch im Prozeß jebranzt, vielleicht hätten sie mir dann gleich die Rübe abjehackt. Fünfzehn – ich hab ja *zujegem,* daß ich das mit der Kommandeuse *erzählt* hab, aber doch nich, daß ich das in Wirklichkeit *war!* Auf einmal hatt ich was unterschriem, das ging alles ruckzuck. Fünfzehn Jahre Zuchthaus, da rechnet sich jeder gleich aus, wie alt er is, wenn er rauskommt. Ich hab draus jelernt. Erna, hab ich mir jesagt, du wirst ab jetzt endlich deine große Gusche halten.

Wie? Später hab ich erfahrn, daß es in Ravensbrück und in allen KZs überhaupt keine Kommandeusen jegem hat – ne Frau haben sie nirgends so weit hochkommen lassen, die Herrenmänner. Und die mit den Lampenschirmen, das war die Koch, die Frau vom Kommandanten in Buchenwald.

Hinterher hat mein Verteidiger jesagt, ich soll mal mit meine Fünfzehn zufrieden sein. Sofort haben sie mich auf die Station mit den Mörderinnen jelegt. Eine hatte ihren Alten inn Pökelfaß jesteckt – wenns mal stimmt.

Zweimal Unterwäsche, schön, danke. Die Knastklamotten könn Se wegschmeißen. Oder die von der Steinstraße holn das Dreckzeug ab für die Neuen, die sie jetzt reinkriejen. Wird gleich wieder jebraucht, für den Staatsanwalt zum Beispiel, die

Ratte. Dem gönn ich lebenslänglich. Nee, ich muß nich dafür sorgen, das machen die schon, die uns rausjeholt ham. Ich fahr morgen zu meim Vater nach Hannover. Oder zu meim zweiten Mann, dem Max, wenn er mich wieder nimmt. Besser weit fort. Mich sieht in diesem verdammten Halle keiner wieder, und im Knast schon gar nich. Heute beginnt mein zweites Leben. Danke noch vielmals. Nu is endlich jeschafft.

Natürlich hör ich das Wummern, kommt vom Markt her. Und ich spürs, dieses Zittern. Meinen Se wirklich, das sin Panzer?«

4

Also zur Post, Paul Otmer dabei und Meier, plötzlich wieder aufgetaucht: »Ich hab den Bürgermeister inner Telefonzelle gesehn!« Und mit wem hat er telefoniert? Weißt du nicht? Mensch, die Tür aufreißen und den Kerl rauszerrn! Oder denkst du, der hat zu Hause gefragt, was es zu Mittag gibt? Wenn er uns die Russen auf den Hals gehetzt hat?

Drei Mann fallen in gleichen Schritt. Gleichschritt – ein Lied-drei-vier fehlte noch. Kommandeur Fiebelkorn hat sie in Marsch gesetzt, es hilft, sich an Bräuche von Befehl und Ausführung zu erinnern, die berühmten Sekundärtugenden diesmal im Dienst einer gerechten Sache. Schwül ist es, das paßt zu diesem Blitz- und Donnertag. Das Hemd klebt am Bauch. Hartmut Brücken rechnet mit allem auf dem Postamt. Am beschissensten wäre es, wenn sie dort mit unschuldigem Augenaufschlag das Arschloch Bürgermeister Wolfert kopierten: Wir streiken, habt ihr das nicht angeordnet? Gewehre wären Halt gebend: Jede Revolution braucht eine bewaffnete Garde, Rote Matrosen oder Bürgerwehr, womöglich haben sie vorhin im

Kreisamt der Vopo einen Fehler gemacht. Die Vopo hätten sie als Verbündete gegen die Staatssicherheit einsetzen sollen, die waren doch sowieso wie Hund und Katz, hieß es. Genossen, ihr seid ab sofort dem Streikkomitee unterstellt! Wenn die Vopo den Bürgermeister für ein Weilchen aus dem Verkehr ziehen würde, wäre das optimal. Gewehre, keine Pistolen, Gewehre konnte niemand versteckt tragen, waren ehrlich sozusagen, Pistolen hatten immer den Ruch von Gangsterei. Das wäre was: Otmer und Meier rechts und links einen halben Schritt hinter ihm, die Gewehre straff an der Schulter, nicht baumelnd »nach Jägerart«.

Alles begann einfacher als gedacht. Sie brauchten nicht am Schalter anzustehen, der Leiter bat sie in sein Zimmer. Siehe da, dunkler Tapetenfleck, der Nagel mittig drüber, wessen Konterfei hatte wohl noch vor kurzem gehangen? Der Nagel immer bereit, den verdienten Genossen wieder an seinen Platz zu bringen? Kein Parteiabzeichen am Kontorkittel, war auch an normalen Tagen nicht üblich. Ausgewaschenes kariertes Hemd, die Bündchen zerschlissen. Drei Finger der linken Hand fehlten, Stanze oder Krieg? »Wir telefonierten schon miteinander. Sie haben die Adressen?«

Der Leiter bot mit einer Handbewegung Platz an, legte die Texte vor sich hin und las, wobei er brummte in an- und abschwellender Tonfolge, hmhm, hehmhm, hmm. »Schönschön, Sie füllen bitte dieses Formular aus. Name und Adresse hier oben.«

»Streikkomitee Bitterfeld, genügt das?«

»Vielleicht zuerst, ja. Dann die Namen. Oder *der* Name, Ihrer?«

»Von Ihnen krieg ich eine Bestätigung, daß Sie die Telegramme abgeschickt haben, mit Uhrzeit.«

»Machen wir alles, bitte.« Gleichmütiger Ton, als werde zu einer Hochzeit oder zum Geburtstag gratuliert. Ein deutscher Beamter in einer deutschen Revolution, und wenn er zehnmal Genosse war.

»Vielleicht ein kleiner stilistischer Ratschlag – wenn ich darf? Schauen Sie hier: Sie fordern die Zurückziehung der deutschen Polizei von den Zonengrenzen und sofortigen Durchgang für alle Deutschen. Ich hätte sogar zwei Vorschläge. *Zurückziehung* klingt steif, ich wäre für *Rückzug*. Durchgang. Was soll ich mir darunter vorstellen? Kann ich mit einiger Mühe schon. Aber in einem *Dokument* – es ist doch ein Dokument, meine Herrn? Oder soll eins werden?«

Den letzten Satz empfand Brücken als frech, bei anderer Gelegenheit hätte er sich womöglich auf eine Debatte eingelassen. Wollte einer Zeit schinden? »Ist so besprochen, bleibt so.«

»Bitteschön.«

»Darüber haben wir abgestimmt. Das Komitee hat das so bestimmt.« Meier schien über seinen Einwurf ziemlich glücklich zu sein.

»Herr Hartmut Brücken, lese ich das richtig? Heutiges Datum, vierzehn Uhr fünfzig. Die Bestätigung schreibe ich Ihnen sofort aus.«

Und wenn das Gerät nicht angeschlossen ist, wenn er die Telegramme nicht nach Berlin schickt, sondern nach Halle an Alfreds alten Freund, der nun ein neuer Feind ist? Für eine Revolution brauchst du nicht nur deine persönliche Bewachung, sondern auch einen Nachrichtentrupp, du brauchst Zeitungsleute, die dir in zehn Minuten ein Flugblatt hinknallen. Wir waren gut mit den beiden Telegrammen, wahrscheinlich waren wir glänzend, aber wenn der uns bescheißt, merken wir es nicht einmal. Und wenn wir es merken, an die Wand stellen wir ihn trotzdem nicht.

»Bittesehr, Herr Brücken, Ihre Bestätigung. Das wär's?«

Wenn der jetzt sagt: Ich wünsche Ihnen weiterhin eine erfolgreiche Revolution, meine Herren? Dann lachen und ihm auf die Schulter haun, aber der Postmensch steht still und beflissen, vielleicht denkt er an sein Jackett im Schrank mit dem Parteiabzeichen dran und dem Parteibuch in der Brieftasche. Wenn wir draußen sind, telefoniert er mit der Kreispolizei und der Kreisleitung der SED und meldet, was passiert ist und daß er *unter Druck gehandelt* habe. »Danke und auf Wiedersehen.« Der Kerl verbeugt sich tanzbodenmäßig, in dieser Bewegung liegt nicht beweisbarer Hohn.

»Jetzt in den Betrieb.« Wie weiter? Was an diesem Tag bisher geschah, ist ungeheuer. Heute früh aus dem RIAS: »Sucht eure Strausberger Plätze überall auf«, diese unfaßbaren Stationen seither, an einem Tag mehr als sonst in zehn Jahren. Jetzt muß beschlossen werden, ob sie auch morgen streiken. Die Erfolge müssen konsolidiert werden, wo steckt Fiebelkorn, sie hätten eine Zentrale einrichten sollen, aber aus dem Rathaus sind sie in alle Richtungen davongerannt. Zum Gefängnis, gut. Zum Bahnhof? Er könnte anordnen, den Zugverkehr lahmzulegen, wenn das nicht schon geschehen sein sollte. Aber er gehört in den Betrieb. Wenn jeder an seinem Platz für den Fortgang sorgt, ist das besser als, als was? Brücken denkt nebenbei: Im Betrieb steht mein Fahrrad.

So viele Leute sind auf den Straßen wie sonst um diese Zeit auch, ein wenig eiliger als gewohnt. Auf dem Weg nach Hause, oder? Sie wollen zu ihren Spinden, denn sie sind vom Arbeitsplatz fort, und nun ist Feierabend. Plakatfetzen überall. Schlange vor einer Bäckerei. Fleischerei geschlossen, Fahrradgeschäft mit heruntergelassenen Rolläden. Wer kontrolliert, ob die Kneipen wirklich zugesperrt sind und nicht zum Abend hin aufmachen? Meier schimpft, alle aus der Brigade hätten zusammenbleiben müssen, aber vielleicht sind die übrigen wieder im Werk?

Russen-Lkw mit geschlossener Plane, vier Mann auf der Fahrerbank. Brücken will stehenbleiben, mit seinen Kollegen beraten: Was und wohin? Das haben sie nicht ausgemacht im Rathaus, den nächsten Schritt haben sie festgelegt, aber nicht den dritten und vierten. Otmer war bisher klar und kalt und zielstrebig, von Meier sollte er nicht zuviel verlangen. Er gehe wieder ins Rathaus, sagt Otmer. Brücken spürt Schmerz im Magen und die Speiseröhre hinauf. Er hat nichts gegessen seit dem Morgen, sollte wenigstens trinken, nicht zu kaltes Wasser, Schluck für Schluck. Ins Rathaus, schauen, was sich inzwischen ereignet hat. Den anderen melden: Die Telegramme sind raus. Niemand um sie rennt, sie müssen nicht außer Atem im Ratssaal ankommen.

Acht Männer sitzen am Tisch, zwei neue dabei. Biedrich reißt die Augen auf: Na? Alles klar gegangen, Otmer klatscht die Empfangsbescheinigungen auf den Tisch: Na bitte! War nicht nötig, bei den Postlern auf die Pauke zu hauen. Auch ein Zeichen dafür, wie weit sie an diesem Tag gekommen sind, die Post haben sie auf ihrer Seite. Auch die Reichsbahn? fragt Brücken, niemand antwortet. Fiebelkorn sei unterwegs nach Wolfen, um zu koordinieren, Streik bis zum Wochenende ist das nächste Ziel. Drei lange Tage, in denen können sie mit Leipzig und der Stalinallee und Halle und Magdeburg Absprachen treffen. Vielleicht am Sonntag ein Kongreß in Berlin. Ausnahmezustand, den müssen die Russen sofort wieder aufheben, klare Forderung. Steht ja auch im Telegramm.

Brücken zieht einen Telefonapparat vom Tisch, soweit die Schnur das gestattet. Er wählt die Nummer von Claras Büro, läßt es läuten, niemand nimmt ab. Also ist auch Hemsberger fort – ein gutes Zeichen, daß sich dort kein Rad mehr dreht.

Die Russen! Alle sind hoch und an den Fenstern. Eine Kette Rotarmisten schwärmt über den Platz. Die Treppe hinunter. Am Tor schreit ein Offizier: »Wo Fiebelkorn?« Breit die Mütze, eine Plane um die Schultern, in der Hand die Kalaschnikow. Draußen Schüsse, helles Peng, der Schrei einer Frau. Der Offizier packt einen Mann am Hemd: »Wo Fiebelkorn!« Brücken drängt um eine Ecke, vielleicht geht es hier zu den Toiletten oder zum Hof, durch eine Tür, über Schutt und Dreck und eine Mauer, er stürzt auf die Hände. Eine Allee entlang, breiter Graben, wunderbarer Panzergraben zur Seite. Brücken erkennt den VP-Offizier, den er vor ein paar Stunden, vor einem Monat, vor hundert Jahren gezwungen hat, ihm seine Haftzellen zu zeigen, mit anderen Polizisten bewacht er eine Kreuzung, als habe er nichts anderes im Sinn, als höhnisch den Spieß umzudrehen: Die Zellen sind leer, Herr vom Streikkomitee, aber nicht mehr lange! Zurück und notfalls durch den Graben, knietief wird er sein. Aber doch über einen Steg, wer rennt, ist verdächtig. Brücken verfällt in rasches Gehen, niemand verfolgt ihn, aber Dröhnen und Rasseln liegt in der Luft, verstärkt sich, wieder ist Krieg, Russenpanzer rollen in der Parallelstraße, T34 oder T54, eckig der Turm oder schildkrötig, sicherlich hocken Schützen dahinter, so sind sie gerollt von Stalingrad bis an die Elbe und meinen es ernst.

Also ins Werk, keine Wache am Tor, drinnen Streik. Im Schloß seiner Meisterbude steckt der Schlüssel. Ans Telefon, die Küche anrufen, Herta fragen, aber der Apparat ist tot. Streik auch in der Zentrale, oder hat jemand die Verbindungen innerhalb des Werks blockiert, den Streikenden die Kommunikation abgedreht? Auf der Binnengärtenwiese war großspurig von einem Kreiskomitee die Rede, so haben sie auch die Telegramme unterzeichnet, aber wer hält im Werk die Fäden in der Hand? Er füllt seinen Becher an der Wasserleitung und schlürft, stürzt nicht etwa mächtige Schlucke in den leeren Magen. So haben sie es gelernt draußen, die Überlebenskünstler, drei Tage ohne Wasser, ohne Brot, eine Woche ohne warme Mahlzeit, dann mit winzigen Bissen beginnen und so lange kauen, bis sie breiig in den Schlund glitten.

Zu den Lkw-Garagen. Alle Tore offen, ein paar Wagen drin. Davor ein Dutzend Fahrer, ja, sagen sie, hier hat sich in der letzten Stunde nichts getan. Klar streiken wir, vor zehn Minuten war einer hier, der wollte, daß nichts kaputtgeschlagen wird – warum sollten wir das? »Du hast doch heute mittag gesprochen? Bist doch im Streikkomitee?«

Brücken nickt.

»Und was jetzt?«

Von den Telegrammen berichtet Brücken, die seien fort nach Berlin. Und sie hätten Streik bis zum Wochenende beschlossen – diesen Satz möchte er zurücknehmen, klingt anmaßend in der jetzigen Situation. Nichts sagt er über die Russen im Rathaus und die Panzer und daß sie nach Fiebelkorn fahnden. »Fiebelkorn ist nach Wolfen.« Soll er das Maul vollnehmen mit dem zentralen Kongreß am Wochenende in Berlin, wo er noch nicht einmal weiß, wie es im eigenen Betrieb weitergehen soll?

»Wie geht's hier weiter?«

»Wir besetzen das Werk und streiken.«

»Aber die von der SED haben inzwischen ein paar Stunden Zeit gehabt.«

Was soll er erwidern? Wo die Streikleitung des Kombinats sei, fragt er, und einer antwortet, das wüßte er gerne von Brücken. Schnell weiter, vielleicht stößt er auf das Komitee, das sich konstituiert hat mit Sprecher und Leitungskern und Kurieren auf Motorrädern und einer Telefonzentrale. Jungen rennen, immer noch übermütig, vielleicht sind nur sie es noch, die den Aufstand weitertragen. He, sagt ein Alter, er sei doch der Brücken, prima haste geredet, aber nu?

In die Kantine. Wäre wunderbar, er träfe Herta, könnte nach Clärchen und den Kindern fragen. Der Küchenleiter, den sie nur selten zu Gesicht bekommen, steht vor Stapeln von Brotscheiben und zwei Schüsseln, in einer Fett, in der anderen Leberwurst. Er streicht, redet wie vor sich hin, so sei es immer gewesen: Bevor der Russe kam, wurden die Magazine geräumt, jeder nahm sich, was er brauchte oder nicht brauchte. »Wer will noch mal, schmiert euch gefälligst selber. Ich hab noch Brot draußen, massig.« Seine lange Kinnlade bebt in kindischer Heiterkeit.

Brücken kaut. »Ihr müßt doch alle verrückt geworden sein«, hört er den Küchenchef, »rammelt rum wie Schulbengels und hetzt uns den Iwan auf den Hals. Ich geb Rationen von heute aus, die nicht abgeholt worden sind. Morgen hat keiner mehr Anspruch drauf. Nehmt, Freunde. Euch ist es einfach zu gut gegangen, ihr habt vergessen, wo der Hammer hängt. Meine Schicht ist um zehn zu Ende, heim zu Muttern, und wenn ich morgen mittag wiederkomme, sitzt ihr alle im Knast. Ab nach Sibirien, das ist euer letztes Speckfett, ihr Pfeifen, ab dann gibt's wieder Kapusta bis zum Abwinken. Jungs, haut rein.«

Hartmut Brücken klebt Fett fingerdick auf, streut Salz drüber. Den Tonfall des Wohltäters findet er nicht aggressiv, sogar gemütlich, keiner muß widersprechen. Eine Meinung, paßt in die eben gewonnene Freiheit. Kein Grund zum Aufgeben, er wird das Streikkomitee finden, die Nacht ist lang, nur wenige Stunden wird es dunkel werden, Juni eben. Vielleicht verkriecht er sich in der alten Halle, in der sie neulich mit dem Instrukteur über Normen gequatscht haben. Hinhauen, zwei, drei Stunden schlafen, dann wieder los. Neue Diskussion mit der Frühschicht, später nach Hause.

Zu den Fahrradständern. »Mensch, Brücken, prima, wie du geredet hast!« Den kennt er nicht, aber ihn kennen jetzt ein paar Tausend. Der Offizier auf der Treppe hat nach Fiebelkorn gefragt, vielleicht fragt er bald nach Brücken. Aufgeschlossen und das Bein über den Sattel geschwungen, Fahrradfahren ist das beste in einer derartigen Situation. Zum Kraftwerk, dort warten hundert oder mehr, he, Brücken! Nein, er könne nichts über das hinaus sagen, was auf der Binnengärtenwiese und im Rathaus beschlossen wurde. Das sei allerhand, oder? Vor allem müsse er wissen, was in Berlin im Gange sei. Ausnahmezustand durch die Russen, meldeten alle Sender aus Ost und West, wisse er das nicht? Einer, er kennt ihn vom Meisterlehrgang, sein Name fällt ihm nicht ein, goldblonder dichter Schopf, braungebrannt, redet ihn mit dem Vornamen an. »Hartmut, in Berlin ist es aus, weißt du nicht? Wenn alle Sender das melden, auch der RIAS?« Da haben sie also Radio gehört, während er sich die Hacken ablief, die Seele aus dem Leib strampelte, haben in einer Büroecke an den Knöpfen gedreht, soll er denen sagen, daß sie Telegramme abgeschickt haben, Papier an die Regierung, Papier an den sehr geehrten Herrn Semjonow? »Wir haben beschlossen«, er redet lauter als der Adonis mit den feingeschwungenen Lippen, »daß wir bis zum Wochenende streiken. Gilt für alle Betriebe in Bitterfeld und Wolfen. Bis dahin werden wir unsere Forderungen konkretisieren.«

»Und wenn sie euch bis dahin eingelocht haben?«

»Dann holt ihr uns wieder raus!« Das hat siegesgewiß geklungen, naßforsch, und so setzt Brücken hinzu, soweit würde es natürlich nie kommen. Mit der Verkündung des dreitägigen Streiks hat er einen Fehler gemacht; die Menge bröckelt sofort an den Rändern. Die Männer sind schon zwei Stunden länger hier als zur üblichen Schicht. Nach Hause, endlich.

Wieder aufs Rad, Rohre, Leitungen, Kessel summen und zischen und dünsten, vibrieren, klappern, krächzen, stöhnen, stinken nur halb so intensiv wie sonst, oder bildet er sich das ein, wirkt es auf ihn so, weil er es *hofft?* Ein stummes, totes Werk – unvorstellbar. Alle Funktionäre und die Russen blicken erschüttert auf den Leichnam des bislang so großmächtigen Kombinats und flehen die Arbeiter an: Bringt wieder Leben hinein, bittääa! Und die Arbeiter lachen und schieben die Bonzen einfach weg. Spinnerei.

Der Lautsprecher des Betriebsfunks über der Kreuzung zweier Werkstraßen – auf einmal ist das Scheißding wieder in Aktion, diesmal nicht mit Operettenschmus. Parteiklar die Stimme: »Bitterfeld, den siebzehnten Juni neunzehnhundertdreiundfünfzig. Der Befehlshaber und Militärkommandant der Stadt und des Kreises Bitterfeld. Befehl. Über Stadt und Kreis ist der Ausnahmezustand verhängt.« Diese verfluchte, dreckige, verwanzte Russenschnauze. »Demonstrationen, Versammlungen und Zusammenrottungen jeder Art sind verboten. Jeder Aufenthalt auf den Straßen ist von einundzwanzig bis vier Uhr verboten. Im Falle von Widerstand wird von der Schußwaffe Gebrauch gemacht!« Verboten, verboten, verboten.

Aus der Traum.

Deutschlandlied

I

Eine Nacht, diese Nacht. Essen, Gulasch mit Nudeln. Wenigstens würde er nicht mit marterndem Hunger ins Gefecht gehen wie in Buchenwald, ehe die Amis kamen. Heute fiel eine Entscheidung von gleicher Wucht; wenn er nicht bis morgen früh das Ruder rumriß, war er politisch tot. »Genosse Kodelwitz, du übernimmst den Schutz des Hauses. So viele Posten wie nötig.«

»Acht bis zehn – das Schlimmste ist sicherlich vorbei.«

»Ab Mitternacht nur noch sechs.« Da würde der Ausnahmezustand greifen.

Pfefferkorn legte einen Block neben das Telefon. Die Leitungen blieben intakt, und wenn der Aufstand noch so straff organisiert sein sollte, die Telefonzentralen hatten die Putschisten nicht in ihre Hand gebracht, die faschistischen Provokateure, wie Sindermann sie nannte. Glänzender Begriff, so was konnte der.

Die Parteischule, Thekla war vermutlich noch dort. Niemand nahm ab. Zu Hause – auch nicht. Thekla würde ihn bei erster Gelegenheit zu erreichen versuchen. Es war kurz nach sieben, in knapp zwei Stunden begann die Ausgangssperre.

Rathaus Bitterfeld. Der Pförtner. Konspiration hin und her, wenn der ein Verräter war, würde das bald zu merken sein. »Bezirksverwaltung der Staatssicherheit Halle.«

Pause, Verblüffung. »Jaaa, wirklich?«

»Sie können sich drauf verlassen, ich verarsch Sie nicht. Wie sieht es bei Ihnen aus? Wer ist jetzt im Rathaus?«

»Keiner außer mir.«

»Auf dem Markt?«

»Eine Kanone und an die zehn Soldaten.«

»Ist Genosse Wolfert da?«

»Hab ihn nicht gesehen.«

»Können Sie ihn telefonisch erreichen?«

»Weiß nicht. Hier ist allerhand kaputt.«

»Erzähln Sie mal.«

»Jaaa.« Von einer Sitzung war die stockende Rede, die meisten in Arbeitsklamotten, hätten sich aufgeführt, als wären sie schon an der Regierung. »Dann räumten die Freunde auf, seit einer Stunde sind sie wieder aus dem Haus. Ich hab 'nen Rundgang gemacht und soviel wie möglich abgeschlossen. Kaputt – Fensterscheiben, na ja.« Überrascht: »Da kommt Herr Wolfert!«

Pfefferkorn nannte Name und Dienstgrad. Genosse Wolfert habe vor einiger Zeit mit dem Genossen Kodelwitz gesprochen. »Jetzt folgendes.« Pfefferkorn fragte nach Kontakten zur Kommandantur, es gehe natürlich nicht an, daß der Ausnahmezustand den Kampf gegen die Provokateure, die faschistischen Provokateure behindere. »Sie berufen sich auf mich. Sind Namen von Streikführern bekannt?«

»Fiebelkorn, Otmer, Brücken.«

»Lassen Sie Plakate drucken. Notfalls sollen die Freunde die Drucker mit ihren Autos zusammenholen. Die Visagen der Putschisten drauf, und was sie im Krieg gemacht haben.«

»Brücken hatte das EK I, hat mir gerade einer erzählt.«

»Ich bin die ganze Nacht zu erreichen. Angreifen, verstehen Sie, angreifen! Danke.« Wieder ans Telefon. Parteischule. Zu Hause. Seine Mutter. »Ich hoffe, bei dir ist alles ruhig?«

»Ach Bruno, bist gesund?«

»Klar, Mama. Bißchen aufregend ist es schon. Und bei dir?«

Sie habe Radio gehört, Eduard von Schnitzler habe gesprochen. »Wir hätten Fehler gemacht, deshalb das Ganze.«

Ja, der Unsinn mit den Fehlern, deshalb sei das Gesindel frech geworden. Sie möge sich nicht aufregen und zu Bett gehen wie sonst auch. Panzergeräusche – da sehe sie, daß die Freunde durchgriffen. Morgen früh sei der Spuk vorbei. »Mach dir 'nen Schlaftee, Mama.«

Sie hustete und lachte.

»Gute Nacht, Mama. Wir haben schon ganz andere Dinger hingekriegt.« Weiter – Ammendorf, er hatte sofort Helmut Küchenmeister an der Strippe. Die Demonstriererei habe aufgehört, von der Früh- und der Mittelschicht seien alle nach Hause. Wegen der Nachtschicht sehe er schwarz. Von der Betriebswache seien neunzig Prozent im Werk, zusätzlich habe ihm die VP zehn Mann geschickt, wenigstens mit drei Karabinern ohne Munition. »Feuer frei!«

Der alte Küchenmeister, nur noch mit halber Lunge.

»Renkt sich schon wieder ein, Bruno. Allerhand Genossen sind bei mir eingetrudelt, manche ziemlich betrippt. Brauchen Mumm in die Hose.«

»Morgen früh«, das mußte knochenhart klingen, »räuchern wir die Agentennester aus. Die Rädelsführer beim Betreten des Werks festnehmen. Alles vorbereiten, Handschellen, Autos, mit denen bringt ihr sie in den ›Roten Ochsen‹.«

»Tscha.«

»Das ist ein Befehl, Helmut.«

»So hab ich das auch verstanden, Bruno.«

Mansfeld, der Leiter der Kreisdienststelle. »Wir haben leider schießen müssen, Genosse Oberstleutnant.«

Jetzt scharf reagieren: »Was heißt hier *leider!* Woanders haben die Genossen zuwenig oder zu spät geschossen.«

»Da bin ich aber froh, daß du das so siehst. Morgen früh wird der Streik wohl weitergehen.«

»Die Rädelsführer herbringen. Ich will bis zehn Uhr zehn Mann in Handschellen sehen.«

»Wird nicht so einfach sein.«

»Vor kurzem haben ein paar Facher gestreikt. Oder wollten streiken. Notfalls füllst du mit denen dein Kontingent auf.« Pause. Da überlegte wohl einer, ob er lachen sollte. Wie hieß das im Lied? »Siegreich lacht die junge Garde.« Wurde Zeit, daß Schwung in die Maßnahmen kam.

Kodelwitz öffnete die Tür. Ein Genosse habe aus dem HO-Kaufhaus am Markt angerufen. Die Zusammenrottung auf dem Hallmarkt komme in Gang. »Zehntausend, Bruno, tatsächlich.« Von der Saale her hätten sich Panzer dazwischengeschoben. Die üblichen Hetzreden.

»Ums Haus?« Alles ruhig. Keine überflüssigen Fragen, Bemerkungen; verläßlicher Mann.

Halle, dieses verfluchte Kaff. Revolutionär nur nach dem ersten Krieg. Als es den Knechtsseelen bißchen besser ging, schwappte die Schrebergartenmentalität wieder hoch. Halle hätte zwischen den Industrieriesen von Leuna und Buna und dem protzigen Bürger-Leipzig *der* Pfahl sein müssen, *der* rote Stachel im Fleisch, die proletarische Handgranate. Die Feinde an die Wand, Lenin hatte das vorgemacht, nicht groß drüber geredet.

Jetzt eine Verbindung zur Kommandantur, das hätte er schon vor Stunden versuchen sollen. Wer weiß, in wessen Hand sein Ministerium in Berlin inzwischen war, in roter Faust oder in den Samtpfoten der Grotewohls. Russische Stimme, fragender Ton, er nannte Name und Dienstgrad und bat um den Dolmetscher wie üblich, den Genossen Komarow. Schaltgeräusche, Knacken. »Warten bittä«, eine Frau, der Genosse

Komarow sei nicht zu erreichen, wer spreche da? Wieder Name und langsam: O-berst-leut-nant, Leiter der Bezirksverwaltung des Ministeriums für Staats-si-cher-heit. »Waren Sie schon bei uns?« Idiotische Frage. Sollte er sagen: Hun-dert Mal! Vorzimmerzicke, Unterfeldwebel oder so was. Aber mächtig gegenüber jedem Germanski. »Wieder morgen früh acht.« Aufgehängt.

Könnte eine Rolle spielen irgendwann – Pfefferkorn notierte die Zeit, zwanzig Uhr dreizehn. Er hatte um Instruktionen nachsuchen wollen. Die Fenster standen offen; mit Blech und Teerpappe geflickte Dächer; Kohlegestank, Öldunst und Qualm legten einen klebrigen Film auf Bäume, Straßenpflaster und Fensterbänke und klumpten in den Lungen. Diese Ekelstadt, '33 mit einem Schlag kackbraun, zwölf Jahrgänge hitlerjugendverdorben mit Führerschwüren und Heilgebrüll, später mit Flakbubis und Ritterkreuzträgern. Thekla begriff diese Seuche in all ihren Schattierungen. Er sehnte sie zu sich, neben sich, eine Hand am Telefon, die andere um ihre Taille. Eine Wange an ihrer Schulter, ihren Duft eingesogen. Er wählte abermals die Nummer der Parteischule, wieder vergeblich. Gemeinsam mit ihr wollte er dieses Pack auf dem Hallmarkt verfluchen, Kraft aus ihrer Jugendkraft schöpfen. Zehntausend Demonstrierer, hatte Kodelwitz gesagt, wahrscheinlich paßten gar nicht so viele dorthin. Vor ein paar Wochen noch marschiert am 1. Mai, jetzt im Trott hinter den Putschisten her. Das berühmte versaute Bewußtsein. Wo könnten Agentenzentralen stecken, in Bürgervillen; Reaktionäre wie Schmolka hatten immer noch zuviel Platz, so viele Umsiedler die Ämter auch in ihre Wohnungen quetschten. Telefone fanden die Putschisten dort vor und Schreibmaschinen, Druckapparate waren von Westberlin eingeschleppt worden. Morgen früh Razzien, Punkt vier würde er seine Trupps losschicken. Zusammenarbeit mit der Volkspolizei, mochte ihm Zaspel zehnmal in den Rücken gefallen sein.

Auf einem zweiten Apparat wurde ein Gespräch aus Wolfen durchgestellt, endlich besann sich ein Informant auf seine Pflicht. Er sei Ingenieur und spreche von einem Kontrollraum des Kraftwerks aus. »Und mit wem bin ich verbunden?«

Pfefferkorn sagte es ihm.

»Ich will bloß nicht, daß ich vielleicht alles einem aus Westberlin erzähle. Ist doch heute 'ne Menge möglich. Darf ich dir eine Kontrollfrage stellen? Wie heißt der Leiter des Mitteldeutschen Verlags?«

»Heinz Sachs.«

»Stimmt. Erst mal: Der Betriebsschutz hat eben an die zwanzig Streiker festgenommen. Ein paar aus Bitterfeld sind dabei. Wir übergeben sie den sowjetischen Genossen. Ein Oberst kommandiert vom Gebäude der Parteileitung aus, gut, was?«

»Die Lage ist gekippt?«

»Wenn du meinst, daß wir die Oberhand kriegen? Von der Nachtschicht trudeln einige ein, andere aus der Mittelschicht bleiben im Werk. Wir fahren ohne Schwierigkeiten durch.«

»Der Betriebsschutz?«

»Hat Genossen der Parteileitung sozusagen in Schutzhaft genommen, sich scheinbar auf die Seite der Streiker gestellt, verstehst du? Und aus dem Werk geschleust. Listig, was?«

Pfefferkorn bedankte sich. Saß reglos. Weit weg ein Schuß. Die sowjetischen Genossen überall im Angriff, es war großartig, und es war beschämend. Wie Oelßner ihn abgekanzelt hatte. Oder: Die Agenten hatten sich in Hotels eingemietet, mit falschen Papieren, Ehepaare nach außen hin. Noch in der Nacht waren Kontrollen möglich. Die Kerle aus den Betten geholt.

Kodelwitz trat rascher ein als vor einer Dreiviertelstunde. Vom Hallmarkt meldeten Informanten, Motorgedröhn habe die Hetzreden übertönt, im Schrittempo seien die Panzer vorgerückt, unerbittlich. Nun löse sich die Zusammenrottung auf, ja, man müsse von zwanzigtausend Demonstranten ausgehen.

»Du bringst alle Abteilungsleiter her.«

Noch einmal die Parteischule angerufen. Thekla hatte Nachtwache, warum war ihm das nicht eher eingefallen? Sie und die anderen Genossen sicherten die Tore, wer weiß, in welchem Zimmer das Telefon klingelte. Jetzt jede Maßnahme notieren, überlegen, wem was aufzutragen war. Ein Tag, als dauerte er wochenlang.

Thekla – wieder stellte er sich vor, sie wäre bei ihm. Seit langem hatten sie nicht mehr darüber gesprochen, ob sie ein Kind wollten. Wenn es aus der Schule käme, wäre er schon Mitte siebzig. Sie wollten eine Schwangerschaft zu vermeiden suchen, aber wenn *es passierte*, wäre das kein Grund zur Panik. Keine Abtreibung, dann hätte das Schicksal es eben so gewollt. Auch das hatte er sich vorgestellt: Liesbeth und Thekla an seinem Grab, ein Zehnjähriger mit einem Tulpenstrauß zwischen ihnen, die Haare in der Stirn.

Endlich flossen neue Nachrichten. Die aktivsten Aufrührer aus Bitterfeld, Fiebelkorn und Otmer, hatten in Wolfen zur Fortführung des Streiks gehetzt. Eine Prämie auf ihre Verhaftung auszusetzen, tausend Mark, war vielleicht im Moment nicht nötig. Brücken und Biedrich hatten haarsträubende Telegramme aufgegeben, die lagen inzwischen auf seinem Tisch. Die Ideen dazu konnten unmöglich in so kurzer Zeit auf ihrem Mist gewachsen sein, also auch dort zogen Hintermänner die Strippen. Einer nach dem anderen traten seine besten Genossen ins Zimmer, so, die Sache auf dem Hallmarkt war ausgestanden, die Freunde hatten sie listig und höhnisch gelöst. Er ordnete an: Genaues Protokoll mit Uhrzeit. In die Gerüche von draußen mischte sich Zigarettenrauch, wann war jemals so viel gequalmt worden wie in diesen Jahren der gewaltigen Anspannung des sozialistischen Aufbaus. Nun der Tag der Tage für die Staatssicherheit. »Genossen, der faschistische Putschversuch scheitert in diesen Abendstunden dank des Eingreifens der Freunde. Ohne sie...« Die Sowjetarmee als Retter wie '45. Das mußte er nicht ausbreiten, das lag in ihren Blikken, berührte ihr Grundverständnis unerschütterlicher Treue. »Wir haben diesen Putschversuch nicht im Vorfeld verhindert, wir haben ihn noch nicht einmal erkannt. Wir werden weiterhin gefragt werden, wie das passieren konnte.«

Feuerstoß aus einem MG weit weg. Pfefferkorn preßte die Knie aneinander, so saß es sich im Augenblick am leichtesten. »Die Sperre kann natürlich nicht für uns gelten. Wir brauchen Ausweise. Heute Nacht geht keiner raus. Alle Ferngespräche nach Westdeutschland und Westberlin werden mitgehört. Agenten könnten in den Wohnungen von Kapitalisten stecken. Walter, du stellst Durchsuchungstrupps zusammen. Wenn du nebenbei ein Schieberlager aushebst, kann das nicht schaden.« Wie wäre es, beim Medizinprofessor Anetzperg fänden sie ein Funkgerät unterm Blüthnerflügel? »In dieser Nacht haben die Spione Hochbetrieb. Die Freunde werden mit Peilwagen patrouillieren. Jetzt die Betriebe. Morgen früh wird verhaftet. Zwei Mann von uns, zwei von der VP. Aus den Großbetrieben schnappen wir uns jeweils zehn Schreihälse.«

»Wenn es Widerstand gibt?«

»Eins auf die Pfoten.« Zustimmendes Nicken wie erwartet. »Bruno, die haben das Deutschlandlied gesungen. Ich weiß von mindestens drei Fällen.«

»Das Horst-Wessel-Lied auch?« Das wurde doch in den Hirnen der üblichen Deutschen drei Sekunden nach dem

»über alles in der Welt« automatisch abgerufen: »Die Fahne hoch.«

Das Deutschlandlied nicht nur in drei, sondern in weit mehr Fällen, aber das Horst-Wessel-Lied nicht, darauf einigten sie sich.

»Genossen, auch das deutet auf Koordinierung hin. Die Blöße des offenen Faschismus wollen sich die Schufte nicht geben.« Die Dinge fügten sich, Pfefferkorn fühlte sich umgeben von Hirnen, die alle in die gleiche Richtung dachten.

Ein Schuß, Karabiner, nah, ganz nah. Drei Pistolenknaller hinterher. Kodelwitz war sofort hoch und raus. Alle Blicke richteten sich auf Pfefferkorn. »Vielleicht sollten wir sowieso eine Pause machen. Jeder hat seins zu tun – in genau einer Stunde sehen wir uns wieder.« Steif die Knie, Schritte zum Fenster, aufgestützt, die Rückenmuskeln gestrafft. Die Waden wie Bretter. Kodelwitz hatte nach den Schüssen blitzartig reagiert, war zuverlässig bis in die letzte Herzfaser, nicht nur Wiederkäuer. Die Besprechung eben war optimal verlaufen, aber was hieß hier Besprechung. Befehlsausgabe. Oelßner hatte gehöhnt, mehr war dem großen Genossen nicht eingefallen, dem Leiter von Antifaschulen, Redenquatscher und Buchschreiber. Vor drei Jahren hatte er irgendeinen »Kampf« gegen irgendeinen Formalismus in Kunst und Literatur geführt – Schreibtischgebrabbel, das keinen Arbeiter interessierte. Was fehlte, war eine Anweisung von Minister Zaisser.

Kodelwitz stürzte ins Zimmer. »Ein Trupp von Provokateuren – unsre Posten haben reingehalten.«

»Angriff?«

»Glaub nicht.«

»Angriff von denen? Was glaubst du nicht?«

»Daß sie angreifen wollten. Einer ist tot.«

Sperrstunde, da marschieren *die*, schon mal gutes Wort: *marschieren,* seine Genossen schießen, jetzt tritt wahrscheinlich das Gerede von der *Verhältnismäßigkeit der Mittel* in Kraft. »Wie weit waren die entfernt?«

»Fünfzig Meter. Die anderen sind fortgerannt. Wir haben den Mann reingeholt.«

Die Leiche.

»Liegt in der Vorhalle.«

»Ausweis dabei?«

»Weiß nicht.«

Schweiß auf dem Rücken. Unterdessen war es dunkel geworden, er hatte nicht darauf geachtet. Sein Befehl war eindeutig gewesen: Schießen zur Selbstverteidigung. Fünfzig Meter, das war kein Angriff. »Den Genossen, die geschossen haben, die Waffen abnehmen.«

»Festsetzen?«

Irgendeiner hatte gesagt: Wenn meine Männer geschossen haben, habe ich geschossen! Paßte hierher, obwohl es von Hermann Göring stammte. Ein Toter, mein Toter. Geläufig war die Redewendung, daß man etwas mit Blut abwaschen konnte – eine Schwäche, ein Versagen auch? Wenn wir am Morgen und am Mittag einiges falsch eingeschätzt haben sollten, der tote Provokateur beweist unser unerbittliches Durchgreifen. Könnte Sindermann nicht schmissiger formulieren.

Neue Meldung: In Wolfen kam Schwung in die Abwehr. »Eine Kompanie Sowjetsoldaten ist im Werk. Der Betriebsschutz hat dreiundzwanzig Streiker festgesetzt. Einer hat uns ausgetrickst: Otmer ist mit dem Motorrad fort, will sicherlich nach Westberlin.«

Mitternacht. Für die nächste Beratung sollten Brote geschmiert und Kaffee gekocht werden. Die Küche sei nicht besetzt – dann wurde sie eben besetzt! Anweisung an Kodelwitz, Mädchen für alles, guter Junge.

Allmählich griff Routine. Brote mit Margarine, Gläser mit Rote Beete. Berichte aus Hotels, Verdächtige, keine Beweise. »Das könnte mit Genehmigung der Freunde schon in der Nacht geschehen: Die entflohenen Häftlinge einfangen. Die meisten sind doch in Haftklamotten raus. Auf den Bahnhöfen aufpassen. In einer Evangelischen Mission haben sich manche umgezogen.« Namen: Schmolka, Erna Dorn. Wenn nicht die neue Milde gegenüber der Kirche ausgebrochen wäre, würde er diesen Heuchlerladen dichtmachen. Schon der Begriff; wer missionierte wen?

Die Sekretärin hielt ihm den Hörer hin: »Bruno, deine Frau.«

»Endlich! Wo bist du?«

Ganz weit weg: »In der Parteischule, konnte nicht fort.«

»Hättest du nicht eher...« Schnarren, Knacken. Dann wieder Thekla: »Bruno, hier ist nichts passiert. Das Telefon war kaputt, funktioniert immer noch nicht richtig. Mach dir keine...«

Ein Stein fällt vom Herzen, eine Redewendung. Auf einmal schien alles halb so schwer, der Kopf war frei, keine Zigarette mehr in dieser Nacht. Er nahm ein Brot vom Teller und sagte zur Sekretärin: »Solange ich kaue, spricht mich keiner an, damit das klar ist.«

»Bruno.«

Natürlich mußte ihn Kodelwitz anquatschen.

»Bruno, ich kriege eben diese Meldung: Der Provokateur Brücken ist der Schwiegersohn von deinem alten Mannschatz. Wußtest du das?«

Arbeitersiedlung, Hof, Kaninchenställe. Den Brücken hatte er auf Parteischule schicken wollen. Ein Problem mußte noch geklärt werden, der Tote da unten. Eine Erinnerung: Tote in Buchenwald auf der Lagerstraße, als ungarische Juden aus den Waggons getrieben wurden nach einer Höllenfahrt von sieben Tagen, die Leichen ins Krematorium, die Fastleichen ins Revier, wo sie abgespritzt wurden nicht nur von SS-Sanis, sondern auch von Kalfaktoren, nicht nur von Grünen, den Berufsverbrechern, sondern auch von Genossen, er hatte es abgestritten vor einigen Jahren in Berlin vor der Zentralen Kontrollkommission – warum fiel ihm das jetzt ein? Tot seine Frau und die Mädchen in Dessau, er halb tot, als er drei Wochen vor der Befreiung aus dem Bunker kroch, die Küchenkapos päppelten ihn halbwegs wieder auf. Das Genick des grünen Dreckschweins Kettner aus Berlin vor ihm, Ganove, Lude, Zinker, er hieb seinen Knüppel drauf, das Knirschen, Brechen der Wirbel lief durch das Knüppelholz bis in seine Hände, zum Herz und zum Hirn. Ein neuer Toter in der Halle und Rosa Luxemburgs funkelnder Satz, die rechte und sogar die eigene Propaganda verhöhnend: »Schmiedet die Leichen, solange sie warm sind!«

Ein Toter da unten. Vielleicht ehemaliger Hitlerjunge, Nazisoldat, arbeitsscheues Element. Wenn in den Rücken getroffen, dann von den eigenen Kumpanen. Nicht irgendeinen Arzt obduzieren lassen, Zaspel sollte seinen zuverlässigsten Polizeichirurgen schicken. Alle Befunde auf seinen Tisch. »Genosse Kodelwitz?«

»Genosse Oberstleutnant?«

Alles im Griff.

2

Wahrscheinlich hatte sie nicht länger als eine Stunde geschlafen. Sie träumte, an einem See zu knien, sie flocht ein Körbchen aus Schilf und legte das Baby hinein. Das Bienchen lächelte ihr zu, Thomas brachte Binsen, die sie zwischen die gröberen Schilfhalme schob. Das Baby sollte es weich haben. Drüben ist der Papa, sagte sie zum Bienchen, wir schwimmen mit dem Baby zu ihm rüber. Mecklenburg war überall.

Ihre Mutter war schon aufgestanden. Vater schlafe wie ein Toter. Sie würde mit ihm so bald wie möglich zum Arzt gehen. Verworrene Geschichte. Und Hartmut? Herta Mannschatz versuchte zu trösten: Die Ausgangssperre sei ja erst seit einer halben Stunde vorbei, Hartmut würde bestimmt bald auftauchen.

Viel zu planen war nicht möglich. Clara schlug vor, die Kinder daheim zu lassen. Von ihrem Dienstzimmer aus würde sie in Hartmuts Büro anrufen. Aus dem Radio: In Berlin habe die Volkspolizei mit sowjetischen Verbündeten einen vom Westen organisierten Putsch niedergeschlagen. Der Westberliner Provokateur Göttling sei standrechtlich erschossen worden.

Unterwegs frische Luft wie nach einem Platzregen. Vor dem Bahnhof eine Kanone, übermüdete Russen mit Helmen und umgehängten Planen davor, reglos, stumm. Dahinter schliefen andere Bündeln gleich zwischen Rucksäcken und Kisten. Rasch an ihnen vorbei. Als sie die Tür öffnete, stürzte Hemsberger auf sie zu, als wollte er sie in die Arme reißen. »Daß es Ihnen gut geht!«

»Und Ihnen?«

»Bin gerade noch vor der Ausgangssperre nach Hause gekommen.« Ob sie das Schießen gehört habe von Greppin her oder von Wolfen-Süd? Artillerie, keine Sprengungen, MG-Dauerfeuer. »Am besten, wir melden uns beim Chef.«

»Gehen Sie mal. Einer genügt.«

Sie legte die Pläne und Kladden für diesen Tag zurecht. Vielleicht fand alles schnell wieder in den gewohnten Rhythmus. Russen überall, sicherlich war es vorbei mit Streik und Tumult. Was mit ihrem Vater passiert war, mußte für sie wichtiger sein als sämtliche Pannen beim Zugverkehr. Und daß Hartmut auftauchte, daß er sie anrief. Vielleicht war er an seinem Platz. Sie wählte, eine Männerstimme, nicht die Hartmuts, meldete sich mit einem fragenden Bitte. »Kann ich Kollege Brücken sprechen?«

»Is nicht hier.«

»Und wo, wissen Sie das?«

»Mit wem spreche ich?«

Sie zögerte, legte auf. Der Ton war nicht drohend gewesen, eher neugierig, lauernd. Auf Hemsberger warten. Zum Arzt, nicht alles Mutter aufbürden. Sie mußte den Vorsteher um Erlaubnis bitten. Was sollte sie angeben, was mit ihrem Vater geschehen war?

»So hab ich unseren Häuptling noch nie erlebt.« Hemsberger berichtete, der Stationsvorsteher schäume geradezu, reagierte wütend auf die schlichte Frage, wie es an diesem Morgen weiterlaufen solle. »Er hat gebrüllt: *Natürlich* nach Plan! Nicht nach dem Plan der Banditen! Nach dem Plan von Partei und Regierung!«

»Wörtlich?«

»Garantiert.«

»Güterzug fünfdreizwo in zwanzig Minuten.« Der Personenzug aus Halle müßte seit drei Minuten da sein, es funktionierte doch nicht alles nach der Ansicht von Partei und Regierung. Eine Lokomotive mit Tender und zwei geschlossenen Waggons rollte durch, neben dem Heizer stand ein Rotarmist mit dem Bajonett auf seinem langen Gewehr.

»Gehen Sie bitte heim, Kollegin Brücken, und lösen Sie mich um zwei ab. Ich hab das schon mit dem Chef geregelt.«

»Danke, vielen Dank.« Das Hemsbergerchen als Gentleman. Zurück und wieder an der Kanone vorbei. Wenn die Soldaten für sie Luft waren, war sie selbst es hoffentlich auch für die Soldaten. Eine Gestankwolke hing in der Luft, irgendwo bliesen sie eine Apparatur an. Also wurde gearbeitet, stellenweise wenigstens. Natürlich war Hartmut nicht in seinem Büro, das wäre Wahnsinn, und wenn er nach Hause kommen sollte, würde sie ihn bedrängen, sofort zu verschwinden, sich zu verkriechen, bloß wo, vielleicht bei Hemsberger. Der wohnte allein, bei ihm war Hartmut ein paar Tage lang sicher. Oder bei Irmchen im Stroh.

Ihr Vater saß in der Küche, das Haar noch feucht vom Waschen. »Papa!«

Ratlos der Blick.

»Du hast geschlafen?«

»Glaub schon.«

»Und jetzt?«

»Bißchen dußlig. Aber nicht diese Schmerzen wie gestern abend. Auch hinter den Augen nicht.«

»Du ißt erst mal was, Vater.« Beherzter Ton, nicht wie zu einem Kranken. Ihre Mutter schlug vor, ein Kaninchen zu schlachten, oder sie schwatzte Wille-Paul ein Huhn ab. Zu Mittag Hühnerbrühe mit Ei, das hatte schon manchem wieder auf die Beine geholfen. Mannschatz lächelte schwach, wollte aufstehen, verharrte nach dem Vorbeugen.

»Du bleibst schön sitzen, Vater!« Was sollte sie sagen, wenn er nach Hartmut fragte?

Was war das gestern bloß gewesen? Mannschatz erinnerte sich, er wollte ins Rathaus, geriet in Gedränge, Biedrich bahnte ihm den Weg. Es hatte geheißen, Hartmut rede oben im Saal. »Als nächstes weiß ich: Ich sitze hier in der Küche.«

»Daß zwei Frauen dich hergebracht haben? Du hättest gesagt, wo du wohnst. Und hättest gefragt: Wo bin ich, und was mache ich denn hier? Hast ruhig und vernünftig gesprochen.«

Mannschatz zuckte mit den Schultern. Er würde jetzt auf nichts mehr antworten. Sollte doch der Arzt rauskriegen, was mit ihm war. Er hatte in die Partei eintreten wollen, Pfefferkorn und Bebel sollten für ihn bürgen. Oder Kalkow, sein Frisör. Kalkow war nie in einer Partei gewesen. Am besten war die USPD. Hiermit stelle ich, Alfred Mannschatz, den Antrag, in die USPD aufgenommen zu werden.

»Vater, nun iß mal. Geraucht wird heute nicht, versprichst du mir das?«

Die besten Zigaretten hatte ihm Pfefferkorn angeboten, ein paar hatte er Hartmut geschenkt. Wieder ins Bett, so müde war er lange nicht gewesen. Bienchen an der Küchentür, guten Morgen, Bienchen, nun laß den Opa hübsch in Ruhe. Was muß Clara dauernd am Radio rumfummeln. Hühnerbrühe, Wille-Paul würde höchstens ein Huhn gegen ein Kaninchen *tauschen,* der Geizhals. Irmchen rückte nicht mal 'n Ei raus.

Irmchen, was mit Irmchen? Damals hatte er *Irmchen gefragt:* Kannst du mir helfen, kannst du uns helfen, Gertrude und mir, dein Mann ist doch nachmittags meist aufm Feld, hilf uns doch. War glatt zwanzig Jahre her. Sie in der Not der meisten Liebesleute, über die ihre Leidenschaft zusammenschlug, brennend mußte sie sein, wie hieß es im Lied: Liebe so heiß von der keiner was weiß. Vielleicht hatte es ein Kollege gewußt, mit dem wechselte er manchmal eine halbe Schicht, und Irmchen, die das äußere Tor ihrer Scheune aufriegelte. Ins Dämmern schlüpften sie, sogar ein Laken fanden sie im Dreschkasten und breiteten es aufs Heu, nur an den Füßen kitzelten die Halme. Zwölfmal liebten sie sich und zählten es stolz, feierten Liebesfeste mit Wein und Pralinen und kamen sich vor wie im Film. Einmal legte Gertrude danach – er sagte ihr gerade, er habe sich wundervoll sattgestoßen – die Jacke, eine elegante Kostümjacke um die Schultern, ihre Schultern waren rund und fleischig, alles andere als mädchenhaft, und er strahlte, so müßten sie in einer Brigadefeier auftauchen, er stellte vor: Kollegen, meine herrliche Geliebte! Liebesfeste, das waren ihre Worte. Gertrude wollte Pfingstrosenblüten mitbringen, er sollte die Blätter auf ihre Brüste regnen lassen und dort mit seinem Körper zerreiben. Aus Schlesien, Witwe mit drei Kindern, viele schwarze Haare bis zum Bauch hinauf. Er hatte einen Satz gesprochen wie nie vorher und jemals und auch nicht zu Herta: Wir müssen unsre Liebe tragen im Guten wie im Bösen. Dann paßten fünf Wochen lang ihre Schichten unmöglich zueinander. Einmal standen sie draußen in Nebelkälte, hatten Irmchen nicht benachrichtigen können, das Tor war verrammelt und die Pforte auch, niemand in Haus und Hof. Gertrude begann zu frieren und wollte weg. Am nächsten Tag schaute sie traurig aus der Kabine, winkte nicht. Die Liebe erfroren, die Pfingstrosen welk.

»Vater, am besten ins Bett?«

Herta, Charlestonmaus.

3

Die Kirche löste sich in Dreiecke auf. Blaßrosa und grünlich, ausgeklügelte Farben. Einfall des Künstlers. Halles wichtigste Kirche immer wieder aus jeder Richtung gemalt, die Gasse vom Markt hinab, nach der anderen Seite zur Waisenhausmauer hin. Jude? War vor den Nazis in die USA geflüchtet, die Kommunisten schimpften ihn einen Formalisten. Es war angenehm, sich aus dem Traum zu schälen, indem er nach dem Namen des Künstlers suchte. Schmolka lag im Bett, in seinem! Geräusche von der Küche her, Marion am Spülbecken. Fast acht. »Mein Gott, hab ich geschlafen!«

»Hast du, Schatz.«

Das Radio lief, welcher Sender? »Und?«

»Ganz Ostberlin ist voller Panzer. Von Halle haben sie noch nichts gemeldet.«

»Die Kinder?«

»Fort zur Schule.«

»Ist denn Schule?«

»Das wissen sie nicht. Aber sie meinten, es sei besser hinzugehen, sonst hieße es gleich, sie streikten. Und natürlich sind sie neugierig.«

Waschen und essen – *frühstücken* hieß das früher, dazu gehörten gedeckter Tisch mit richtigem Kaffee und Ei. Seit zehn Jahren paßte das Wort nicht mehr, er und seine Familie hatten sich aus dem Eßzimmer in die Küche verbannen lassen. Wurde wieder anders, *mußte* es. »Ich dachte: Gehst heute morgen in die Firma und schickst den Treuhänder nach Hause.«

»Das wäre richtig ohne den Aufstand.«

»Ich bin ordnungsgemäß entlassen worden.«

»Langsam, Liebster!« Was *denen* in den letzten Wochen an Hickhack eingefallen war, gehe auf keine Kuhhaut, *denen* war zuzutrauen, daß sie wieder die Zügel anzögen, was hieß hier Zügel, die Daumenschrauben. *Die Feinde des Friedens* hätten den Neuen Kurs unmöglich gemacht, klänge gut, was? Einen Leitartikel für die »Freiheit« in diesem Sinne kriegte sie mit links hin, den durfte Sindermann getrost bei ihr bestellen: Wir wollten das Beste, aber wenn heuchlerische Imperialisten, impertinente Kriegsbrandstifter, dann werden wir... »Und wenn sie dich wieder einkassieren?«

»Meine Entlassung..., hast recht, ich hab noch nicht mal 'nen Entlassungsschein.«

»Wenigstens deinen Personalausweis?«

»Den ja.«

Schmolka merkte erst jetzt, was er aß, Brot mit Pflaumenmus. Marion trug das Kostüm, das sie während ihrer Ferienreise nach Venedig im August '39 gekauft hatten, das absolute Schmuckstück am frühen Morgen in der Küche, eine Schürze drüber immerhin. »Hast dich ja fein gemacht zur Feier des Tages.«

»Eine kleine Harzreise?«

Dazu sagte er am besten nichts, er kaute und wartete, hörte, sie habe schon seinen Koffer gepackt, er werde seinen besten Anzug anziehen, Staubmantel und Hut und Betriebspapiere in der Aktentasche, veraltet, wenn schon. Bei einer Kontrolle machten sie vielleicht Eindruck: Er war dienstlich unterwegs. Ein Stück begleite sie ihn, erstmal aus Halle raus.

»Also dawai?«

Marion Schmolka lachte.

Hemd, Anzug und Krawatte lagen bereit – hatte ihn Marion wenigstens bei einer Kleinigkeit nach seiner Meinung gefragt? Natürlich war er *einverstanden,* vielleicht war es für einen, der aus dem Knast kam, gar nicht anders möglich, als an die Hand genommen zu werden. »Bist meine Bewährungshelferin.«

»Was fürn Ding?«

Als sie das Haus verließen, wirkten sie wie beabsichtigt: Arztehepaar, Forscher, technische Intelligenz im Bündnis mit der Arbeiterklasse, jeglicher Obrigkeit vor Gott dienstbar. So malten sie es sich bemüht heiter aus: Fuhren in den Harz, um Gesteinsproben zu vergleichen, die ihre Assistenten in alten

Bergwerken gesammelt hatten, *geschürft* hieß das in der Fachsprache. Die würden sie untersuchen und dem Ministerrat der Deutschen Demokratischen Republik offerieren, die Stücke enthielten Chrom, Antimon und Kobalt, vielleicht sogar *Uran* für so manches den Frieden bewahrende Bömbchen. Frau und Herr Curie einer modernen soz. Zeit, und sie strebten weiter zur Nationalpreisverleihung Erster Klasse in Berlin. So ließ es sich ohne Anstrengung spintisieren, während sie auf die Straßenbahn warteten, einstiegen, die Fahrscheine lösten. Sie hofften, ihre Mienen wirkten bei solcherlei Humbug gelöst, nicht ängstlich wie auf irgendeiner Flucht. Wie nebenbei nahmen sie wahr, daß Bürgersteige gesäubert wurden, die Arbeiterklasse stellte die von ihr selbst mißachtete Ordnung brav wieder her. Ein Panzer, noch einer. Die Bahn war nicht so stark besetzt wie sonst um diese Zeit, vielleicht ging der Streik hier und da weiter – nicht ihr Problem. Oder sie entdeckten Erdöl! O ja, das wäre für die kleine rohstoffarme Republik genauso wichtig wie Uran, zwischen Quedlinburg und Halberstadt ein Ölfeld, lustig sprudelte das Schwarze Gold. Das war ihr Thema, als ein Polizeioffizier sie nach den Ausweisen fragte. Bitte? Ach ja, bitteschön. Bitte? Dienstlich im Auftrag unserer Firma, wollen Sie sehen? Einkauf von Blechen in Halberstadt, Baufirma Albert Schmolka. »Hoffentlich geht der Zug«, fragte Marion geradezu vorwurfsvoll, als habe der Hüter der Ordnung auch für reibungslosen Verkehr zu sorgen, dein Freund und Helfer. »Wird schon!« beschied der Offizier mit Elan in der Stimme und wies den Weg zum Bahnhof: Da entlang bitte. Marion blickte hochmütig, es sollte wirken wie: Hoffentlich stimmt wenigstens das! Seit dem Neuen Kurs wieder obenauf, von einem Polizeioffizier durfte man dieses und jenes verlangen. Sie waren nicht mehr das zu eliminierende Ausbeutergesocks, Blutsauger, sondern Bündnispartner bei der Hebung des Lebensstandards für alle und Friedensfreunde sowieso. Strengster Argwohn galt dem unbotmäßigen, störrischen Proletarier, der sich aufgelehnt, gar *erhoben* hatte törichterweise gegen sich selbst und nun die harte hilfreiche Hand seiner eigenen Besten zum eigenen Besten erdulden, wenn nicht gar ersehnen und erbetteln mußte. Luther hatte derlei vorgemacht in seiner Philippika gegen die räuberischen, tumben Bauern. Weltgeschichte als Wiederholung. Kabarettreif.

Wo vor dem Krieg Taxis gestanden hatten, breitete sich ein erdbraunes Heerlager aus, stinkend nach Benzin und Männerschweiß. Feldküche mit qualmender Esse, ein Soldat kellte aus, seine Genossen standen an mit Eßgeschirr. Kahlgeschorene Schädel, offene Blusen, Waffen. Goebbels hätte gehöhnt: Die Steppe, Asien, Mongolensturm. Nicht hinschauen, das Biwak als selbstverständlich nehmen. Schmolkas kauften Fahrkarten Erster Klasse bis Wernigerode. Der Zug stand bereit, sie waren allein im Abteil. Dieser Gedanke traf Schmolka wie ein Hieb: In wenigen Minuten verließ er Halle auf ewig – seine Geburtsstadt, Jugendstadt, Arbeitsstadt, Vaterstadt spuckte ihn aus. Russen, ihre deutschen Arschkriecher, das Gesindel Vernehmer, Staatsanwalt und Treuhänder jagten ihn fort von Hallmarkt, Händelhaus, der Franckeschen Stiftung, den Gassen um den Roten Turm, dem Giebichenstein und den Saaleinseln. Schluß und aus, er hatte sich anzupassen versucht – wenn sie ihn zum Klassenfeind ernannten, mußte er die Ehre annehmen: Gut, dann bin ich eben euer Feind. Und ihr seid meine Feinde. Sein Vater hatte am Hauptbahnhof mitgebaut, er könnte mit den neuen Herren hinabsteigen ins Rohr- und Kabelsystem und ihnen so manche Armatur mit dem Firmenzeichen zeigen: Apparatebau Aribert Schmolka. Vom Kleinbauernsohn zum Handwerksburschen, vom Gesellen zum Meister, zum Firmengründer mit Gespür fürs Finanzgeschäft – selbst die dümmsten Roten mußten anerkennen: Solche Männer hatten England, Deutschland, die USA großgemacht. Nun waren sie Ausbeuter und nichts als das. Küsse am Saaleufer, Hockey gespielt in der Schulmannschaft, Abitur mit Einsen in allen naturwissenschaftlichen Fächern. Na schön, na schlecht: Jungstammführer auch. Ab heute seid ihr mich los, klaut, was ihr klauen könnt, soll's euch im Hals steckenbleiben. Wenn ihm nun das großartigste deutsche Abschiedslied ins Ohr stieß: »Jetzt kommen die lustigen Tage, Schätzel ade«, hatte das mit Marion nicht das geringste zu tun, er warf Ballast ab, Sach- und Seelengepäck – »es tut ja gar nicht weh.« Tat es doch, tat es verdammt. Erstickt an eurer Freßlust, Hundesöhne.

Über den Bahnsteig wurden Arbeiter geleitet, Rotarmisten davor und dahinter, wurden sie nun abgeführt oder zur Arbeit eskortiert unter Schutz, Streikbrecher? Ernst die Gesichter der Bewacher wie der Bewachten, alle Bewegungen schneller als sonst, hastig. Sklaven und Sklavenhalter. Schmolka überlegte, ob er aussprechen sollte, worüber er sich im klaren sein wollte: *Was geht uns das an,* es ist nicht unser Aufstand, folglich haben wir ihn nicht verloren. »Glaubst du, daß wir unseren Betrieb wiederkriegen?«

»Kann sein, muß nicht sein.«

»Und wenn, dann nur für eine Weile, weil es ohne uns schlecht oder gar nicht geht. Ein paar Jährchen, dann machen sie sowieso Schluß mit uns.«

»Also?«

»Tja, Marion. Du fährst mit, bis wir ein Stück fort sind. Bis Eisleben vielleicht. Dort kehrst du um. Mir passiert dann nichts mehr.«

Der Zug ruckte an. Zehn Uhr achtunddreißig, auf die Minute pünktlich. Ihm fiel ein: Der Maler hieß Feininger.

4

Vorher hatten ihn hundertfünfzig bis zweihundert gekannt, wenn man die Schulfreunde und Nachbarn hinzurechnete. Seine Kriegskameraden waren in alle deutschen Winde verstreut. Gestern hatten ihn mindestens zehntausend gehört, zwei- bis dreitausend aus der Nähe gesehen. Zu allem Überfluß trug er noch dieselben Klamotten.

Hartmut Brücken radelte mit gesenkter Stirn durch Heideloh, nur wenige Meter im Blick. Die gefährlichste Strecke lag hinter ihm zwischen Bitterfeld und Wolfen, wo jetzt Arbeiter zur Schicht gingen oder ein zweites Mal zum Streik, aber wahrscheinlich warteten die meisten ab, was sie im Betrieb vorfanden, Arbeit oder Tumult, dann würden sie unschuldig versichern: Genau das, was ist, wollte ich, was dachtest du denn! Gestern? War gestern was? Wenn die Polizisten ihn auf dem Weg nach Norden greifen wollten, konnten sie lange warten. Rechts die Autobahn, ihr sollte er nicht zu nahe kommen. Fest in der Hand der Russen, dort fingen sie die Autos der berüchtigten Agenten weg, von denen das Ostradio voll war. Die Bitterfeld, Wolfen und Halle in Brand gesteckt haben sollten. Auf Köckern zu, um einen Tagebau herum, tief unten kreischte ein Absetzer; klassentreue Kollegen taten Aufbaupflicht. Zum Kotzen, wenn einer jedes Wort dreimal umdrehte, vorgestern wäre ihm das nicht eingefallen. Weiter auf einem Feldweg. Aber wie ein Bauer sah er nicht aus.

Hoch der Roggen, dicht der Klee, die Luzerne. Hier durfte er sich aufrichten, den Blick schweifen lassen. Schön, sich vorzustellen, er streifte durch Mecklenburg, zwischen den nächsten Bäumen läge seine Maschinenstation, hinter ihm das Häuschen, in dem Clärchen eben das Privatschwein fütterte. Gestern ein Telegramm an die Regierung und den Hochkommissar? Nicht doch. Lerchen über Mecklenburg und hier auch.

Lanz-Bulldog von vorn, der Mann auf dem Fahrersitz tippte an den Mützenschirm, er erwiderte. Hätte mit ihm über den komplizierten Glühkopf seines Traktors fachsimpeln können, bißchen was von Landmaschinen verstand er immerhin. Glebitzsch. Beyersdorf. Jetzt fiel eine lebenswichtige Entscheidung, *eine* Entscheidung von zehn, zwanzig nötigen Entschlüssen heute und morgen.

Irmchens Hof. Um die Ecke schlug ein Köter an. Brücken klopfte ans Stubenfenster. Eddis Gesicht mit erstarrtem Blick. Gleich darauf Eddi in der Pforte, hastige Bewegung: Komm rein! Das Rad durchgeschoben, Eddi schloß sofort wieder ab. »Hat dich einer gesehen?«

»Glaub nicht.«

»Woher kommst... Hab gehört von gestern, Jungejunge.«

»Dann brauch ich dir nicht viel zu erklären.«

»Brauchste nich, Harti. Was zu essen?«

Irmchen in der Küche. »Mein Gott, jetzt du.«

Brücken ließ sich auf einen Stuhl sacken. Irmchen schnitt schon Brot ab. Brücken berichtete in Satzfetzen: In der Nacht im Werk auf einem Planenhaufen zwei, drei Stunden geschlafen. In einer Baracke, wo er einen kannte, Bruchstücke aus dem Radio aufgeschnappt, fort über die Werksmauer, seitdem auf dem Rad. Er sagte nicht: Auf der Flucht.

Irmchen öffnete ein Glas mit Leberwurst, stellte Teller und Becher hin, goß Milch ein. Eddi sagte: »Bin grade mal seit 'ner Woche draußen.« Irmchen polkte einen Wurstbrocken heraus. »Möchtste Gurke?« Brücken wollte nicht gierig trinken, tat es doch. »Ich versuch's durch nach Westberlin.«

Eddi setzte sich zu ihm, gemächlich, sollte ausdrücken: Keine Hast, wir gehen das Ganze in Ruhe an. Das fand Brükken großartig, er hatte Eddi immer als Duckmäuser eingeschätzt, untergebuttert täglich durch Irmchen, typische Frau der Mannschatzsippe, eine Art dörfliche Clara.

»Mit dem Rad?«

»Dachte ich.«

»Einer, der zur Arbeit fährt. Paßt nicht überall. Solltest wie einer aussehen, der aufs Feld will.«

Brücken kaute, nickte. Eddi, nicht gebrochen durch den Knast, war endlich aufgewacht. »Und wo über die Elbe?«

Die Brücken seien sicherlich scharf bewacht, ein Bitterfelder Betriebsausweis führte dort in die Falle. Nördlich von Torgau, früher verkehrten da Fähren. Irmchen entsann sich einer Schulfreundin, die in Belgern verheiratet war. »Bei Domitzsch?«

»Ich geb dir 'ne andre Jacke.«

Irmchen schnitt den Rest des Brotes auf, klebte Wurst fingerdick zwischen die Scheiben. Eddi nahm eine Leinenjacke vom Haken, geflickt war sie und ölverkleckst. Die Mütze konnte bleiben. Im Hof klemmte Eddi einen Korb auf den Gepäckträger und band einen Rechen an den Rahmen. »Als ob du Futter holst.« Das Stullenpäckchen und die Thermosflasche im Korb bedeckte er mit ein paar Händen Grünzeug.

»Das vergeß ich euch nie.«

»Kannst uns ja 'ne Karte vom Ku'damm schicken.« Irmchen lächelte, aber in ihren Augen hockte die Angst. »Ach so, Geld – wieviel haste?«

»Höchstens zwei Mark.«

Sie rannte ins Haus und kam mit Münzen wieder. »Brauchst was für die Fähre und überhaupt.«

»Daß ich nicht daran gedacht hab.«

»Warst ja auch noch nie auf der Flucht.«

»Ihr sagt meinen Leuten Bescheid.« Er blickte in Eddis Augen – Kameradennicken wie unter dem Stahlhelmrand heraus vor einem Stellungswechsel unter Beschuß. »Dank dir, Eddi, und dir, Irmchen.«

»Komm gut durch.«

»Sowieso.«

Gestern um diese Zeit waren sie aus dem Werkstor gezogen, die Stimmung wie bei einem Ausflug. Etwas war in ihm geschehen, über das er lange würde nachdenken müssen, hundert oder tausend Einflüsse hatten ihn auf die Binnengärtenwiese, ins Rathaus und ins Postamt gespült, geschleppt, gewirbelt, Jungmeister Brücken forderte eine Regierung zum Rücktritt auf und stellte sich auf eine Stufe mit dem Hochkommissar. Wie sie ins Polizeiamt einmarschiert waren, Schupp und Meier an seiner Seite, ein höflicher Offizier, eine Polizistin, aus deren Augen der Haß sprühte. Was hatten sie sich denn eingebildet, wie die Macht reagieren würde? Die hatte ein paar Stunden zum Luftholen gebraucht. Zur Elbe, über die Elbe, im Groben hatte er die Karte im Kopf. Nach Osten, dann nach Nordwesten. Die Sonne stand im Rücken, wärmte durch die Bauernjacke.

Roitzsch, Männer klebten Plakate an, neben ihnen Bereitschaftspolizisten mit dem Karabiner an der Schulter, wachsam die Sklaven im Blick. Biedrich – in sechsfacher Lebensgröße der Streikführer Biedrich. Eine Papierrolle wurde oben angesetzt, sorgsam nach unten gestrichen, damit kein Fältchen das Konterfei verzog, entstellte, unkenntlich werden ließ. Der Provokateur Hartmut Brücken erschien mit glatt zurückgekämmtem Haar, heller Stirn. Ein Paßfoto, für den Betriebsausweis hatte er es abgegeben. Sie hatten blitzschnell gearbeitet, seine Verfolger, die Parteigarde, die Staatssicherheit und wer noch alles, eine halbe Nacht und ein paar Morgenstunden genügten ihnen, Fotos herauszufischen, für den Druck vorzubereiten, die Maschinen laufen zu lassen und die Bögen zu verteilen.

Aha, Träger des Eisernen Kreuzes der faschistischen Wehrmacht, Rädelsführer, Hetzer. Fiebelkorn – Brücken trat in die Pedale, radelte nicht zu hastig weiter, zügig.

Unter der Bahnlinie durch, oben fuhren Züge nach Berlin, die Straße bog nach Petersroda ab. Benndorf, Laue, nördlich von Delitzsch auf Bad Düben zu. Dorfstraßen, Feldwege. Den Betriebsausweis schmiß er am besten weg. Ein Bauer nahm keine Papiere mit aufs Feld. Wenn sie ihn fragten, würde er jeweils das letzte Dorf hinter sich als Heimatort angeben. Also merken: Sausedlitz, Roßdorf. Wald, eine Windmühle auf kahler Höhe. Magerer Boden, so fettes Futter wie in seinem Korb wuchs hier nicht. Alles Geschehen gestern bedeutete Leben, das ihm gehörte, seinem Instinkt, seinem Verstand, er war bei sich gewesen wie nie zuvor. Absolut selbstgewiß hatte er sich gefühlt unter den Zehntausenden, hatte sich treiben lassen und unablässig selber angetrieben. Mit hartem Gesichtsausdruck wie alle, der Polizeioffizier, der Postmensch. Als ob sie Handgranaten scharf machten.

Das Dorf Tiefensee, die Häuschen von Schwerz – wenn er nördlich von Schwensa den Wald erreichte, wollte er beschließen, die erste Etappe gewonnen zu haben: Raus aus der Industrieballung und abgetaucht im Forst der Dübener Heide auf Wegen, zu schmal für Panzer und zu viele, als daß sie durch Posten zu sperren gewesen wären. Zwischen den ersten Büschen steckte er die Mütze in die Tasche, mußte auf sumpfiger Strecke absteigen. Während er sein Rad schob, überfiel ihn lähmende Müdigkeit; vierundzwanzig Stunden vorher fühlte er sich als hochmütiges Mitglied eines Streikkomitees, die Vopos machten sich durchaus nicht in die Hosen, wie er es sich eingebildet hatte in seinem Überschwang, sondern ließen ihn ins Leere tappen: Bitteschön, die Zellen, harmlos mit Schemelchen und Bettchen. Inzwischen waren die Genossen wieder an

Deck und schickten Plakatierkolonnen aus, stöberten bei ihm daheim jeden Winkel durch. Hunde schnüffelten in seinem Bett, nahmen Witterung auf. Faß!

In einem Dickicht ließ er sich auf Kiefernnadeln fallen und schlief sofort ein, wurde wach, weil ihn Durst quälte. Aus einem Rinnsal trank er, das Wasser schmeckte faulig. Wie in den Wäldern am Ilmensee, als sie Partisanen aufspüren sollten. Jetzt war er der Flüchtende, die Russen hechelten hinter ihm her und mehr noch Pfefferkorns Greifer und Bitterfelder Polizisten. Die Tischrunde im Rathaus, seine Ideen, Forderungen waren nicht rückgängig zu machen, und er wollte es nicht um den Preis, in seiner Meisterbude hocken zu dürfen im Streit mit Schupp um Normen und Elektroden. Nun mußte gezahlt werden. Oder das geschah: Seine, ihre Bitte an den sehr geehrten Herrn Hochkommissar paßte ins große Konzept, die Regierung der DDR verschwand und wurde durch eine neue abgelöst, die Sowjets setzten Fiebelkorn, Biedrich und ihn als Übergangsberater ein, die Steckbriefe verschwanden, Pfefferkorn und Sindermann packten ihre Aktentaschen – ab in die Produktion! Er mußte vielleicht nur wenige Tage überstehen, dann kam er aus den Wäldern hervor als der, der es *schon immer gesagt* hatte. Am Tisch im Bitterfelder Ratssaal fragten die alten Streiker vorwurfsvoll: Wo bleibste denn so lange!

Wieder aufs Rad, die Sonne sollte links bleiben. An einer Straße ließ er einen Traktor vorbei, auf dessen Hänger leere Milchkannen schepperten. Wenn er im Wald kampieren mußte, wäre das eine Möglichkeit: In der Morgenfrühe an eine Rampe heranschleichen, auf der die Bauern ihre Kannen abstellten mit kuhwarmer Milch.

Kemberg, also war die Straße, die er noch im Wald überquert hatte, die 100 gewesen, die von Bitterfeld nach Wittenberg. Hier drohte seine Verbrechervisage von keiner Plakatwand herab. Am Konsum lehnte er sein Rad an, niemand war im Laden außer der Verkäuferin, jung, hübsche Augen, Ponyfransen darüber. Einen guten Tag wünschte er, sah sich um, fragte nach Brot.

»Schon alle.«

»Sonst?«

»Was sonst?«

»Was man gleich essen kann.«

»Paprikakonserven aus Ungarn. Werden gern genomm. Oder Nudeln im Glas.«

»Lieber Nudeln. Zwei Gläser.«

Sie drehte sich um, griff ins Regal, ihr Haar war am Hinterkopf dicht und kraus wie Blumenkohl. Sie stellte die Gläser auf die Theke. »Machen Sie 'ne Radtour?«

»So was ähnliches. Mal die Beine vertreten. Möchte nach Pretzsch.«

»Ach so.«

Wieso ach so? »Gibt's die Fähre noch?«

»Gestern ja, oder vorgestern. Jetzt weiß keiner.«

»Aber müßte doch.«

»Jaa, müßte. Könnte schon.«

Er lächelte schwach, sie lächelte zurück. Er zahlte, hätte gern noch etwas gefragt, wußte nicht was. Vielleicht war es sein letztes Mädchenlächeln für endlose Jahre. Die Russen verurteilten am liebsten zu fünfundzwanzig. »Wiedersehen.«

Nach ein paar Kilometern fiel ihm ein, daß es falsch gewesen sein könnte, die Fähre von Pretzsch zu erwähnen. Wenn sie jetzt telefonierte: Da kam mir einer verdächtig vor, will über die Elbe, helle Jacke, Rechen am Fahrrad. Du mußt dich nicht alle zehn Minuten von etwas anderem verrückt machen lassen, warst ihr sympathisch, sie war dir sympathisch, und wenn sie hundertmal etwas vermutet, an die Russen verpfeift sie dich nicht. Im nächsten Wäldchen machst du dich über die Nudeln her.

Der Elbdeich, Frachtkahn, Frau mit Handwagen. Die Fähre? Die Frau zeigte flußabwärts ohne ein Wort. Nicht fragen wie weit noch, gemächlich treten, er hatte es nicht eilig. Ein Pferdewagen, auf ihm Feldsteine, eine Egge, Säcke. Brücken hielt sich hinter ihm, auf dem Bock der Bauer, er der Knecht. An diesem Ufer keine Polizei, am anderen auch nicht, soweit das einzusehen war. Der Fährmann kassierte, Jungen schubsten sich und grölten. Der Bauer drehte sich eine Zigarette, schaute auf Brücken, der zog seinen Blick zu spät zurück und wurde mit einer Geste aufgefordert, sich aus dem Beutel zu bedienen. Blättchen? Da. Eigenbau, sehr kräftig. Der Bauer schaute den Fluß hinunter, hielt es wohl für unnötig, ein Gespräch zu suchen. Das Fell der Pferde zuckte der Fliegen wegen.

Nach Norden, links die untergehende Sonne. Langweilige Landschaft, fern ein Waldrand, der nicht näherkommen wollte. Frauen, die auf ein Dorf zugingen, Jacken, Kopftücher, er überholte sie und wünschte jeder dritten einen guten Abend. Blicke zur Seite, woher könnte der sein, sicherlich war eine Kriegswitwe darunter, die ihn verstecken würde, bis die Luft reiner war, ihn durchfütterte für den Preis lange entbehrter Mannesnähe. Nicht in die Augen schauen, die sich auf ihn richteten, nicht straucheln und einen Fuß auf die Erde setzen müssen; dann wären Fragen unausweichlich: Wo wolln Se denn noch hin um diese Zeit? Keine der Frauen würde sich sein Gesicht merken können, seine Stimme schon eher, knapp jetzt: ’n Ahmd.

Er fuhr einen Kilometer in den Wald hinein, zwängte das Rad in die Dickung und kroch vor einer Brombeerwand unter die Zweige. Mit dem Zeigefinger und einem Aststück schob er die Nudeln aus dem Glas, ließ sich Zeit. Kauen, die Gedanken zwingen, nicht wie gehetzt durch die Ereignisse von nun fast zwei Tagen zu springen. Das leere Glas schob er in die Brombeeren. Er drehte sich auf den Bauch und atmete dicht über dem Boden, wo die Luft kühl und feucht schmeckte. Seine Zunge schabte am Gaumen, als wollte sie wieder lospreschen wie auf dem Anhänger, im Polizeiamt, im Rathaussaal und in der Post. Er hatte eine Unmenge von Erfahrungen miteinander verknotet, die bisher entfernt voneinander gelegen hatten, Obergefreiter und Brigadeleiter, Vater von zwei Kinderchen, Schwiegersohn von Herta, die das Familienheft in der Hand hielt. Er war vaterlos aufgewachsen mit einer undeutlichen Erinnerung an fröhliche Augen und eine Schirmmütze, zur See war Papa gefahren einmal – Malaria in Thailand. Weinende Mutter und strenge Oma. Wissensdurstiger Lehrling, neugierig auf Welt. Sein Magen begann zu schmerzen, er malte sich aus, ihn packte eine gewaltige Scheißerei. Erinnerungen und Befürchtungen verquirlten sich gefährlich. Er war der Gefangenschaft in Sibirien oder Kasachstan entronnen, nun würden sie ihm fünfundzwanzig Jahre aufbrummen und dazu fünf übern Arsch, eine übliche Redewendung beim Iwan. Ab nach Workuta hintern Polarkreis in den Schacht. Einer, der acht Jahre dort überlebt hatte, sagte ihm einmal: Wir waren schon halbe Russen. Oder er grub sich im Wald ein, fraß Blattspitzen und Schnecken, briet Pilze auf einem Blechdeckel über rauchlosem Feuer. Tauchte auf nach Wochen, wenn klar war: Gewaltige umfassende Amnestie. Clärchen an der Gartenpforte. Oder Sieg, die Amis machten den Russen klar, daß die gefälligst ihre Panzer zurückzuziehen hatten, sonst krachte es – Atombomben auf Minsk und Moskau. Ihm boten sie die tollsten Funktionen an. Gewerkschaftsleiter von Bitterfeld traute er sich zu, die neue gesamtdeutsche Regierung schickte ihn zum Lehrgang nach Hamburg, Köln. Dort erfuhr er: Pfefferkorn saß im Gefängnis. Er telefonierte mit Ollenhauer, neben dem er neulich auf einem Podium gesessen hatte: Laßt den mal frei, den Grund erklär ich euch später. Mit seiner Familie am Rhein: Guck mal, Thomas, der Dom, riesig, was?

Aus der Traum

I

Das war keinesfalls ungeschehen zu machen. Auch wegzudeuteln nicht. Thekla Pfefferkorn hielt es für undenkbar, in ein paar Tagen zu sagen: Vergiß, war schön mit dir, überfiel uns in einer Nacht grausamer Aufregung und zählt nicht. Oder gar: Laß uns Freunde bleiben. Ihre Erfahrung mit derartigen Situationen war gering, mit solcher Wucht gleich null.

Anetzperg zeigte von einem Zeitungsartikel zum anderen. »Fürchterlich! Guck dir ›Neues Deutschland‹ an. Erst heißt's, es sei den Banditen gelungen, ›im Demokratischen Sektor von Berlin und in *zahlreichen* Orten der Republik Teile der Werktätigen, an einigen Orten *beträchtliche* Teile zur Arbeitsniederlegung und zu Demonstrationen zu bewegen.‹ Zwei Tage später: ›Im sowjetischen Sektor von Berlin wie in *einigen* Orten der Deutschen Demokratischen Republik gelang es den Provokateuren durch Täuschung und Betrug, einen *kleinen* Teil der Werktätigen mit sich zu ziehen!‹ Was die Zentralspinner vorturnen, zappeln die Bezirksluschen nach.«

Herrlicher großer Junge, kraftvoller Liebhaber, du ahnst ja gar nicht, wie sich deine Augen aufhellen, wenn du in Fahrt gerätst. Was würde ich darum geben, unauslöschliche Worte für diesen Schwung, dieses Leuchten zu finden. Dichterin müßte ich sein, Melchior, Melchi, in unserer Nacht hab ich erfahren, daß deine Eltern dir noch einen zweiten Vornamen gegeben haben, Ferdinand, der ist genauso unbrauchbar fürs Flüstern. Ferdi. Ich finde einen einmaligen Jubelsturmnamen, ich kann dich doch nicht Häschen schimpfen.

»Was lachst du?«

»Ich lach nicht.«

»Aber gelächelt hast du.«

»Hab mich erinnert.«

Er ließ die Schultern sinken. »Du denkst wohl, ich erinnere mich nicht?«

»Red weiter, bitte.«

Aber er fand nicht in seinen wütenden Schwung zurück. »Wenn wir aus diesem Aufstand nichts lernen, werden wir überhaupt nichts lernen. Wenn das so weitergeht, lesen wir in einer Woche, es seien lediglich ein Dutzend Lumpen auf der Straße gewesen.«

Unmöglich zu argumentieren: Bruno schätzt ein, Bruno ist überzeugt, *mein Mann* hat gestern mit Supersinder, Bruno weiß aus Berlin... Bruno lag tot zwischen ihnen. »Am liebsten möcht ich sofort die Tür abschließen.«

»Ich auch.«

»Du bist verrückt, ich bin verrückt, einer muß doch klaren Kopf bewahren.«

»Ich denk nicht daran.«

»Ich schon gar nicht.« Sie beugte sich vor und faßte seinen Kopf, zog ihn heran und preßte ihre Lippen auf seinen Hals, fand sein Ohr, biß. Alle Sinne waren auf diesen Mannmannmann gerichtet, nur ein Vernunftsrest lauschte hinaus auf den Korridor, dort würden Schritte warnen. Hoffentlich. Sie suchte den Mund, du Liebster, Größter, Männlichster. Ein bewährter Gedanke: Wenn ein persönlicher Umbruch mit einem gesellschaftlichen zusammenfiel, verdoppelte sich die Intensität. Das war so gewesen, als das Hitlerreich unterging und Bruno in ihr Leben trat. Jetzt stürzte dieser Aufstand alles in unerhörte Turbulenzen, und in der heißesten Nacht traf sie auf diesen, diesen... »Waren deine Großväter Holzfäller oder so was?«

Er blieb ernst. »Einer stemmte Bierfässer als Schankwirt im Allgäu. Der andere diente als königlich bayerischer Hauptmann, Stoßtruppführer im Ersten Weltkrieg im selben Regiment wie Hitler. Es hieß, er sei dreiundzwanzig an der Feldherrnhalle mitmarschiert, glaub ich aber nicht.«

»Und der Enkel ist in der SED.«

»Als ich eintrat, wurde mir meine abscheuliche Herkunft um die Ohren gehauen, das wird bei jeder Gelegenheit wiederholt. Ich hab gekontert: Was ist mit eurem berühmten Schriftsteller Ludwig Renn? Der war zu allem noch adlig. Und trotzdem Spanienkämpfer!«

Bruno würde sagen, Bruno würde überhaupt nichts mehr sagen, Bruno hatte zu Ende gesagt. Sie erschrak. Bruno verdiente diese Rigorosität keinesfalls.

»Am liebsten würde ich einen Artikel schreiben.«

»Wer soll ihn drucken?«

»Sindermann natürlich.«

Sie stand auf und öffnete das Fenster. Wenn jemand hereinkam, mußte er *riechen,* daß hier zwei Liebesleute beieinander waren, aus allen Poren mußte ihre Leidenschaft strömen. Unvorstellbar, wie sie nebeneinander arbeiten sollten wie bisher, ohne daß jeder spürte, was im Gange war. In dieser Brutstätte der Wachsamkeit.

»Ob nun Artikel oder Referat, morgen oder übermorgen ist diese gewaltige Parteiversammlung fällig. Sie werden uns einen schicken, von oben, von ganz oben, einen mit letzter Klarheit.«

Das könnte Bruno sein. Entsetzlich. Die beiden gegeneinander. »Und wenn du zehnmal recht hast. Die Partei sucht die gültige Linie. Willst du nicht ein paar Tage warten?«

»Bis die alten Schleimer wieder in den Sätteln sitzen?«

Sie konnten hier nicht ewig hocken, konnten nicht jeden Tag auch nur für eine halbe Stunde zusammenkriechen, das würde nach einer Woche auffallen und nach zwei Wochen Gerede werden. So bahnten sich Liebesskandale in Betrieben und Parteileitungen, in Büros und Werkstätten an, überall fühlte sich jemand aufgerufen, Wachsamkeit zu demonstrieren, hoch die sozialistische Moral!

»Ich möchte, daß du mich besuchst.«

»Deine Eltern?«

»Ich bin kein Bub mehr.«

Also wäre sie nicht die erste, die zu ihm kam. Er zu seiner Mutter im Flur: Hallo, das ist Thekla. Zwei Frauen blickten sich in die Augen, die Rollen waren klar.

Fort zu Liesbeth, diese Pflicht würde ewig bleiben. Tee, die Treppe fegen, diesmal zuerst: Wie seid ihr durchgekommen, und jetzt? Liesbeths Hände auf der Platte des Küchentischs, adrig, greisinnendürr, nicht zittrig. Nicht gefaltet. Dennoch der Anflug eines Gedankens: wie aufgebahrt. Liesbeth hatte stundenlang Radio gehört, Deutschlandsender und RIAS, Norddeutschen Rundfunk und BBC, Kommentare von Lindley Fraser, den sie noch aus Kriegszeiten kannte, vornehm wie immer. Die sattsam bekannten Frontschnauzen aus Westberlin überschlugen sich vor Hohn und Häme. »Was meinst du, ob Ulbricht bleibt?«

»Bruno sagt«, kurze Pause, Liesbeth gegenüber dominierte Bruno unverrückt, »es könnte sein, die Freunde brauchen Ulbricht, um den Laden zusammenzuhalten.«

»Und Bruno? Könnte ja sein, für ihn wird alles zuviel.«

»Natürlich wühlt er zwanzig Stunden am Tag.«

»Und, hat er sie, die Westagenten?«

»Ein paar.« Die Kittelschürze zugebunden, Küche und Vorraum durchgewischt, den Treppenpodest, Stufe für Stufe. Danach: Muß schnell fort, Liesbeth, einkaufen, was für dich mit? Schluß mit dem fruchtlosen Streit – Ulbricht oder nicht. Das wäre was, ihre beiden Männer im Streit, wahrscheinlich hatte Melchior zehnmal soviel gelesen, aber Bruno besaß endlose Erfahrungen und wußte zu jeder These sieben Beispiele.

Kein Gespräch im Laden außer dem nötigsten: Viertelpfund bitte, einsachtunddreißig, danke, bitte. Ernste Augen, verkniffene Münder. Sie stellte sich vor, einer von Sindermanns flinken Jungen fragte nach Meinung und Befinden. Putschversuch oder was? Ich war die ganze Zeit zu Hause. Ich hatte Wäsche. War krank, beim Arzt, hab nischt gesehn. Endlich mal wirklich frische grasgrüne krause Petersilie, die Verkäuferin hob ein Kistchen damit hoch, das war sofort leergekauft.

Zurück, Liesbeth lag auf dem Sofa, die Augen geschlossen. Schmerzen? Bloß bißchen müde. »Was wird denn nun aus eurem Urlaub in Ungarn?« Keine Rede mehr davon. Gestern war Bruno in Sangerhausen bei den Kalikumpeln, heute, wenn nichts dazwischenkam, in Buna. »Bruno sagt, ich soll an die Ostsee fahren, allein. Und bei dir im Haus?«

»Mit mir redet doch auch sonst kaum jemand.«

Weil sie wissen... »Ich komm übermorgen wieder.«

»Mußt nicht, Thekla. Und paß auf meinen Jungen auf.«

»Sowieso, Liesbeth.«

Daheim: Die üblichen Handgriffe, alle Gedanken bei Melchior. Wie die Dinge lagen, würde Bruno vor lauter Hektik und Überlastung ohnehin nicht mit ihr ins Bett wollen. Dafür würde sie in Geste und Blick *Verständnis* aufbringen, Gipfel der Heuchelei.

Sie schlief unruhig, wurde wach, als in der Küche etwas herunterfiel, ein Messer vielleicht. Sie machte Licht, halb zwei. Den Bademantel zog sie über, blieb barfuß. Bruno saß am Küchentisch, kauend. Sie fragte: »Jetzt erst?«

»Mußte nach Berlin.«

»Soll ich dir Tee kochen?«

»'nen Kräutertee. Hagebutte am besten. Ging Hals über Kopf. Antanzen bei Zaisser. Matern hat uns zusammengestaucht. Das Politbüro macht deutlich, wer was zu sagen hat. Vorwürfe von Ulbricht, kein bißchen verpackt. Wenn nicht schleunigst der *Beweis* erbracht wird, daß unser Ministerium *nicht* versagt hat, dann, tja: dann!«

»Die berühmten Agenten.«

»Du mußt das nicht spöttisch sagen.«

»Hab ich nicht, Bruno.«

»Und bei dir?«

Liesbeth gehe es gut, erstaunlich, wie nüchtern sie die Dinge sehe, weise geradezu. »Zwei Drittel unserer Schule ist ausgeschwärmt zum Agitieren. Ich soll morgen nach Schkopau.«

»Ich werde mir die Nieten von der Staatsanwaltschaft und vom Gericht vorknöpfen. Die sollen nicht denken, daß aller Dreck bei mir hängenbleibt. Und Zaspel soll nicht dauernd das große Maul haben.«

»Schlaf erst mal, Bruno.«

»Den Brettmann kauf ich mir. Wir nehmen die Strolche fest, und er läßt sie nach ein paar Stunden wieder laufen.« Er griff zu den Zigaretten.

»Jetzt rauchst du nicht, Bruno.«

Er legte die Schachtel beiseite, starrte vor sich hin.

»Ins Bett, los. He!«

Sie lag neben ihm und hörte seinen Atem. Wenn Bruno entscheidende Fehler gemacht hatte, wenn es hieß: Die Jungen ran, frischer Wind, Generationswechsel – war Bruno dann nur noch ein alter Mann?

2

»Wir werden mal Ihren Chef fragen.«

»Machen Sie das.« Clara Brücken schaute zwischen den beiden Männern, Kerlen hindurch auf den Kalender in ihrem Dienstzimmer, der noch immer den 17. Juni anzeigte. Der Größere stand ächzend auf und ging hinaus, der Kleinere, wohl der wichtigere, fragte nach Hartmut, wieder nach Hartmut, als sollte keine Pause entstehen, in der sie zum Nachdenken käme. »Wir können ja mal seine Familie durchgehen. Ein Bruder und eine Schwester. Wo wohnt der Bruder?«

»In Zeulenroda.«

»Adresse?«

»Hinter dem Bahnhof.« Nicht zum überhasteten Antworten verleiten lassen, dem Strohkopp nicht in die Augen schauen, Pausen genießen, dumm tun. »Oder Güterbahnhof.« Auf Gleis vier wurde rangiert, ungeplant.

»Heißt die Straße so oder liegt sie dort?«

»War bloß zweimal da.« Wenn sie so einer zum Tanzen aufforderte, kurz hochblicken, nuscheln: Bin vorengagiert.

»Wann zuletzt?«

Nicht auf alles antworten, nicht der gab das Tempo vor.

»Ich hab Sie was gefragt.«

Mit der Freundin das Gespräch fortsetzen, aus dem Augenwinkel registrieren, daß sich der Wicht trollte, hoffentlich tratschte er zu seinen Kumpanen: 'ne hochnäsige Zicke ist das. Jaaa, Gitti, am Montag hab ich Frühschicht, nachmittags könnten wir baden gehen.

Der Große kam herein, hinter ihm mit fahrigem Armgeschlenker der Bahnhofsvorsteher. Ihn strahlte Clara an, die Würstchen von der Sicherheit sollten ihre großen, weißen

Zähne bewundern, einmal wenigstens, sollten Kraft registrieren, Bereitschaft zum Zubeißen.

»Guten Morgen, Kollegin Brücken.«

»Guten Morgen!« Claras Lächeln blieb stehen, sorgsam bedeckten ihre Lippen danach alle Pracht auf Nimmerwiedersehen. Noch mal? Da könnt ihr lange warten, ihr Rumpelstilzchen.

»Wir unterhalten uns gerade darüber, was Ihre Kollegin Brücken am Mittwoch vormittag auf dem Bahnsteig angestellt hat.« Der Große blickte den Vorsteher wie einen drittklassigen Befehlsempfänger an, der begann mit äh und also. Der Personenzug aus Delitzsch sei pünktlich eingelaufen, Halbstarke hätten ein Plakat abgerissen, die Kollegin Brücken hätte die Trümmer hinter einen Abfallkübel geworfen, gezerrt. »Aber wichtiger ist das mit dem Lokführer und dem Heizer aus Berlin.«

»Was wichtig ist, bestimmen wir.«

Wichtigtuer, fand Clara, Wichtigmännchen, der Kleine.

Der Vorsteher ließ ein halbes Dutzend Ähs folgen, und als der Große hinwarf, er könne wieder an seine Arbeit gehen, war er Sekunden später draußen.

»Frau Brücken, was machte Hemsberger da gerade?«

»Ich glaub, er war in unserem Dienstraum, hier.«

»Und wo ist er jetzt?«

»Ich denke, zu Hause.«

»Ist er aber nicht. Er ist nämlich bei uns in Halle. Sie wissen warum?«

Nicht antworten, wieder zwischen den beiden durchblicken.

»Um Sie zieht sich allerhand zusammen. Da ist einmal Ihr Mann, und da ist Ihr Kollege Hemsberger. Ich wüßte gar nicht, wer im Augenblick stärker in der Tinte sitzt als Sie. Kann sich nur ändern, wenn Sie uns endlich was erzählen. Alles erzählen.

Wo steckt Ihr Mann? Wenn Sie nicht antworten, tja, wenn Sie nicht antworten.« Er blickte den Kleinen an. »Was bleibt uns anderes übrig.«

Promptes Echo: »Was bleibt uns anderes übrig, Waldemar?«

»Wir waren gerade beim Bruder von Ihrem Mann. Die Schwester wohnt in Gröditz. Da könnte der Hetzer Brücken auch sein, nicht wahr? Also noch mal von vorne: Wann haben Sie Ihren Mann zum letzten Mal gesehen?«

»Als er am Mittwoch früh zur Arbeit ging, halb sechs.«

»Jetzt haben wir Freitag, zum letzten Mal hat ihn jemand am Mittwoch kurz vor Mitternacht in seinem Betrieb gesehen. So gegen zwei nachts, war er da nicht kurz zu Hause?«

»Nein.«

»Hat nicht die Klamotten gewechselt? Und wenn wir dafür Zeugen haben?«

»Dann spinnen die.«

»Wie oft waren Sie in Hemsbergers Wohnung?«

»Nie.«

»Wir wollen Ihnen nichts unterstellen. Daß Herr Hemsberger Ihr Geliebter sei beispielsweise. Daß Herr Hemsberger auf dem Dachboden eine Funkanlage betrieb, wußten Sie nicht? Und daß Ihr Mann im Krieg als Funker ausgebildet worden ist, wußten Sie auch nicht?«

Auf keinen Fall antworten. Hemsberger hatte ihr am Mittwoch mittag geraten, nach Hause zu gehen, weil ihr schlecht geworden wäre. Hartmut ein Funker, sicherlich hatte sie nur obenhin zugehört wie meist bei Kriegsgeschichten. Hemsberger und Hartmut waren sich höchstens vier bis sechs Mal begegnet, auf diesen Bluff fiel sie nicht rein. Zu behaupten, ihr sei übel, sie müsse sich hinlegen, hob sie sich für später auf.

»Frau Brücken, Sie haben uns nichts zu sagen?«

»Kann ja sein...«

»Was kann sein?«

»Das mit dem Funkgerät auf dem Dachboden.«

»Und warum kann es sein?«

»Weil nichts unmöglich ist.«

»Warum halten Sie es nicht für unmöglich?«

»Herr Hemsberger war Flieger.«

»Das wußten Sie. Ist doch allerhand, was?«

Dummes Gerede, das sollte sich hinläppern, bis sie einmal nicht aufpaßte.

»Tja, da machen wir am besten einen kleinen Ausflug nach Halle. Sie werden staunen, wen Sie dort treffen.«

»Ich muß meine Kinder abholen.«

»Ihre Mutter springt ein. Unsere Kollegen haben auch mit Ihrem Vater das Weitere besprochen. Allerhand, was Sie dem alten Mann zumuten. Gedächtnisausfall einen Tag lang, dann das – hören Sie mal, Frau Brücken, ich verstehe ja, daß Sie überrascht sind, und wenn Sie zehnmal nichts von Hemsberger gewußt haben *sollten,* was ich bezweifle: Denken Sie doch mal an Ihren Vater. Also!«

Gleichmütig blicken, keine Angst zulassen. Hartmut und Vater und Hemsberger, mit ihrer Mutter würden sie ganz zuletzt fertig werden. Wenn überhaupt. Am Abend mußten sie aufgeben und sie nach Hause bringen, notfalls könnte sie immer noch verlangen: Ich brauch sofort 'nen Arzt.

Über den Korridor führte der Große sie am Ellbogen, in der Halle ließ er sie los. »Sie werden doch keinen Unsinn machen.« Sie mußte von rechts auf die Hinterbank eines Pkw steigen und nach links rutschen. Der Große setzte sich neben sie, der Kleine neben den Fahrer. Der Große legte den Arm auf die Rückenlehne, so konnte er sie blitzschnell im Genick packen. Nach einer Weile merkte sie: Die Klinke an der linken Tür war abgeschraubt. Sie blickte auf gewöhnliches Leben, Arbeiter auf

Fahrrädern, Frauen, sich jagende Kinder, aufschwirrende Spatzen, vor einem Geschäft ein Schild: »Frisches Sauerkraut«. Niemand sprach. Unter dem sauberen Rundschnitt des Fahrers war die Haut von schwärzlichen Querfalten gekerbt, Bauerngenick. Wenn noch Streik und Aufstand wären, würden Menschenmassen das Auto stoppen, fragen: Woher und wohin? Hartmut und Biedrich zögen sie raus. Der Kleine würde greinen: Aber mir ham Frau Brüggen doch immer anständsch behandlt! Sagen Sie das denen doch, Frau Brüggen!

Felder, Allee zwischen Gärten. Holprige Straßen, an einer Kreuzung eine gelbgraue Kanone, Russenpulk. Warten vor einem Eisentor, seitlich hohe Mauer, obendrauf Stacheldraht. Der Kleine stieg aus, redete mit einem Uniformierten, ein Flügel schwang auf. Der Große: »Sie haben es nicht anders gewollt.«

Rüberrutschen und Aussteigen, Ziehen im Unterbauch. Hilfreicher Gedanke: Andere Frauen hatte es viel härter getroffen, so auf der Flucht '45, Trecks in der Winterkälte, erfrorene Babys im Graben, Wagen und Pferde brachen im Haff ein. Sich daran aufrichten beim Gehen die Treppe hinauf.

Raum mit Tisch und zwei Stühlen, leerem Regal, Leninfoto. Gitter vor den Fenstern. Mief von Bohnerwachs und Mörtel. Ein Posten an der Tür blickte sie gleichmütig an, nach einer Weile auf ihren Bauch. »Sie könn sich setzen.«

»Danke.« Vielleicht war das falsch, vielleicht galten hier noch nicht mal die normalsten Umgangsformen. Sie drehte dem Posten den Rücken zu. Schritte, Tuscheln. Über sie hinweg schob sich ein Schatten, das erste, was sie deutlicher wahrnahm, war eine Brille mit Horngestell.

»Frau Brücken, Sie wissen, wo Sie sind?«

»In Halle im Gefängnis.«

»Und warum sind Sie hier?«

»Weil mein Kollege Hemsberger angeblich...« Sie durfte nicht auf seinen Gesprächsplan eingehen. »Erst mal das. Ich bin schwanger, ist ärztlich festgestellt. Ich habe seit Stunden nichts gegessen. Ich rede erst, wenn ich sofort was zu trinken kriege und was zu essen.«

»Sehr gut, daß Sie uns das sagen, Frau Brücken. Wir sind doch keine Unmenschen. Was soll's denn werden?« Blick über ihre Schulter, milde Stimme, die sie zum Speien fand: »Genosse, holen Sie mal Tee, und sehen Sie nach, was zu essen da ist.« Er faltete die Hände und drehte die Daumen. »Ihr Mann sagte mir eben, er hätte in der Nacht vom Mittwoch zum Donnerstag doch nicht bei Ihnen die Jacke gewechselt. Wir werden Sie gleich Ihrem Mann gegenüberstellen.«

Sie spürte, wie sich ihr Mund öffnete, willenlos. Erleichterung im selben Augenblick: Wenn Hartmut hier ist, kann ihn keiner auf der Flucht erschießen. Ich werde ihn *sehen,* wissen, daß er gesund ist, werde ihm sagen, *wie* ich ihn liebe, und wenn die Männerchen um uns zehnmal im Chor blaffen, daß ich das gefälligst zu lassen hätte. »Da machen Sie mal schnell damit. Wie gesagt, ich muß sofort was trinken.«

»Kriegen Sie. Und freuen Sie sich mal nicht zu sehr auf Ihren Mann. Sie wußten also, daß Hemsberger im Krieg bei der Fliegerei war?«

»Hat er erzählt.« Was sollte das eben, sie sollte sich nicht auf Hartmut freuen, könnte das...

»Und wo? Auf welchem Kriegsschauplatz?«

Am besten mit den Schultern zucken. Männersache, was der Brillenscheich da aufführte wie im Kitschkino. Sie stellte sich vor, sie sei in einem Film, in Wirklichkeit zog sie ihr Fahrrad vom Ständer und fuhr über den Bahnhofsvorplatz, holte das Bienchen ab, hob es auf den Kindersitz, hörte auf das Plappern und Quietschen, mit ihrer *besten Freundin* habe sie am schnellsten den größten Baum gemalt, gemalen, mir ham nen blauen Baum gemalen, Muttiii.

»Ich hab was gefragt.«

»Ich brauch was zu trinken.«

»Sollen Sie haben. Wo war der Hemsberger im Krieg? Seinen Dienstgrad kennen Sie? Und waren fünfmal bei ihm.«

»Nie.«

»Da muß ich Sie vielleicht eher dem Hemsberger als Ihrem Mann gegenüberstellen.«

Schritte hinter ihr, eine Polizistin gab dem Brillenzivilisten eine Mappe, der schlug sie auf. »Frau Brücken, der Staatsanwalt des Bezirks Halle verfügt: Sie sind verhaftet wegen des Verdachts einer strafbaren Handlung gegen Artikel sechs der Verfassung der Deutschen Demokratischen Republik. Dazu kommt der Verdacht wegen Beteiligung sowie Mitwisserschaft an strafbaren Handlungen anderer. Es bestehen Fluchtgefahr und Verdunkelungsgefahr. Sie haben das Recht, innerhalb von sieben Tagen Widerspruch einzulegen.« Er klappte die Mappe zu. »Jetzt gehn Sie mal mit der Frau da mit.«

Das war kein Film mehr, Clara spürte, wie sie aufstand, sich umwendete. Der Polizistin nach. Durch den Korridor, über Treppen. In einen Raum mit Tisch und zwei Polizistinnen dahinter. »So, ziehn Se sich aus. Alles.«

Die Jacke. Hemmungen schon bei der Bluse.

»Alles.«

Grauer Büstenhalter auf dem Tisch, aus dem Regal ein grauer Rock. »Haben Sie Geld irgendwo?«

Wo denn bloß. Keine Uhr, keinen Schmuck. »Ziehn Se das hier an.« Immerhin geruchlos, das Zeug, sah trotzdem aus, als würde es stinken. Holzkamm, daß es so was gab. »Bettzeug und Decken.«

»Noch nich.« Widerspruch der Polizistin, die sie hergebracht hatte. »Komm Se erst mal wieder mit.«

»Wenn ich nicht bald etwas zu trinken und zu essen kriege...«

»Wir gehn gleich ins nächste Hotel.«

Korridor, Türen. Wenn sie bockig stehenblieb? In Filmen hatte sie erlebt: ICH SAGE KEIN WORT OHNE MEINEN ANWALT. Offne Tür. Raum wie vorhin, Tisch und Hocker, ein Teller mit vier Brotscheiben, dünn Margarine darauf. Blechbecher. Die Milch schmeckte angenehm kühl, Vollmilch. Klebriges Brot, allerhand Margarine drauf.

Sie kaute noch, da kam der Brillenkerl herein, setzte sich ihr gegenüber, lächelte. »Da wollen wir mal weitermachen. Können Sie sich vorstellen, wer Ihren Mann angestiftet hat? So was muß sich doch über Wochen aufbauen.«

Die Tür in ihrem Rücken wurde aufgeschlossen, Schritte. Ein Mann ging an ihr vorbei, stellte sich neben den Vernehmer. Langsames Erinnern, der war bei ihr im Hof gewesen, Vaters Kumpel aus uralter Zeit. Krank? Die Augen entzündet. Roch nach Tabak auf die Entfernung von zwei Metern, ein miefendes graugesichtiges Wrack.

»Frau Brücken«, sagte Pfefferkorn, »wir könnten Ihren Vater herholen, daß er Ihnen ins Gewissen redet, doch es geht ihm gesundheitlich nicht besonders. Der alte Alfred, tja. Biedrich wälzt gemeinerweise alles auf Ihren Mann ab. Ihr Mann hätte ihn reingerissen und wäre mit ihm nach Westberlin gefahren. Wie lange ist das her?«

»Hartmut war nie in Westberlin.«

»Wir müssen wohl doch andere Saiten aufziehen. Jetzt kommen Sie mal mit. Und machen Sie bloß keinen Fehler. Los.«

Sie stand dicht vor Pfefferkorn, sah in seinen Augen Übermüdung und graue Angst, oder war es Bitterkeit, Enttäuschung, der Mann war doch großmächtig. Flehte er sie an, brauchte Hilfe, war entsetzlich einsam? Sie wollte an ihm vorbei, er drehte sich halb zur Seite, verlor das Gleichgewicht, ein Taumeln war das, noch kein Stürzen. Instinktiv faßte sie zu, hielt ihn an der Schulter, seine Stirn drückte gegen ihre Wange. Wie eine Umarmung wirkte das sekundenlang, da griff der Brillenmensch dazwischen. »Sie sollen da lang, Frau Brücken!«

Zwei Zellen weiter stand Hemsberger an der Wand, die Hände in Schellen, angstblaß. Der Bebrillte: »Wer ist das?«

»Frau Brücken.«

»Mit ihrem Mann waren Sie in Westberlin?«

»Ja.«

Dieser Schuft. Sie wollte schreien, kein Ton bildete sich.

»Und mit Biedrich auch?«

»Ja.«

»Und mit Fiebelkorn?«

»Ja.«

Endlich: »Sie lügen!«

Sofort brüllte der Kläffer, sie solle erst reden, wenn sie gefragt werde. Pfefferkorn wies ihn zurecht, nun mal langsam, Genosse, hier werde auf niemanden Druck ausgeübt. Wenn die Untersuchungsgefangene Brücken das Bedürfnis verspüre, eine Meinung zu äußern, wolle man sie nicht daran hindern. »Hemsberger, Sie waren dreimal mit Brücken in Westberlin bei einer Spionageorganisation. Wie hieß die?«

»Kampfgruppe gegen Unmenschlichkeit.«

»Ihr Führungsagent?«

»Belger.«

»Den kannte Brücken?«

»Ja. Nein.«

»Was denn nun!«

»Nein.«

»Abführn!«

Die Zelle stank vor Dreck, ein Strohsack hing halbzerfetzt über der Pritsche. Die Hauptsache: Hartmut hatten sie nicht geschnappt. Steckte nicht in diesem Gefängnis. Glasbausteine, schmale Klappe. Bröckelnder Putz, Saustall. Hab mich gut gehalten, hervorragend sogar.

3

»Ich weiß, wo der Hallmarkt is. Ich war dort, weiß nich wann. Mit Max, meim Mann. Alleine auch, ohne Max. Wann – weiß ich nich. Nee, nich vorjestern. Wer in Halle wohnt, muß schließlich mal aufn Hallmarkt komm. Als ich ausm Knast raus bin, war ich in der Evangelischen Mission, hab ne Strickjacke jekriegt und Milch und Schmalzstullchen. Dann bin ich zum Bahnhof. Ich mußte aus der Zelle raus, die Arbeiter wollten das so. Die Konterrevolutionäre, wenn Sie das so sagen, Konterrevolutionäre, meinetwejen, dranjestanden hats nich. Ich werd nich frech, wenn ich das so sage. Hab die auch bloß janz kurz jesehen. Ob ich die wiedererkenne – glaub nich. Ging alles janz fix. Ja, n Wachtmeister war dabei, aber sein Schlüssel paßte nich. Wenn Sie mir die jejenüberstelln, weiß nich.

Ich war aufm Hallmarkt, klar, aber nich nach der Evangelischen Mission. Da bin ich zum Bahnhof. Weil ich nach Hannover wollte, zu meim Vater. Und weil nuscht vorwärts jing mit die Züge, hab ich anjefang, nen Brief an mein Vater zu schreim. Das Papier hat mir ne Frau im Wartesaal jeschenkt, den Bleistift hat sie danach wieder mitgenomm. Ja, das is der Brief. Geb ich zu. Weil ich nich wußte, ob das klappt, daß ich hinfahr, weil ich nich wußte, wie das an der Zonengrenze is. Mal schreim, dachte ich, daß ich wieder draußen bin, daß ich an ihn denke und zu ihm hin will. Anjestellter is mein Vater in Hannover. Wie er heißt hab ich hundertmal erzählt, schön, dann eben hunderteins, wenn Sie das unbedingt wolln un wenn Sie das beruhigt. Arthur Kaminsky mit Ypsilon.

Ich hab *mit Max* aufm Hallmarkt jeredet, mit wem sonst. Vormittags, nachmittags, schön, bestimmen Sie, was wichtich is, Sie bestimm hier, hab ich kapiert, hab ich kapiert. Aber ich hab seit zehn Stunden nuscht jegessen, das hab ich auch kapiert, verstehn Sie. Gleich; das haben Sie schon mal jesacht, aber dann kam der nächste Vernehmer und dann Sie wieder. Wieso denn Widersprüche. Ich sag immer das selbe. Ich werd doch nich aufm Hallmarkt ne Rede halten, wenn ich jerade ausn Knast raus bin. Ich bin doch nich bekloppt. War blöd von mir mit dem Koffer, erst behaupten, das wär meiner mit Jeschänke drin. Aber doch nich ne Rede halten, daß ich dankbar für de Freiheit bin. Klar hab ich mich *jefreut,* zu fünfzehn verurteilt und dann plötzlich auf der Straße, und alle sin jut zu mir. Ich bin auch nich am Hallmarkt vorbeijejang, ich hab nich jeredet, wie viel mal soll ich das denn noch sagen.

Erst wollt ich zu Frau Maschenberg. Die war anständig zu mir, die hat nich anjegem mit Reitpferden und irgendwas. Und hat nuscht Falsches gegen mich ausjesacht. Was wir so zusammenjesponn haben uff Zelle mit Jründgens und Joebbels und so, genau wies jewesen is. Ich dachte mir, in ner großen Fleischerei jibt es immer Arbeet, zupacken kann ich, und ich fürcht mich vor keen Dreck. Schlachthaus putzen, warum nich. Und niemand hätte mich dußliches Zeug jefragt, Tilsit und Jestapo. Da hab ich Lebensläufe abjetippt, von Anjestellten und von Häftlingen, nee, nich in Ravensbrück, das war doch Spinnerei, das wissen Sie, und warum hat der Richter das nich begriffen. Sonst wär er doch nie uff die fünfzehn Jahre jekomm, der Herr

Brettmann. Hinterher hat er mir noch jesacht, alles werde nich so heiß jegessen, vielleicht jibts bald ne Amnestie. Muß doch kommen die Amnestie, haben alle jesacht, der Neue Kurs is ohne Amnestie nich denkbar. Und wenn ein Herr wie Herr Brettmann so was sacht, da denkt unsereine, sie kann sich drauf verlassn.

Nach der Mission bin ich zum Hauptbahnhof, weiß nich, wie die Straßen heißen. Der Stadtplan hier, ich hab mich mit sowas nie zurechtgefunn. Ich könnt Ihnen zeijen, an dem Turm vorbei und übern Platz, da standen Panzer und Autos und Kanonen. Ich war froh, daß ich die Häftlingsklamotten los war, in meiner Strickjacke bin ich in Bahnhof rein und hab nach den Züjen jeschaut und jefragt, wie ich nach Hannover komm. Ohne Jeld wär das schwierig jewesen, un da dacht ich, bis Naumburch kommste allemal, sagst dem Schaffner, daß du jerade entlassen worden bist. Arbeitest bei Frau Maschenberg paar Tage oder Wochen. Das haben alle jesacht: Eine wie Frau Maschenberg kriegt ihre Fleischerei wieder, das ist doch der Sinn vom Neuen Kurs.

Was soll ich in dem Brief jeschriem ham? Dann ziehn wir unsre jeliebte SS-Uniform wieder an? Is Blödsinn. Ich hab nie ne SS-Uniform anjehabt bei Jestapo in Könichsbarch, und mein Vater überhaupt nich. Mein Vater war beim Volkssturm, da gab es keene Uniform, oder? Bloß ne Armbinde. Das mit der Jüdin und der Maßuniform hat Frau Maschenberg nie jeglaubt, das war für die Pißnelke. Der nette Herr Brettmann hat das jeglaubt, mag schon sein, irgendwie muß er doch auf die fünfzehn Jahre jekomm sein.

Stadtplan – ich kann nuscht damit anfang. Wenn hier die Mission is und hier der Hallmarkt, ich bin aber nie am Hallmarkt vorbeigekomm, nich an dem Tag, mit Max zehnmal, fünfzehn, immer diese saudämliche fünfzehn, das hämmert im

Kopp rum, das ist, als ob einem alle Schrauben durch den Schädel fliejen. Fünfzehn, und wenn du rauskommst, biste fast sechzig, dann kannste vom Knast aus gleich in Rente jehn. Dann willste vielleicht gar nich mehr raus, hast dich jewöhnt an Kübeln und Brot, bei dem du immer furzen mußt, Entschuldigung, is doch so. Und dann raus von einer Stunde auf die andre und gleich wieder rein, wenn da einer nich verrückt wird.

Alles zujeben, und Sie reißen mir schon nich de Rübe runter, wenn ich alles zujeb. Das mit der SS-Uniform, daß ich die jeliebt hab, das jeht nun wirklich nich. Hab ich nich mal der Pißnelke zujemutet. Das mit Gründgens und Joebbels hab ich mir für die Pißratte ausjedacht, die miese Sau. Ich jeb alles zu, was wirklich war und was ich erzählt hab, aber nie war ich an diesem Tag aufm Hallmarkt, und vorher brummte ich Wochen und Monate im Loch, hab mein Alibi. Wieso is das frech? Is nie nich frech, Sie! Ich nehm die Zijarette, wär ja blöd, aber denken Se nich, daß ich deshalb das mit der Uniform unterschreib. Ich hab keine anjehabt un kann deshalb nich an mein Vater schreim, jeliebte Uniform und so weiter. Krieg ich zu der Zijarette vielleicht ooch Feuer?

4

Mannshoch der Roggen. Hartmut Brücken blieb mitten im Feld und zog die letzte von Liesbeths Stullen unter dem welken Futter hervor. Hier würden sie ihn in den drei Stunden, bis es dunkel wurde, auf keinen Fall finden. Es sei denn, sie suchten mit Hunden. Er würde ihr Bellen vorher hören, sich nicht wehren. Die Flossen hoch, zugeben, wer er war, sie kamen doch dahinter. Das da vorn könnte Teltow sein. Er überlegte, ob er das Rad liegen lassen sollte. Jetzt mußte er nicht mehr wie ein Bauer wirken, war Randberliner, fuhr mit der S-Bahn zur Arbeit. Wenigstens raus mit dem Grünzeug. Vielleicht begann hier um Berlin herum die Sperrstunde schon eher. Schlafen, Kraft schöpfen für den Durchbruch morgen früh.

Ein Sonnabend begann, an einem Sonnabend hatten sie in der »Femina« getanzt; wie viele Wochen war das her. Was geschah an den Sonnabenden seitdem? Geliebt hatten sie sich, Clara nach Seife duftend. Wenn Clara zweite Schicht arbeitete, hatte er die Viertelstunden gezählt oder war ihr entgegengeradelt. Damals mit Gärtners am Tisch, Herrengedeck, und jetzt stand Heinz auf der anderen Seite. Gärtner, der's noch zu was bringen würde in seiner DDR. Morgen bin ich in Westberlin oder im Knast, hoffentlich nicht bei den Russen, morgen fällt eine Lebensentscheidung, oder ich radle um Westberlin rum und melde mich bei einer Traktorenstation in Mecklenburg: Mich schicken sie her, was, ihr habt keine Nachricht aus Halle? Kommt schon noch, geht momentan alles drunter und drüber. So gewann er ein paar Tage.

Die Sonne sank zwischen Wolkenbänken auf die Kiefern zu, ein Raubvogel zog seine Kreise, lustvoll, nicht beutelüstern. Sein Tagwerk schien vollbracht – so sangen sie im Erzgebirge: Das Tagwerk ihis vullbracht, 's geht alles seiner Hamit zu, ganz leiheise kuhummt die Nacht. Erzgebirge, Arzgebirg, dorthin kam er nie wieder. Oder in fünfzehn Jahren, nach seiner Zeit in Bautzen oder Workuta.

Er würde frieren in dieser Nacht, ihn fröstelte jetzt schon. Liegestütze, Kniebeugen kosteten Kraft. Der Hunger würde stärker werden, hoffentlich fand er einen Bach, vor dessen Wasser er sich nicht ekeln mußte. Sekt, Bier und Selters in der »Femina«, auf der Heimfahrt hatten sie gescherzt: Jetzt soffen sie nur noch zu dritt.

Traumloser Schlaf wie eine Ohnmacht. Nach Mitternacht wagte er sich an den Feldrand vor, beschimpfte sich, das geschehe entgegen jeder Vernunft. Von der Waldspitze aus sah er die Lichter eines Dorfes, eines Ortsteils, fünf Straßenlaternen. Das könnte den Wegweisern zufolge, an denen er am frühen Abend vorbeigeradelt war, Stahnsdorf sein oder dazugehören. Wenn er jemanden fragen könnte, wenn das nicht zu gefährlich wäre.

Noch eine Stunde unruhiger Schlaf. Helligkeit stieg sachte auf. Siehst du im Osten das Morgenrot – hatten sie beim Barras gesungen. Dumm wäre es, versehentlich an Westberlin vorbeizustreifen. Er wußte ungefähr, wo Potsdam lag, dazwischen Seen, Kiefernwälder, Russenkasernen. Frisch auf, Kameraden, aufs Rad aufs Rad, tatam, ein paar Wörter fehlten, tatamta. Er richtete sich auf, ließ den Blick schweifen wie ein Bussard auf einer Stange. Erstes Haus, breitere Straße nach Norden. Lindenstraße, gab's in jedem Kaff, tausendmal in Deutschland. Bushaltestelle, die ersten Fußgänger, die ersten Radfahrer. An zwei hängte er sich an, hielt Abstand von ein paar Metern, es könnte aussehen, als gehörte er dazu. Am besten wäre in einem Pulk. Kreuzung, einer bog ab. Nicht zögern, drüber, »Zehlendorfer Damm«, links ein See, rechts bebuschter Hügel. Russenauto von hinten, Plane über dem Anhänger. Ein Auto und nicht zehn, keine Panzer, wahrscheinlich war er noch ein Stück von Westberlin entfernt, im Frontraum davor. Treten, treten, in den Kampf, in die Freiheit gezogen, so ging's weiter im Pferdelied. Pfeifen sollte er, fröhlicher Arbeiter auf dem Weg zur Friedens-, zur Aufbautat, Randberliner, kein flüchtender Anhaltiner. Eine Frau radelnd vor ihm, er nahm Fühlung auf, Tuchfühlung beinahe, sie und er als trautes Paar. Wer uns getraut, der Dompfaff – ging ganz schön durcheinander in seinem Kopp. Einen Meter hinter ihr, nun wirklich pfeifend, kein

Blick auf den Trupp von Gewehrträgern auf dem Bürgersteig, Betriebsschützer oder Transportpolizisten, auf dem Weg vom oder zum Einsatz, nicht mit Kontrollen beauftragt. Die Frau vor ihm hatte ihre Schürze mit einer großen Schleife am Rükken zugebunden, sich wiegend trat sie, ihr Gepäckträger war leer. Seine Frau, seine liebe Frau. Pferdewagen mit Gerümpel, für einige Meter hielt er sich an der Seitenplanke fest, auch nicht schlecht, er war der Knecht von dem Alten da auf dem Bock. Mit ihm über eine Brücke. Auf der anderen Seite sprachen zwei Volkspolizisten mit einem Mann in Lederjacke, noch konnte einer rüberkommen: Ihrn Ausweis bitte. Vielleicht doch kräftiger in die Pedale treten, ehe Angst den Rücken steif machte. Immer noch »Zehlendorfer Damm«, er sollte absteigen. Erstaunlich wenige Kriegsschäden an den Häusern. Lag Zehlendorf vor ihm oder hinter ihm, war egal, irgendeine Moskauer oder Dresdener Straße führte ja auch nicht nach Moskau oder Dresden.

Er bog in eine Klausener Straße ein und schloß sein Rad an einem Laternenpfahl an. Ein Mann lehnte auf der Fensterbrüstung im zweiten Stock. Rasch zurück, Medonstraße. Tabakladen, geschlossen. Vorkriegsreklame, verwittert. Er blickte vorsichtig um die Ecke, zwei Vopos mit Karabinern kamen auf ihn zu, er prallte zurück, konnte dem Gaffer auf der Fensterbrüstung unmöglich das Bild eines Flüchtenden bieten, also hinter der nächsten Ecke eine Flanke über den Gartenzaun. Stangenbohnen, Apfelbäumchen, druntergerollt. Schritte der Polizisten, die sich unterhielten: »Da hab ick jesacht, mit mir kannste...«

Eine Minute warten, zwei.

»Sie können ruhig aufstehen.«

Leise Stimme, unaufgeregt. Brücken drückte sich wie in Zeitlupe hoch, rieb sich die Hände an der Hose ab. Eine Frau stand hinter dem dritten Bäumchen, mußte ihn gesehen haben, als er über den Zaun gehechtet war. Gartenschere in der Hand, Kopftuch, großbusig, knapp fünfzig.

»Sie sind bestimmt der Monteur fürs Badezimmer.«

Noch immer rieb er seine Hände gegen den Hosenstoff.

»Da kommen Sie mal rein.« Sie ging voran, legte die Schere auf einen Tisch und zog die Gummihandschuhe aus. »Hab Sie erst in einer halben Stunde erwartet.« Sie ging Stufen zur Hintertür hinauf, drehte sich um. Flächiges, gebräuntes Gesicht ohne Regung. »Komm Se bitte.«

Der Flur, Brücken streifte die Schuhe an einer Matte ab.

»Das Bad ist links. Schaun Sie sich mal um.« Prüfender Blick. »Sie können sich auch waschen. Das Rasierzeug gehört meinem Sohn. Also.«

»Danke.«

So sah keine Falle aus. Oder die Frau lief zum Telefon, Notruf. Wenn sie die Tür abschloß, sprang er aus dem Fenster. Aber der Schlüssel steckte innen, er blickte in den Spiegel – wie'n Penner. Amerikanische Rasierseife, Westberlin war nahe. Oder sie hatte Verwandte in den USA. Das Hemd über den Kopf. Klopfen. »Ich will Ihnen ein Handtuch geben.« Er öffnete, griff zu, bedankte sich, antwortete auf die Frage, ob er Tee oder Kaffee wünsche, das sei egal, also was, also doch lieber Kaffee. Beim ersten Schluck Wasser spürte er miserablen Geschmack im Mund, drei Tage lang hatte er sich nicht die Zähne geputzt. Drei Zahnbürsten in den Bechern. Duftende Seife, Palmolive gegen den Gestank aus den Achselhöhlen, ihm schien, als bröckle eine Schicht aus Schweiß und Staub vom Gesicht. Baum vorm Fenster, niemand konnte ihn sehen.

Als er in den Flur trat, roch er den Kaffee.

»Kommen Sie bitte in die Küche. Haben Sie sich umgeschaut? Mal die Rohre sauber machen, den Badeofen kontrollieren, das übliche. Ich laß das gern im Sommer erledigen.«

Sie stand am Herd, jetzt sah er sie von der Seite, rundes Kinn, Specknacken. Auf dem Tisch Brotscheiben, Margarinewürfel, Schüssel mit Marmelade. »So, das zweite Frühstück. Dann holen Sie Ihr Werkzeug.« Sie blickte ihn abschätzend an, wahrscheinlich hatte sie tatsächlich gedacht, er würde sich rasieren. »Milch hab ich leider nicht. Zucker? So, setzen Sie sich bitte.« Sie goß Kaffee ein.

»Bitte, wie heißt dieser Ort, dieses Viertel?«

»Kleinmachnow.« Nach einer Pause: »Links, hundert Meter weiter, beginnt schon Zehlendorf.« Wieder eine Pause. »Also Westberlin. Dazwischen liegen Gärten. Wenn einer über sieben Zäune klettert, braucht er nicht mal 'ne Straße bis dahin. So, Sie frühstücken, ich gieß inzwischen die Blumen. Dann holen Sie Ihr Werkzeug. Gut?«

»Ja, prima. Und vielen Dank.«

»Nischt zu danken, Herr Sachse.«

Arbeiterwürde

I

»Jetzt hört mal zu! Ich hab das satt, satt! Wir liefern euch die Kerle auf dem Tablett, und ihr laßt sie am nächsten Tag wieder laufen!«

»Genosse Pfefferkorn«, widersprach Brettmann, »wir können niemanden einsperren, bloß weil er demonstriert hat. Die Rechtslage...«

»Ich scheiß auf eure Lage!« Brettmann vor ihm, Holls, zwei andere Waschlappen, immerhin Kodelwitz. »In zwei Tagen schnappen wir alle Strippenzieher aus den Westberliner Zentralen!« Brüllen hatte keinen Zweck, hatte doch Zweck, schüchterte die Versöhnler hoffentlich ein. »Wir brauchen sofort Beispiele!« Beispiele für den Putsch, die eigene Wachsamkeit.

»Du hast mir gesagt, Genosse Pfefferkorn, ihr habt diesen Funker aus Bitterfeld.«

»Haben die sowjetischen Genossen zurückgefordert.« Ein Glücksfall, schon nach Berlin gemeldet, plötzlich brauchten die Freunde ihr Prachtstück selbst. »Ihr habt doch die Dorn. Rausgeboxt von ihren eigenen Leuten, auf dem Hallmarkt hat sie gehetzt. Macht was draus!«

Brettmann fragte: »Die Dorn hat auf dem Hallmarkt gehetzt?«

»Hat sie. Genosse Kodelwitz?«

»Genosse Oberstleutnant?«

»Ist das Vernehmungsprotokoll mit der Dorn fertig?«

»Wird abgetippt.«

»Dann mal dalli.«

»Genosse Pfefferkorn, die Dorn hat schon immer das wirrste Zeug...«

»Das ist doch scheißegal!« Wieder brüllen, er hatte es nicht geplant, es schrie aus ihm heraus. Brettmann war *der Versöhnler* schlechthin, bürgerlicher Prinzipienreiter. Mit Holls käme er eher zu einem Ergebnis. »Die Frau des Hetzers Brücken hat mit diesem Funker in einem Zimmer gearbeitet, so sehen die Querverbindungen aus.« Die Dorn und die Brücken zusammenlegen, Zelleninformantin dazu, aber dazu blieb keine Zeit. Er sollte über die Bezirksleitung Brettmann den Stuhl weghauen. »Noch Fragen?« Wenn Brettmann nicht endlich spurte, lernte er bald, mit 'nem Kübel umzugehen.

»Grundsätzlich, Genosse Pfefferkorn: Das Justizministerium hat bekräftigt, bloße Teilnahme an einem Streik sei nicht strafbar.«

»Und an einer Demonstration, bei der Plakate abgerissen und Losungen des Klassenfeinds geschrien worden sind?«

»Im Einzelfall muß bewiesen...«

»Vielleicht müssen wir mal in eurem Ministerium für Klarheit sorgen! In den Köpfen dort.« Er fügte nicht hinzu: den sozialfaschistischen. »Bei uns in Halle gilt revolutionäre Wachsamkeit. Hoffentlich begreifst du das endlich, Genosse Brettmann!« Wenn er ihn abkanzelte: *Herr* Brettmann! »Meine Anweisungen gelten!« Rausschmißformel. »Genosse Kodelwitz, wir sprechen uns in zehn Minuten.«

Zehn Minuten für ein Telefonat mit Sindermann. KZler hielten zusammen. Der Hinweis auf das Häftlingsbordell in Buchenwald vor kurzem war Mahnung zur Vorsicht gewesen, nichts sonst. Er erhielt damals den Befehl, den Puff einzurichten, schon wenige Wochen danach, vier allerhöchstens, wurde er in die Gewehrproduktion versetzt. Diesen Vorgang hatte das

Zentralkomitee nach '45 überprüft. Verfahren abgeschlossen, Deckel drauf. Mit Sindermann war er sich einig: Wenn alle vor Schiß nicht wußten, wo's langzugehen hatte: Über ihnen wachten und befahlen derzeit die Freunde, nicht das Zentralkomitee oder sonst jemand in Berlin, vielleicht noch nicht einmal der eigene Minister. »Wen hast du?« fragte Sindermann. Die Komplizin des Amifunkers am gemeinsamen Reichsbahnschreibtisch, natürlich die KZ-Aufseherin Dorn, Biedrich aus Bitterfeld, ganz großes Kaliber, der hatte seelenruhig gewartet, bis sie ihn einsackten. Er habe doch bloß ganz normale Forderungen der Arbeiter ausgesprochen. Trottel gab's!

»Die KZ-Bestie Dorn«, sagte Sindermann, »bringe ich morgen auf der ersten Seite. Wir sammeln Stimmen gegen den Putschversuch aus allen Schichten. Hab schon Pfarrer, Professoren, wird 'n tolles Blatt.«

»Danke, Horst. Wir müssen über die Bezirksleitung diesen Brettmann absägen. Dem Holls knallhart klarmachen, daß ihm dasselbe blüht, wenn er nicht spurt.«

»So schlimm?«

»Wenn du jemanden aus dem Bürgertum brauchst, der den neuen Kurs öffentlich begrüßt, könnte ich dir einen gewissen Schmolka bringen.«

»Nur zu. Und wegen Brettmann sehe ich mal, was sich machen läßt.«

Durchs Haus streifen. Keine laxe Antwort dulden. Jawohl, Genosse Oberstleutnant! hieß das. Er müßte nach Ammendorf, Bitterfeld, Eisleben, in den »Roten Ochsen« – allerhand Entwicklungen waren zu Selbstläufern geworden. Das wußte er aus Erfahrung: Angst konnte jedes andere Gefühl kaputtmachen. Angst vor SA-Knüppeln, Stehkarzer, SS-Kötern, vor der eigenen Schwäche: Du hältst nicht durch, fängst an zu singen, zitternd vor neuen Schlägen, unterschreibst. Hieb über die

Hände, beim nächsten Mal brechen sie dir die Knöchel. Auf dem Ami-Laster im April '45 über die Autobahn nach Halle war er überzeugt gewesen: Nie wieder Angst, was du auch tust und wie schwer es sein könnte. Alles wird unendlich leichter sein als die Angst vor der eigenen Angst.

Er blickte in ein Zimmer. »Genosse Oberstleutnant, ich melde...« Wo steckte der Genosse, der den Aufrührer erschossen hatte? In der Fahrbereitschaft einstweilen, so. Dort konnte er nichts verderben, Wartestellung. Als Held würde er ihn nicht aufbauen, aber ihm sollte auch niemand schlechtes Gewissen einbläuen. In den Protokollen die Schußentfernung von fünfzig Metern streichen. Versetzen nach Magdeburg. Wenn einer meiner Männer geschossen hat, habe ich geschossen.

Ein Bericht. Der Erschossene hieß Herbert Olker. Sein Vater arbeitete in einem Werkzeugmaschinenbetrieb, Pfefferkorn kannte den Direktor. Kodelwitz sollte den Vater herholen zu einer Befragung. Sollte besser nicht. Vielleicht faschistisch verseuchtes Elternhaus – wenn nicht, würde die Situation noch vertrackter. Hoffentlich nicht Genosse. Also den Direktor anrufen. Olker stehe an seiner Maschine. Kein Parteimitglied. Soll in einer knappen Stunde zum Direktor zitiert werden.

Ins Auto. Pfefferkorn ließ am Hintereingang halten, der Betriebsschutz wußte Bescheid. Der Parteisekretär lotste ihn über Treppen und durch Korridore.

Da saß Olker, Mann über die fünfzig im Schlosseranzug, Schweißerbrille um den Hals gehängt, strubbliges Haar, Furunkel an der Schläfe, helle geweitete Augen, Mißtrauen im Blick und der Haltung. Pfefferkorn nannte einen Decknamen, Baumann, er sei von der Abteilung Inneres und wolle einige Fragen stellen. »Herr Olker, ich spreche Ihnen mein Beileid aus. Tragischer Unglücksfall.«

Olker schaute für eine Sekunde hoch, kein Muskel im Gesicht regte sich. Auf dem Rand eines Aschbechers glomm eine Zigarette, Olker griff nach ihr und nahm einen Zug, blickte auf die Glut und ließ Rauch aus dem Mund quellen.

Keine Zimperlichkeit. »Herr Olker, ich wüßte gern, was Ihren Sohn in diese gefährliche Situation getrieben hat. Warum er ganz vorne sein wollte – das wollte er doch, oder?« Keine Antwort. »Hat ihn jemand aufgehetzt, oder?«

»Meinen Jungen?«

Abwarten, sich auch eine Zigarette anstecken. »Irgend jemand hat ihn vorgeschickt?«

»Glaub ich nicht.«

»Er war Lehrling?« Pfefferkorn fiel ein Gemälde ein, Barrikade in Berlin im März 1848, schwarz-rot-goldene Fahne, zwei Lehrlinge, einer hieß Glasenapp.

»Herbert war Hilfsarbeiter.« Pause, Zug an der Zigarette, Pause. Stockend: »Ein guter Junge. Unser einziger. Was wissen Sie denn. Sie können ja gar nicht... Sie haben ja... Sie können jeden fragen: Alles mit Musik flog ihm zu. Wenn Herbert ein Klavier sah, klimperte er los, Schlager, Volkslieder. Im Schulchor stand er in der ersten Reihe. Wenn ihm am Klavier eine Begleitung mit der linken Hand gelang, strahlte er. Bloß mit Rechnen war nichts. Können Sie Klavier spielen?«

»Nein.«

Olker preßte die Hände vors Gesicht, ließ sie sinken. »Sein Lehrer hat mir gesagt, Herbert hätte den Dominantseptakkord für sich selber erfunden. Aus dieser Begabung hätte was werden können. Aber er konnte kaum addieren und überhaupt nicht malnehmen. Darin war er wie ein Vierjähriger.«

»Herr Olker, vielleicht wollte Herbert deshalb bei diesem Sturm ganz vorne sein. Wollte bewundert werden?«

»Sturm?«

»Eine Ansammlung. Nach der Ausgangsperre. Freunde von Herbert dabei?«

»Sturm?«

Pfefferkorn überlegte, ob er fragen sollte: Ist Ihr Herbert mit seinen Kollegen gelegentlich nach Westberlin gefahren zum Besuch eines Grenzkinos etwa, wo sie Gangsterfilme zeigten, oder zum Fußball ins Olympiastadion? Er könnte hinzusetzen: Vielleicht hat Herbert Schallplatten gekauft oder wenigstens Grammophonnadeln – die aus der hiesigen Produktion sind doch ziemlicher Dreck. Ob er gern »Schlager der Woche« vom RIAS gehört hätte, wenigstens das? »Kein politischer Grund also, daß Herbert...« Das mit dem Sturm sollte er nicht wiederholen.

»Was denn für einer?«

Gegenfrage war klassische Abwehr, er konnte nicht blaffen wie ein Vernehmer: Hier fragen wir! »Haben Sie einen Wunsch, Herr Olker?«

»Meine Frau und ich wollen wissen, wo Herbert begraben wird. Oder schon ist.«

»Ich werde mich kümmern. Und ich danke Ihnen für Ihre Auskünfte.«

Olker stand auf, zuckte die Schultern. »Was sagten Sie, woher Sie sind?«

»Von der Abteilung Inneres beim Rat des Bezirks.«

Olker ging hinaus, und Pfefferkorn fand, er hätte diese Frage nicht beantworten sollen. Olker war Feind, die Feindschaft entstand aus der Tragik dieses Zusammenpralls. Der Arbeiter O. verlor seinen Sohn – solange du überzeugt bist, suggerierte sich Pfefferkorn, daß es richtig war, auf einen zu schießen, den die Konterrevolution vorschickte, für Minuten vielleicht nur, aber in diesen Minuten war er ihr Handlanger, bist du im Recht. In einem Jahr, in fünf Jahren, wenn die DDR gefestigt und über jede Furcht erhaben stand, etwas wie dieser Juniaufstand könnte sich wiederholen, durfte er vor Olker hintreten und sagen: *Ich habe deinen Sohn erschossen,* es war unausbleiblich, und es war gerecht. In diesem Sinne ist dein Herbert für eine gute Sache gefallen, sein Blut hat das von Millionen in einem Dritten Weltkrieg erspart.

Endlich nach Hause. Die Schmerzen in den Knien überfielen ihn auf der Treppe, gerade noch hielt er sich am Geländer fest. Wenn er kriechen müßte, wenn ihn jemand so sah. Keinesfalls konnte es dabei bleiben, daß ein exponierter Genosse wie er in irgendeinem Haus wohnte mit irgendwelchen Mietern rechts und links. Ein Viertel zu räumen, wie die Amis und die Freunde es vorgemacht hatten, war natürlich politisch nicht durchzusetzen. Neue Häuser mußten sie bauen und Genossen einer bestimmten Verantwortungsstufe zuteilen. Im Parterre handfeste Jungs mit der Maschinenpistole im Schrank. Am besten auch sein Fahrer.

Ob er nun Hunger verspürte oder nicht, etwas essen mußte er. Und sollte nicht mehr rauchen. Gekochte Kartoffeln fand er in einem Topf, suchte Zwiebeln, Margarine. Bewährte Handgriffe, die von den Schmerzen ablenkten. Mit Spiegelei, mit Gurke. Im neuen Haus würde er die Frau des Genossen Fahrer heraufbitten. Hier konnte er nicht beim Nachbarn klopfen, wußte nicht: War der nun Nazi oder wer. Schuhe und Strümpfe ausziehen, die Hosenbeine hoch, die Füße in eine Schüssel mit kaltem Wasser, warten. Dabei doch wieder rauchen, hol's der Teufel. Jetzt fuhr Olker nach seiner Schicht heim, berichtete seiner Frau. Oder saß mit Kollegen in einer Speiseraumecke, einer Kneipe, im Garten eines Verwandten. Sie rätselten, wer ihn besucht haben könnte. Natürlich kamen sie darauf voller Haß.

So saß er, als Thekla eintrat. Ärgerte sich: Ein alter kranker Mann hockte in der Küche. Sofort war sie bei ihm, umfaßte seinen Kopf und fragte: Schlimm? Ach wo, schlimm nun wieder nicht oder nicht sehr, bißchen abspannen. »Ich mach uns gleich was zu essen.«

»Und bei dir?«

»Der Reihe nach.«

Er sah ihr zu, wie sie hin und her ging, zum Umziehen ins Schlafzimmer und über den Korridor und zurück in die Küche. Rasche Drehungen auf schlanken Beinen, klappklapp auf den Dielen. Er nahm die Füße aus der Schüssel, trocknete sie ab, schüttete das Wasser weg. Kämmte sich, stand gerade. Kein Gedanke mehr an die verdammten Knie. »Und?«

»Beschissen.«

Beim Tischdecken, Abendbrot, danach: Thekla war mit einer Aufklärungsbrigade der Parteischule im Leuna-Werk eingesetzt worden. Erst war sie mit einem Oberschlesier – »meinem Bauerntrampel« – zu einer Abteilung geschickt worden, die gerade eine Zwölfstundenschicht bei der Kohleentladung hinter sich hatte. »Die wollten fort zu ihren Zügen, keiner redete, schließlich ihr Leiter: Alles in Ordnung außer der Versorgung mit Getränken und der miserablen Verpflegung in der Nachtschicht, fast immer war ihr Essen in den Kübeln kalt. Keiner hat gestreikt, am Mittwoch hatten sie frei und lagen daheim in den Betten. Und bei dir?«

Sindermann und er gegen die Hinhaltetaktik der Schlappschwänze. Aus dem Ministerium nur die allgemeine Anweisung, hart vorzugehen. »Hart sind wir auch ohne die.« Die Pfeifen aus dem Gericht wie gewöhnlich als Bremser.

»Dann wurde es knallig. Vier von uns gegen dreißig in einer Schlosserei. Die Panzer standen ja anfangs mitten im Werk. Nun sollten sie auch von den Toren abgezogen werden. Dauernd die Formulierung: Die Russen! Ich hab für möglich gehalten, daß einer sagt: Der Iwan. Und Brüllerei. Einer von denen ist wohl verhaftet worden, aber das weiß niemand genau, vielleicht ist er auch abgehauen. Immer wieder: Wenn der nicht entlassen wird, ist für sie der Streik nicht vorbei.«

»Aber wenn wir nicht...«

»Bruno, du hast den Überblick, ich sag dir bloß, was ich erlebt hab.«

»Agenten gab's dort, richtige?«

»Jedenfalls nicht, wo ich war.«

Was hatte er gegessen – zwei Scheiben Brot, vier, er wußte es nicht, jedenfalls keine Bratkartoffeln. Am Nachmittag war ihm eingefallen, daß er etwas mit Thekla besprechen sollte, das nichts mit diesem verdammten Mittwoch zu tun hatte, was bloß. Ach ja: »Thekla, ich hab mir gedacht: Fährst allein an die Ostsee.«

»Würde mir keinen Spaß machen.«

»Daß ich nicht wegkann, ist klar.«

»Ich nehm Urlaub und versorg dich endlich mal richtig.«

»Brauchst dringend frische Luft.«

»Müssen wir heute nicht entscheiden, Bruno.«

»Hat paar Tage Zeit, Thekla.« Wenn nur alles ein paar Tage Zeit hätte.

2

»Kommt nicht in Frage, daß ich dich allein fahren lasse, Herta. Nun stell doch nicht alles auf den Kopf. Schön, ich geb dir recht, wir wollen uns nicht schon wieder im Kreis drehn. Die Kinder bleiben drüben bei Willes. Die Ärztin sagt, das muß sich bei mir überhaupt nicht wiederholen.«

»Muß nicht, aber kann.«

»Kann auch bei dir.« Mannschatz rekapitulierte: Trangiente globale Amnesie. Klang enorm und ließ sich schlicht mit *Filmriß* übersetzen. Kannte jeder, der mal zu tief ins Glas geblickt hatte. Bei ihm kam das keineswegs aus heiterem Himmel, es war schon allerhand losgewesen.

»Also du kommst mit, Fred?«

Ja, diese Debatten mußten ein Ende finden. Erst wollte Herta, daß er allein zu Pfefferkorn fuhr, dann wollte sie mitkommen, dann selber allein fahren, sein Argument, er sei schließlich aus der Partei ausgetreten und könne deshalb nicht bei Pfefferkorn aufkreuzen, fand sie sinnlos. »Hast ihm schließlich das Leben gerettet.«

»Ja, ja, ja.«

»Was sagen wir, wenn sie nach Hartmut fragen?«

»Ja, was.«

Also auf und fort. Clara war ihre und seine Tochter, ein Ehepaar stellte mehr als die Summe von zwei Menschen dar, war das Bindeglied zwischen einer Generation zur nächsten. Zwei Enkel waren nun auf sie angewiesen. »Hast du den Korb?«

Den Korb mit Wäsche, Handtuch, Erdbeeren, Kirschen, Kuchen. »Und du hast die Ausweise?«

Griff zur Brieftasche; als er das letzte Mal nach Halle gefahren war, hatte noch das Parteibuch dringesteckt. Zum Bahnhof, das schuf wieder peinigende Gedanken. Clara war nicht dort zur Arbeit oder hatte Freischicht, war keine Reichsbahnerin mehr, sondern eingesperrt in Halle, hoffentlich nicht schon weiter nach Berlin oder Bautzen oder in einem Waggon nach Rußland. Hemsberger saß keineswegs an seinem Schreibtisch. Dem Vorsteher wollten sie unbedingt aus dem Weg gehen, wer weiß, was der neuerdings für eine Rolle spielte.

Vor dem Bahnhof stand ein Schützenpanzer, bedeckt mit einer Plane, Soldaten davor. Grimmige Gesichter. Rasch vorbei, Fahrkarten gekauft nach Halle und zurück, den Beamten hinter dem Schalter kannten sie nicht, er wirkte gleichmütig, wußte augenscheinlich nicht, wer sie waren. Auf dem Bahnsteig registrierte Mannschatz Blicke, die ihn zu mustern schienen, dann abglitten, oder bildete er sich das nur ein? »Bin froh, daß du mit bist, Herta.«

»Und daß du mit bist.«

Der Zug war knapp zur Hälfte besetzt, den Schaffner begleiteten zwei Transportpolizisten, beide mit Karabinern. An der nächsten Station stiegen vier Männer zu, tuschelten, einer sprang sofort wieder ab. Mannschatz wollte sich zwingen, das nicht auffällig zu finden, vielleicht hatte der etwas vergessen oder merkte, daß er im falschen Zug war, es gab hundert Möglichkeiten. Aber in diesen Tagen wirkte nichts normal, nicht mal das Normalste.

»Vielleicht ist Clärchen schon raus.«

Saß vielleicht in dem Zug, der ihnen entgegenkam. Würde von Willes alles erfahren, die Kinder umarmen.

In Halle warteten sie vor dem Bahnhof eine Viertelstunde auf die Straßenbahn, dann gingen sie wortlos dem Ziel zu, vor dem sie sich fürchteten. Darüber hatten sie eine halbe Nacht lang diskutiert, zum Gefängnis oder *dorthin,* aber in Halle gab es mindestens zwei Gefängnisse, das wußte jeder seit ein paar Tagen noch genauer.

»Wir müssen immer sagen: Ministerium für Staatssicherheit, nicht Stasi, könnte sein, das hören sie nicht gerne.«

»Fred, hältst du mich für doof?«

Vor der Bezirksverwaltung ein Doppelposten, Mannschatz fragte, ob das der richtige Eingang für Besucher sei. »Ausweise bereithalten.« Auf dem ersten Treppenabsatz fragte ein Offizier nicht unfreundlich, was sie wünschten. »Wir möchten den Genossen Pfefferkorn sprechen.« Selbstsicher hatte das geklungen, fand Mannschatz.

»In welcher Angelegenheit?«

»Wir sind Freunde.«

»Also privat?«

»Nicht privat.«

Der Offizier fragte nach den Namen, schaute von ihm zu ihr und zurück. »Das wüßte ich schon gern ein bißchen genauer.«

»Mein Mann hat dem Herrn Pfefferkorn einmal das Leben gerettet. Herr Pfefferkorn war vor kurzem bei uns. Jetzt ist nämlich unsere Tochter verhaftet worden.«

»Da kommen Sie mal hier rein. Nehmen Sie Platz, wird vielleicht ein Weilchen dauern.« Der Offizier ging voran die Stufen hinauf. Wartezimmer mit Stühlen an der Wand gereiht, mit Zeitungen und Fotos von Pieck und Ulbricht. Herta stellte den Korb ab. »War das richtig eben?«

»Klar war das richtig.« Er sah auf die Uhr, merkte sich: Drei nach zehn. Er nahm eine Zeitung, las über die Arbeiter der Berliner Stalinallee, sie hätten am Freitag vollzählig und pünktlich die Arbeit aufgenommen, und über die KZ-Furie Erna Dorn und einen Brief an ihren Vater in Hannover: »Dann ziehen wir unsere geliebte SS-Uniform wieder an.« Politbüromitglied Herrnstadt berichtete: »Anhand der in Westberliner Agentenzentralen vorbereiteten Listen wurden faschistische und kriminelle Verbrecher aus den Haftanstalten herausgeholt wie zum Beispiel die wegen bestialischer Verbrechen gegen die Menschlichkeit von der demokratischen Justiz verurteilte Kommandeuse des Frauengefängnisses Ravensbrück. So sollte in der DDR eine faschistische Macht errichtet und Deutschland der Weg zu Einheit und Frieden verlegt werden.« Selbstverpflichtungen von Brigaden in Leuna und Buna. Die Kalikumpel von Hettstedt...

Ein junger Mann in Zivil trat ein. Die Ausweise bitte; er ließ sich wiederholen, was Herta vorgebracht hatte. Herr Mannschatz, aha. Und die Tochter heiße ... Aha. Der Genosse Pfefferkorn sei wahrscheinlich nicht im Haus, er wolle sehen. Seit wann die Tochter ... Aha. Und wieso?

»Das wissen wir eben nicht«, sagte Mannschatz. »Unsere Tochter ist schwanger. Und da wollten wir ihr...« Er wies auf den Korb.

»Machen Sie sich mal keine Sorgen«, erwiderte der Mann nahezu fröhlich. »Dann kommt sie nach Leipzig ins Haftkrankenhaus.« Er ging, Mannschatz schaute wieder zur Uhr. Mehr als zwei Stunden hatten sie letzte Nacht nicht geschlafen, allenfalls von vier Uhr an. Ich geh zu Sindermann, hatte er gesagt, ich klappere alle Knäste ab. Bloß nicht zu Pfefferkorn. War es ein Fehler gewesen, aus der Partei auszutreten? Clara sollte das beurteilen, hinterher, wenn alles vorbei war.

Wieder ein anderer, in Uniform; Hauptmann, erkannte Mannschatz. Mütze gerade, fast auf den Brauen, etwa dreißig. »Sie wünschen?«

»Unsere Tochter«, begann Herta, »ist schwanger im fünften Monat. Sie ist verhaftet und nach Halle geschafft worden. Wir wollen ihr Wäsche und etwas Obst bringen.«

»Hier ist keine Haftanstalt.«

»Wir dachten...«

»Oberstleutnant Pfefferkorn«, sagte Mannschatz, »war mit mir in der Märzaktion. Wir haben uns neulich bei der VVN wiedergetroffen.« Unbedingt das Wort Genosse vermeiden, damit der nicht einhaken konnte. »Wir sind also Kameraden bei der VVN. Meine Frau und ich sind überzeugt, daß unsere Tochter unschuldig ist.«

»Das behaupten alle.« Kodelwitz überlegte: Rausschmeißen nach drei Minuten?

»Wir wollen nur wissen« – Herta war plötzlich von dem Gefühl durchdrungen, daß sie dem da keinen billigen Triumph gönnen durfte, daß sie Würde zu wahren hätten, und sie dachte für sie später überraschend: Arbeiterwürde –, »wir wollen nur wissen, wo unsere Tochter ist und was man ihr vorwirft.«

»Also noch einmal Ihre Namen und den Ihrer Tochter.« Kodelwitz notierte. »Clara Brücken, die Frau von Hartmut Brücken. Und wo ist der?«

»Das wissen wir nicht«, antworteten Herta und Alfred Mannschatz gleichzeitig.

»Was er am siebzehnten sechsten angestellt hat, haben Sie ja bestimmt in großen Zügen erfahren. Grauenvolle Geschichte. Auf seinem Mist gewachsen, oder?«

»Er hat sich mitreißen lassen«, probierte Mannschatz.

»Reinreißen lassen, und hat andere reingerissen. Wer könnte ihn denn angestiftet haben? Hemsberger? Wahnwitzige Kreuz-und-quer-Verbindungen, finden Sie nicht? Es ist gut, daß Sie hergekommen sind. Wir schätzen Offenheit und Ehrlichkeit. Ich weiß nicht, wie ehrlich Ihre Tochter inzwischen ist. In der ersten Überraschung sah das nicht besonders günstig aus, will ich mal milde formulieren.«

»Und wo ist sie?«

»Ich verstehe Sie durchaus, sorgende Eltern und so weiter. Zwei Enkel, ist doch richtig? Und das dritte im Anmarsch, tja. Sie sind hergekommen, sehr gut.«

Mannschatz fragte: »Was erwarten Sie von uns?«

Lange, quälende Pause. »Herr Mannschatz, wir erwarten, daß jeder Bürger selber einschätzt, was unsere junge Republik von ihm verlangt. Die schweren Tage sind nicht vorbei.« Kodelwitz blickte auf seine Notizen, unterstrich ein Wort. Das empfand Mannschatz als Versuch zum Zeitgewinn, sollte ihn sicherlich zum nächsten Satz zwingen. Oder verleiten – er und seine Frau saßen nicht am langen Hebel.

Kodelwitz hob den Kopf. »Genosse Oberstleutnant Pfefferkorn ist im Haus, aber für Sie nicht zu sprechen. Ihre Tochter wird den Umständen entsprechend gemäß unserer humanen Praxis betreut. Besuch ist vorerst nicht möglich. Ob und wann Sie etwas abgeben dürfen, erfolgt nach einer Entscheidung des Staatsanwalts, fällt also nicht in den Bereich des Ministeriums für Staatssicherheit. Die Hauptsache: Wir möchten gern Herrn Hartmut Brücken über seine Tätigkeiten und die seiner Frau befragen. Das wäre für heute alles.«

Mannschatz schaute auf die Uhr, es war neun vor elf.

»Vielen Dank«, sagte Herta, »da fahren wir also nach Leipzig.«

»Niemand hindert Sie daran.«

»Sie können uns ja mal anmelden.« Das letzte Wort zu haben tat immer gut.

3

Schmolka verstand nicht alles, diesen Satz aber deutlich: »Zwei Herren waren da und wollten dich sprechen. Von *deiner letzten Wohnung* waren die. Ich hab gesagt...« Knarren, Krächzen, Hallo. Wohnung, das war nicht mißzuverstehen. »Sabine ist gerade...« Er fragte, wann diese Herren da gewesen seien, für wichtig hielt er es nicht. »Hörst du mich?« Ein Klirren am Ohr, schließlich das Freizeichen. Er sollte es in einer halben Stunde noch einmal versuchen.

Er ging von der Zelle weg einen Weg hinauf. Wie schlau war die Stasi, wie war sie ausgerüstet? Vergleiche mit seinen Erfahrungen als Nachrichtensoldat brachten wahrscheinlich nichts.

Es war keinesfalls falsch gewesen zu fragen, *wann* die Kerle von der Stasi bei Marion gewesen waren. Wenn sie sich in die Telefonverbindung eben eingeklinkt hatten, wenn sie herausfanden, von wo aus er angerufen hatte – das müßte mit einer schnellen Rückfrage beim verbindenden Amt möglich sein –, wenn sich die Frau am Klappenschrank erinnerte, vom Amt Wernigerode aus an den Teilnehmer Schmolka in Halle gestöpselt zu haben – denkbar war das schon, aber war es auch wahrscheinlich? Und: Was hatte die Stasi *gewollt?*

Ein Lastauto hielt an der Zelle und verdeckte sie. Stasi oder nicht, wenn ja, müßte sie blitzschnell gearbeitet haben. Was auch passierte, er mußte es auf sich beziehen und durfte kein Risiko eingehen.

Er ging durch ein Waldstück und an einigen Grundstücken entlang zum Haus seiner Eltern; womöglich spitzelte ihm ein lieber Nachbar nach. Niemand hier oben besaß ein Telefon; alle mußten zu dieser Zelle hinab. Wenn die Leipziger Stasi nicht sofort mit ihren Kumpanen in Wernigerode Verbindung aufnahm, wenn sie nicht gleich einen Fangtrupp heraufschickte, blieben ihm ein paar Stunden.

Rasch ins Haus. »Mutti, bitte pack mir meinen Rucksack. Bißchen Wäsche, 'ne Decke wie für eine Wanderung, du weißt schon.«

»Mußt du fort?« Angstvoll klang das nicht, überrascht schon. Auf die Frauen in seiner Familie war Verlaß.

»Papa oben?« Die runde schwarzeichene Treppe hinauf, Gehörne an den Wänden, Eberkopf, Großvaters Porträt am Firmenschreibtisch, das sah er vermutlich alles zum letzten Mal. Sein Vater stand in der Tür, er trug eine Joppe mit Uhrkette, er war immer gekleidet, als wollte er einen geschätzten Kunden empfangen. »Ich muß fort. Setzen wir uns in die Laube?«

Nicken, keine Frage. Schmolka wechselte die Halbschuhe mit den Wanderschuhen, steckte seinen Ausweis ein und alles Geld. Vater ging schon die Treppe hinab, nahm jede Stufe sorgsam, die Hand am Geländer. Ruf zur Mutter: »Nicht zuviel, Mutti. Und bißchen was zu essen bitte. Und bringst mir den Rucksack in die Laube.« Dem Vater nach, kurzer Bericht über das Telefonat. »Immer mit dem Schlimmsten rechnen, so haben wir den Krieg überlebt. Es könnte sein, sie wollen mich wieder einsperren.«

»Also solltest du fort.«

Guter alter Vater, und ich wollte doch alle Aufregungen von dir fernhalten, hab dich nie in das eingeweiht, was wir in den letzten Jahren in der Firma durchstehen mußten. »Wenn sie kommen, hören wir sie, und ich bin fort über den Zaun. Ihr sagt dann, ich wäre auf dem Weg nach Halle. Noch eine Sache, über die wir nie gesprochen haben. Bei der Hausdurchsuchung haben sie in uralten Ablagen Notizen gefunden, die auf die Schweiz verweisen. Waren das Rüstungsverbindungen, oder?«

Ein Blick wie in weite Ferne. »Da haben sie also etwas aufgestöbert.« Das klang wie Suche nach Zeitgewinn.

»Da muß es ein Depot geben, ein Schließfach. Marion sollte sogar im Auftrag der Stasi nach Zürich fahren. Die wollten ein Koppelgeschäft anleiern: Der Depotinhalt gegen meine Freiheit.«

»Seltsam, daß die Kerle mich nicht gefragt haben.«

»Wäre noch gekommen, Vater. Denen ist ihr Neuer Kurs in den Weg geraten.«

»Wichtig ist eine Zahlenkombination. Ich hab sie verdeckt und verschlüsselt aufgeschrieben, daß niemand dahinterschaut. Ich kann sie aufdröseln, nur ich.«

»Und deinem lieben Sohn hast du nie davon erzählt?«

Ein Lächeln, sanftes Nicken. »Ich sollte im vorletzten Kriegsjahr Stahl kaufen und leichte Fliegerabwehrwaffen, dazu Munition. Das wollte die betreffende Schweizer Firma über mich abwickeln und nicht über eine großdeutsche Regierungsbehörde. Sie dachten in der Schweiz schon an die Nachkriegszeit, daß sie mit einigermaßen gesäuberter Weste vor den Alliierten stünden. Sie wollten sagen: Wir haben das Geschäft mit einem Koofmich aus Halle und nicht mit Görings Luftwaffe gemacht. Dazu brauchte ich Devisen, dann ging das Geschäft krachen, und das hübsche Zeug liegt noch in Zürich in einem Tresor.«

»Wieviel?«

»Das ist schwer einzuschätzen. Franken, Dollar und Gold. Es kann natürlich sein, der Safe ist leer, weil einer von der Luftwaffe oder der SS ebenfalls zugreifen konnte. Die Schweizer hätten Marion freundlichst nach Hause geschickt. Aber wenn *du* kommst mit meiner Vollmacht und der besagten Nummer, sieht alles ganz anders aus.«

»Ich verschwinde jetzt«, sagte Schmolka. »Wenn sie mich erwischen, kostet das nicht den Kopp. Du schreibst mir bröckchenweise die Nummer, oder wir erledigen das über Westberlin oder sonstwie. Wenn ich drüben bin, sollen Marion und die Kinder alles stehenlassen und nachkommen.«

»Viel Glück, mein Junge.«

Er legte seinem Vater die Hand auf die Schulter. Guter alter Papa, bedeutete das, ich hab dir immer viel zugetraut, aber daß du in deinem Alter in dieser Situation kein überflüssiges Wort sprichst und das Problem im Griff hast, werde ich nicht vergessen und rühmen alle Zeit. Jetzt ist es endgültig aus mit der Firma, mit Opas Gründung und deinem Lebenswerk, ich konnte mich ins gemachte Nest setzen, hab weitergewurstelt, aber gegen die SED ist kein Kraut gewachsen. Keine Jammerei, und jetzt guckst du wie Großvater auf dem Gemälde.

Da stand der Rucksack, die Augen seiner Mutter waren nun doch weit, nicht tränenerfüllt, das würde noch kommen. Händedruck und Umarmung, alles war gesagt. Irgendwann würden sie sich wiedersehen, drüben. Schmolka stieg über den Zaun an derselben Stelle wie hundert Mal in seiner Kindheit, hinein in den Wald mit Pilzen und Beeren, den Bächen, die seine Wasserrädchen angetrieben hatten, Indianerfigürchen zur Seite, mit Rehen und sogar einem röhrenden Hirsch am Waldrand. Das hieß in Liedern: *Waldesrand*. Das Gras war hoch, er ging ins Tälchen hinab und auf der anderen Seite hinauf zur Straße. Es wäre lustig, die Stasigreifer führen mit triefenden Lefzen vorbei, gierig aufs Hochwild Schmolka.

Er erwog Möglichkeiten: Rechts oder links am Wurmberg vorbei oder südlicher, da käme er gegenüber von Braunlage heraus. Das wäre strapaziöser, aber weiter von den Straßen entfernt, vielleicht paßten die Russen dort nicht so auf. Routine stumpfte ab, es war einfacher, mit dem Jeep herumzukutschen, als durchs Unterholz zu kriechen. Er sollte sich nicht darauf versteifen, schon in der nächsten Nacht den Übergang zu riskieren, vielleicht blieb er erst einmal sichernd liegen, ließ Patrouillen an sich vorbei, versuchte, ihren Rhythmus herauszufinden. Schlimm wäre es, sie ließen Hunde los, Spürhunde, Bluthunde wie in den Südstaaten der USA, wenn entflohene Sklaven in den Sümpfen aufgespürt wurden, wo hatte er davon gelesen, bei Gerstäcker und in »Onkel Toms Hütte«. Mit zehn, zwölf hatte er nie durch den Wald gehen können, ohne sich vorzustellen, er rieche den Rauch eines Lagerfeuers oder ließe die Sohlen abrollen wie Winnetou. Jetzt war er Mitte vierzig und auf der Flucht; in diesem Alter sollte einer alle Abenteuer hinter sich haben und an einem eichenen Schreibtisch sein Vermögen verwalten und mehren. Wenn er es recht bedachte, besaß er im Augenblick nur, was er auf dem Leib und im Rucksack trug. Der ferne Tresor in der Schweiz war Schimäre, und jeder Stuhl und jede Werkbank in Halle ging nächste Woche in sogenanntes Volkseigentum über.

Seitlich einer Wegkreuzung legte er sich ins Gras und lauschte. Soldaten auf Streife redeten miteinander, lachten. Rauchten. Als Offizier hatte er dagegen angeredet, befohlen, Verstöße bestraft. Beim Iwan in Friedenszeiten ging es lascher zu, hoffentlich. Vogelgezwitscher. Eichelhäher reagierten aufgeregt auf Eindringlinge in ihr Revier. Derlei hatte er gelernt von den Pimpfen bis zur Offiziersschule, westliche Mißweisung, die Wetterseite der Bäume. Also auf und weiter, er sollte noch in dieser Nacht versuchen, rüberzukommen, jede Stunde länger im Grenzgebiet erhöhte die Gefahr.

Zehn Meter vor ihm trat ein Rotarmist aus dem Gebüsch, als hätte er auf ihn gewartet. Schmolka blieb sofort stehen und streckte die Hände über den Kopf. Er wollte lächeln und schaffte es nicht. Ein zweiter Soldat hinter ihm zog ihm mit beinahe sanfter Bewegung die Uhr vom Handgelenk und befahl: »Rucksack ab.« Das tat Schmolka. »Rucksack vor Bauch, los.«

Sie gingen einen Weg hinab und über eine Bachbrücke. »Schneller!« Schmolka spürte die Mündung der MPi im Rükken, Druck, Stoß, jetzt bloß keinen Fehler machen, kein Wort, kein Brummen, die Schritte länger. Er hätte sich gern den Schweiß von Gesicht und Nacken gewischt, aber er mußte den Rucksack halten, der ihn hinderte, zu sehen, was dicht vor ihm war. Das Schweigen sollte nicht drohend werden: »Ich wollte gar nichts besonderes. Zu meiner Mutter.« Das war es vielleicht: »Zu Mama, Matka. Zu Babuschka. Ich gehen zu Babuschka, Towarischtsch.« Stoß zwischen die Schulterblätter, daß er fast gestolpert wäre.

Talwärts, einer der Russen begann zu pfeifen, da fielen sie zu dritt in Gleichschritt. Schmolka fand das gut, etwas verband sie, er war nicht ausschließlich Feind, sondern nebenher wenigstens Schrittpartner. Als der Bewacher ausgepfiffen hatte, begann Schmolka zu singen, leise erst, dann kräftiger: »Kehr ich einst zur Heimat wiehieder, früh am Morgen, wenn die Sonn aufgeht.« Dieses Lied war Kernbestand der Wehrmacht gewesen und endete: Mein Schlesierland, mein Sachsenland, mein Weserland, je nach dem. Ein Lkw staubte vorbei, der Fahrer hupte wild, gratulierte wohl zur erfolgreichen Jagd.

Nach einem Kilometer ein Gasthof. »Zum schwarzen...« war über der Tür zu erkennen, das übrige verdeckte ein Stalinbild. Davor ein Jeep, ein Dutzend Soldaten. Auf einen Tisch packte Schmolka den Rucksackinhalt, breit auseinander, übersichtlich. Ein Russe nach dem anderen trat heran, besah die Ware wie auf einem Basar, einer steckte ein Paar Socken ein. Verächtliche Blicke. Schmolka zuckte mit den Schultern, tja, er war leider ein Würstchen, kein Schieber mit Seidenstrümpfen oder Rohkaffee.

Ein Offizier trat aus dem Haus, jung war er, die Feldbluse gebügelt, drei strotzende Orden daran. Schmolka nahm militärische Haltung an, zu neunzig Prozent wenigstens, das hielt er den Umständen gegenüber für angebracht.

»Ausweis.«

Der Offizier – Leutnant oder Oberleutnant, Schmolka kannte sich nicht richtig aus, gab es in der Sowjetarmee nicht auch einen Unterleutnant? – las und fragte: »Halle?«

»Jawohl.«

»Sie aus Halle. Und wohin?«

Es war die Eingebung eines Augenblicks: »Ich will heim nach Halle. Ich war in Westdeutschland bei Bruder in Göttingen. Nun will ich wieder nach Halle.«

»Wie lange in Göttingen?«

»Eine Woche.«

»Spionage.«

»Nein, bei Bruder.«

»Spionage. Wir untersuchen.«

Sie befahlen ihm, sein Zeug zusammenzupacken, und führten ihn über den Hof in einen Schuppen, dort saßen drei Männer und eine Frau auf dem Boden. Er wünschte einen guten Tag und erkannte im dämmrigen Licht: Fenster mit Stacheldraht davor, Strohballen. »Hübsch hier.« Stille. Er lehnte seinen Rucksack an die Wand und setzte sich darauf.

Allmählich wendeten sich ihm Blicke zu, ein Mann hustete und krächzte, fragte: »Eben erst geschnappt?«

»Vor 'ner guten Stunde.« Abwarten, nicht fragen: Und du? Spionage klang schrecklich, aber wahrscheinlich warf das der Offizier erst einmal jedem vor. Daß er behauptet hatte, er sei von West nach Ost gewechselt – war das nun klug gewesen? Wenn ihn der Offizier noch einmal vernahm, könnte er behaupten, mißverstanden worden zu sein: Er habe nach Göttingen zu seinem Bruder *gewollt,* eine Woche Urlaub habe er dort geplant. So, und wollte er der CIA *verraten,* wie es in Halle und Ammendorf stand?

»Ich sitz schon seit zwei Tagen hier. Woher sind Sie?« Ein hagerer Kerl fragte das, höchstens zwanzig, stand auf, schüttelte sich und wippte in den Knien. »Bin aus Dresden. Die behaupten, ich wollte in die Fremdenlegion. Mann, bin ich steif.«

Seine Stullen hatten ihm die Russen gelassen, sie auszupacken und vor den anderen zu verdrücken wäre schäbig. Nachts heimlich vielleicht. »Geben sie euch zu essen?«

»Du kommst 'ne Stunde zu spät. Da gab's 'ne fette Suppe.«

Die Frau lachte.

»Kartoffeln und Speck drinne, da kannste nicht meckern, oder?«

Nicht darauf eingehen, vielleicht verarschte der ihn.

»Zwei raus.« Ein Soldat stand in der Tür.

Schmolka war als erster draußen, ihm folgte der Dresdner, grinste ihn an, Schmolka grinste zurück. Durch eine Brettertür, da türmte sich Holz, Stämme links, Sägebock in der Mitte, gesägtes und gehacktes Holz rechts. Der Soldat winkelte den Arm an und führte die Faust vor und zurück. Schmolka nickte, der Dresdner nickte. Sie legten eine Zweimeterrolle auf den Bock und griffen zur Schrotsäge. »Schon mal üben für Sibirien.« Ritschratsch, sie fanden schnell in einen vernünftigen Rhythmus.

»Habt ihr wirklich Suppe gekriegt?«

»Quatsch. Stück Brot mit 'nem Klacks Marmelade.« Der Dresdner schaute den Zaun entlang, drei Reihen Stacheldrähte waren in Abständen von fünf Zentimetern aufgenagelt. Die Latten waren schwach, das Ganze machte einen mehr symbolischen Eindruck. Bastelarbeit. »Wir schmeißen einen Stamm dagegen.«

»Wir schmeißen gar nichts.«

»Dann husch durch den Wald.«

»Und auf der Flucht erschossen. Nicht mit mir, Kumpel.«

Sie sägten, hackten und stapelten drei Tage lang. Mittags löffelten sie Soldateneintopf, Kraut und Graupen, Kartoffeln und Fleisch. Die Abendration war mies wie für die anderen auch. Sie spekulierten: Wenn sie alle Stämme ofenfertig zerkleinert hätten, dürften sie nach Hause. Vermutlich brauchten sie zehn Tage. Na und?

Am vierten Vormittag wurde Schmolka nach vorn geführt. Ein anderer Offizier saß in der Gaststube, Papiere und ein Glas Sülze neben sich. Wo im Krieg? Obergefreiter der Nachrichtentruppe, eingesetzt in Griechenland, Nordafrika und Italien, nicht in der Sowjetunion, bestimmt nicht. Du wieder Krieg?

Niemals, versicherte Schmolka, er sei geheilt, werde nie mehr eine Knarre anfassen. Werde nicht für die Amis die Kohlen aus dem Feuer holen, war ein perfekt geheilter, guter, friedfertiger Deutscher.

»Braunlage?«

»Jawohl, Braunlage, da bin ich rüber.«

»Will Sie hier nicht wieder sehn.«

»Jawohl, nie wieder.«

»Beim nächsten Mal!« Der Offizier machte Handbewegungen, als wollte er ihm den Hintern versohlen. Schmolka lachte. Hier ging's offensichtlich ziemlich durcheinander, ein Offizier hatte den anderen nicht oder nicht genügend informiert. Seinen Ausweis sollte er besser nicht erwähnen, an nichts rühren.

Eine halbe Stunde später saß er mit einem Alten und dessen Enkel auf der Ladefläche eines Lkw. Sie kurvten Waldstraßen hinauf, passierten einen Kontrollpunkt, das Auto hielt auf der Paßhöhe, in geschwungener Kurve fiel die Straße nach Westen ab. Zwischen den letzten Bäumen ging's ins Freie. »Braunlage«, sagte der Fahrer, »dawai.«

Schmolka warf seinen Rucksack über. »Vielen Dank, haben Sie recht vielen Dank.« Die wichtigste Bindung an irgendeine Ordnung war ein Ausweis. Ohne Ausweis war er frei. Vogelfrei. Hieß er nicht Harry Schulze? Oder Graf Bodo von Wintersloh?

Waldrand, Stoppelfeld. Zweihundert Meter bis zu den ersten Häusern. Von Braunlage war es nur noch ein Sprung bis Los Angeles. Bis L.A., wie der Westmensch sagte.

4

Sachte die Augen öffnen. In der Deckenmitte gebogene Drähte mit einer Klemme. Eine Lampe könnte angeschlossen werden. Stuck in den Winkeln.

»Hast noch Zeit.«

Weil sie beim letzten, beim ersten Mal gegen fünf gegangen war? Schon Kontinuität, ein Aspekt der Verläßlichkeit. Noch einmal die Augen schließen, auf den nächsten Satz lauschen – der Klang der Stimme war wichtiger als der Inhalt. Hast noch Zeit, mußt nicht sofort aufspringen, darfst die Beine anziehen, anwinkeln.

»War's so schlimm?«

Ach du lieber, liebster Mann, natürlich war es *schlimm,* schön, schönschlimm, was dachtest du denn. Das Bett unter ihr hob sich um Millimeter, also war Melchior aufgestanden, sie hörte Schritte zum Fenster und drehte sich auf die Seite. Es war noch nicht vier, großartig. Noch nicht vier am Nachmittag des Selbststudiums. Über dieses Wort wäre hübsch lästern unter entspannteren Verhältnissen. Thekla wendete den Kopf, sah seine Silhouette gegen das Blättergewirr draußen. Tief atmen, den Schwindel im Hirn vertreiben. »Machst du bitte das Fenster auf?«

Er tat es und setzte sich neben sie. Sie schauten sich an, in dieser Lage waren sie nun, schönschlimm war der richtige Ausdruck. Es war gekommen, wie's gekommen war, und Thekla wollte es nicht anders. Es kam nicht auf den ersten Satz an, vielleicht auf den zehnten, kleine dumme Schlenker blieben gestattet. Sie fuhr ihm mit dem gestreckten Zeigefinger den Nasenrücken entlang, um den Mund, das Kinn, den Hals hinab und über die Brust. Nicht ein einziges Härchen, na ja. Sanfter Hieb mit der Faust.

»Du verprügelst mich, Weib?«

»Darf ich dich an das erinnern, was du gesagt hast, als du noch einigermaßen denken konntest?«

Er zog das Hemd über; ihn fröstelte. »Du sagtest, ich sollte mir vorher Verbündete suchen.«

Wie Bruno das tat. In dieser Situation an Bruno zu denken war kein Verrat. »Du mußt verabreden, daß sich jemand sofort zu Wort meldet. Wenn du fertig bist, er muß in deine Kerbe hauen. Dann noch jemand aus der anderen Ecke. Ich könnte eine Frage stellen.«

»Du hältst dich raus.«

»Damit du hinterher sagen kannst, ich hätte dich im Stich gelassen, feiger Strolch?« Sie versuchte, ihn in den Bauch zu kneifen. »Elender Brettbauch, elender.«

»Ich hab sowieso die Mehrheit auf meiner Seite.«

»Hast du nur, wenn du vorher deine Leute in Stellung bringst.«

»Wenn ich eine Fraktion bilde.«

Bruno tat nichts anderes. Beim Bezirksgericht konnte er nur aufräumen, wenn er Oelßner einspannte. Er kriegte Oelßner auf seine Seite, weil er durchblicken ließ, daß die türkischen Jahre des 1. Bezirkssekretärs durchaus Diskussionsstoff bieten *könnten*.

»Ich zitiere ›Neues Deutschland‹ mit der Tendenz, die Verantwortung der SED und des Staates immer weiter zu verkleinern und die Rolle der Agenten in den Vordergrund zu schieben. Wo waren die Agenten in Leuna, Bitterfeld, Halle?«

»Die Dorn wurde zum Tode verurteilt.«

»Aber sie war bis zum Nachmittag im Knast. Also kann sie niemanden am Vormittag aufgewiegelt haben. In Berlin mit der offenen Grenze mag alles gewesen sein, wie es will, aber ich rede von unserem Bezirk.«

Sie dachte: Wenn ich Melchior und Bruno zusammenbringe, wenn ich Bruno dazu kriege, auf Melchiors Linie einzuschwenken? Bizarre Idee. »Wer entscheidet?«

»Karlshorst und Moskau.«

»Melchior, was bildest du dir ein?«

»Wir waren doch nicht umsonst tagelang in den Betrieben. Viele Arbeiter fühlen sich beleidigt. Sie sind nicht irgendwelchen Faschisten nachgelaufen.«

Wo hatte sie das gelesen: Wenn eine Lunte auf Beton fällt, kann sie nichts entzünden, fällt sie aber auf einen Haufen Unrat, geht der in Flammen auf? Stammte von Grotewohl, oder? Was der alte Sozi heute sagte, mußte nicht auch morgen noch stimmen. »Warte doch ab!«

»Es ist unsre letzte Versammlung vor der Sommerpause.«

»Dann endlich raus. Freust du dich?«

»Ein Bücherwurm mag keine Frischluft, hat mein Vater gelästert. In seiner Klinik haben sie eine hanebüchene Resolution verfaßt, Blankoscheck für Ulbricht, und der Herr Professor hat unterschrieben, ohne hinzugucken.«

»Aber *das Gewissen* des Genossen Melchior...«

»Laß gut sein, Thekla.«

In zehn Minuten mußte sie fort, ständige Wiederholung brachte nichts. Wenn Melchior nicht auf seinem Weg weiterging, müßte er sich selbst verachten. Die ganze Wahrheit, wir wollen die ganze Wahrheit – wer sich das in den Kopf gesetzt hatte, mußte durch alle Wände.

»Wir sehen uns übermorgen.«

Und dann eine Weile nicht mehr. Brigaden der Parteischule verteilten sich in Großbetrieben, »leisteten Überzeugungsarbeit«, so hieß es in der »Aufgabenstellung«, alles Papierworte. Alles Sindermann, alles Bruno sogar ihr gegenüber.

Sie zog sich rasch an, er brachte sie hinunter und durch den Flur. Sie fürchtete eine Begegnung, bei der Melchior sagen könnte: »Mutti, das ist Thekla«, wie er vorher gesagt hatte: Das ist Irene, Helga, Ingeborg. Besser noch als: »Darf ich vorstellen, Frau Pfefferkorn«, denn vielleicht kannte die Frau Professor diesen Namen von Sindermann aus Gesprächen nach dem berühmten Hauskonzert. »Meine Kollegin Pfefferkorn« klänge am unverfänglichsten – warum hatten sie nie über diese Formulierungen gesprochen? »Mama, ich darf dir meine Kollegin Thekla vorstellen«, Melchior hatte Geschmack *und* Kinderstube, warum vertraute sie ihm nicht?

Schnelle Schritte auf die Straße, geradeaus geschaut. Wenn sie hier jemandem begegnete: Mein Gott, sie hatte bei einem Kollegen ein Buch geliehen oder zurückgegeben, könnte ihr denn jemand irgend etwas anderes ansehen? Natürlich wäre *es* ahnbar für einen, der sie kannte, *sowas* wich frühestenfalls nach einer Stunde aus den Augen, von den Lippen. *Es* und *sowas,* Begriffe aus dem Pubertätswörterbuch. Jetzt nicht sofort nach Hause, anderes und Zeit dazwischenlegen. Zu Liesbeth, ausgerechnet zu ihr, die Bruno vor der Ehe mit ihr gewarnt hatte. Zwei Jahre mußten vergehen, bis Liesbeth sie wie eine Tochter annahm, oder wie eine Enkelin.

»Hab mich gerade bißchen hingelegt.« Das sagte Liesbeth in letzter Zeit öfter, vielleicht war es Ausflucht, und sie lag den halben Tag.

»Hast doch Zeit.«

»Ich mach uns gleich einen Tee.«

»Brauchst nicht, Liesbeth.«

Blick durch die Küche, Topf mit angetrockneten Essensresten, Teller und Untertassen und Becher in der Spüle, keine gute Luft. Sie öffnete das Fenster und ließ Wasser in den Topf laufen. Stimme aus dem Wohnzimmer: »Will dann noch aufwaschen, laß nur alles stehn.«

»Klar, Liesbeth.« Sie setzte Teewasser auf, trug Tassen und Zuckerbüchse hinüber. Liesbeth drückte sich mit angestrengter Miene auf. Suchende Blicke nach den Pantoffeln – bloß nicht bei allem helfen wollen, gar nicht merken, daß alles langsamer vonstatten ging als noch vor einem halben Jahr. Die Debatte über einen Umzug ins Altersheim sollten sie bei nächster Gelegenheit behutsam wieder aufnehmen. Das war Brunos Sache, sie sollte sich nicht vordrängen. Und sie würde nicht abwaschen, bevor sie ging, nicht hinwerfen: Das schaff ich doch in ein paar Minuten. Liesbeth war keine Greisin.

»Ja.«

Liesbeth saß am Tisch. Was bedeutete dieses Ja? Bei Liesbeth verlief ein Tag wie der andere, während Bruno und sie und Melchior und alle um sie nicht wußten, wo ihnen der Kopf stand.

»Muß ich eigentlich umsteigen nach Dessau?«

»Manche Züge fahren direkt, andere über Bitterfeld. Willst du denn hin?«

»Ich weiß gar nicht mehr, ob es weit ist vom Bahnhof zum Friedhof.«

»Ein hübsches Stück. Aber Bruno fährt dich doch hin.«

Liesbeth schien zu überlegen. »Ich weiß gar nicht mehr.«

»Wie weit es ist?«

»Ich hab einen Brief gekriegt vom Friedhof.«

Nicht fragen, was drin stand, Liesbeth mußte wissen, daß sie nun weiterzusprechen hatte. Das Schweigen zog sich hin, sie sollte nicht fragen, ob der Tee stark genug sei oder irgendwas, sondern auf Liesbeths nächsten Satz warten.

»Die wollen die Gebühren erhöhen.«

»Aber deshalb mußt du doch nicht hin. Du gibst mir den Schrieb, und ich erledige das.«

»Ja. Danke.« Nach einer Weile: »Jetzt weiß ich: Am Tor geradeaus, an einer Pumpe links ab. Dort hab ich immer Wasser geholt zum Gießen.«

»Jetzt macht das die Friedhofsverwaltung.«

»Die Gebühren werden erhöht.«

»Bruno verdient doch genug.«

»Ich muß nicht selber hin?«

»Ach wo, Liesbeth.«

»Trotzdem: Einmal im Monat fahr ich nach Dessau. Ich setz mich auf eine Bank in der Nähe vom Grab, da kann ich mich besser an die Mädchen erinnern. Ihr Opa war im KZ, das wußten sie natürlich nicht. Und wollten zu den Jungmädels. Kannst du dir das vorstellen?«

»Aber klar.« Thekla ging in die Küche und krampfte sich an der Tischplatte fest. Vielleicht erholte sich Liesbeth bald und sprach dann klar und spöttisch wie gewohnt. Kleiner Aussetzer, kein Wunder bei der Hitze. Jetzt nicht abwaschen, morgen wiederkommen. Jeden Tag kommen. Mußte der Gedanke folgen: *Nachdem* ich bei Melchior war? Sie ging ins Zimmer zurück und redete von den Gewittern und dachte an Melchior und die Parteiversammlung. Der Brief aus Dessau, wo war der Brief? Liesbeth zeigte wortlos zum Tischchen am Fenster.

Fort ohne Abschiedsgewese, bis morgen oder übermorgen, mal sehen. Auf der Treppe der Wunsch, bloß niemandem zu begegnen, der sie nach etwas fragte, etwas von ihr wollte. In der Straßenbahn saß sie fast allein – was hatte das zu bedeuten, erneuter Streik oder Boykott oder oder, mußte denn alles eine ungeheure Bedeutung haben, wurde sie hysterisch? Jeder um sie war es außer Liesbeth, und Liesbeth wäre es vor einer Woche ebenso gewesen, aber jetzt hatte ein Schalterchen in ihrem Kopf den üblichen Kontakt verweigert.

Bruno lag auf dem Sofa. Thekla ließ sich auf einen Stuhl fallen. »Schmerzen?«

»Kein Wunder.«

Thekla berichtete monoton, teilnahmslos. »Und bei dir?« Sie war es nicht gewohnt, daß Bruno in Einzelheiten ging, das verbot die Konspiration, aber in groben Zügen berichtete er bisweilen doch, wo er gewesen war, wie er eine Aufgabe bewältigt hatte. »Wir müssen die Hotels abhaken, alle Gäste sind überprüft. Die Fabrikantenvillen – nichts. Den Spion aus Bitterfeld haben uns die Freunde zurückgeschickt. In der Nacht zum achtzehnten hat er sich bei seinem Auftraggeber gemeldet und Nachrichten über sowjetische Posten in Bitterfeld durchgegeben. Sieben Minuten Funkerei, wir können ihn nun zu lebenslänglich verknacken. Er hat uns seinen Code sauber aufgedröselt. Vielleicht kriegt er bloß fünfzehn.«

Sie fragte, worauf er Appetit habe. Erstmal ein Bier. Sie schenkte auch für sich ein und wunderte sich: Sie hatte sich nie etwas aus Bier gemacht. Was wohl Melchior trank, trank er überhaupt? Sie vermutete, er würde auf eine Frage danach antworten: Vielleicht mal ein Glas Wein. Ganz Gentleman.

»Heute mittag ist ein Major aus dem Ministerium aufgetaucht. Zu meiner Unterstützung. Kommt frisch aus Leningrad von der Schule.«

»Zu deiner Unterstützung?« Füllselfrage.

»Hat von der Arbeit in den Betrieben keine Ahnung.«

»Und du kannst ihn sowieso nicht leiden?«

»Mein schlaues Mädchen. Als ob wir nichts anderes zu tun hätten, kauen wir die letzten Tage durch. Mein Autotrip zum Steintor-Gefängnis paßt ihm nicht, und Kodelwitz schwört, er habe zu mir gesagt, daß ein General nicht in den Schützengraben gehört. Kann sein, muß aber nicht. Wie lange ich fort gewesen sei, dreißig oder vierzig Minuten. Dabei hätte ich wissen müssen, daß ein Befehl aus Berlin zu erwarten war. Kodelwitz bleibt bei seinem Satz mit dem General und dem Schützengraben.«

»Wie alt ist dein Aufpasser?«

»Das muß er nicht sein.«

»Ist er doch.«

»Anfang vierzig.«

»Also im hungrigen Alter.«

»Mit Kodelwitz gegen mich, schon möglich.«

Sie hörten Nachrichten und sorgten sich um Liesbeth: Wenn alle Stricke rissen, mußte er sie mit dem Dienstwagen nach Dessau fahren, das nahm er auf seine Kappe. Als sie zu Bett gingen, sagte er: »Das ist die Hauptsache. Mein geschätzter Major vermutet, in wenigen Tagen kämen wir in eine neue Etappe, die Suche nach den Agentennestern könnte abgeschlossen werden. Alle Kraft anschließend gegen die konspirativen Zellen in den Betrieben. Und ich sollte mich möglicherweise in Klausur, am besten außerhalb von Halle, an einen umfassenden Bericht machen.«

Sie verschränkte die Hände im Nacken und rührte sich nicht.

»Er hat forsch angefügt, Luftveränderung von einer Woche könnte mir nach der Aufregung gut tun.«

Sie wendete sich ihm zu, sah sein Profil, die Augen geschlossen, schärfer die Falten zum Mund hinab, die Narbe. Sie berührte seine zusammengepreßten Lippen, bis sie sich entkrampften. Sie dachte: Ihn in den Schlaf streicheln, was sollte noch geredet werden. Vielleicht war es am besten, er wartete nicht auf den nächsten Schritt, sondern tat den übernächsten selbst. Er könnte in einer Klinik verschwinden, Durchblutungsstörungen, Herzprobleme. Buchenwald und die Folgen. Mal sehen, ob die Genossen in Berlin nach einer Weile betteln: Bruno, komm bald wieder! »Schlaf schön, Bruno.«

»Mach ich, Thekla. Du auch.«

Kuhhandel

I

»Frau Brücken, Sie müssen nicht glauben, daß wir im Nebel stochern. Der Lokführer, der Heizer, der Bahnhofsvorsteher, natürlich der Ami-Spion Hemsberger und neuerdings auch Ihr Mann sagen alle dasselbe aus. Nur die zweifache Mutter Clara Brücken bleibt verstockt. Wie können Sie denn Ihren Kindern in die Augen schauen, wenn Sie so lügen!«

Sie mußte versuchen, diese Tiraden die Wände hinauf an die Decke laufen zu lassen. Dort versammelten sie sich in Dunstwölkchen. Wenn von ihren Kindern die Rede war, lenkte sie die Gedanken auf sie und formulierte wie sie. Was die Null da redete, waren lauter kleine Püpse, kullerten durchs Fenster, hopsten die Straße entlang als stinkende Kobolde, das Bienchen lachte hinterher. An der Kreuzung sperrte Thomas sie wie Kartoffelkäfer in ein Glas. Deckel drauf.

»Sie scheinen sich ja noch zu amüsieren!«

»Ich hab eben an was sehr Hübsches gedacht.«

»Ihnen wird das Lachen noch vergehn! Bis zur Geburt und noch ein paar Wochen danach braten wir Ihnen eine Extrawurst nach der andern, aber das hört später auf. Sie in Hoheneck, und Ihr Kind bleibt in Meusdorf.«

»Das übernehmen meine Eltern.«

»Denken Sie. Wir stellen Sie demnächst Ihrem Vorsteher gegenüber.«

Daß Hartmut ausgesagt haben sollte, war neu. Eine Woche lang hatten sie gefragt und gefragt, wo er sich versteckt haben könnte. Plötzlich: Er hat sich gestellt und sagt aus! Hartmut war ja nicht dabeigewesen im Zimmer des Vorstehers und auf dem Bahnsteig. Und *die von der Stasi hatten ihn nicht.* An die Decke geblickt, wo die Lügen des Vernehmers einen Schleiertanz aufführten, grünlich, gelblich, gelb war die Farbe des Neids und der Lüge. Wo war Hartmut jetzt, neun Uhr am Morgen, neun Uhr zehn, zwölf wahrscheinlich, die nahe Kirchenuhr hatte noch nicht die Viertelstunde markiert. Wenn die Stasi richtig schlau wäre, hätte sie die Kirchenuhr abstellen lassen und den Häftlingen auch noch diese Orientierung genommen. Dong, viertel zehn. Wo steckte Hartmut in diesem Augenblick? Nicht in Haftklamotten ein Stockwerk höher, war nicht zur Freistunde, der Läufer führte ihn nicht an dieser Vernehmerzelle vorbei. Er trug ein Hemd mit offenem Kragen, sein grünkariertes Sommerhemd, gebräunt schlenderte er eine Straße entlang, umgeben von Bäumen, frei. Kein Straßenschild sah sie, oder doch, Lindenstraße, Goethestraße, gab es in jeder Stadt hüben und drüben, jetzt müßte im Phantasiebild ein Reklameschild auftauchen.

»Sie haben also zum Generalstreik aufgerufen.«

Nicht antworten, die Gedanken die Lindenstraße, Goethestraße entlangstreifen lassen, Blick auf Hartmuts Sandalen, seine helle Hose.

»Ich hab Sie was gefragt.«

»Das haben Sie schon hundert Mal gefragt.«

»Und wir werden noch hundert Mal fragen. Der Richter wird Sie vor allem fragen.«

Immer die Gefahr, auf glitschigen Steinen zu schliddern. Seife in der Waschküche auf den Ziegeln. Abschüssiger Waldweg im Regen, naß das Gras. Das Pflaster unter Hartmut war trocken. »Ich hab nur gesagt, wir wären im Bezirk Halle.«

»Sie haben gefordert, den Generalstreik auf den Bezirk Halle auszuweiten. Wenn fünf Leute das bezeugen?«

»Möcht ich mal erleben.« Der ekelhafte Vorsteher war bei diesen fünf Lumpen dabei – wer noch?

»Frau Brücken, was jetzt kommt, ist ein Vorhalt. Was glauben Sie, was es beim Gericht für einen Eindruck macht, wenn da schwarz auf weiß steht, daß Sie die Wahrheit immer nur bröckchenweise *und auf Vorhalt* rausgelassen haben! Der Vorhalt lautet: Dem Untersuchungsorgan ist bekannt, daß Sie am Vormittag des siebzehnten sechsten dreiundfünfzig im Zimmer des Bahnhofvorstehers von Bitterfeld eindeutig dazu aufgerufen haben, der Losung des US-amerikanischen Hetzsenders RIAS zu folgen und in einen Generalstreik einzutreten.«

»Vom RIAS hab ich gar nichts gewußt.« Mit aller Kraft an Hartmut denken, Hartmut in einer Allee, in ein Geschäft trat er ein, was für ein Schild darüber? Ob es auch im Westen Konsumläden gab, vor allem hing in der ganzen DDR keine einzige Sinalco-Reklame. Hartmut war *drüben.* Wenn sie ihn geschnappt hätten, wären sie in Jubel ausgebrochen, aber sie warfen es bloß grinsend hin, krampfhaft grinsend, das war das Wort.

»Da Sie weiterhin lügen, sieht sich das Untersuchungsorgan gezwungen, den Vorhalt und Ihre fortgesetzte Lüge zu Protokoll zu nehmen.«

»Können Sie halten wie 'n Ofenrohr. Wissen Sie eigentlich, daß der Herr Vorsteher mich mal für die NSDAP werben wollte?«

»Das gehört nicht hierher.«

»Weil ich damals nicht eingetreten bin, rächt er sich.« Diesen Bocksprung mußte der Kerl erst mal verdauen.

»Ich laß Ihnen eine Minute Zeit.«

»Ich hab nicht zum Generalstreik aufgerufen, und das Plakat war zerrissen und der Rahmen gebrochen. Mehr haben Sie wohl nicht?«

»Unter anderem Ihre Hetze gegen die Maschinenausleihstationen in Mecklenburg.«

»Was fürn Ding?«

»Gibt sogar Ihr Mann zu. Wie oft waren Sie in Leipzig in der ›Femina‹? Dort war von Maschinenausleihstationen die Rede.«

»Kann ich mich nicht besinnen.«

Der Vernehmer schloß die Mappe und schob sie von sich. »Frau Brücken, ich lasse Sie auf Zelle bringen. Auf diese Weise zieht sich die U-Haft in die Länge. Andere sind klüger. Die wollen die Sache hinter sich bringen. Prozeß und Urteil, ab in den Strafvollzug, anständige Führung, gute Arbeitsleistung. Bei denen kann vorzeitige Entlassung auf Bewährung greifen. Aber bei Ihnen? Den letzten beißen die Hunde.«

Sie sah, wie er mit dem Oberschenkel gegen die Klingel am Tischbein drückte, eine halbe Minute später öffnete der Läufer die Tür. »Frau Brücken, vielleicht geben Sie mir nächste Woche wieder die Ehre.«

Betont langsam stand sie auf, schlurfte zur Tür. Diese ausgelatschten Hausschuhe. Am Geländer hielt sie sich fest, was nicht hätte sein müssen und was sie nicht durfte. Draußen hätte sie sich *zusammengerissen*. Hier drin konnte sie sich *gehen lassen*. Kuchenteig ging auseinander wie eine Frau in den Wechseljahren.

Sie ließ sich auf die Pritsche fallen und schloß die Augen. Nach einer halben Stunde wurde erneut geschlossen, ihre Mitgefangene trat ein; kein Grund, aus dem Dämmern aufzutauchen. Der Abend war lang genug für das bißchen, was passiert war. Meine Vernehmung, deine Vernehmung.

Nach einer Viertelstunde blickte Clara auf. »Na?«

»Schon lange da?«

»Wollte meinen kostbaren Körper schonen.«

»Hast's hier besser als draußen. Mußt nicht waschen, bügeln, die Kinder hüten. Kriegst das Essen ans Bett.«

»Bloß: Jetzt würd ich gerne im Garten sitzen. Und bei dir?«

So langsam gehe es dem Ende zu. Zusammenfassung: Siebzehn Schwarzschlachtungen, bei elf hatte sie geholfen. Für ihren Mann acht bis zehn Jahre Zet, für sie ab drei. »Wenn ich kooperativ bin, sagen sie, komm ich mit Gefängnis weg.«

Clara zog ein Bein an, lockerte die Bauchmuskeln und spannte sie an, wobei sie bis zwanzig zählte. Sie hörte der Fleischersgattin mit halbem Ohr zu und stellte sich vor, sie säßen zu fünft irgendwo, wo? Hartmut, Thomas, das Würmchen im Wagen, das Bienchen schaute hinein, lächelte. In Böhmen war sie im Krieg im Urlaub gewesen, hieß damals Sudetengau, dort war es wunderschön, aber dort herrschten die gleichen Blödmänner wie hier. Oder im Spessart. Kannte sie aus Erzählungen einer Kollegin. Die ältesten Eichen Deutschlands. Natürlich arbeitete sie wieder bei der Bahn. Einmal Bahn, immer Bahn. Das Würmchen war zwei, ging an ihrer Hand. Wahrscheinlich ein Mädchen. Natürlich wollte Thomas ein Brüderchen. Hartmut behauptete, ihm sei es egal, Hauptsache gesund. Aber sie glaubte ihm nicht. Wollte einen zweiten Jungen. Sprung in die Gegenwart: Ihr Vater erzählte in der Besuchszelle, Mutter und er hätten Thomas und das Bienchen so getröstet: Mama und Papa arbeiteten in der Mongolei, sie lebten in Zelten, die Jurten hießen, und fütterten und molken Kamele. Bald seien sie zurück. Wann war das, bald?

Von weit her die Stimme der Fleischersfrau: »Wegen der Dorn haben sie mir gesagt: Passen Sie bloß auf, daß die sich nichts antut. Zum Tode verurteilt, die muß erst einmal ein paar Wochen hinter sich bringen. Wird sowieso begnadigt, aber natürlich ist das 'n Schock. Was denkst du, warum sie das Heizungsrohr halb eingemauert haben? Damit niemand eine

Schlinge drumbinden kann. Ich sollte nachts horchen, ist ja auch möglich, daß jemand eine Schlinge im Liegen zuzieht. Ich hab gesagt, ich hätte 'nen festen Schlaf. Aber tagsüber auf sie einwirken. Immer wieder: Nun iß mal, und wenn dir dein Anwalt verspricht, er stellt ein Gnadengesuch beim Pieck, dann hält er das auch. Muß sich draußen erst alles beruhigen, dann wirst du in aller Stille begnadigt. Dann hat sie wieder vom Hallmarkt geredet und dem Richter Holls. Die haben uns beiden wunderbares Essen gegeben. Einmal hab ich gesagt: Bitte keinen fetten Speck mehr, den vertragen wir nicht. Bitte mageren Speck. Geheult hat die Dorn jeden Abend, und ich hab gedacht: Solange sie heult, bringt sie sich nicht um. Geht doch nicht gleichzeitig, oder?«

Clara fühlte zurück in ihren Traum: Spessart wäre schön. Arbeiten auf dem Hauptbahnhof von Würzburg. Vielleicht wechselte Hartmut zur Bahn. Nicht wieder Chemie mit diesem Gestank. Natürlich war er als politischer Flüchtling anerkannt. Sie selber kam direkt aus dem Gefängnis, vielleicht kriegte sie drüben wirklich für jeden Hafttag eine Entschädigung. Kriminelle kriegten nichts, und Schwarzschlachten war kriminell, hier und dort. Ein lustiger Gedanke: Sie lag hier in aller Ruhe und verdiente dabei Westgeld, eine Uhr klickte wie im Taxi, tack, tack, wann war 'ne Westmark voll?

Schlüssel im Schloß, langsam hochdrücken. Das Abendbrot. Fünf Scheiben mit Fett, zwei Scheibchen Blutwurst, halbe Tomate. Für die werdende Mutter ein Becher Milch. Humaner Strafvollzug, daß ich nicht lache.

2

»Du willst es dir nicht noch einmal überlegen?«

»Ich hab überlegt.«

Thekla hörte eine Tür klappen, wahrscheinlich kam der Herr Professor nach Hause. So höflich wie freundlich mit leiser Geringschätzung hatte er bei der ersten Begegnung reagiert. Papa, meine Kollegin Thekla Pfefferkorn. Er hatte sich aus dem Sessel gewuchtet: Freut mich, freut mich wirklich! Und was tun Sie dort genau? Über die Klassenlage auf dem Land arbeite sie und unterrichte im Fach Dialektischer Materialismus. Aha! Dieses Wort wiederholte er, es kam ein wenig zu heiter über seine Lippen. Sie war sich sicher gewesen: Zehn Minuten später hatte er vergessen, was sie trieb. Fachidiot eben. Jetzt urteilte sie nicht klüger als der Professor vor drei Tagen.

»Ich bin nicht der einzige, der so denkt.«

Alles war gesagt, sie wollte Melchior nicht umstimmen, fand überdies keinen Spalt, in den sie ein Argument hätte bohren können. Zitate von Stalin und Luxemburg, saubere Fakten. Weisheiten heutiger Parteiführer verloren schon nach drei Tagen ihren Wert. Es war zwecklos, die eigene Urteilsfähigkeit in Zweifel zu ziehen, weil sie Melchior liebte wie nie zuvor einen, nicht wie Joachim, der gefallen war, Sportskamerad und Kindskopf und Entjungferer, die Erinnerung an ihn verblaßte, nicht wie den gewaltigen Bruno, sondern in dieser Lebensstufe: Frau in jeder Leibes- und Sinnesfaser mit dem zu lange uneingestandenen Wunsch, Mutter zu sein, *und* der Bereitschaft, Opfer für den Herzensmann zu bringen.

Nach Hause, wo Bruno nicht war, nicht sein konnte, sein Minister hatte ihn nach Berlin beordert. Alles stand auf der Kippe.

Gegen drei in der Nacht hörte sie ein Auto vorfahren, war sofort aus dem Bett, horchte im Treppenhaus. Langsames Steigen. Wieder diese schlaffe Unterlippe. Ein Glas Wasser bitte, weiter nichts. Er habe im Auto geschlafen. Alles halb so schlimm. Zwei Bezirksstellvertreter und sieben Kreischefs seien gefeuert worden wegen Versagens und Versöhnlertums. Er sei nur kurz vom Minister Zaisser gefragt worden, keinesfalls unfreundlich. Rasch ins Bett. »Und bei dir?«

Die »Freiheit« strotze vor Zustimmungen, Oelßner sei in Wolfen von den Werktätigen angeblich »offen« empfangen worden, was auch darunter zu verstehen sein mochte, in der Parteischule werde morgen, das hieß heute, die große Aussprache geführt. Brief aus Budapest wegen des Urlaubs am Balaton, sie habe abgeschrieben.

»Gut, mein Mädchen.«

Mein Mädchen, die beiden Wörter ließen sie eine Weile nicht schlafen.

Wieder ein heller sonniger Tag wie schon seit einer Woche. Mittwoch, vierundzwanzigster Juni. Im Sitzungssaal der Bezirksparteischule war die Luft verbraucht, noch ehe alle Stühle besetzt waren. Der Leiter ließ die Fenster schließen – Wachsamkeit, Genossen! Blähfloskeln reihten sich. Gegen drei Schüler würden von Betriebsparteileitungen Vorwürfe erhoben, sie hätten sich bei Diskussionen mit Werktätigen kapitulantenhaft, gegen einen, er habe sich linksradikalistisch verhalten. Jeder Fall werde geprüft. Zunächst aber das Referat des Genossen Anetzperg, er erteile das Wort.

Vorgestanzte Begriffe zu Anfang, fand Thekla: Wild um sich schlagender Imperialismus, Verschärfung des Klassenkampfs. Die umfassendste, prinzipiellste Herausforderung seit der Vereinigung der Arbeiterparteien. Oder gar seit dreiunddreißig. »Die Partei ist aufgerufen, den Ursachen des Aufstands auf den

Grund zu gehen. Wir dürfen unsere Erfahrungen und Meinungen nicht wie Mäntel an der Garderobe der Partei abgeben, damit dort nach Gutdünken verfahren wird.« Thekla wollte sich die Formulierung merken. Weiterhin geläufig: Unterdessen reagierten Partei und Regierung im Sinne des Neuen Kurses: Erhöhung der Mindestrente von fünfundfünfzig auf fünfundsiebzig Mark, der Witwenrente von fünfundfünfzig auf fünfundsechzig Mark. Mit halber Stimme ein Schlenker: Der Kriegerwitwenrente hoffentlich auch. Anrechnung der Kuren auf den Urlaub aufgehoben. Dreißig Millionen Mark für sanitäre Einrichtungen in Volkseigenen Betrieben zusätzlich. Wurde Zeit. »Aber, Genossen, wir dürfen es uns mit den Provokateuren des siebzehnten Juni nicht zu leicht machen. Auf der einen Seite stand ihre wohlgerüstete Organisation mit Brand, Terror und Mord. Auf der anderen Seite standen die Demonstrationen von Arbeitern, die sich gegen Mißstände auf vielen Gebieten zur Wehr setzten. Es wäre den Provokateuren nicht gelungen, erhebliche Teile der Arbeiterschaft vor ihren Karren zu spannen, wenn nicht von leitenden Organen, wenn nicht von uns allen Fehler von zum Teil ernstem Ausmaß begangen worden wären. Wir an unserer Schule, haben nicht auch wir vor drängenden Problemen den Kopf in den Sand gesteckt, weil wir meinten, so hätten wir es leichter? Diese Fehler sind mit dem siebzehnten Juni nicht automatisch abgestorben, sondern trachten hartnäckig, am Leben zu bleiben. Das betrifft auch unser Gebiet, die Propaganda, die Presse.«

Hatte Thekla diesen Passus in Melchiors Manuskript überlesen, oder hatte er ihn letzte Nacht eingefügt? »Wir haben auf allen Gebieten zuwenig Fachleute. Unser Staat ist jung, und die Zeit des Faschismus hat nicht dazu beigetragen, die Menschen klüger zu machen. Unerfahren sind auch viele Redakteure, Korrespondenten, Propagandisten, ich rechne mich dazu. Wir wurden rasch ausgebildet und in einen strudelreichen Strom geworfen; wir sind, das müssen wir heute sagen, in den letzten Monaten schlecht geschwommen.«

Thekla nahm aus den Augenwinkeln wahr: Alle blickten aufmerksam bis erstaunt. »Wir haben das Positive herausgestellt und das Negative verschwiegen. Schönfärberei nennt man das. Wir lasen täglich, welche Brigaden ihre Normen erhöhten, wir lasen aber nicht, welche Kollektive die Erhöhung ablehnten, und vor allem lasen wir nichts über deren Beweggründe. Oder erfuhren wir etwas über kurze Proteststreiks hier und da, mit denen sich Arbeiter gegen Funktionäre zur Wehr setzten, die sie übers Ohr hauen wollten?«

Neben Thekla ein leises »Nana«.

»Die Proportionen wurden verschoben, und getäuscht wurde nicht der Feind, täuschen ließen sich die fortschrittlichen Kräfte in unserer Republik und auch wir. Die Redakteure unserer Zeitungen hatten sich kilometerweit von den Realitäten entfernt, sie boten ein so lächerliches wie beklagenswertes Bild, sie brüllten zum Fenster hinaus und merkten nicht, wie unter ihnen der Stuhl zusammenbrach. Mancher Leser atmete am achtzehnten Juni auf: Was war da für ein ehrlicher, klarer Ton! Aber gleich darauf ging es mit dem Beschönigen und Vertuschen wieder los. Am neunzehnten Juni: Es sei den Banditen gelungen, ›im demokratischen Sektor von Berlin und in zahlreichen Orten der Republik Teile der Werktätigen, an einigen Orten beträchtliche Teile zur Arbeitsniederlegung und zu Demonstrationen zu bewegen‹. Zwei Tage später reduzierte das Zentralorgan eklatant. Mit voller Kraft kämpfte es gegen die Provokateure, aber von den hausgemachten Fehlern, die zahlreiche Arbeiter in das Garn der Agenten getrieben hatten, sprach es zunehmend nur am Rande.«

Was Thekla am Abend zuvor als schlüssig empfunden hatte, ging, das merkte sie von Minute zu Minute stärker, in diesem Raum und vor diesen Zuhörern schief. Sie hörte pfeifenden Atem, ein geflüstertes »Unerhört«. Sie hätte aufspringen und rufen mögen: Schluß, das langt!, saß aber wie gelähmt. Melchiors Stimme klang immer selbstsicherer. Wenn er Fragen aufwerfen würde, selbstkritisch verpackt, schlüpfte der Inhalt vielleicht mit durch, aber keinesfalls in dieser Ballung.

»Wenn einer nichts wußte als aus der Zeitung, konnte er zu der Überzeugung gelangen, es seien lediglich gekaufte Elemente auf der Straße gewesen. Die Folge war, daß sich Arbeiter, die für eine anständige Sache demonstriert hatten, mit Faschisten in einen Topf geworfen fühlten.«

»Was meinst du mit ›anständiger Sache‹?«

Eine Institution fragte das schneidend, die Genossin Kaltmar. Aus, wußte Thekla, jetzt blieb Melchior nur noch der Rückzug.

»Damit, Genossin Kaltmar, meine ich Arbeiter, die wegen der Normenerhöhungen protestierten. Das war ihr Recht, das war gegenüber von Willkür sogar ihre Pflicht.«

»Revolutionärer Eifer oder auch Übereifer sind keine Willkür!« Einwurf des stellvertretenden Schulleiters.

»Wenn ich meinen Beitrag zu Ende führen dürfte, wenn wir dann diskutieren? Ich bin überzeugt: Die Pressearbeit nach dem siebzehnten Juni ist nicht geeignet, verlorengegangenes Vertrauen zurückzugewinnen. Wir müssen uns gegen unwahre, lückenhafte und beschönigende Informationen wehren. Unrichtig ist die Behauptung vom einundzwanzigsten Juni, ›das ganze Volk steht geschlossen hinter seiner Regierung‹. Lückenlose Wahrheit brauchen wir wie die Luft zum Atmen. Wenn Selbstkritik jemals eine Berechtigung gehabt hat, dann an dieser Parteischule, dann in unserer heutigen Versammlung.«

»Langt jetzt.« Das war wieder die Genossin Kaltmar.

Warum hab ich denn gestern nicht begriffen ... Thekla spürte Hitze am Hals, den Schultern und den Händen, als der Schulleiter feststellte, die schon sehr eigenwilligen Ausführungen des Genossen Anetzperg hätten gewiß für Zündstoff gesorgt. Man wolle noch zwei Kurzreferate anhören, in der Diskussion bliebe Zeit, auf die seltsam unklaren Ansichten des Genossen Anetzperg zu reagieren. »Genossin Kaltmar, einverstanden?«

»Ich melde mich schon für die Diskussion an!«

Lachen. Der Genosse Anetzperg schloß seine Mappe und verließ das Podium. Der Genosse Anetzperg – anders konnte Thekla nicht formulieren, das war er in diesem Augenblick, nicht Melchior, der Geliebte, sie würde ihm nicht beispringen können. Sie stellte sich nicht neben ihn, als sich im Nu ein Rudel bildete, in dem alle gleichzeitig auf ihn einredeten. Du kluger, tapferer Mann, und wenn du zehnmal recht hast, das ist alles andere als die Stunde für derartige Wahrheiten; verschlüsselt hättest du formulieren sollen. Jetzt wetzen alle die Messer, die dich noch nie haben leiden können, den bürgerlichen Kuckuck im proletarischen Nest. Die Hand stieß er vor, seine Lippen bewegten sich in heftigem Stakkato. Nichts war es mit schlauer Fraktionsbildung, mit Einwürfen zu seinen Gunsten aus verschiedenen Ecken. Und sie stürzte nicht zu ihm hin und packte ihn am Arm, eines war so unmöglich wie das andere. Fort, Geliebter, wir haben hier nichts zu suchen!

Ein Genosse referierte trocken über Probleme des innerbetrieblichen Transports, eine Genossin über Ruheräume für Schwangere in Großbetrieben. Als der Genossin Kaltmar das Wort erteilt wurde, schnellte sie hoch, ihr erster Satz schon war von geballter Angriffswucht. Was Genosse Anetzperg vorgebracht habe, spiegle den schrankenlosen Subjektivismus einer verfaulenden Gedankenwelt. Was sie habe anhören müssen, bedeute die Zurücknahme aller sozialistischen Parteilichkeit. »Genossen, auf welcher Seite stehen wir? Auf der unserer Rotarmisten, der Volkspolizisten, der klassentreuen Arbeiter, der Verteidiger gegen Mord und Zerstörung, oder auf der einiger pseudointellektueller Wirrköpfe, des Lumpenproletariats oder der Handlanger der Konterrevolution?«

Jeder, der sich nun meldete, schlug in dieselbe Kerbe. Man solle nicht dauernd von Fehlern sprechen und das Gute negieren, das seit Kriegsende geschaffen worden war. Die Presse habe die Aufgabe, die Hintergründe der Feindtätigkeit zu entlarven, und nicht, einigen Knieweichen die wunde Seele zu streicheln. Thekla sah, wie Melchior die Arme verschränkte und den Kopf senkte. Genug jetzt, entschied nach einer halben Stunde der Schulleiter. Mit dem Genossen Anetzperg werde er ein klärendes Gespräch führen. Jetzt eine zentrale Anweisung. Neue Losungen sollten unverzüglich angebracht werden, wo die Provokateure gehaust hatten. Er las vor:

»Es lebe unser Präsident Wilhelm Pieck!«

»Es lebe das ZK der SED!«

»Mit der Regierung Otto Grotewohl für ein besseres Leben!«

»Nieder mit den faschistischen Provokateuren!«

»Dank allen sowjetischen Soldaten!«

»Mit steigender Produktion für ein besseres Leben!«

Thekla registrierte: Der Name Ulbricht fehlte, nirgends das Wort Sozialismus. Der Schulleiter wies keineswegs darauf hin, daß »Ulbricht« und »Sozialismus« *einstweilen* taktisch ausgedient hätten. Einem erfahrenen, beweglichen Genossen mußte man nicht alles aufs Butterbrot schmieren. Eines Tages würden diese Wörter leise, leise wieder da sein, und niemand würde sich wundern: Wie, sie hatten gefehlt?

Ende der Veranstaltung, Stühlerücken. Thekla schaute nicht sofort zu Anetzperg, zu Melchior. Eine Genossin fragte sie nach einer Broschüre über die Bodenreform in Brandenburg und den Roman »Tiefe Furchen«, war der für die Landagitation geeignet? Schade, kannte sie nicht.

Blick dorthin, wo Melchior gestanden hatte. Er war verschwunden.

3

Alfred Mannschatz pumpte den Hinterreifen seines Fahrrads auf, länger als zwei Stunden hielt die Luft nicht. Wahrscheinlich war der Schlauch porös, flicken half nicht. Er könnte Claras Rad nehmen. Schon dieser Gedanke versetzte ihm einen Stich. Er würde eine Runde über die Dörfer drehen und versuchen, Grünfutter zu schneiden.

Die Gartentür knarrte, ein Mann in Lederjacke kam auf ihn zu. »Genosse Mannschatz?«

Sollte er antworten: Mannschatz ja, Genosse nein?

»Ich soll Sie vom Genossen Pfefferkorn grüßen. Er möchte mit Ihnen sprechen. Ob Sie Zeit hätten.«

Das klang anders als vor einer Woche, als sie ihn vorluden »zur Klärung eines Sachverhalts«, als sie bohrten, was er am 17. Juni im Rathaus gewollt und getan und gesehen und gehört hätte, als sie drohten, ihn in Magdeburg oder Berlin von medizinischen Kapazitäten untersuchen und feststellen zu lassen, daß er simulierte. »Worum geht's?«

»Das weiß ich nicht. Dauert nicht lange, hat Bruno noch gesagt.«

»Und wo will er mich sprechen?«

»In Halle.«

»Ich wasch mir bloß die Hände.« Er ging ins Haus, sagte Herta, daß da draußen einer stehe und was der von ihm wolle. Und es klinge nicht unfreundlich.

»Soll Pfefferkorn doch herkommen.«

»Herta, am längeren Hebel sitz nicht ich.«

Er zog ein frisches Hemd an. Als er neben dem Fahrer saß, war gleich von Tabak die Rede, von einer Fermentierungsbrühe, von der sie beide nichts hielten, und daß man Eigenbau auch tottrocknen könne. Männergequatsche. Er hätte es genausogut für möglich gefunden, daß der Stasimann bleiern schwieg, erfüllt von seinem Auftrag, das scharfe Schwert der Partei oder ähnliche Floskeln im Kopf. »Hier geht's aber nicht nach Halle.«

»Sie merken auch alles.«

Auf der Flucht erschossen – nun mal nicht dramatisieren. Hinter Stumsdorf bogen sie ab, nördlich an Halle vorbei. Der Petersberg ragte aus der Landschaft, diese letzte Erhebung vor dem Ural, wenn einer genau auf diesem Breitengrad nach Osten fuhr. Das wußte in dieser Gegend jedes Kind. Tief in der Ukraine hatten Hallenser Kriegskameraden geseufzt: Immer geradeaus, und wennste 'n Petersberg siehst, isses Schlimmste vorbei. Auf Wettin zu, da ahnte Mannschatz etwas. Da drüben mußte Beesenstedt liegen, dazwischen floß die Saale. Trocken war die Landschaft, Ginster wuchs auf Sandkuppen. Der Fahrer bog auf einen Feldweg ein, steuerte achtsam durch Kuhlen und über schottrige Strecken. Unten der Fluß, ein Gehöft, Schafe in einem Pferch. Ein Auto, daneben ein Mann. Pfefferkorn. »Da sind wir«, sagte der Fahrer.

Mannschatz stieg aus, Pfefferkorn kam ein paar Schritte auf ihn zu, fragte: »Erinnerst du dich?«

»Die Fähre?«

»Auf den Hügeln am anderen Ufer lag die Sipo. Setzen wir uns dort drüben hin?«

Da stand eine Bank, und Mannschatz sah: Pfefferkorn ging mühselig, nach vorn abgeknickt in den Hüften. Das Setzen war mehr ein Sichfallenlassen.

»Geht's nicht gut?«

»Manchmal ausgesprochen miserabel. Hattest doch auch deine Schwierigkeiten.«

»Globale Amnesie. Davor noch ein kompliziertes Wort, müßte ich nachschauen.«

»Alles bißchen viel für unser Alter.«

Dort hatte die Fähre angelegt. »Allmählich erinnere ich mich. Da stand ein Haus.«

»Das Fährhaus. Später ging der Verkehr über Wettin, da haben sie den Betrieb hier eingestellt. Das Fährhaus diente noch eine Weile als Stall. Nach dem Krieg haben es die Leute abgebrochen und verheizt.«

Unser großer Tag damals. Zweiunddreißig Jahre her. »Wie geht's meiner Tochter?«

»Wir haben sie ins Haftkrankenhaus nach Leipzig verlegt, dort hat sie alles, was sie braucht, sogar besser als zu Hause.«

»Nun übertreib nicht.«

»Ich habe mit dem Staatsanwalt gesprochen. Die Zeugenaussagen gegen sie sind wasserdicht. Zwei Jahre, drei Jahre dürften für sie drin sein, mehr kaum. Aber weniger eben auch nicht.«

Abwarten, kommen lassen.

»Wo ist dein Schwiegersohn?«

»Weiß ich nicht.«

»Aber wir wissen es. Er steckt in Westberlin in einem Lager. Ich könnte mir vorstellen, er kommt zurück und erzählt, wie alles wirklich war. Wie ihn Agenten aufgehetzt haben.« Pfefferkorn zog eine Zigarettenpackung aus der Tasche, »Lucky Strike«. Aufpassen, Amikraut warf einen leicht um. Pfefferkorn fuhr fort, sie hätten das Agentennetz aufgerollt, kleine Lücken klafften noch, vielleicht wären es bloß Ungereimtheiten. Einer wie Hartmut Brücken, der ja voll auf die Brüder reingefallen war, anders könne man das leider nicht formulieren, wäre mit links in der Lage, die absolute Wahrheit und Klarheit herzustellen. »Und da dachte ich, du könntest uns helfen.«

»Deshalb treffen wir uns an unserm historischen Ort.«

»Du fährst nach Berlin, erklärst ihm die Lage und kommst mit ihm nach Halle. Er nennt uns seine Hintermänner. Wenn alles sauber ist, geht deine Tochter nach Hause.«

»Dafür sperrt ihr Hartmut ein.«

»Nicht so richtig, vielleicht sogar ohne Prozeß. Oder er kriegt pro forma vier, fünf Jahre, und nach einem halben Jahr lassen wir ihn laufen. Das könnten wir mit dem Staatsanwalt absprechen.«

»Aber Garantien gibt es keine?«

»Wie sollten wir das machen?«

»Hartmut wird darauf bestehen.«

Pfefferkorn ließ die Kippe fallen und zerrieb sie unter dem Schuh. Mit den Handflächen klopfte er auf seine Oberschenkel im wechselnden Takt, wobei er das Gesicht verzog. »Vielleicht erzählt er dir in Berlin, was wir wissen möchten. Vielleicht können wir deine Tochter dann schon rauslassen. Am besten wäre, er würde in Halle in einem öffentlichen Prozeß aussagen oder in seinem Betrieb in Bitterfeld – das wäre natürlich ideal. Den Biedrich haben wir, dazu Brücken, sie berichten vor den Belegschafen, wie sie mit den Agenten zusammengetroffen sind, was die ihnen versprochen haben, die ganze dicke Scheiße.«

»Gib mir mal noch 'ne Zigarette.« Nach den ersten Zügen spürte Mannschatz zunehmend Sicherheit, Fröhlichkeit gar. Er rekapitulierte, was ihm Pfefferkorn vorgeschlagen hatte, erstens, zweitens, drittens. Schließlich: »Wie wäre denn das, ihr schickt erst einmal Clara nach Hause als Zeichen eures guten Willens?« War das schon frech? War es.

»Du denkst, dann kommt dein Hartmut her?«

»Aus Dankbarkeit, sicherlich.«

Pfefferkorn lachte, und nach einigen Sekunden lachte Mannschatz auch. Es sei schon alles kompliziert, stellte Pfefferkorn fest, vertrackt geradezu, aber so sei nun mal das Leben. Man könne nicht immer alles bis ans Ende durchplanen, ein paar Unbekannte blieben in jeder Rechnung. »Fährst du nach Westberlin?«

»Wenn sie mich an der Grenze schnappen?«

»Das klären wir. Bißchen Westgeld kriegst du für den Bus drüben. Und fürn Bier mit deinem Hartmut.«

»Vorher darf ich meine Tochter besuchen? Mit meiner Frau?«

»Bist'n harter Hund, Meiner.« Pfefferkorn winkte nach den Fahrern. »Du hörst von mir, so oder so.«

»Am liebsten so.«

Beim nächsten Mal klappt's

1

»Weißkraut, nuscht wie Weißkraut. Hier in Dräsdn sin wenichstens n paar Kartoffelstickchen drinne. In Halle – blankes Wasser. Un das da is nich direkt *Fleisch,* das sin jehackte Kaldaunens. Wart mal ab, wie dir so was nach zehn Jahrn schmeckt. Ich denk, ich werd erstmal runterjesetzt uff el-el, uff lebenslänglich, dann kommt ne Amnestie, weil Pieck jestorm is, ich führ mich jut, un nach zehn Jahrn bin ich draußn. Das is der *aller*schlimmste Fall. Dann bin ich vierundfünfzig. Da macht das Leben immer noch Spaß.

Wilhelm Pieck is n juter Mann, von denen da oben der beste. Dick und jemütlich un n Herz für die Leute. Die Kinder. Mein Verteidiger hat jesacht, ich soll das Urteil annehm, sonst besteht keine Möchlichkeit für ne Begnadigung. Erst die Reue, dann die Gnade, so isset. Ich war wie mitm Dämelsack jeschlagen. Ich hab jeflennt, ich bin nie aufm Hallmarkt jewesen, das heißt, jewesen schon, aber andermal mit Max, nich an dem verrückten Mittwoch, und ich hab nie ne Rede jehalten. Nie im Leben, kann ich jar nich. Mit nem Mikrofon und unten hunderttausend Köppe, ich hätt kein Pieps rausjekriegt un mir in die Schlüpfer jemacht. Das ging beim Jericht alles ruckzuck, diesmal war der vorne noch schärfer als bei den fünfzehn. Jemein und laut, n Kläffer. Bei dir auch? Aber der hatte andre Wut auf dich, weil du hast deine Schwester verjiftet. Warn Miststück und hinter deim Mann her, versteh dich ja. Ich nenn den Richter bloß noch *das schwarze Schwein.* Wejen seiner Robe, hä.

Oder das Urteil wird janz aufjehom. Weil die Amis zu den Russen sagen: Mal halblang, Briederchen, sonst kriegt ihrs mit uns zu tun. Das hab ich nich von meim Verteidiger, von dem Arsch bestimmt janz zuletzt, das hat mir aufm Transport von Halle nach Dräsdn im Grotewohl-Expreß einer jeflüstert: Der Ami hat n Ultimatum jestellt: Alle Verurteilten vom siebzehnten Juni komm raus *oders knallt.* Atombombe auf Moskau, päng. Sowas versteht der Russe. Der kam aus Magdeburch, der mir das erzählt hat, soll beim Sturm aufn Jefängnis mitm Jewehr jeballert ham. Stimmt alles nich, sagt er. Trotzdem Todesstrafe wie bei mir. Und wenn er geschossen haben *sollte,* hat er wenigstens nich getroffen – seine Meinung. Ich war ja nich dabei.

Bei mir stimmt ieberhaupt nuscht. Nich mit der Kommandeuse und schon jar nicht mit der Rede aufm Hallmarkt oder daß ich nen Brief an mein Vater nach Hannover jeschrieben haben soll, nun würden wieder Hitlerfahnen über Deutschland wehen, ich würde meine jeliebte SS-Uniform anziehen, und er soll mir mal mein Jestapoausweis schicken und solche Kacke. Die brauchten eben das Urteil wejen Propaganda, und wenn sie die Propaganda nich mehr brauchen, hebt Pieck das Urteil auf.

Ich denk mir, ich fahr erst mal nach Naumburch. Ich war zwei Mal mit ner Fleischersfrau auf Zelle. Die hat in der Vernehmung nich mehr ausjesacht, als das bißchen Wahrheit. Guck mal hier: Das is n Stück von nem Schweineohr, deutlich. Heb ich mir bis zuletzt auf. Schweineohr ham wir in Ostpreußen inne Sülze reinjeschnippelt. Natürlich war bei euch in Thüring alles besser. Wir hatten glatt zehn Sorten Sülze. Welche bloß mit Eisbein, eben Eisbeinsülze. Die war am teuersten. Mit der Fleischersfrau aus Naumburch konnt ich tagelang über nuscht reden wie über Sülze. Gurke oder nich, das kam drauf an, ob wir sie gleich essen oder aufheben wolltn. Gurke und Zwiebel kann drinne sein, muß nich, kannste jenauso jut daneben essen. Bratkartoffeln – das erste, wenn ich raus bin, sin Bratkartoffeln. Max sagte immer, die hat der Geheimrat Brats erfunden. Un Rostbrätel meinetwejen. Du mußt dir doch nich einbilden, in Thüring jäbs besondere Schweine.

Die Vernehmer wollten immer jenau wissen, warum ich von Königsbarch nach Berlin versetzt worden bin. Hat die Kripo anjeordnet. Warn sehr schwerer Fall passiert, möcht ich nich weiter drüber reden. Wirklich n Dingens, möchste wissen? Is bis heute nich aufjeklärt. Paar Leute wissen Bescheid, aber die halten die Gusche. Könnte ja sein, die wolln mein Urteil nich runtersetzen, da mach ich n Fäßchen auf. Is immer gut, wenn du nen Trumpf im Ärmel hast, is doch so, oder? Schmuggel nach Schweden und so weiter. Also ich sitz da im Adlon. Schickes Kostüm, ziemlich aufjedonnert, und wer kommt die Treppe runter? Hör mal, wenn du mir ne Zijarette gibst, kriegst du nach der Amnestie zehn wieder. Ehrlich. Nu was is? Also, un jetzt sag ich dir noch was: Ich heiß nämlich in Wirklichkeit Helga von Bülow. Die Engländer – damals is das losjejang mit der Spionage von Schweden für die Engländer gegen die Russen. Die Bülows – wir sin ne weitverzweigte Familie. Die meisten sin Ritterjutsbesitzer in Mecklenburg, Schlesien und so weiter, oder Jeneräle. Mein Opa war der dritte Sohn auf nem Jut, der kriegte ne Abfindung. War dann meist in Südamerika, ja. Hab ich dir mal erzählt, daß der mit Diamanten ein Vermögen jemacht hat? Und alles verlorn, warn Zocker. Ein Cousin von mir war bei der Botschaft in Schweden, den kannt ich von unsern Familientreffen jedes Jahr. Wenn wir dran warn, ham wir n janzes Hotel jemiet. Verknallt? Nee, in den nich. Meine Mutter sachte immer: Bloß nich zu eng heiraten, sonst kriejen de Kinder Wassernischl. Ich mach jetzt mal nen Sprung, sonst red ich mich noch um Kopp und Kragen. Jedenfalls kommt da ein jroßer blonder elejanter Mann die Treppe runter und sieht mich. War der platt!

Wie jesacht, ich mach jetzt mal nen Sprung. Führt alles zu weit. Zeit ham wir, hast recht. Also die bringen mich zu Canaris, das war der Spionagechef. Fräulein von Bülow, sagt der, kann auch sein, er sagte janz einfach: Gnädiges Fräulein, wir haben jedacht, daß Sie mitm Fallschirm über Schweden abspring. Das lernt sich schnell, keene Bange. Ich hab mich jewehrt mit Händn un Füßn, nee, wo mir schon schwindlich wird, wenn ich ausm vierten Stock gucke. Die ham jetuschelt, ich mußte aufm Flur wartn. Dann ham se mich wieder reinjeholt, un Canaris hat jesacht: Also dann mitm U-Boot. Die ham mich in ne Männeruniform jesteckt, Schal ums halbe Jesicht, Mütze inne Stirn un rin in n janz großes neues U-Boot mit allerhand Bequemlichkeit, nich so ne Sardinenbüchse. Mir hat später mal einer erzählt, das sei das U-Boot jewesen, mit dem Hitler nach Argentinien abhauen wollte. Dort standen schon zwei Koffer mit den wichtigsten Papieren un meine Klamotten, Abendkleid dabei un alles. Du weißt doch, vor Schweden sin viele kleine Inseln, dort sin wir nachts durch, ich stand neben dem Kapitän auf der Brücke. Sommer vierunvierzig, wurde nich richtich dunkel. Umsteigen in n Motorboot, hatte ne winzige Kajüte, dort ham sie mir erst mal n Brötchen mit Hering in die Hand jedrückt, der Hering hing an beiden Seiten runter, Kawenzmann nur einmal. Dort hab ich mein Decknamen erfahren. Den halt ich immer noch am besten jeheim, das mußte verstehen. Da erfahr ich endlich: Es jeht um Atombomben, die ham doch auf allen Seiten dran jearbeit. Da denk ich: Un wennste aussteigst? Jeld hatt ich im Koffer, schwedisches un Dollar. Ich denk: Nimmst dir n Zimmer in ner kleinen Pension weit draußen. Wär möglich jewesen. Aber plötzlich.

Wenn ich jetzt ne Zijarette hätt. Nuscht jeht ieber Zijarette un Kaffee, meinst nei?«

2

Mein geliebter großer Junge,
mir geht es ja so gut. Wahrscheinlich sollte ich das nicht schreiben, weil bei Dir alles auf dem Kopf steht. Das Wetter ist prachtvoll, die Ostsee neunzehn Grad warm, das Quartier erträglich. Niemand hier schlägt sich mit solchen fürchterlichen Gedanken herum wie Du und alle, die wir daheim kennen.

Eine Woche urlaube ich nun hier, die Hälfte meiner Zeit. Ich mußte mich in die FKK eingewöhnen wie jedes Jahr. Aber jetzt fühle ich es als selbstverständlich, mit einem Halskettchen bekleidet am Strand zu laufen und meine Brüstchen in die Luft zu strecken. Aufregend, wenn der Wind kühlt, aber ohne Deine Bewunderung nur die halbe Freude. Dir würde es gefallen, wenn die Spitzchen groß sind und in die Sonne zeigen. Braun bin ich auch schon, nur teilweise noch rot auf den Hüften. Im Wasser bewege ich mich wie ein Fisch, mein Arschli zeige ich gern zwischen den Wellen. Dabei denke ich an Dich, kann mir aber Dich nicht vorstellen in dieser Umgebung. Ich mußte lachen, als mir einfiel: Melchi nackig mit Schlips. Ich wünsche so heftig, das Binnenland mit seinen ganz vielen armen schmachtenden Menschen bekäme Regen, wir aber immer nur Sonne. So weit kann ich in meinem Inneren fort sein.

Eine Freundin ist mir zugewachsen, Eva, Sportstudentin aus Leipzig. Sie klagt über Probleme mit einem Freund, einem Ausländer, es ist alles ganz verdreht bei ihr und kann gar nicht gut ausgehen. Sie erzählt den ganzen Tag von dem herrlichen

Menschen, und ich muß mich zusammenreißen, daß ich nicht ins gleiche Horn stoße. Wir Weibsleute sind doch alle sehr miteinander verwandt.

Ahrenshoop ist lang gestreckt, irgendwo hausen die Dichter, aber wir tummeln uns weit draußen, wo der Strand schmal ist und der Wald fast bis ans Wasser reicht. Einen der Berühmten hab ich mal gesehen, Johannes Becher, er schimpfte mit Nudisten, die friedlich in ihrer Kuhle lagen. Sicherlich ist er neidisch mit seinem Fettbauch.

Liebster, Bester, ich schreibe erst nach einer Woche, hab es Tag für Tag hinausgeschoben, weil ich Halle aus mir herausatmen, herauspressen wollte. Dich natürlich nicht. Manchmal versuche ich, an nichts dort zu denken, denn alles wird ja schrecklich bald wieder auf mich einstürmen. Ich mag gar nicht die Tage zählen. Dann bin ich wieder an Deiner Seite, mein Herz. Am Strand schaue ich auf die Bäume, die der Wind zaust. Wenn es mir nicht so fabelhaft ginge, hätte ich eher geschrieben und gejammert. Und Du hast jeden Tag gewartet und in den Briefkasten geschaut.

B. ist weiterhin in Berlin in einer äußerst wichtigen, hochkarätig besetzten linientreuen Kommission, sie hören mit feinsten Ohren das rote Gras wachsen. Wie es scheint, setzen ihm alle gehässig zu. Sein bester junger Mann fällt ihm in den Rücken. B. wollte den zum Diplomatenstudium delegieren, nun werden Befehle und Schlußfolgerungen von diesem Wahnsinnstag umgedreht oder geleugnet. Das große dicke Agentennest ist immer noch nicht gefunden, ich meine in Halle, und das gilt natürlich als B.s Schuld. Ich kann ihm nicht helfen, ebensowenig wie Dir.

Zu allem Übel kommt noch dies. Nach außen hin, auch in der Partei, ist ja Buchenwald immer ein einziges Heldenlied von Solidarität und Widerstand. Nicht geredet wird davon, daß die SS eine Lagerpolizei aus Häftlingen aufgebaut hat, die für Ordnung sorgen mußte. Schlau von der SS: Die saß auf den Wachtürmen oder soff in ihrer Kaserne, und im Lager schlugen sich die Häftlinge gegenseitig die Köpfe ein. Die Genossen Lagerpolizisten trugen Armbinden und waren mit Holzknüppeln ausgerüstet. Nun passierte es, daß gefangene sowjetische Offiziere zum Erschießen geführt wurden. Einer von ihnen, in den Berichten heißt er Grigorij, riß sich los und sprang über eine Mauer, sein Lebenswille verlieh ihm ungeheure Kräfte. Er verkroch sich in der Kanalisation. Die Lagerpolizei spürte ihn auf, verprügelte ihn fürchterlich, weil er sich natürlich rabiat wehrte, und übergab ihn der SS, die ihn auf der Stelle niederknallte. Das sprach sich sofort im ganzen Lager herum, die Erregung war ungeheuer: Die deutschen Genossen als langer Arm der SS! Darüber ist nach der Befreiung innerhalb der Partei – heimlich und ganz oben – erbittert verhandelt worden, erzählte mir B. erst jetzt. Alles schien geklärt. Nun, als ob B.s Lage nicht schon schwierig genug wäre, schießen ein paar seiner Neider gegen ihn: *Er* habe mit einem von der SS geliehenen Hund diesen Grigorij aufgespürt. Zeugen könnten ihn entlasten, sagte er mir, er habe zu dieser Zeit eine ganz andere Funktion gehabt, aber diese Zeugen muß er erst einmal finden. Also zusätzlich zu allem anderen und seinen Schmerzen noch diese entsetzlich belastende Anschuldigung. Wird zerplatzen, kostet aber Zeit und Energie.

Liebster, begreifst Du jetzt, warum ich mich so bemühe, alle Belastungen von mir wegzudrücken und für wenige Tage glücklich zu sein? Mit Eva schwimme ich hinaus, nicht zu weit, wir legen uns auf den Rücken und lächeln uns an, und wer seine Brüstchen am weitesten aus dem Wasser streckt, hat gewonnen. Wasser und Sonne, etwas Besseres gibt es auf der ganzen Welt nicht. Ich hoffe, Du gönnst mir diese beiden

Wochen, jeden Tag. Ich habe Deinen Namen mit dem Fuß in den Sand geschrieben, dann haben ihn die Wellen ausgelöscht. Eva hat geschielt, aber nichts gefragt.

Eva stammt aus dem Erzgebirge und hat von Politik keinen Schimmer. Sie ist eine fanatische Handballfrau und wird es noch bis in die Nationalmannschaft bringen. Ihr arabischer Freund, ihr Trainer und irgendwelche verdeckten Hüftwürfe bilden ihre Welt. Manchmal, selten, beneide ich sie.

Mit Eva bin ich gewandert durch Feld und Wald, wir haben Rehe und Damwild gesehen, und ich entdeckte so viele Fleckchen, an denen ich Dich lieben könnte. Ich könnte es überall, nur waren da manchmal Menschen. Wenn wir uns lieben würden und wenn es irgendwo raschelte und uns jemand zuschaute, dann wäre es ein Reh. Die Landschaft ist sauber und still wie das Paradies. Wir beide darin als Paradieskinder. Ich stelle mir vor, ich zerdrücke ein paar Blaubeeren auf Deinem Brettbauch und schlecke ihn ab, bis er wieder zartbraun glänzt. In wenigen Tagen wärst Du hier ein wonniges Häppchen Milchschokolade.

Da hat der Ulbricht also das Heft wieder in der Hand. Brunos Minister ist auf einmal ein Parteifeind. Bruno hatte ein gutes Verhältnis zu ihm, zumindest hat er nie abfällig über ihn gesprochen. Melchi, das behältst Du für Dich? Ob die neue Situation für Bruno gefährlich ist, kann ich nicht beurteilen. Herrnstadt und Zaisser stecken auf einmal bis zum Hals im Sumpf der Feinde, und nur W.U., unser unverbrüchlicher kleiner sächsischer Stalin, hat alles jederzeit richtig gemacht – das soll mich nicht quälen, nehme ich mir ständig vor, gehört nicht in meinen wundervollen Ausspannurlaub, tut es aber doch.

Manchmal denk ich, die letzte Woche vor meiner Abreise war die erfüllteste meines Lebens. Gammelei in unserer Parteipenne, ich allein, frei, frei. Dein Diskussionsbeitrag steckte mir in allen Gliedern, war aber wesenlos, wenn ich zu Dir hinaufschlich. Es gibt Momente, die sind für mich so deutlich, als hätte ich sie vor einer Minute erlebt. Der Beginn jedes Mal, als Du lange, lange meine Brust küßtest und der Prachtvolle immer kecker wurde. Viel später, als ich den Prachtvollen wie ein honigsaugendes Bienchen umkost habe, als wir fast von Sinnen waren. Ich wünschte, Du würdest mich lieben wie ein samtenes Mäuschen. Ich bitte Dich um eines: Wenn ich zurück bin, wenn Du wütend bist über Halle, dann laß Deine Wut bitte, bitte nicht an mir aus. Ich bin dann ausgeruht und stark. Komm mir fröhlich entgegen, laß mich nicht erst um Dich kämpfen.

Liebster, Du warst so klug, so einfühlsam, als wir über meine Lebenslage sprachen. Deinen kleinen Selbstzerstörungsteufel fanden wir heraus, Deine Sucht, Dich immer wieder zu bestätigen, Widerstand herauszufordern. Sonst wäre das alles nicht passiert neulich in dieser schauderhaften Versammlung. Das liegt an Deinem großmächtigen, überschlauen Vater und an Deinem Wunsch, ihm zu gefallen, von ihm geliebt zu werden. Das alte Problem mit dem Wuchtpapa und dem Einzelkind. Wir haben so zutreffend herausgefunden, daß Du die Pflicht Dir gegenüber hast, glücklich zu leben, auch die jetzige Zeitspanne dafür zu nutzen, wie wirr sie auch auf uns wirkt. Die doofe Welt ist irgendwo draußen, und Eva und ich hocken in unserer Sandkuhle. Du sagtest: Ich brauche Dich. Wenn Du hier wärst, würde ich anfügen: Küß mich ganz wild! Meine Hände wären im Nu überall. Manchmal hast Du geliebt, als ob in Dir ein Wecker tickt oder besser eine Stoppuhr, deshalb mache ich Dir keinen Vorwurf, Liebster. Die verfließende Zeit meint es nicht gut mit uns. Ich bin aufgeregt, erregt, überreizt, glücklich, traurig, einsam, stolz, froh, Kind, Frau, alles durch Dich. Hab ich eben noch geschrieben, daß Halle so weit hinten liegt? Alles Unsinn und gleich wieder wahr. Gestern dachte ich und hätte es beinahe zu Eva gesagt: Einen anderen Mann lieben, ich weiß gar nicht, wie man das macht. Eben stelle ich mir vor, ich knete, knuffe, malträtiere Deinen Rücken von oben bis unten.

Manchmal denk ich, B. könnte mir und damit Dir Ratschläge geben. Er kennt in der Partei alle Tricks. Selbstkritik – ich hasse dieses Wort. Sofort fürchte ich, daß B. gegen Dich losgeht, nicht rät, wie Du Dich aus der Schlinge ziehst, sondern draufhaut in seiner Verachtung alles Bürgerlichen. Ich fürchte, ich könnte mich verraten – falsche Sympathie für einen Überläufer, ich könnte erröten, B. könnte wütend werden: Was setzt du dich *für den* ein? Vielleicht schließen sie Dich gar nicht aus und verbannen Dich nach Leuna in die dreckigste, widerwärtigste windige Ecke: Kohleverladung. Wechselschicht, das heißt zwölf Stunden Tagschicht, vierundzwanzig Stunden frei, zwölf Stunden Nachtschicht, wieder vierundzwanzig Stunden frei, zwölf Stunden Tagschicht, und so endlos durch die Jahre. Du müßtest Räder an den Waggons aufdrehen, die sind verkrustet, verrostet, seit Monaten nicht geschmiert. Ich weiß das, weil ich in so einer Brigade gegen die Klassenfeinde agitieren sollte, und die Arbeiter sagten: Wir kriegen seit Monaten keine Handschuhe, und die alten sind nur noch Lappen. Du würdest verrohen, das hältst Du nicht aus. Deine Hände würden für kein Klavier und keine Geige mehr taugen. In den Gesprächen mit den Kumpels dort würdest Du nichts finden, das einem Gedanken auch nur ähnelt. Oder sagen wir mal so: Du wüßtest dann allerlei über Hühnerzucht daheim in ihren Gärten und wie man Zeug aus dem Werk klaut, Schrauben, Glühbirnen, Bleikabel. Einer hat einen Wagenheber über den Zaun geschmissen, das wußte sogar der Schichtführer. Hab ich Bruno alles nicht erzählt, es paßt nicht in sein Bild von der Arbeiterklasse.

Jeden Tag denke ich an die Sitzung, in der sie Dich fertig gemacht haben. Die Kaltmar war in der Sowjetunion eingesperrt, warum, weiß kein Mensch, vielleicht oben beim ZK in irgendeiner Kommission. Ich hab mal bei Bruno vorgefühlt, der murmelte etwas in diese Richtung. Nun meint sie immerzu, etwas wiedergutmachen zu müssen, und reagiert überscharf. Stolz ist eingemischt, trotz dieser schlimmen Zeit untadelige Genossin geblieben zu sein. Weißt Du noch, wie sie von Maschinengewehren auf Lastwagen gesponnen hat? So eine wagt kaum zu lachen, weil jemand denken könnte, sie hätte auch nur für einen Augenblick den sich gesetzmäßig verschärfenden Klassenkampf vergessen. Die will Dich raus, Dich Element.

Wärst Du doch hier. Die Ostsee ist so warm wie nie um diese Zeit sonst. Abends geht die Sonne klar unter. Jedes Mal sehen wir uns das Schauspiel an und bilden uns ein, wir wären Caprifischer. Überhaupt ist es *unsere* Ostsee, *unser* Stück Strand ist am schönsten, das Wasser davor am saubersten, unsere Strandburg zwischen umgestürzten Bäumen am gemütlichsten, der Sand bei uns am weichsten. Eva und ich sind die schönsten und besten Menschen.

Drei Fotos hab ich von Dir. Eines ist so perfekt ausgeleuchtet, als wärst Du Schauspieler oder Schlagersänger. Auf einem ist Deine Mutter mit drauf und auf dem anderen ein Hund, dahinter der Watzmann. Diese Fotos reichen mir überhaupt nicht. Ich möchte Dich hier fotografieren, wie Du in der Kuhle liegst oder ins Wasser stapfst oder die Wellen betrachtest. Eva müßte uns beide aufnehmen, ein bißchen zärtlich, aber nur ein bißchen, und Dein Prachtvoller hätte natürlich unten zu bleiben, wie es sich beim FKK geziemt. Im Wasser schrumpelt er sowieso, und am weithin offenen Strand müßtest Du Dich gefälligst am Riemen reißen. Wie das nun schon wieder klingt!

Ich bin nie für Ferkeleien, aber mit Dir kann ich lachen über so eine Redewendung. Wir würden spaßen: Du hast einen Riemen, und was für einen. Wehe, wenn jemand daran reißt! Der – *der! diesem Miststück* – reiße ich den Kopf ab! Was hast Du bloß aus mir harmlosem Prüderchen gemacht?

Noch mal die Kaltmar, sie ist nun einmal Deine Feindin. Ich hab gehört, daß sie mit einem kleinen Kind ins Lager gekommen ist, und das ist dort gestorben. Ihren Mann haben sie wegen angeblicher britischer oder japanischer Spionage erschossen. Sie kam mit einem blauen Auge davon – wie kann ich das nur schreiben, da sie doch ihr Kindchen verloren hat? Nie hab ich von einem Mann in ihrer Nähe gehört. Ein Neutrum. Kaltmar, wie das schon klingt. Ein Mar, ist das nicht ein Gespenst? Ein Nachtmar setzt sich auf die Brust, daß einem die Luft wegbleibt.

Eben male ich mir aus, wieviel wir an Erinnerung gespeichert haben. Die Hitzenacht mit den Schüssen draußen und wir angeblich wachend, doch mit unheiligster Pflichtverletzung beschäftigt – wer hat je davon gehört, daß sich Wachgenossen die Kleidung, das bißchen Zeugs an diesem Sommertag, runterreißen, sich anschauen, als hätte dieser Mann noch nie eine Frau, diese Frau noch nie einen Mann gesehen? Unser Schnellausflug nach Leipzig, das Essen in einem halbwegs vornehmen Kellerlokal. Du sagtest: Jetzt verloben wir uns, und Deine Augen waren bitterernst. Nach der Rückfahrt beobachtete ich Dich noch von der Straßenbahn aus. Du hast mich nicht gesehen, hattest den Kragen hochgeschlagen, warst allein wie ich, und wir konnten uns nicht schützen.

Einmal ist Eva einkaufen gegangen, ich blieb allein in unserer Mulde. Sie ist kein Kunstwerk wie so manche Sandburg, an der Besessene unentwegt basteln, die Wände feucht halten, klopfen und Schriftzüge vorm Bröckeln bewahren. Es ist eine schlichte Gebrauchskuhle, von irgend jemandem ausgekratzt und von uns übernommen. Als Eva fort war, schrieb ich mit dem Lippenstift auf den Oberschenkel: I love Melchi. Ich zeigte es den Möwen, die guckten dumm wie immer. Dann dachte ich: Alles muß gut werden, das Schicksal ist mit den Liebenden. Ich habe wieder erlebt, wie ich Dich zum zweiten Mal besuchte, Dein Hemd öffnete und über Deine Brust strich. Später klebten ein paar von Deinen Härchen auf meinem Bauch.

Vergiß mich keine Sekunde!

Ich hab Dich noch nie schwimmen gesehen. Bist Du ein Delphin oder eine schauderhafte bleierne Ente – nicht einmal das weiß ich. Dann schnell auf ein sonniges Fleckchen im Wald. Eva liegt Schmiere. Das wäre ein Traumwirbel, wie ich ihn spürte, wenn ich in Dein Zimmer floh, draußen dieses entsetzliche Halle, und dann geschah in einer Stunde soviel wie sonst im ganzen Monat. Liebster, wir kommen neuerdings bei allem Lieben so wenig zum Reden. Aber alles Von-uns-weg-Denken kaschiert nur die furchtbare Gegenwart.

Ich hab mir gedacht, wir lassen uns von Eva ein Muskelprogramm ausarbeiten, das absolvieren wir gemeinsam. Arme und Schultern müssen bei mir gestärkt werden, Deine Oberschenkel sind eine Spur zu massiv. Wir pflegen zusammen unsere Haut, kneten und salben uns. Liebster, ich vermute, daß Dir dann schnell unglaublich prachtvoll zumute werden wird. Ich vermute, ich bin dann rasch mit den Lippen auf Deinen Kringelhärchen.

Später lag ich auf der Seite, den Arm gereckt, damit meine kostbare reklamefotoreife Rundumbräune vollkommen werde, und spann unseren Lebensfaden: Die Kaltmar und die Kerle von der Kontrollkommission warteten noch ein Weilchen, bis sie fest im Sattel saßen und genau wußten, wohin die Richtung ging. Da erinnerten sie sich natürlich an das bürgerliche Element Anetzperg mit seiner konterrevolutionären These von den Arbeitern, die *für eine anständige Sache gestreikt* hätten, sie überlegten, wie viele Ausschlüsse, strenge oder normale Rügen sie brauchten, um ihre wachsame Entschlossenheit zu demonstrieren. Für Dich: Kohleverladung in Leuna, und da Anetzperg kein Idiot ist, verduftet er nach dem Westen. Er probiert gar nicht erst aus: Barackenlager, mit fünf anderen in einem Zimmer, Doppelstockbetten, glühend im Sommer, bitterkalt im Winter. Immer furzt einer, will einer blöde Schlager hören, erzählt einer säuische Witze. Die Klamotten stinken, Lesen ist unmöglich. Skat spielen, saufen, was willst Du weiter machen. Als ich in meiner Vorstellung soweit war, drehte ich mich um ein weiteres Stückchen, die Innenseite meines linken Oberschenkels gierte nach Sonne. Deiner Geliebten wendete ich mich in Gedanken zu, als wäre die ein kühl zu beobachtendes Objekt, und konstatierte: Da war ihr kranker Mann, da seine steinalte Mutter, die beide unter keinen Umständen im Stich gelassen werden durften, die täglich auf sie angewiesen waren. Liesbeth ohne einen anderen Menschen, alle waren tot. Da schworen sich unsere beiden Hascherln mit blutendem Herzen: Unsere Liebe ist stärker als die ganze Welt, laß uns ein paar Monate lang abwarten, nachdenken, die Zähne zusammenbeißen, nach einer Lösung suchen. Aber das Leben läßt ihnen keine Monate. Mir wurde eiskalt, da versuchte ich, unser Schicksal erfundenen Menschen weit weg und in fernen Zeiten aufzubürden. Das Mitleid mit ihnen packte mich, ich sah uns während der Reformation, der eine war vorbildlicher Katholik und seine Braut eine verbissene Lutheranerin, dem Mann zeigten sie die Instrumente, er schwor nicht ab, übte keine Selbstkritik, wie wir es heute in unserer famosen Partei nennen, sie jagten ihn aus der Stadt mit Peitschenhieben vorbei an einem

Ketzer am Kreuz. Seine herzlich geliebte Frau ketteten sie tief unten in grauer Gasse an den Herd. Oder Du wärst Sohn aus reichem Smolensker Kaufmannshaus, die Bolschewikin Kaltmarowa kam dahinter, daß das Fräulein Kapuletskaja – ach, mein Melchi, was für Phantastereien waren das, sie verstärkten mein Selbstmitleid bis an den Rand des Heulens. Als ich mich soweit in meine Wirrträume verstrickt hatte, stand ich abrupt auf und stürzte mich ins Wasser und kraulte, daß die Ostsee hoch aufspritzte. Ich wußte, daß wir in keine Phantasiewelt flüchten können – mein Melchi, Du weißt es auch.

Wir beide sind die schönsten, besten, einsamsten und ärmsten Liebenden weit und breit und überhaupt auf der ganzen Welt.

Grüße, Küsse, in irrsinniger Liebe

Deine Thekla

3

»Ich weiß, Kollege Mannschatz, wie Sie zu Ihrem Kampfgefährten Bruno Pfefferkorn stehen. Ich bin völlig fertig von diesem Schlag.« Kodelwitz blickte vor sich auf die Tischplatte und drückte die Daumen gegeneinander. »Normalerweise würde ich in einem Gespräch wie dem heute über einen derartigen Vorfall schweigen, und ich bitte Sie natürlich, alles für sich zu behalten. Ich verlange es geradezu. Dem Genossen Pfefferkorn ist vorgestern ein Bein amputiert worden.«

Erstarren, Schweigen.

»Ein Blutgerinnsel, erst hieß es: Zwei Zehen, halber Fuß, ganzer Fuß, und jetzt haben sie unter dem Knie angesetzt. Wir hoffen alle, daß es dabei bleibt. Vielleicht sind nun diese Schmerzen vorbei.«

»Mir war schon aufgefallen...« Törichtes Gerede. Es war nicht seine Sache, zu fragen, ob damit die Arbeit, die Funktion eines Oberstleutnants und Bezirksbefehlshabers der Staatssicherheit beendet war. »Wie reagiert Bruno?«

»Ich hab nichts gehört, hab ihn noch nicht besuchen können. Er liegt in Berlin-Buch. Ich telefoniere heute abend mit seiner Frau.« Kodelwitz änderte die Tonlage, sprach schneller und lauter: Die Zielrichtung sei klar und zur Genüge durchgesprochen, ungewöhnlich in jeder Weise und voller Vertrauen seitens der Staatsorgane. Als Partner ein Veteran der Märzaktion, erfahrener Sohn und Kämpfer der Arbeiterklasse – Mannschatz schaute Kodelwitz prüfend in die Augen und nickte zustimmend nach jedem dritten Satz. »Kollege Mannschatz, welchen Eindruck hatten Sie von Ihrer Tochter?«

»Ganz stabil, soweit.«

»Sehen Sie, es kommt alles ins Gleis bei gutem Willen aller. Das Urteil von drei Jahren Gefängnis – nicht Zuchthaus, das macht schon einen Unterschied – ist ausgefallen wie erwartet. Ich hoffe, wir kriegen es hin, daß Ihre Tochter zu Hause entbindet. Bleibt noch ein wenig Zeit. Selbst wenn nicht – nein, das wollen wir heute beiseitelassen, wir konzentrieren uns auf unser Ziel.«

Mannschatz fand, alles sei gesagt, manches zu oft. Also nikken. Er stellte sich vor: Clara in diesem halbwegs freundlichen Raum im Haftkrankenhaus Leipzig-Meusdorf, mehr Zimmer als Zelle, natürlich Gitter und keine Gardinen, Clara mit klaren Augen. Manche Hochschwangeren verhielten sich ja wie eingeigelt: Ihr Bauch existierte und nichts anderes auf der Welt, Fruchtwasser und Gymnastik und was soll's denn werden und Göttinnenblick auf Jübchen und die niedlichen Schuhchen und wenn es ein Junge wird... Clara hatte gesagt: Drei Jahre Knast haben mir die Vernehmer ja immer angedroht. Auf dem Bahnhof in Bitterfeld arbeite ich nie wieder, so lange *diese Sau* dort Vorsteher ist. Die Wachtmeisterin knurrte, aber Clara sprach rasch weiter: Wenn sie nach Hoheneck käme, wenn ihre Eltern einen Antrag stellen würden, das Baby aufnehmen zu dürfen, und er hatte gedacht: Regle ich mit Pfefferkorn, aber das schied nun aus. Der gewaltige Bruno Pfefferkorn erledigt. Gelegenheit für Sindermann, einen rühmenden Abschiedsartikel zu verfassen, immerzu unverbrüchlich und mit allen Fasern seines Herzens, Bruno mit der Zündschnur.

»Ihre Spesen, zählen Sie bitte nach und quittieren Sie hier. Fünfundachtzig Westmark, nicht schlecht, was?«

Bei diesem Kurs eins zu sieben oder zu acht war das ein Haufen Moos, aber eben hier und nicht drüben. Er würde ein Hotelzimmer brauchen, billiger wäre eine Pension. Für zwei Tage. Mannschatz zählte nicht nach, unterschrieb.

Am nächsten Tag Fahrt durch Thüringen nach Westen. Alle im Abteil redeten durcheinander, wohin, zu wem, natürlich kämen sie alle zurück, aber selbstverständlich. Ins Allgäu, nach Mainz, an den Bodensee, und dann wieder heeme. Un Sie? Hab 'nen Cousin in Darmstadt.

Gerstungen, Paßkontrolle. Bebra, Frauen vom Roten Kreuz schenkten Kaffee aus, *Bohnen*kaffee. Trubel, Fragen: Wo denn Flüchtlinge aufgenommen würden. Mannschatz drängte in den anderen Zug, fand einen Sitzplatz am Fenster. Wenn diese verdammte Amnesie wieder zupackte. In seiner Brieftasche steckte ein Zettel mit Notizen, wer er war, die Krankheit, wer benachrichtigt werden sollte: Frau Herta Mannschatz in Bitterfeld beziehungsweise Herr Hartmut Brücken in Ludwigshafen.

Frankfurt am Main, Trümmer um den Bahnhof. Bockwurst mit Brötchen, ein bißchen Westgeld war futsch. In Ludwigshafen Hartmut auf dem Bahnsteig, die erste Umarmung ihres Lebens. »Siehst blendend aus, Junge.«

»Ich will dir nichts vormachen, Vater, du nicht unbedingt.«

Wo anfangen, bei Clara natürlich, dem Besuch im Haftkrankenhaus. »Sie findet genau die Balance, ihren Zustand auszunutzen, ohne frech zu sein.« Werdende Mutter *und* Frau des Flüchtlings, den die Staatsmacht liebend gerne in ihre Arme schließen würde. »Hartmut, die Sache ist schief und krumm und voller Haken. Aber wir haben ja ein wenig Zeit.«

Hartmut Brücken hatte für seinen Schwiegervater einen Schlafplatz im Wohnheim besorgt, preiswert wie für einen Werksangehörigen. In einer halben Stunde mußte Hartmut zur Schicht, sechs Stunden von abends acht bis nachts um zwei. Wie wäre es, sie träfen sich am nächsten Morgen gegen zehn zum Frühstück? Also dann, leb dich schon mal bißchen ein, Vater!

Wie viele Male hatte er »auf Kammer« Bettwäsche, Handtücher, Eßgeschirr empfangen seit seinen Rekrutentagen, da regierte noch der Kaiser. Die Unterarme vorgehalten, der Kammerbulle packte drauf, in diesem Fall ein Schlesier, der riet: »Bloß nich zurickkehren, Kamerad, das wird nuscht da drieben, bei mir is sogar der Pole, das Briederchen.« Essenmarken für zwei Tage. Wenn das die gestrengen Genossen wüßten: Er nutzte die Werksvergünstigungen des Klassenfeinds.

In einem Vierbettzimmer war nur ein Platz belegt, der Mann gerade auf Kurzurlaub. Mannschatz räumte den Spind ein, ließ sich in der Kantine die Abendration aushändigen, dachte an Herta, verglich mit Bitterfeld, der Brathering hier war größer. Dachte an Clara und Pfefferkorn und den Kerl von der Staatssicherheit in Halle, an Hartmut, und daß er ihn unter keinen Umständen in irgendeine Moralecke drängen durfte. Daß er Pfefferkorn vermutlich nie wiedersehen würde und daß Pfefferkorns hartes Leben nun ein scheußliches Ende fand. Sie würden ihm noch einen Orden anhängen und ihn ins feinste Heim schicken. Vielleicht suppte der Stumpf, das hatte er bei Kameraden, Arbeitskollegen erlebt. Er kaufte Zigaretten und trank zwei Flaschen Bier – alles West, West, warum hielt sich das Hirn damit auf und multiplizierte unausgesetzt mit acht, wobei es ihm recht war, daß er allein sitzen konnte und ihn keiner anquatschte: Wo kommste her, wohin willste? Bleibste?

Er schlief mit Unterbrechungen, zwischendurch hörte er Züge rollen. Beim Frühstück traf er Hartmut, der war ausgeruht, guter Laune, und Mannschatz ärgerte sich über einen schnellen Gedanken: Durfte einer so bester Stimmung sein, dessen Frau im Knast saß? Natürlich durfte, mußte er. Über Hartmuts Arbeit redeten sie, die sei kinderleicht: Ein Dutzend Manometer mußte er beobachten, Hebelchen bedienen, im Notfall Knöpfe drücken. Normalerweise war das Frauenarbeit, schlecht bezahlt natürlich, aber für ihn ja nur ein Anfang.

Nach Neustadt an der Weinstraße fuhren sie mit einem Vorortzug. Mannschatz blickte auf Gemüsefelder, hier war augenscheinlich bester Boden. Von seinen Enkeln berichtete er: Die Ausflucht, Mama und Papa arbeiteten in der Mongolei, würde gegenwärtig noch funktionieren. Thomas beklage sich hin und wieder, die Eltern hätten sich doch wenigstens von ihnen verabschieden können, und sei nur schwer zufriedenzustellen: Mitten in der Nacht wäre das Auto gekommen, um sie abzuholen, Thomas und das Bienchen hätten tief geschlafen, aber die Mutti hätte beiden einen dicken Kuß gegeben. »Ihr lebt in Jurten, Mutti versorgt Kamele, du bist Landvermesser. Wie lange das dauert – nicht sehr lange, sagen wir. Jetzt bin ich, hab ich erzählt, zu euch geflogen. Wir müssen uns überlegen, was ich aus der Mongolei mitbringe. Von dir und von Mutti.«

Sie wanderten bergauf, rot waren das Gestein und der Schotter auf allen Wegen. Sie setzten sich in ein Gartenlokal, Hartmut bestellte Wurst und Brot und Wein, über den Wein beriet er sich mit der Kellnerin. Mannschatz lobte ihn wegen seiner Sachkenntnis, und Hartmut wiegelte ab: Sei nicht weit her damit, ein paar Begriffe eigne sich hier jeder schnell an. »Friedensmäßig« sei ein gängiges Wort, das habe der Erhard fertiggebracht, und selbst Arbeiter wählten Adenauer.

»Nun die Hauptsache.« Mannschatz schilderte das Gespräch mit dem Stasimann und mühte sich um äußerste Genauigkeit, auf jede Nuance kam es ihm an, auf Wortwahl, Gesichtsausdruck. »Die hätten dich gerne, und ich bin überzeugt, daß sie Clara nur verurteilt haben, weil sie dich nicht kriegen konnten. Andere verknacken sie, daß es nur so kracht: Letzte Woche einen Rechtsanwalt zu sieben Jahren, weil er zwischen den Aufständischen und der Gefängnisverwaltung an der Steinstraße vermitteln wollte. Biedrich zu fünfzehn – Hartmut, mehr als du hat der auch nicht angestellt.«

Wurst, Brot, Rettich – mit Riesling, so Hartmut, könne man hier keinen Fehler machen. »Wir leben wie die Götter.«

»Und Clara – das wolltest du doch sagen?«

Brücken nickte, kaute, trank.

»Der Stasikerl hat sich keinesfalls festgelegt. Wir reißen ihm schon nicht den Kopf runter – derlei Gerede. Mal schien es, als würden sie Clara sofort freilassen, wenn du kämst. Du müßtest dann ihre drei Jahre absitzen, so ungefähr. Du müßtest Hintermänner nennen, das vor allem.«

»Hab aber keine.«

»Die werden dir schon welche empfehlen. Hättest erkannt, wem du ins Garn gegangen bist: Amerikaner, die Organisation Gehlen. Und nun kehrst du reumütig zurück. Schauprozeß, könnte ich mir denken.«

»Wenn ich genau wüßte, daß sie dann Clara freilassen...«

»Genau hier beginnt die Sackgasse.« Jetzt würde erst einmal die Platte leergespachtelt, die hier finde er genauso üppig wie die damals, als er Pfefferkorn wiedertraf. »An dem Tag fing alles an.«

Drüben über dem Rheintal, erläuterte Brücken, liege der Odenwald, bei klarem Wetter könne man jeden Berg erkennen. Dazwischen Städte, Fabriken, Straßen, Äcker für Zuckerrüben, Spargel und Obst. »Im Westen haben sie unseren Tag zum Feiertag erklärt, ich kann es nicht fassen.«

»Bei uns sagen manche: Beim nächsten Mal klappt's. Darauf werden wir wohl ein paar Jahre warten müssen. Hartmut, du bleibst hier. Ob sie Clara rauslassen würden, wenn du kämst, ist nicht so entscheidend wie das: Dich verknacken sie zu fünfzehn. Wenn du rauskommst, verlobt sich Thomas gerade. Also: Du bleibst hier, arbeitest, sparst, und wenn Clara draußen ist, kommt sie mit den Kindern nach. Wenn du inzwischen 'ne andere hast, reiß ich dir den Kopf ab.«

»Werd schon nicht, Vater.«

»Und ich sag dem Stasi-Heini, du kämst erst, wenn du 'ne schriftliche Garantie kriegst, daß sie dich nicht länger als drei Jahre einbuchten.«

Hartmut lachte. »Und wer soll die ausstellen?«

»Wilhelm Pieck. Die würde hier bei einem Notar hinterlegt. Von deiner Schwiegermutter soll ich dir ausrichten: Sei kein verfluchter, dämlicher Held.«

Jetzt bloß nicht heulen. »Vater, das vergeß ich euch nie. Trinken wir noch 'nen Schoppen?«

»Aber den bezahlt die Stasi.«

Erna Dorn wurde am 1. Oktober 1953 in Dresden geköpft. Das Landgericht Halle hob 1994 das Urteil gegen sie als rechtswidrig auf.